향
사랑, 그 설렘에 취하고 향기에 물들다.

향

사랑, 그 설렘에 취하고 향기에 물들다.

매일매일
프러포즈

Everyday Propose

매일매일 프러포즈

1판 1쇄 찍음 2012년 3월 28일
1판 1쇄 펴냄 2012년 4월 3일

지은이 | 지 윤
펴낸이 | 정 필
펴낸곳 | 도서출판 **뿔미디어**

편집장 | 이재권
기획·편집 | 이경순
편집디자인 | 이진선
관리·영업 | 김기환, 임순옥

출판등록 | 2002년 9월 11일 (제1081-1-132호)
주소 | 부천시 원미구 상3동 533-3 아트프라자 503호 (우)420-861
전화 | 032)651-6513 / 팩스 | 032)651-6094
E-mail | dahyangs@naver.com
카페 | http://cafe.daum.net/dahyangs

값 9,000원
ISBN 978-89-6639-616-0 03810

※파본은 구입하신 서점에서 교환하여 드립니다.
※이 책은 (도)뿔미디어를 통해 독점 계약되었습니다.
저작권법에 의해 보호를 받는 저작물이므로 무단 전재와 무단 복제를 엄금합니다.

매일매일
프러포즈

지윤 장편 소설

Contents

프러포즈 전	…7
첫 번째 프러포즈. 꿈같은 고백	…32
두 번째 프러포즈. 무관심이 끌어당기는 힘	…45
세 번째 프러포즈. 밀당의 달인	…75
네 번째 프러포즈. 러브 피싱	…87
다섯 번째 프러포즈. 제주도의 푸른 밤	…115
여섯 번째 프러포즈. 질투심을 부추기는 유혹	…145
일곱 번째 프러포즈. 끌리다	…170
여덟 번째 프러포즈. 질투하다	…194

아홉 번째 프러포즈. 사랑한다, 강찬희	…221
열 번째 프러포즈. 완벽한 파트너	…242
열한 번째 프러포즈. 장현준이란 남자	…265
열두 번째 프러포즈. 재벌 3세라지만, 똑같은 사람	…284
열세 번째 프러포즈. 장현준 떠나다	…309
열네 번째 프러포즈. 사랑해 그리고 고마워	…330
열다섯 번째 프러포즈. Marry Me?	…351
프러포즈 후	…387

프러포즈 전

4년 전, 찬희 25살.

입사 면접을 보기엔 아까울 만큼 화창하고 따뜻한 기운이 남실거렸다. 찬희는 서둘러 L&L 백화점 압구정점의 면접을 보러 갈 준비를 하고 있었다. 상품개발팀 채용이라는 공고를 보고 입사지원서를 제출한 후 4차 면접 시험까지 걸린 기간은 약 한 달이었다. 일천여 명의 지원자들 중에 최종 10명이 남아 그중에서 두 명을 뽑는 마지막 관문을 치른다.

오늘은 L&L 그룹의 회장과 압구정점의 지점장, 상품개발팀을 직접 진두지휘하는 본부장, 인사과장 등의 면접관을 상대로 붙느냐, 마느냐! 초봉 5천만 원대의 직업이 생기느냐 하는 운명의 날이었다.

작년 L&L 그룹 산하 인터넷 쇼핑몰의 입사 지원을 했다가 고배의 잔을 마신 경험이 있었던 찬희로서는 이번엔 꼭 붙겠다는 각오를 다지며 머리부터 발끝까지 완벽하게 준비했다.

미유미유 리본 사첼백과 보테가베네타 숄더백, 샤넬 핸드백 등등 아버지와 어머니가 생일 선물 혹은 홍콩 여행이나 유럽 여행을 갔을 때 사 왔던 가방을 진열한 장롱 앞에 서서 행운을 불러올 잇 아이템으로 어떤 걸 선택할까 고민하고 있었다.

팔짱을 끼고 고민하는 찬희의 방문이 열리며 어머니 미자가 불쑥 들어왔다.

"왜 그러고 있어?"

"응. 가방을 뭘 할까 고민 중이야."

"미유미유 해. 넌 그거 했을 때 예쁘더라. 미색 정장 입고 갈 거지? 스카프에 미유미유 가방 들고 가면 우리 딸 안 받아 주는 회사가 이상한 거지."

"그런가?"

"그래. 대신에 안경은 빼고 가. 렌즈 껴."

"그러려고."

"라식을 하라니까 고집 부려."

"무서워서. 좋아, 미유미유 낙점!"

찬희는 미유미유 가방에 지갑과 휴대폰 등, 중요한 물건을 담았다. 그리고 막 나오려는데 미자가 차 키를 흔들었다.

"엄마 차 타고 가."

"오늘 차 안 써?"

"백화점 가려고 했는데 인덕이 엄마가 허리가 아프다고 말재."

미자는 이번에 새로 구입한 중형 세단을 딸에게 양보하며 방글 웃었다. 대학교를 졸업하자마자 바로 취직해 고생하지 말고 여행이

나 다니라고 했던 게 실수였는지 제법 좋은 대학을 좋은 성적으로 졸업하고, 거기다 약 2년 여행 겸 어학연수를 다녀왔음에도 찬희는 제 학벌과 능력을 인정받지 못하고 1년 동안 집에서 손톱 손질이나 해야 했다.

미자도 굳이 취직해 고생할 필요가 있겠느냐고 생각했지만 제가 벌어서 사고 싶은 것도 마음껏 사고 사회 활동을 해야 안목이 트인다는 찬희의 고집을 꺾을 수 없어 지켜보던 참이었다. 하지만 드디어 어려운 관문을 하나씩 넘어 최종 면접이라는 관문에 도달하게 돼서 그런지 당사자보다 더 들떠 있었다.

"다녀올게요."
"운전 조심하고. 아니다, 엄마가 운전할까?"
"아니야. 다녀올게. 오는 길에 뭐 사 올까? 저녁에 한우 등심 구워?"
"그럴까?"
한우 등심이라는 말에 미자가 입맛을 다셨다.
"그래, 뭐. 오늘 우리 딸 면접에 붙을 건데. 엄마가 한우 준비할 테니까 빨리 들어와."
"응."
"어제 마사지 잘 받았어. 피부가 말랑말랑한 것 같아."

미자는 찬희를 따라 나오며 어깨와 등을 털었다. 눈에 넣어도 안 아플 딸의 면접 결과가 좋았으면 하는 바람으로 머리를 곱게 쓸어 주다 현관문을 열어 주었다.

"다녀와."
"응, 다녀올게."
찬희는 손을 흔들며 밖으로 나갔다. 면접 결과는 내일 오전 중으로 통보한다고 하니 오늘 하루만 더 지옥의 염화를 경험하면 되었다.

유일하게 최종 면접까지 오른 여성 지원자, 강찬희. 나이는 25세로 23살에 대학을 졸업하고 지금까지 사회 경험이 없어 그야말로 사회 초년생이었다. L&L 압구정점에서 이례적이라고 할 수 있을 만큼 초고속 승진을 해 이제 막 본부장이 된 현준은 두 장의 입사 지원서에 붙은 사진과 이름을 보고 중얼거렸다.

"다음은…… 강찬희, 오태진."

그렇게 중얼거린 그가 고개를 끄덕거려 문 앞에 서 있는 남성에게 이제 그 두 사람을 들여도 좋다는 사인을 보냈다. 잠시 후 문이 열리고 찬희와 태진이 들어왔다.

현준의 시선은 자연스럽게 찬희에게 고정되었다. 화장을 거의 안 했는지 말간 피부에서 빛이 나는 듯 생기가 도는 여성의 입술은 꽃물을 들인 것처럼 연분홍색이었다.

그는 등을 의자 등받이에 기대고 있던 등을 떼고 상체를 앞으로 숙였다. 두 손을 맞잡아 감싸고 턱을 괸 후 그윽하고 예리한 시선으로 찬희의 얼굴을 빤히 바라보았다.

예쁘게 생겼다는 말로는 부족했다. 매력적인 마스크에 그녀의 표정과 자세에서는 당당하고 고집 있는 기운이 넘쳤다. 사내의 투지에 불을 지르는 기름 같은 매력이었는데, 꼭 다물고 있는 입술이 꼬물거릴 때에는 회장, 지점장에 본부장에게도 지지 않겠다는 의지를 내비치는 듯 했다. 그녀는 자리에 앉은 후 눈 한 번 깜빡거리지 않고 질문을 기다리고 있었다.

유 회장이 제일 먼저 질문을 던졌다.

"우선 강찬희 씨에게 질문을 던지겠습니다. 백화점 말고 L&L 그룹의 다른 계열사에도 입사 지원을 했었더군요. 특별한 이유가 있습니까?"

"회장님의 앞인데 입사 동기를 묻는다면 오해가 소지가 있을지 모르지만 솔직히 말씀드리겠습니다. 이유는 회장님의 리더십 때문입니다. 회장님께서 1950년 전쟁 통에 가족을 모두 잃으시고 17세 단독일신(單獨一身)으로 함경도에서 부산으로 내려오셨다고요. 무일푼이었지만 미군부대에서 어렵게 구한 밀가루로 칼국수 장사를 시작하셨다고 들었습니다. 칼국수 장사로 번 돈으로 작은 가게를 냈는데 달러 장사를 시작하셨고 26세가 되셨을 때는 리스앤리스(Lease&Lease)라는 상호로 고물상을 시작하였습니다. 그것이 현재 L&L 그룹의 모태가 되었죠. 전국을 돌며 고물을 모으면서 사람들에게 많은 정보를……."

찬희의 조사력에 놀란 유 회장의 입가에 미소가 번졌다. 유 회장에 대한 신문 기사야 흔하지만 찬희처럼 달달 외워 온 응시자는 처음이라 기특했다. 누군가 제 이야기를 마치 무용담처럼 호쾌하게 얘기하고 본받고 싶다고 말한다면 어깨가 으쓱거릴 정도로 자만하게 되면서 심장이란 놈은 신이나 팔딱팔딱 뛰기 마련이다. 지금 찬희가 기계적으로만 뛰던 유 회장의 심장을 자극하고 있었다.

현준은 유 회장의 얼굴에 비친 웃음기에 피식 웃으며 찬희에게 시선을 돌렸다.

"……회장님께서는 전국을 돌며 사람을 돌보셨고 항상 '돈을 쥐려 하지 말고 사람의 마음을 쥘 줄 알아야 한다'고 하셨습니다. 그리고 인재를 알아보는 눈이 탁월하셔서 둘째 따님을 평범한 사원과 혼인시키신 일화가 있죠."

유 회장은 손가락으로 인중을 긁으며 현준을 흘끗 바라보았다.

"사실 제가 회장님께 제 꿈을 건 건 다름이 아니라 평사원에게도 기회를 주신 점 때문이었습니다."

"꿈을 걸었다?"

유 회장의 눈매가 그윽해졌다.

"제 꿈은 L&L 그룹은 물론 백화점을 통틀어 최연소, 최초의 여성 중역이 되는 것입니다."

찬희의 대답에 현준이 입술을 오므렸다가 떼며 물었다.

"본인이 중역이 될 수 있다고 생각합니까?"

"노력할 겁니다. 자신도 있고요."

"허황된 꿈이라고 생각하지 않습니까?"

"본부장님께서는 28세시죠? 저보다 3살밖에 많지 않지만 초고속 승진을 하셨습니다. 혹시 회장님의 손자이기 때문이셨나요?"

되바라졌다 생각할 법한 질문이었으나 현준은 그저 웃고 만다.

"아니면, 본인의 능력으로 그 자리에 오르신 건가요?"

"이런, 응시자한테 질문을 받긴 처음이군요."

"죄송합니다. 제 꿈과 연관이 있어 드리는 질문입니다."

"꿈이라……. 나 역시 마흔 전에 중역이 되는 게 꿈입니다. 그래서 노력한 결과 28살에 본부장이 되었습니다. 이제 강찬희 씨의 대답을 듣고 싶군요."

현준의 음성은 그윽했으나 눈빛은 예사롭지 않았다.

"자신만만하군."

"전 명품을 좋아합니다. 유명 메이커의 옷과 가방, 구두를 입어야 기분이 좋아지죠. 이런 절 몇몇은 된장녀라고 하기도 하고 사치가 심하다고 말하지만, 이런 생각을 했습니다. 된장녀가 되지 않도록 나 자신을 명품으로 만들자. 그래서 내 몸에 붙은 건 모두 특별하게 만들자. 협상에도 달인이 되고 상대의 기선을 잡으며 싸구려로 그렇고 그런 삶을 살지 말자. 중역이 되어 부하늘의 존성을 받자!"

찬희는 이미 먼 미래에 도달한 듯 득의양양 만면 가득 환한 미소를 짓고 있었다. 그녀의 꿈을 잘못 해석한다면 환상이 되겠지만 이미지 트레이닝이 확실한 만큼 그저 꿈에서만 그칠 것 같지 않아 현준은 고개를 끄덕거렸다.

현준이 고민하듯이 고개를 숙이자 인사과장이 물었다.

"상품개발부는 매우 힘듭니다. 인원을 충원하는 이유가 과중한 업무로 인해 직원들이 견디지 못하기 때문입니다. 여기 계신 본부장님께서 야근을 밥 먹듯이 시키거든요. 여자 체력으로는……."

"여자이기 때문에 체력이 떨어질 거라고 생각하시면 오산입니다. 체력 역시 자기 관리 중의 하나라고 봅니다."

"자기관리에 자신 있습니까?"

현준이 물었다.

"제 몸무게는 18세 이후로 0.5킬로그램 이상 늘지도 줄지도 않았습니다. 아무리 피곤해도 아침 6시에 일어났고, 매일 집 근처에 있는 수영장에 가서 50분씩 수영도 했습니다. 점심에도 30분씩 운동하고 있고요. 체력도 자신 있습니다."

현준은 찬희의 야무진 표정을 바라보다가 물었다.

"애인 있습니까?"

"네?"

의외 물음이라 찬희도 당황했지만 세 면접관들도 놀란 듯 일제히 현준을 쳐다보았다.

"대답 안 합니까?"

"있습니다. 그런데 왜……."

"데이트를 핑계로 야근 중에 도망칠 것 같아서요."

"헤어지겠습니다!"

찬희의 대답에 현준을 비롯한 면접관들이 일제히 웃음을 터트렸다. 하나 그녀의 얼굴은 여전히 진지했고 눈에서는 레이저 빔이라도 쏠 것처럼 강렬하게 이글거렸다.

"헤어지라는 소리가 아닙니다. 그저 의지가 어떤가 싶어서 물은 거죠. 어쨌든 매우 만족스럽군요."

현준은 그렇게 말하고는 대찬 찬희의 옆에 앉아 눈치만 보고 있던 태진에게 물었다.

"강찬희 씨가 교과서적인 대답을 한 것 같은데 오태진 씨는 어떻습니까? 자신이 강찬희 씨보다 이 점에서 낫다고 할 만한 장점이 있습니까?"

현준의 물음에 귀 뒤 머리를 긁적거리던 태진이 눈동자를 좌우로 굴리며 라이벌이 된 여자 응시자와 다른 대답을 찾고 있었다. 입술을 깨물었다가 놓으며 골몰하던 그는 이내 찬희와 다른 장점을 찾은 듯 환한 미소를 지으며 대답했다.

"저는 군필자입니다!"

태진의 대답은 기가 막힌 면접관들과 찬희의 표정이 굳었다. 하지만 그것도 잠시 현준이 쿡! 하고 웃어 정적이 흘렀던 실내가 훈훈해졌다.

4년 후.

타다타닥, 타다타닥.

키보드를 두드리는 손길이 거칠다. 손가락이 만드는 소음은 34평 사무실 전체를 쩡쩡하게 울릴 만큼 크고 시간에 쫓기고 있었다. 째깍째깍, 소리를 내며 도는 초침이 오늘따라 밉살스럽기 그지없어 원망스럽기도 했다. 잠시 쉬었다가 돌아도 되련만, 저 초침과 분침은 무슨 힘이 남아돌아 365일 24시간 60분, 60초를 뱅글뱅글 돌기만 하는가.

55분, 찬희의 손가락 움직임이 더 빨라졌다. 입술을 꾹 깨물고 눈에 불을 켠 그녀는 곁눈으로 벽시계를 확인하며 손목 스냅을 이용해 타이핑을 하는 속도로 올리고 있었다.

빨리 끝내야 한다, 빨리! 3개월 만에 다시 잡은 기회, 그것은 이름하야 소개팅! 오늘에야 말로 기필코 솔로 탈출을 하리라!

입사 초, 찬희에게 열띤 사랑의 세레나데를 외치던 애인이 주말도 없이 이어지는 야근이라는 넘을 수 없는 벽에 막혀 스스로 사랑을 포기하고 이별을 고한 후 사랑에 관해 패닉 상태에 빠졌었다.

그래, 남자! 그거 별거냐! 라고 대차게 연애 거부 선언을 하며 약 1년을 일에만 몰두했지만 봄이 문제였다. 봄만 되면 따뜻한 기운이 가슴을 싱숭생숭하게 뒤흔들고 숨을 들이쉴 때마다 눈물이 핑 돌게 하는 봄바람. 그 봄바람 때문에 결국 찬희는 능력 있는 워킹우먼보다 사랑을 담뿍 받아 장미가 만개하듯이 얼굴이 폈다는 말을 듣고 싶었다.

4년 전 심층면접 때 찬희는 격무도 거뜬하게 견딜 수 있는 체력이 있다며 자부했지만 요즘처럼 사랑이 너무 고플 땐 병가라도 내고 싶었다.

사랑이 너무 하고 싶어서 미칠 것 같았다. 내년이면 서른이 되는 스물아홉 살. 올해를 넘기면 지옥문을 여는 것처럼 생각되는 시점이라 더욱 그런지 몰라도 올해는 반드시 연애를 해야 했다. 그리고 오늘 이루어지는 소개팅을 통해 찬희는 잃어버린 하트를 되찾을 생각이었다.

찬희는 오른손으로 숫자 키를 움직이고 왼손으로 흘러내리는 머리카락을 고정한 똑딱 핀을 뺀다. 그리고 왼손과 오른손의 위치를 바꿔 머리카락을 정돈하고 시간을 확인한다.

"난 몰라, 벌써 6시야."

찬희는 손바닥에 땀이 돋기 시작해 자리에서 벌떡 일어났다. 보고서도 완성되었고 하니 이제 본부장한테 OK 사인만 받으면 된다. 땀이 차 끈적거리는 손바닥을 허벅지에 문지른 그녀는 뿔테 안경을 벗었다. 초점이 흐릿해 미간을 구겨야 했지만 '킹 사이코' 본부장의 인상 구긴 얼굴을 보고 싶지 않아 그대로 보고서를 출력해 본부장실로 들어갔다.

야근이 많을 거라는 걸 미리 밝힌 현준이었지만 입사 후 약 1년까지는 일요일에도 오전 근무를 해야 했고 자정에야 집에 갈 수 있었다. 그는 매일 아침마다 숙제를 내 주었다. 그리고 퇴근 전에 그 숙제를 모두 풀게 했는데, 그 숙제란 다른 게 아니었다.

아이디어 10개와 상대를 설득할 수 있는 설명 첨부.

처음에는 사원증만 목에 걸면 무엇이든 할 수 있다며 열을 올렸지만 일중독인 본부장 장현준의 미션은 매일 바뀌었고 날이 갈수록 양도 많아졌다. 10개의 아이디어를 내는 게 쉬워지니까 2년차에선 15개, 3년 차에는 20개, 4년 차인 지금은 30개의 아이디어를 내고 만날 회의를 하며 나머지 공부하듯 퇴근 후 홀로 남아 보고서를 작성해야 했다.

처음엔 욕보다 그냥 질린다고만 표현했었다. 그러나 요즘은 본부장을 부를 땐 상품개발부 직원들이 '킹 사이코'라고 부르고 있었다.

기껏 머리에서 쥐나도록 아이디어를 뽑아내도 쓰레기 취급을 하니 고운 말이 나가겠나. 그나마 찬희는 다른 동료와 달리 아이디어를 내는 족족 수정 없이 초안을 작성할 만큼 상품개발부의 에이스였지만 본부장실의 문턱을 넘을 땐 떨리는 건 어쩔 수 없었다.

호흡을 길게 가다듬은 그녀가 마른 입술에 침을 바르고 L&L 백화점 상품 개발 본부장실의 문을 조심스럽게 두드렸다. 그리고 따로 대꾸는 없었지만 늘 그러하듯이 안으로 들어갔다.

"본부장님, 봄여름 시즌 이벤트에 관한 보고서입니다."

찬희는 얼굴을 팍 숙이고 결재서류를 노려보고 있는 현준을 내려다보았다.

"거기 두고 가세요."

"저…… 먼저 좀 봐 주시면 안 될까요?"

찬희는 그렇게 말하고 제 서류 파일을 책상에 올리고 두 손으로 끝을 밀어 현준의 팔꿈치에 닿게 했지만, 그는 미동도 없었다. 아니 시선조차 주지 않았다.

"오늘은 제가 좀 급해서요."

"어디 갑니까?"

현준은 그렇게 물으며 고개를 들었다. 수려한 이목구비에서 광채가 쏟아지는 것 같아 찬희가 눈매를 가늘게 뜨며 시선을 제 발 끝에 떨어트렸다. 그의 시선이 느껴졌지만 그녀는 핑계거리를 찾느라고 죽을 맛이었다. 저번 주에 댄 핑계와 중복되지 않도록 머리를 굴렸지만 그의 시선이 날카롭게 변해 머릿속이 새하얘졌다. 긴장으로 현기증이 나서 쓰러지기 직전인 그녀의 전신을 본부장실의 서늘한 분위기가 찍어 누르고 있었다.

찬희는 피골이 상접한 노인처럼 절망스러운 표정을 짓고 마른 입술에 침을 발랐다. 본부장실에 들어오기 전보다 더 거칠어져 있었다.

연봉에 야근 수당까지 합쳐 7,000여만 원을 받는 엘리트 여성이라고 보이지 않을 만큼 비굴하고 처절한 인상을 짓고 있는 현준을 지그시 바라보던 그가 재차 물었다.

"퇴근 준비도 완벽하게 마친 것 같고…… 중요한 약속이 있나 보지?"

찬희는 어색한 미소로 대답했다.

"강찬희는 중요한 약속이 없으면 그 안경을 안 벗잖아. 가령 소개팅이라든가."

찬희에 대해서는 모르는 게 없는 현준의 물음에 찬희는 말없이 방글 웃었다. 괜히 변명하듯이 주절주절 떠들다가 말실수해서 야근이라도 하게 되면 그땐 소개팅을 주선한 친구에게 절교 선언을 들어야 할 판이었다.

"대답이 없군."

"아, 안경을 오래 쓰면 콧등이 아파서요."

"아…… 아파서."

현준의 음성이 어째 신통치 않았지만 찬희는 빙그레 지은 미소를 지우지 않았다. 그녀를 못 잡아먹어서 안달하는 상사의 구박에 익숙해진 탓이었다.

"자리에 가서 기다려."

"퇴근 시간 전에는 겨, 결과를 들을 수 있을까요?"

"중요한 약속인가?"

"아버지 생신이라서요!"

자꾸 추궁하는 투가 솔직히 말해도 야근을 시킬 것 같고 소개팅이 있다고 하면 한심하게 볼 것 같아 아버지 생신 핑계를 댔다. 살아남기 위한 본능적인 거짓말이었다.

"일주일 전에도 아버지 생신이 있다고 했던 것 같은데?"

아, 젠장! 망할 기억력.

찬희는 억지웃음을 지으며 어깨를 으쓱거렸다. 현준도 어깨를 으쓱거리며 네 거짓말은 참 뻔하구나, 라는 표정을 지었다.

이러니 렌즈를 안 끼려 하지. 이러니 안경을 벗고 들어오지. 알아도 모르는 척! 해 주는 센스는 인천 앞바다에 던진 걸까? 동해의 수심 깊은 바다에 가라앉은 걸까!

찬희는 손을 맞잡고 돌아섰다. 그리고 본부장실의 문을 열다 조심스럽게 어깨너머로 물었다.

"저기 본부장님, 제때에 퇴근시켜 주실 거죠?"

"보고."

"좀 빨리 봐 주시면 안 될까요?"

"보고."

아, 네. 알았수다. 보고 또 보고……. 보고에 미친 인간아!

찬희는 억지웃음을 잃지 않고 본부장실에서 나왔다. 터덜터덜 걸어 자리에 돌아온 그녀에게 옆자리에 앉은 태진이 물었다.

"본부장 분위기 어때?"

"몰라."

"분위기 파악 좀 하지."

"뭐가 보여야 파악을 하지."

찬희는 벗었던 안경을 쓰며 태진을 안쓰럽게 응시했다.

"이제야 보인다."

"속 편한 소리. 나 오늘 일찍 가야 하는데."

태진은 찬희와 입사 동기로 한 살 연상이었으나 사내에서 마누라와 서방이라 불리며 막역한 친분을 자랑하고 있었다.

"누군? 나도 일찍 가야 해. 소개팅 있단 말이야."

"서방도 소개팅이야?"

태진이 찬희를 부를 때 서방.

"마누라도?"

찬희가 태진을 부를 때 마누라.

뭔가 바뀐 것 같지만 이렇게 불러야 장난스럽고 오해도 생기지 않았다. 물론 본부장의 앞에서 이렇게 호칭하다가 엄청 혼나긴 했지만 둘이 있을 때 어떻게 부르건 알게 뭐냐.

찬희와 태진은 할 일이 없어 늘어진 채 얼굴을 옆으로 돌리고 서로 쳐다보았다. 팔걸이에 팔을 걸친 자세는 누가 보아도 할 일이 없는 사람들이었다.

"상대는 어때?"

태진이 물었다.

"뭐가?"

"학벌이나 직업, 나이, 그런 거 말이야."

"은행 다닌대."

"사진은 봤어?"

태진의 물음에 찬희가 느물느물한 표정을 지으며 휴대폰에 저장한 사진을 보여 주었다.

"이 사람이야. 괜찮지?"

"핸섬한데? 강찬희 너, 올해는 국수 먹여 주는 거냐?"

"촌스럽게 국수 따위! 난 뷔페야."

"큭큭, 그래. 뷔페 해라."

누가 들어도 시답지 않은 소리를 하고 있지만 이렇게라도 시간을 쓰지 않으면 피가 마를 것 같았다. 퇴근 시간까지 앞으로 15분 남았다. 등받이에 등을 깊이 묻은 찬희가 벽시계를 뚫어지게 보고 있다가 남성용 비비크림을 얼굴에 바르고 있는 태진을 흘끗 보며 물었다.

"마누라, 이러다 칼퇴근 못 하면 어떻게 하지?"

"야! 재수 없는 소리 마라."

태진은 오늘의 소개팅에 목숨을 걸겠다는 의지를 보였다.

"오늘은 무슨 일이 있어도 칼퇴야. 6시 30분 딱 되면 엉덩이 들 거라고."

"본부장도 퇴근 안 하는데?"

"나도 연애 좀 하자! 여자를 만나야 연애를 하지. 안 그러냐? 이러다 백화점 내에서 수요와 공급 선을 맞추게 생겼다고."

태진은 비비크림을 발라 번들거리는 얼굴을 기름종이로 누르며 덧붙였다.

"만날 보는 얼굴, 방귀도 다 튼 동료에게 연인의 감정을 느끼겠냐고. 안 그래, 서방?"

"난 아직 마누라 앞에서 방귀 안 텄는데?"

"말이 그렇다는 거지."

찬희는 빙그레 웃으며 두 손을 겹친 채 손가락을 빙글빙글 돌렸다. 그리고 모니터 화면을 뚫어지게 응시했다. 본부장에게서 연락이 올 텐데. 메신저의 창이 주황색으로 깜빡거려야 하는데 아직까지 잠잠하다. 20분이 넘어가는데. 마치 시험지 채점이 끝나길 기다리던 중학생으로 돌아간 것 같았다.

빨리, 빨리…….

오늘도 야근시키면 당신을 죽일지도 몰라, 킹 사이코.

초조함이 끈적거리게 묻은 손가락을 구부려 신경질적으로 돌리던 찬희가 주먹을 쥐었다가 폈다.

"왜 대답이 없는 거야! 벌써 28분인데."

찬희가 울상을 짓는데 태진이 자리에서 벌떡 일어났다.

"야호! 퇴근하란다."

"너만?"

찬희는 몸을 옆으로 밀어 태진의 모니터를 쏘아 보았다. 본부장이 보낸 메시지가 모니터 한 가운데에 있었다. 그녀는 두 눈을 질끈 감고 태진을 올려다보았다. 엉덩이를 흔들며 퇴근 준비를 하는데 너무너무 부러워서 눈물이 다 고일 정도였다.

"왜 아직까지 대답이 없는…… 왔다!"

기다리던 메시지창이 깜빡거려 늘어져 있던 찬희의 몸이 모니터 앞으로 기울었다. 얼굴을 모니터 가까이에 붙인 그녀가 마른침을 삼키며 기대에 부푼 표정으로 메시지를 클릭했다. 하지만 그것도 잠시, 그녀의 얼굴이 우그러졌다.

내 방으로 와.

짧지만 강한 한 방을 맞은 찬희가 흐느끼기 시작하자 태진이 어깨를 두드리며 위로했다.

"그러지 말고 본부장한테 사정을 얘기해 봐."

"됐어. 창피하게 뭘 그런 얘기를 해."

"누가 알아? 25살 파릇파릇하고 생기 돌던 여직원이 계란 한 판을 앞둬 조바심이 난다고 하면 소개팅하라고 특혜를 내려 줄지."

"퍽도 그러겠다. 하늘이 두 쪽 나도 그런 배려는 없을 거야. 왜 킹 사이코인데? 무조건 다시, 다시, 다시! 이것밖에 못하나? 야근해! 야근 1시간 연장! 이러면서 진짜 거품 물게 하잖아. 그래서 킹 사이코하고 불리는데…… 가망 없어."

찬희의 신랄한 비난이 이어질수록 동조하던 사람들의 표정이 식더니 모두 시선을 땅에 박았다. 하나 그 어떤 변화도 느끼지 못했던 그녀는 머리를 벅벅 긁으며 자리에서 일어났다. 그리고 파티션 너머 각자 자리로 돌아가는 동료들이 이상해 주변을 살피는데 공기가 싸늘하게 식어 있었다.

찬희는 무슨 일인가 싶어서 태진을 응시했다. 태진도 입을 벌린 채 얼어붙어 찬희의 어깨 너머로 겁에 질린 눈을 고정하고 바르르 떨고 있었다. 찬희는 이마를 긁으며 돌아서다 킹 사이코의 서늘한 시선에 하마터면 비명을 내지를 뻔했다.

이 사람이 왜 여기에 있는 거야? 본부장실로 오라며!

찬희는 전신의 수분과 혈액이 급속도로 얼어붙는 걸 느꼈다. 너무 놀라서 비명도 나오지 않고 그저 심장만이 미친 듯이 뛰며 경보를 울려댔다.

강찬희, 너 오늘 야근은 텄다! 너 오늘 친구한테 절교 선언 들을 거야!

찬희는 고개를 푹 숙인 채 울먹거렸다.

"보, 본부장님……."

"내가 킹 사이코라 불리는 모양이지?"

"그, 그럴 리가요. ……본부장실로 오라고 하셨잖아요. 그런데 왜 여기 계세요?"

"내 질문의 대답은?"

찬희는 울상을 지으며 화제를 바꾸려고 했다.

"전 어떻게 되는 거죠?"

"야근."

"아버지 생신인데요?"

"아버님께 전화해야겠군."

"야근한다고요?"

현준은 고개를 끄덕거리고 돌아섰다.

"본부장님 제에발! 오늘은 일찍 가야 해요."

"소개팅이라도 하나?"

"네! 실은 소개팅이 있어요. 훈, 훈남이에요. 자, 자. 여기 사진 좀 보세요."

거짓말도 들통 났으니 아예 진심으로 부탁해 상사의 마음을 움직여 볼 요량에 찬희가 휴대폰에 저장한 남자의 사진을 보여 주었다.

"멋지죠? 저 이 남자하고 꼭 소개팅하고 싶어요."

찬희는 눈썹을 까딱거리며 애교 섞인 미소를 보냈다.

"본부장님, 저도 여자라고요. 잦은 야근 탓에 애인도 없어요. 사귀었던 남자들마다 그랬어요. 주말도 없이 보고서 작성하는 제가 지겹다고요. 이러다 저 나이만 먹을 것 같아요. 그러니까 제발 부탁해요."

본부장의 눈빛이 제 아무리 송곳처럼 날카롭다 하여도 찬희는 물러서지 않았다. 어깨를 덮은 머리카락을 찰랑찰랑 흔들며 반달눈을 떠 다시 한 번 사정했다.

"저요, 사랑이 너무너무, 너어어어무 하고 싶어요. 그러니까 제발 퇴근시켜 주세요."

얼마나 바보 같을까? 총무부, 전략지원부, 고객관리부 및 같은 부서 직원들 앞에서 상사에게 퇴근을 구걸하는 모습이, 사랑을 고파 하는 모습이 얼마나 안쓰럽게 보이겠어?

하지만 어쩔 수 없어. 데이트가 너무 하고 싶어. 키스도 하고 싶고 사랑하는 사람이 생겼다고 동네방네 광고하고 싶다고.

"본부장님……."

"가엾군."

"맞아요, 저 엄청 가여운 여자예요!"

두 손을 모으고 이번에는 커다랗게 뜬 눈을 깜빡거린 찬희가 속삭이듯이 사정했다.

"그러니까 오늘은 퇴근, 퇴에근. 네?"

"좋아, 그럼 내 질문에 대답해. 솔직하게."

"무엇이든 물어보세요."

"킹 사이코가 나인가?"

현준의 물음에 찬희의 안색이 어두워졌다.

"강찬희 씨, 퇴근하고 싶지 않나?"

"하고 싶어요!"

"그럼 대답해야지?"

찬희는 현준의 얼굴에서 떨어지지 않는 시선을 불안하게 떨었다. 자로 잰 듯이 반듯하게 생긴 그의 이목구비는 성격만큼이나 조각처럼 완벽한 조화를 이루고 있었다. 비율이 잘 맞는다고 할까. 이마, 코, 입 피부, 모발, 키, 손 모양 등등 버릴 게 하나 없이 잘나고 또 잘나서 상대를 겁먹게 한다.

완벽한 외모의 상사가 대답하기 곤란한 질문의 답을 원한다. 하지만 대답하지 않으면 퇴근도 물 건너가는 것. 그녀는 난처한 표정을 짓고 현준을 응시하다가 어깨를 늘어트렸다. 맞잡은 두 손을 털듯이 떼며 대답했다.

"맞아요. 그게 본부장님 별명이에요."

"내가 사이코 짓을 했나?"

"아뇨, 아뇨. 그런 게 아니라…… 일을 너무 많이 시키니까요. 이러다 일에 치어 죽겠어요."

찬희의 대답에 현준이 냉소적인 한숨을 쏟아내며 실망감을 감추지 않았다.

찬희는 본부장에게 킹 사이코라고 말실수한 게 미안하고 후회해 죽을 맛이었다. 살아서 지옥을 경험하는 기분이라 울상을 짓고 있는데 현준이 말했다.

"야근해."

"본부장님!"

"이걸 보고서라고 해놓고 퇴근하려고 했어? 그리고 강찬희, 내일 중요한 회의가 있는데 소개팅 약속을 잡을 만큼 그렇게 생각이 없어?"

"저도 그 점이 걸렸지만 제 개인적인 일을 마친 다음에 집에 가서 보완할 게 있는지 살펴볼 생각이었습니다."

현준의 말도 일리가 있었지만 찬희는 기죽거나 물러서지 않았다. 상대남이 내일부터 지방으로 출장을 가야 한다고 하고 그 남자 또한 바쁘기 때문에 오늘이 아니면 언제 보게 될지 알 수 없단다. 그렇다고 하니 저녁에 잠깐 만나서 밥 먹고 얘기 좀 하다가 집에 들어가서 일하면 되지 않겠는가. 오랫동안 준비한 회의가 잘못될 것 같지 않아 현준이 화를 내는 게 솔직히 이해되지 않았다.

"부탁드립니다. 퇴근할 수 있도록……."

"그렇게 쉬고 싶고 연애하고 싶으면 그만둬!"

현준이 소리를 버럭 지르는 바람에 찬희의 얼굴이 밀빛으로 새하얗게 질리기 시작했다. 그는 찬희처럼 경직되어 있는 직원들을 둘러본 다음 입술을 뗐다.

"강찬희만 남고 모두 퇴근해도 좋다."

청천벽력 같은 소리에 찬희가 항의하듯 외쳤다.

"본부장님! 저 오늘 정말 중요한 약……."

"그렇게 중요했으면 주말에 잡아야지. 평일 야근은 거의 일상인데 그새 잊은 건가?"

"그럼 다른 사람들은 가도 되고 전 왜 안 되는데요?"

"몰라서 물어?"

현준이 곧 잡아먹을 것처럼 쏘아붙여 찬희의 눈가에 눈물이 그렁그렁 맺혔다.

"어쩔 거야, 그만둘 거면 소개팅 나가고, 일할 거면 빨리 앉아서 머리 굴려."

현준은 그렇게 쏘아붙인 다음 돌아섰다. 퍽퍽한 게 닭 가슴살 같은 남자라는 걸 알고 있었지만 야속하고 기가 막혀서 주먹으로 배를 얻어맞은 것처럼 얼얼하고 충격적이었다.

"가, 강 대리…… 괜찮아?"

맞은편에 앉아 눈치를 보던 선배 부섭이 물었다.

"아뇨. 저 지금 미칠 것 같아요. 본부장님은 왜 저한테만 저러세요? 말실수 좀 했기로서니 중요한 약속이 있다는데도 너무하시잖아요."

찬희는 기가 막히고 앞이 막막해 자리에 앉자마자 엎드렸다. 눈물도 나오지 않을 만큼 어이가 없고 기가 막혀서 현기증이 났다. 뒷목이 뻣뻣하고 가슴이 타들어 갈 것 같아 떨림이 진정될 때까지 눈을 감고 있는데 주변이 조용해졌다.

태진도 위로할 방법을 찾지 못해 그냥 등만 두드리고 퇴근했다. 텅 빈 사무실에 홀로 남아 있는데 소개팅을 주선한 친구가 전화를 걸었다.

찬희는 휴대폰 액정 화면에 뜬 친구의 이름을 오랫동안 응시하다가 기가 팍 죽어 받았다.

─찬희야, 어디야? 우린 지금 막 도착했는데.

"저기, 윤희야……. 미안해. 나 오늘 못 갈 것 같아. 야근하래."

─야근? 우리 니네 회사 앞에 와 있다고!

"미안해. 나 못 나가."

─너 진짜 사람 곤란하게 할래? 일단 나와. 얼굴이라도 비치고 가. 응?

"미안해……. 정말 안 될 것 같아."

찬희의 대답에 윤희는 화가 났는지 한숨을 푹 쉬고 그냥 전화를 끊어 버렸다. 엎드린 채 끊어진 휴대폰을 귀에 대고 있던 찬희의 눈에서 눈물이 주룩 흘렀다.

"훅, 흐읍. 흑!"

눈물을 참으려고 했지만 소용없었다. 어차피 혼자고 해서 훌쩍거리는데 숨을 쉴 수 없을 만큼 콧물이 흘러 고개를 든 그녀가 크리넥스 각 티슈에서 휴지를 뽑으려고 손을 뻗었다. 그런데 생각지도 않게 오 마스큘랑 오 드 뚜왈렛 향을 물씬 풍기는 손수건이 그녀의 얼굴 앞에 나타났다.

놀란 찬희가 고개를 들어 손수건의 주인을 올려다보았다. 현준이 고압적인 표정을 짓고서 그녀를 내려다보고 있어 눈이 마주쳤다. 눈물이 주룩 흘렀다.

"뭐, 뭘 보세요."

"내가 강찬희를 울린 모양이군."

"네! 본부장님이 저 울리셨어요. 저 진짜…… 흑. 친구도 화내고…… 난 몰라. 흑흑."

"친구 일은 미안하지만 내 사정도 급했어."

찬희가 손수건을 무시하고 휴지를 뽑아 눈가를 닦는 동안 현준이 지나가는 투로 덧붙였다.

"소개팅한다는 말을 듣고 가만히 있을 수 없었거든."

"그게 무슨 말씀이세요?"

찬희는 딸기처럼 빨개진 코를 휴지로 감싸며 물었다.

"내가 고백하려고 했으니까."

코끝을 휴지로 꾹꾹 눌러 닦던 찬희의 동작이 뚝 끊겼다. 방금 제가 잘못 들은 건 아닐까 싶어서 현준의 얼굴을 자세히 보려고 고개를 들었는데 실수한 기분이 들었다. 사악할 정도로 여유 넘치고 환한 미소를 짓고 저를 쳐다보고 있어 심장이 멎는 것 같았다.

물론 심장이 멎는 것처럼 충격을 받았다는 거지, 킹 사이코라고 욕하던 사장의 고백에 설레서가 결코 아니었다.

찬희는 얼빠진 얼굴로 제게 고백하려고 남겼다는 말을 하고 있는 현준의 입술을 주시했다. 휴지로 얼굴의 반을 가린 그녀의 눈이 빨갛게 충혈되었지만 더는 눈물이 맺혀 있지 않았다. 너무 놀란 탓에 말라 버린 게 틀림없었다. 안구가 뻑뻑할 정도로 눈을 깜빡거리지 않고 뜬 눈으로 현준을 보고 있던 그녀가 마른침을 삼킬 때 귓전을 때리는 고백이 들렸다.

"오늘부터 네게 매일매일 프러포즈할 생각이다."

응? 프러……포즈?

현준의 말에 손에서 미끄러진 휴지가 맥없이 나풀거리며 바닥에 떨어졌다. 가벼운 휴지가 떨어졌는데 찬희에겐 지진이 난 것처럼 무언가가 쿵! 하고 가라앉는 듯한 괴성으로 들렸다. 그 괴성은 점점 거세져 심장을 격하게 쥐었다가 놓고 이성을 뒤흔든 다음에야 폭발로 이어졌다.

 콰과광, 쾅!

첫 번째 프러포즈.
꿈같은 고백

두근두근. 미칠 것 같아.

긴장돼서 죽겠는데 삼겹살 가게가 뭐야?

진지하게 할 얘기가 있다고 해 놓고 연기 피우며 팔 아프게 집게 들고 이리주리 뒤집어 구워야 하는 삼겹살 가게로 데리고 온 현준을 이해할 수 없어 찬희는 입매를 굳혔다. 설마하니 매일매일 프러포즈를 할 생각이라면서 앞으로 자신이 어떤 방식으로 다가올지 구체적인 설명회를 하고자 삼겹살 가게로 부른 건 아니겠지? 부담 100배 긴장감 1,000배나 되는 얘기를 하며 삼겹살을 뒤집고 자르는 건 아니겠지? 이게 '생활의 발견'이라는 무슨 개그 프로그램도 아니고 웃어야 할지 말아야 할지.

게다가 이 집은 왜 된장찌개가 아닌 청국장을 서비스로 주는 거야? 안 어울려. 칼미남 얼음 본부장 장현준의 이미지와 전혀 안 어울려.

찬희의 눈매가 서늘하다. 꾸리꾸리한 냄새를 풍기는 청국장 뚝배기에 숟가락을 꽂고 있는 현준을 보는 눈도 곱지 않았다.

"본부장님."

"왜?"

"저 약 올리시는 거죠?"

"그게 무슨 말이지?"

현준은 이해가 안 되는지 고개를 갸웃거리면서 삼겹살을 상추에 싸고 있었다.

"저요, 청국장 안 좋아해요."

"나도 안 좋아해. 삼겹살 먹어."

"청국장은 그렇다고 치고, 삼겹살 가게에서 밥 먹자고 하실 줄은 몰랐어요."

"스테이크보다 낫잖아."

아니지, 스테이크가 훨씬 낫지! 젊은 사람이 왜 이렇게 분위기를 몰라?

"옷에 냄새 배서 회식 외에는 이런 곳에 오는 거 솔직히 불편해요."

찬희의 새침한 대꾸에 아차 싶었는지 현준이 넥타이를 느슨하게 풀며 대꾸했다.

"아까 삼겹살 어떠냐고 물었을 때 얘기하지 그랬어."

"대답하기도 전에 들어와 앉으셨잖아요."

"그럼 주문하기 전에 나가자고 그러지."

"들어왔는데 어떻게 그래요?"

언제나 따져 묻는 건 장현준이었고 우물쭈물 대답하는 건 찬희였는데 지금은 상황이 바뀐 것 같아 그녀는 내심 기쁘면서도 실망스러웠다. 삼겹살 냄새가 자꾸 신경 쓰이고 불판 위에서 익는 고깃

덩어리가 거슬렸다. 소개팅이 있는 날이라 비싼 옷과 핸드백, 구두 차림을 했는데 가게 분위기 때문에 격이 떨어져 보였다. 이럴 줄 알았으면 비싼 돈 들여 드라이클리닝하고 핸드백도 광나게 손질하지 않았어도 되는 거였다.

스테이크 먹고 싶은데······. 와인도 곁들여 예쁜 척 내숭을 떨면서 상대의 호감을 사고 싶은 날이었는데······. 삼겹살이 지글거리는 불판에서 솟는 열기에 제 마음처럼 얼굴이 홧홧해진다. 찬희는 그저 울고 싶었다.

"삼겹살은 회식 때나 먹어요."

"혼자서 2인분을 먹어서 좋아하는지 알았지."

현준의 대답에 찬희의 눈이 커졌다.

"그건 마누라가 놀린 거예요! 제가 어떻게 2인분을 먹어요."

현준이 눈썹을 구겼다. 태진과 찬희가 사이좋음을 누구보다 잘 알고 있는 현준이었지만 '서방', '마누라'라고 부르는 것만큼 듣기 싫은 말도 없었다.

"마누라라고 하지 말랬을 텐데? 그게 무슨 말버릇이야?"

"오피스 허즈번드라고 부르는 것보다 낫잖아요."

"뭐로 부르든, 다 안 된다고 했잖아."

"저희는 편해요."

"내가 거슬려."

현준은 이왕 고백한 것 좀 더 강하게 어필할 필요가 있어 근엄한 어조로 일렀다.

"허즈번드가 그렇게 필요하면 나 어때?"

"풉!"

예기치 못했던 공격을 받아 당황한 권투 선수처럼 당혹감을 감추지 못하고 찬희가 얼굴을 붉히며 손으로 입을 가렸다.
"웃지 마. 웃으라고 한 소리 아니니까."
"죄송합니다."
"그렇게 딱딱하게 사과할 건 뭐야."
현준은 언짢은 듯이 인상을 구겼다.
"긴장해서요."
"편하게 생각해."
"어떻게 그래요······."
초긴장 상태인 사람한테 마음 편히 먹으라니. 달나라에 가서 토끼를 잡아오라는 소리나 마찬가지지.
"응석 좀 부려 봐, 내 애간장 좀 살살 녹여 보라고."
현준의 요구에 찬희는 기가 막혀 삼겹살을 뒤집다 말고 질린다는 표정을 지었다. 겉이 바삭하게 구워진 삼겹살도 이젠 관심 밖이 되었다.
그녀는 젓가락을 내려놓으며 종업원을 불렀다. 그리고 뒤늦게 현준에게 허락을 구했다.
"저 소주 시켜도 돼요?"
"술 마시게?"
"본부장님 때문에 그래요. 갑자기 고백이나 하고. 심란하잖아요!"
"술을 마셔서 긴장이 풀린다면 한잔하는 것도 나쁘지 않겠지."
현준은 그렇게 말하고는 종업원이 다가오자 말했다.
"참이슬 후레쉬하고 카스 주십시오."
턱을 당겨서 현준을 쳐다보던 찬희가 물었다.

"어떻게 아셨어요?

"소맥파인 거?"

그녀는 고개를 끄덕거렸다.

"관찰하고 있었으니까. 강찬희가 회식 자리에서 보인 행동들, 했던 말은 다 기억해."

"전부는 아니시잖아요."

"전부 기억해. 강찬희가 오태진한테 마누라라고 하며 나누는 대화를 더욱 그렇지."

"누가 들으면 질투하시는 줄 알 거예요."

"질투했어. 그래서 다음 날 오태진의 인사고과 점수를 낮게 줬지."

그의 대답에 놀란 그녀가 입을 다물지 못했다. 그리고 상체를 앞으로 내밀고 조심스럽게 물었다.

"정말 그러셨어요?"

"그밖에도 마누라, 서방이라는 말할 때마다 사내 풍기문란 죄를 적용해서 두 사람 모두 마이너스 1점씩 추가했지."

"본부장님, 원래 그런 캐릭터셨어요? 치사하다는 생각은 안 하세요?"

"치사하다니? 하지 말라고 얘기했는데도 상사 말을 무시한 건 두 사람이야. 서방, 마누라가 뭔가?"

현준이 핀잔을 주는 동안 주문한 소주와 맥주가 나왔다. 그는 능숙하게 소맥을 만들어 찬희의 앞에 놓았다. 그리고 저는 소주를 따랐다.

"스테이크에 와인 마시고 싶었어?"

"네."

"내일 사 줄게."

"아뇨, 아뇨."

"일단 마시자. 나도 속이 좀 탄다."

현준은 제가 너무 밀어붙이는 게 아닌가 걱정스럽기도 했지만 이왕 시작한 것 찬희에게 교제 허락을 받고 싶었다. 사실 그는 극도로 긴장하고 있는 상태였다.

찬희는 4년 전 입사했다. 그때 그녀에겐 이미 연인이 있었다. 그래서 그는 잦은 야근을 시켰다. 업무를 익히라는 뜻에서 토요일에도 출근하도록 지시했고 그 역시도 찬희를 보기 위해 출근했었다.

그렇게 1년 동안 찬희를 괴롭히듯 매일 야근을 시켰다. 그러던 어느 늦은 밤 사무실에 혼자 남아 있던 그녀가 울고 있었다. 연인에게 차였단다. 문자로 통보 받아 더 슬프다고 휴대폰을 쥐고 헝헝, 소리를 내며 울었지만 현준이 위로하려고 다가가자 눈물을 지우고 일에 몰두하는 척했다.

실연의 상처를 치유하고자 일에 몰두하는 그녀가 안쓰러웠지만 현준도 독하게 그녀를 몰아붙였다. 일에 파묻혀 지낼 수 있도록 야근에 특근까지 시켰다.

그렇게까지 짓궂게 행동한 건 심층 면접 때부터 찬희에게 마음이 빼앗긴 탓이었다. 여직원에게 사심을 보인 적도 없었고 관심도 없었던 현준이었지만 찬희는 면접실에 들어오는 그 순간부터 남다른 느낌을 주었다. 그래서 면접 당시 애인이 있느냐는 질문을 했었다.

애인이 있다는 대답에 상심하기도 했지만 야근을 넘어 특근까지 시켰더니 애인도 질려 그녀에게 이별을 알렸다. 그때 현준은 쾌재를 불렀다. 이제 슬슬 제 마음을 드러내도 되겠구나, 싶어서 기회를 엿보려는데 찬희가 앞으로 1년 동안 제 인생에서 연애는 없다는 말을 했다.

현준은 여성 최초의 중역이 되는 꿈에 올인 하겠다며 투지를 불태우는 찬희에게 고백할 수 없었다. 그래서 눈치를 보며 상사로서만 대했다. 물론 어눌한 태도로 제 마음을 들키고 싶지 않아 매사 정색하고 깐깐하게 굴기도 했다.

그런데 워킹우먼이 되겠다던 그녀가 여름휴가 때 친구 애인의 친구를 소개 받아 새로운 연애를 시작했다.

현준은 찬희에게 속았다는 생각을 지울 수 없었다. 배신감도 들어 분노는 극에 달했다. 냉소적이었던 그는 얼음덩어리가 되었다.

여름 휴가.

현준이 찬희를 곁에 둘 수 없는 구멍. 그 구멍을 이용해 찬희가 연애를 시작한 것이다.

현준은 온갖 방법을 동원해 그녀를 채찍질했다. 그녀의 업무가 아님에도 출장도 보냈고 프로젝트가 있으면 의사도 묻지 않고 참가자 명단에 찬희의 이름을 올렸다. 주말, 휴일도 상관없이 일을 시켰다.

킹 사이코라는 별명만 붙은 게 이상할 정도로 빡빡하게 조이긴 했다. 그래서 그녀가 킹 사이코라고 말할 만큼 닦달했더니 결국 찬희는 또 차였다. 야근에 특근, 일요일 하루만큼은 쉬어야 한다는 압박 때문에 애인보다 잠을 선택한 결과였다.

그때부터 현준은 더더욱 틈을 주지 않았다. 겨울 휴가철에도 시시때때로 불러내 일을 시켰다. 보통 그 정도가 되면 이직을 고려할 텐데, 우직한 성품답게 찬희는 단 한 번도 거부하거나 반항하지 않았다.

하지만 상황이 상황이니 만큼 너무 딱딱하고 진지한 분위기는 안 좋을 것 같아 스테이크보다 삼겹살을, 와인보다 소맥을 선택했다. 편안한 분위기에서 긴장을 풀고 다시 한 번 제 진심을 고백한다.

"이렇게 속 탈 만큼 긴장하기도 처음이군."

"긴장…… 하셨다고요?"

"강찬희 너 때문에."

"설마요. 회장님 앞에서도 긴장 안 하시잖아요."

"그러게. 서른둘 먹도록 긴장이라는 걸 모르던 내가 강찬희하고 어머니 앞에서는 하게 된다."

"어머니가 많이 무서우세요?"

찬희의 물음에 현준이 씁쓸한 표정을 지으며 잔을 비웠다.

"무섭지. 어느 날 갑자기 내 곁을 홀연히 떠나실 것 같아서."

현준의 대답에 찬희는 숙연해져 입술을 오므렸다. 그가 소주잔을 손에 쥔 채 좌우로 굴리며 겸연쩍은 미소를 지었다.

"어머니 어디 안 좋으세요?"

"우리 어머니 얘기보다 내가 시급해. 나하고 연애하자."

"본부장님……."

"멀리서 찾지 마. 소개팅하면서 진 빼지 말란 말이야. 너 연애 시작해도 어차피 또 차여. 야근 잦아서 제대로 못 만날 테니까."

"본부장님 때문이잖아요! 만날 야근시키……."

이제야 4년 동안 자신이 야근이라는 덫에 걸려 연애를 제대로 하지 못했음을 깨달은 찬희의 안색이 변했다. 그녀는 곧 억울함을 호소하듯 언성을 높였다.

"본부장님 그거 월권인 거 아세요?"

현준은 소주를 따르며 잔을 들었다. 마지못해 찬희도 잔을 들었다.

"이거 마시고 대답해. 어쩔 거야?"

단도직입적인 질문에 얼굴을 붉힌 찬희가 마른 목을 술로 적시고 난 후에 한숨을 푹 쉬었다. 따갑게 꽂히는 눈초리가 맵다. 그는 포식을 위해 사냥에 나선 표범처럼 날카로운 눈빛으로 그녀의 표정을 주시하고 있었다.

찬희는 거품만 묻어난 빈 맥주잔을 두 손으로 감싸고 심각하게 눈썹을 구기고 입술을 깨물었다. 그녀가 중대한 결정을 내릴 때마다 나오는 버릇이었다.

현준은 눈을 감고 호흡을 가다듬으며 마음속으로 3초를 세는 찬희를 지켜보았다.

현준은 찬희의 대답을 기다렸다. 찬희가 슬그머니 눈을 떴다. 안경 알 너머 이제야 긴장한 낯빛이 역력한 현준이 보인다.

찬희는 현준의 잘생긴 얼굴을 오랫동안 응시하다 말했다.

"죄송합니다."

연애의 감정이 생기지 않을 것 같다. 야근할 때마다 킹 사이코라며 갖은 욕을 다 퍼부었던 증오의 상대를 연인으로 둔다? 있을 수 없었다.

찬희는 고개를 숙였다. 솔직하게 말하지 않으면 안 될 것 같았다. 매일매일 프러포즈를 하겠다는 상대를 단념시키려면 야멸친 감이 있겠지만 제 생각을 분명히 하는 게 좋다.

"상관없어. 강찬희가 나 싫어하는 거야 예전부터 알고 있었으니까."

기운 빠져. 상관없다? 그럼 왜 물은 건데!

"아까 강찬희가 그랬지? 이러다간 일만 하다 늙어 죽겠다고 말이야. 연애가 너무 하고 싶다고. 나도 그 부분에 있어서 동감이야. 너무 늦지 않았을 때 고백하는 게 낫겠다는 생각도 들었고. 그러니 우리, 연애하자."

"고백하셔서 마음이 편해요?"

찬희의 물음에 현준은 고개를 끄덕였다.

"저는 상당히 불편해졌는데……."

"그럴 것 같아서 고백 안 하려고 했지만 어쩔 수 없었어. 다른 놈 만나겠다고 소개팅을 하려고 했으니까. 좋아하는 사람이 있는 것도 아니고 사랑하기 위해 누군가를 만난다면 그 상대가 나였으면 했지."

"본부장님, 저기 그러니까 저는…… 사내연애에 관심이 없어요. 만날 보는 얼굴이고 방귀까지 튼 사이……."

어쩌다 태진의 인용까지 따라하게 됐지만 현준의 마음을 돌리려면 적절한 설명 같았다. 하지만 현준의 표정으로 보아 이해를 못한 것 같았다.

"난 그런 거 안 터."

"예가 그렇다는 거예요. 그만큼 일주일에 5일에서 6일 하루의 절반 이상 가까이 보는 마당에 신선할 것도 없고 그렇잖아요."

"강찬희는 내게 매일매일 신선해."

"전 아니에요. 전 본부장님이 무서워요. 아니 부담스러워요."

"앞으로 마음을 편하게 가져."

그런 게 될 리가 없잖아! 당신은 선생님, 나는 나머지 공부를 해야 할 만큼 열등한 학생. 상하 주종 관계로 4년 동안 생활한 마당에 어떻게 연애를 할 수 있지?

속말을 다 해 버리고 싶었지만 상대는 본부장이었다. 그녀의 숨통을 쥐고 있는 상사. 본부장의 고백을 들었다고 해도 거만하게 굴 수가 없어 찬희는 말수를 아끼며 눈치를 살폈다.

"전 좀 그러니까…… 사내 말고 사외의 사람을 만나고 싶어요."

"그거 잘 됐군. 회사를 그만둘 생각이었으니까."

"회, 회사를 그만두다니요?"

"한국 홈쇼핑에서 스카우트 제의도 들어왔고 겸사겸사 나도 다른 생각이 들고 해서 말이야. 그동안 너무 앞만 보고 산 건 아닌가 해서 주변도 좀 돌아볼……."

"잠깐만요. 하, 한국 홈쇼핑이라고 하셨어요?"

찬희는 기가 막혀 입을 떡 벌리고 현준을 이 세상 사람이 아닌 신처럼 우러러 보고 있었다. 최연소, 최고속 승진이라는 기함할 정도의 기록을 가진 그가 이번에는 한국 홈쇼핑? 홈쇼핑 채널 중에서 최고의 기업으로 꼽히는 한국 홈쇼핑은 간부들의 연봉이 백지수표라는 말이 있을 만큼 대우 좋기로 소문이 난 곳이었다. 그런데 그곳에서 현준을 탐내고 있다니 입을 다물 수 없었다.

"그곳으로 가시는 거예요?"

"아니, 강찬희 때문에 거절했어."

"저 때문에요?"

"한국 홈쇼핑에는 강찬희가 없잖아."

현준의 대답에 찬희는 턱을 당기고 경계심이 가득한 표정을 지었다. 마스카라를 진하고 풍성하게 칠한 속눈썹이 긴장한 듯 계속

해서 내려앉았다가 올라갔다.

그래, 그런 말은 여자들이 가장 듣고 싶어 하는 말이야. 하지만 그 여자가 왜 하필 난데?

"제 어디가 그렇게 마음에 드세요? 이해가 안 돼서 그래요. 만날 혼만 내시잖아요."

"처음부터 호감이 있었어. 기억 안 나? 심층면접 때 내가 애인이 있느냐고 물었잖아."

"물론 기억하죠. 뜬금없었으니까요. 하지만 그땐 상품개발부가 야근이 잦아서 애인이 있으면 힘들지 않겠……."

"그거 거짓말이야. 사적으로 물어봤다가 주변에서 이상하게 봐서 둘러댔을 뿐이거든."

현준의 대답에 찬희가 헛웃음을 지었다.

"하, 하, 하. 그럼 4, 4, 4년 동안 절 좋아하셨다는 건가요?"

"4년이나 됐군. 세월 참 빨라."

"그렇게 감탄하실 때가 아니잖아요!"

"그럼 울어야 하나?"

현준은 가벼운 농담을 건네듯이 응수하며 빙그레 웃었다. 그가 웃을 때마다 얼굴에는 여유가 묻어났다. 그녀는 어금니를 살짝 깨물었다가 떼며 고개를 주억거렸다.

"그래요, 고마워요. 본부장님이 절 좋아해 주신 건 물론 감사하게 생각해요. 그런데요."

"그런데?"

"전 가슴 설레는 사랑을 하고 싶어요. 주눅 들어서 하는 사랑보다 그 사람을 생각만 해도 가슴 설레고 손끝만 스쳤을 뿐인데 병에 걸린 것처럼 심장이 짜릿짜릿한 거 있잖아요. 그런 게 너무 하고 싶어요. 그러니까 도와주세요."

찬희는 숨을 크게 들이마셨다가 내뱉으며 부탁했다.

"……전 결혼 빨리 하고 싶단 말이에요. 저도 내일모레면 서른인데."

L&L 최초의 여성 중역이 되고 싶다는 야망도 결혼 앞에서는 주춤해진다. 가족을 이루고 싶고 알콩달콩한 사랑을 나누면서 아이들도 낳고 싶어졌다. 사랑 없이 성공만 한 인생이 과연 행복할지 의문이 들 정도로 공허함을 느끼고 던 차라 그녀의 생각이 굳어졌다.

"전 먼 훗날, 일적으로도 성공하고 싶지만 제 인생 그 자체도 성공적이었다고 회고하고 싶어요."

찬희의 대답에 생각이 많아진 듯 눈매를 가늘게 뜨고 있던 현준이 아랫입술을 혀로 축인 후 물었다.

"그래서 거절한다는 거야?"

단도직입적인 물음에 심장이 철렁 내려앉았지만 찬희는 현준처럼 의연한 얼굴을 했다. 입술을 살짝 물고 눈매는 지나치게 크지도 작지도 않게, 게슴츠레 떴다. 모두 현준이 가르쳐 준 방법이었다. 두 손을 공손하게 모은 그녀는 훌륭한 상사이자, 사수인 그의 얼굴 이목구비를 한참 동안 뜯어본 다음에야 무겁게 내려앉은 입술을 떼고 제 대답을 내놓았다.

"죄송합니다, 본부장님. 거절하겠습니다."

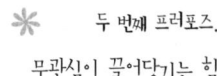

두 번째 프러포즈.
무관심이 끌어당기는 힘

햇살에도 강한 에너지가 느껴질 정도 눈이 부실 정도로 영하 9도까지 내려갔던 기온이 영상으로 올라 옷차림도 가벼워졌다. 무릎까지 올라오는 부츠에 진회색 스트라이프 모직 스커트, 모직 재킷에 넥워머를 두른 찬희는 손등에 달린 검은색 토끼털이 잔바람에 쓸릴 때마다 부드러운 미소를 지었다. 노트북 가방을 든 가죽 장갑 낀 손에 힘이 살짝 들어갔다.

8시 30분.

L&L 백화점의 후문으로 일개미 군단처럼 들어서는 동료 틈에 오태진이 보였다. 찬희가 반가운 마음에 종종걸음으로 다가가 그의 어깨를 툭 밀며 물었다.

"어제 소개팅 잘 했어?"

"전혀."

"또 별로야?"

"그러게, 여자들은 나 좋다는데 오태진 님은 마음에 안 드니 원."

태진의 대답에 찬희가 분위기를 바꾸고자 물었다.

"점심에 얼큰한 거 먹으러 안 갈래?"

"어제 술 마셨어?"

태진의 물음에 찬희가 어깨를 으쓱거렸지만 시무룩한 표정 때문에 질문이 날아들었다.

"어제 야근한 것 때문에 열 받아서 강소주 마신 거야?"

"아냐, 내가 왜 소주 마셔."

"너 스트레스가 심한 날에는 매운 거 먹으려고 하잖아. 그렇다는 건 어제의 일이 오늘까지 이어지고 있다는 건데…… 아니야?"

"회의. 중대한 회의 탓입니다."

찬희는 대충 둘러대며 물었다.

"먹을래, 안 먹을래? 저번에 장에 문제 있어서 매운 거 못 먹는다고 했었잖아. 아직도 그 상태면 말고."

찬희의 제안에 태진이 푸싯, 웃으며 물었다.

"네가 쏘냐? 네가 쏜다고 하면 양잿물이라도 마시지."

"더치도 몰라?"

"더치가 뭐냐? 뽀뽀의 종류냐?"

"나 농담할 기분 아니야. 오늘 중요한 프레젠테이션 있잖아."

"어, 그러셔? 어제 소개팅하려던 사람답지 않은 말이다?"

태진은 그렇게 말하며 찬희의 어깨에 팔꿈치를 대고 몸을 숙였다. 그리고 제임스 딘이라도 된 양 야성적인 눈빛을 반짝이며 속삭였다.

"아니면 이젠 능숙해진 건가? 소개팅은 소개팅이요, 프레젠테이션은 프레젠테이션이다?"

"완벽하게 준비했으니까."

"오올! 여유 만만이다?"

"그런 거지 뭐. 능숙해졌다고 할까."

"능숙하다……라. 부러운 말인데?"

태진은 그렇게 말하며 찬희의 어깨에 팔을 걸치고 머리를 맞댔다.

"본부장이 너만 특별하게 길들인 보람이 있는 거야?"

"특별?"

"그래, 특별히 너만 더 길들였잖아. 가혹할 정도로. 어제도 소개팅 있다는 사람을 야근시킨 게 오늘 할 발표 때문이 아니겠어?"

태진의 말에 찬희는 살짝 얼굴을 붉혔다. 야근을 시킨 게 발표 때문은 아닌 것 같았지만 속사정을 그대로 말하기도 낯부끄러웠다.

"서방, 너 진지하게 생각해 봐."

"뭘?"

"본부장 어떠냐?"

찬희의 얼굴이 얼음물 세례를 받은 것처럼 차게 식었다. 그녀는 손가락으로 머리카락을 쓸어내리거나 가볍게 목을 긁는 시늉을 하면서 제법 부산스럽게 행동했다. 이렇게라도 하지 않으면 굳은 얼굴 때문에 어제 본부장에게 고백 받은 걸 들킬 것 같았다.

"농, 농담으로도 그런 소리 하지 마."

"그 정도면 베리 굿이지. 너는 이제 곧 계란 한 판인 주제에 너무 튕겨."

태진이 엄지손가락을 들고 한 말에 찬희는 어이가 없어 가볍게 웃었다.

"그러는 댁도 만만치 않아요."

"난 남자고."

"요즘도 그런 소리를 하는 사람이 있다니. 고리타분하다?"

"고리타분해도 남자 서른과 여자 서른은 엄연히 다르네요."

태진은 그렇게 말하며 찬희의 목에 팔을 걸며 속삭였다.

"남자는 노산 걱정이 없거든."

"노산은 온전히 여자의 몫이긴 하지. 인정해. 그런데 남자도 나이 들면 정자 활동이 감소하지 않나?"

"난 왕성해. 이거 왜 이래."

"과연 그럴지. 난 잘 모르겠네. 우리 마누라의 성욕을 어찌 알겠어?"

찬희와 태진은 은근히 야한 농담도 스스럼없이 나누며 은근히 야릇한 분위기를 연출하고 있었다. 동성 친구보다 더 친하게 지내 다시피한 사이기에 이러고 다녀도 누구 하나 손가락질하거나 쑥덕거리지 않았다. 4년 전 입사 초에는 둘이 너무 붙어 다녀서 사귀는 게 아니냐는 걸 시작으로 수많은 의혹과 소문을 제조했지만 이제는 그도 기운 빠지는지 서방과 마누라라고 칭해도 신경 쓰지 않았다.

단 한 사람만 빼고.

"강찬희, 오태진!"

정면에서 마주친 장현준이 부르짖는 목소리가 두 사람에게 달려들었다. 사신이 서슬 퍼런 낫을 휘두른 것처럼 피가 솟을 만큼 놀랄 만한 등장이라 두 사람의 숨통이 콱 막혔다. 태진은 얼른 찬희의 어깨에서 팔을 거두고 군기가 바싹 들어간 일등병처럼 등을 곧추세웠다.

"본부장님, 밤새 안녕하셨습니까!"

"둘이 뭐하는 거야? 연애하나?"

"아닙니다. 동료끼리 그저 이야기 중이었습니다."

태진은 머쓱한 분위기를 돌리려고 환히 웃었지만 현준의 굳어진 인상은 펴지지 않았다. 오히려 친구라는 대목이 마음에 걸리는 것처럼 화를 냈다.

"동료면 동료답게 행동할 것이지 아침부터 뭐하는 거야? 바싹 붙어서 다니는 거 좋아 보이지 않아."

"본, 본부장님 그게 아니라요."

"아니면 뭔데? 남들 눈은 전혀 신경 쓰지 않나?"

현준은 태진에게 쏘아 붙이더니 찬희에게 대답을 들으려는 듯이 노려보았다.

"강찬희, 어제 내가 한 말이 그렇게 우스웠나? 서방이니 마누라니 하는 것도 듣기 싫은데 이렇게 붙어 다니기까지 해?"

"죄송합니다."

찬희는 고개를 팍 숙이고 있었다. 태진도 고개를 숙이고 입바람만 조심스럽게 불었다.

"두 사람 앞으로 조심하길 바란다. 백화점 사원증을 목에 걸고 다니면 더욱 조심해야지."

현준은 찬희를 흘끗 보고 돌아섰다. 찬희는 현준의 기척이 사라질 때까지 고개를 들지 못하고 손가락만 지분거렸다. 죄인처럼 구는 행동에 옆에서 지켜보고 있던 태진이 물었다.

"뭐야?"

"응?"

"본부장하고 무슨 일 있었어?"

"별로. 어서 들어가자."

찬희는 9시에 있을 회의가 생각나 서둘러 사무실에 들어갔다.

VVIP 고객 유치를 위한 홍보와 마케팅에 관한 주제인데 프레젠테이션을 9시 30분부터 11시 30분까지 진행할 예정이다. 프레젠테이션의 발표자는 현준이 아닌 찬희가 맡게 되었으며 오늘은 특별히 L&L 백화점 본사의 임원진을 대동한 유재현 회장이 입회한다.

유통사업의 큰손이라 불리는 유재현 회장의 L&L 그룹은 백화점을 필두로 창고형 할인마트와 의류 상설 할인 매장, 삼창모직과 삼일제분, 삼식라면을 보유하고 있었으며 중국과 동남아에 공장을 설립하는 등 활발한 성장세를 보이고 있는 거성중에서도 거두였다.

82세의 호호백발 노인이지만 총기가 남다르고 인재를 보는 눈이 탁월해 프레젠테이션만 잘 성공시킨다면 본사 전략실로 발령받는 경우가 흔치 않다고 한다. 현준은 본사에서 시작해 지점으로 온 경우였지만 입사 6년 만에 본부장으로의 최연소 승진이라는 타이틀을 거머쥐게 되었다. 그런 밑바탕에는 철두철미한 자료 조사와 간결하게 핵심을 집어낸 내용 정리, 그리고 바르고 정확한 발표 태도를 고루 갖춘 완벽한 프레젠테이션이 있었다.

찬희는 노트북 가방을 의자에 놓으며 입술을 오므렸다. 반질반질하게 칠해진 립스틱 때문에 오므린 입술이 주름이 깊어졌다. 깊어진 주름만큼 생각도 뇌리를 깊숙이 찌르는 것 같았다.

어제 야근했어야 했나?

프레젠테이션의 준비 기간은 한 달. 철저하게 준비를 하여 어제까지는 야근할 필요가 없다고 생각하고 소개팅을 만들었던 것인데 실수한 느낌이 들었다. 불안이 급습해 떨지 않던 가슴이 호흡에 따라 들썩거렸다. 입술에 침을 바르며 뒤늦게 긴장한 듯이 프레젠테이션의 내용을 확인하려는데 태진이 투덜거렸다.

"거 되게 정색하네. 우리가 하루 이틀 이러고 지내는 것도 아닌데 왜 갑자기 저래?"

서류가방을 책상에 던지듯이 놓던 태진이 코트를 벗어 옷걸이에 걸며 씩씩거렸다. 기분 좋았던 아침에 얼음물을 맞은 것 같은 기분이 들긴 하겠지만 찬희는 컴퓨터의 전원을 켜고 넥워머를 벗어 옷걸이에 걸었다.

"점심에 칼국수 먹자는 얘기한 것뿐인데 꾸중이나 듣고……."

"본부장님 컨디션이 별로인 모양이지. 마음 넓은 마누라가 참아."

"언제는 컨디션 좋아 보였고?"

태진이 입술을 비죽거리며 불만을 드러내자 찬희는 어깨를 으쓱거렸다.

"뭐, 그런 적은 거의 없는 것 같긴 하지만."

"에휴, 입이 쓰다. 커피나 마시자. 서방도 커피?"

태진이 물었다.

"고마워."

"진하게 한 잔 뽑아다 줄게."

"응."

찬희는 시간을 확인하고는 업무 일지와 개인 수첩을 꺼냈다. 그리고 빠진 부분이 있는지 확인하는데 뒤에서 현준이 부르는 소리가 들렸다.

"강찬희, 내 방으로 와!"

찬희의 몸이 스프링을 꾹 눌렀다가 뗐을 때처럼 불쑥 솟아올랐다. 그녀가 종종걸음으로 본부장실로 향하자 커피를 뽑아온 태진이 입을 벌린 채 고개를 옆으로 숙였다. 찬희가 불안하게 보인 탓이었다.

난 몰라. 어쩌지? 어제 수희랑 노래방 가는 게 아니었어. 갑자기 후회돼.

울상을 짓고 본부장실에 들어서는데 현준이 대뜸 물었다.

"기분은 어떤가?"

"솔직히 말씀드리면 후회됩니다. 어제…… 좀 더 볼걸, 하고요."

"더 볼 필요 없던데. 본인 입으로도 그랬잖아. 그러니 소개팅도 하겠다고 한 걸 테고."

윽! 뒤끝이 굉장하잖아? 소개팅이 아니어도 자기가 불러내서 고백하는 바람에 아무것도 못했는데 그런 건 전혀 생각하지 않으니, 아니 정상참작이라는 것도 모르는 거야?

"안 그래도 회사에 남을걸, 하고 후회했었습니다."

시큰둥한 대답이었으나 현준의 잘못도 있다는 점을 어조로 풍긴 찬희가 눈동자를 굴렸다. 두 사람 사이에 어제의 고백으로 생긴 어색하고 팽팽한 긴장감이 흐르기 시작했다. 상사이나 차인 장현준, 부하지만 찬 강찬희. 야릇한 구도가 아닐 수 없어 입매를 굳히고 어쩔 줄 몰라 눈치만 보는데, 현준이 특유의 냉소적인 투로 조심스러운 분위기를 걷어냈다.

"발표하다가 막히면 내가 도울 테니 걱정 마라."

현준의 대답에 찬희는 큰 눈을 더 키웠다. 고양이가 아몬드형의 눈동자를 키우고 바라보는 형상이라 현준이 빙그레 웃었다.

"제가 밉지 않으세요?"

"뭐가 미워."

"본부장님 마음을 거절했잖아요."

"신경 쓰지 마. 차일 수도 있지. 난 그런 일로 쫀쫀하게 구는 놈이 아니다."

"말씀은 그렇게 하셔도 야근, 늘리실 거죠?"

찬희의 물음에 현준은 대답보다 생각이 많은 눈망울을 들어 그녀를 응시했다. 그가 의자에 등을 깊이 파묻었다. 윗입술을 위로 살짝 올리고 삐딱하게 숙인 얼굴에 심각한 빛을 띤다. 등지고 있는 햇살이 그의 실루엣을 흐리게 문질러 놓았다. 그녀는 두 손을 맞잡고 손가락을 꼬물거렸다. 시계 초침의 째깍째깍, 돌아가는 소리만이 본부장실을 울렸다. 숨을 쉬는 건 아무것도 없는 것처럼 기운이 서늘했다.

팔걸이에 팔꿈치를 괸 현준이 손가락으로 제 뺨을 누르고 명화를 감상하듯이 찬희의 얼굴을 한참 동안 응시했다. 그녀가 입술을 질끈 감고 난감한 표정을 짓고 있어 그 역시 머릿속이 텅 비는 느낌이었다. 고백했고 거절당했다. 그리고 그녀는 제 부하이고 그는 그녀의 상사이니 보복을 두려워하는 건 당연하다. 야근이라는 벌을 받겠구나, 라는 의구심과 불안심리가 발동하는 것도 지나치지 않았다.

그는 오랫동안 고민한 끝에 한숨 섞인 숨을 내쉬며 대답했다.

"오늘 강찬희가 발표하는 내용이 성공한다면 야근해야지. 실패하면 야근시킬 일도 없어"

"본부장님."

"오로지 사심 때문에 야근시킨 줄 아나? 강찬희, 입사 면접 때 면접관들에게 뭐라고 했어? 최연소, 최초의 여자 중역이 되고 싶다고 했잖아."

4년 전에 했던 말을 기억하고 있어? 찬희는 현준의 기억력에 놀라 입을 다물지 못했다.

"그걸 기억하세요?"

"당연하지. 네가 한 말은 다 기억한다고 했잖아."

찬희는 얼굴을 붉혔다. 얼굴에 열기가 확 올라 입안까지 마르긴 했지만 그 이상의 감정은 없었다. 역시 상사와 부하의 선은 쉬이 넘을 수 없다.

"부담 갖지 마라."

찬희는 현준을 빤히 바라보다가 어색한 미소를 지었다.

"그럼 저는 이만 나가 보겠습니다."

서둘러 본부장실을 나왔다. 본부장실의 문에 뒤통수를 기대고 숨을 몰아쉬는데 귀가 탱탱 붓는 느낌이 들어 손으로 감싸다가 놀랐다.

앗, 뜨거워! 왜 이렇게 뜨거워?

그녀는 얼른 여자 화장실로 향했다. 얼굴 상태가 너무 궁금했다. 그의 앞에 어떤 얼굴, 어떤 표정을 짓고 있었는지 확인하고 싶어 잰걸음으로 여자 화장실에 들어갔다. 그리고 세면대 앞에 서서 거울에 비친 제 얼굴을 살폈다.

입술이 바짝 말라 하얗게 일어났고 얼굴은 토마토처럼 익어 있었다. 목도 마찬가지였다. 술에 취한 사람처럼 온통 붉었다.

"아…… 정말 창피해."

찬희가 방을 나가고 나서 얼마 후에 누군가 본부장실의 문을 두드렸다. 의자에 앉은 채 창밖을 응시하던 현준이 대수롭지 않게 몸을 돌렸다가 열린 문틈으로 모습을 드러내는 노인의 등장에 자리에서 벌떡 일어났다.

"회장님, 오셨습니다."

"양 비서는 나가 있어."

L&L 그룹의 유재현 회장이 수행비서와 함께 들어섰다.

"이렇게 내가 내려와야 얼굴을 보는구나."

유 회장은 뚱한 표정을 짓고는 현준을 나무라듯이 말했다.

"죄송합니다, 회장님."

"죄송, 죄송, 만날 하는 말이지. 언제쯤이면 그런 말을 안 듣게 되는 거냐."

"죄…… 아닙니다. 말버릇이 됐군요."

"네 아비도 나만 보면 그렇게 말하더구나."

유 회장은 그렇게 툭 내뱉고는 수행비서를 본부장실 밖으로 무르고 지팡이에 몸을 의지한 채 사무실 내부를 훑으며 물었다.

"방이 좁은 것 같은데 좀 터 주랴?"

"아닙니다."

"본점도 싫다, 본사도 싫다. 코딱지만 한 방이 뭐가 좋아서."

"일하는 데 지장 없으니까 신경 쓰지 마십시오. 다리도 불편하신데 앉으세요."

현준은 재현에게 소파 상석을 권하고 옆에 앉았다.

"이렇게라도 찾아 와야 볼 수 있으니…… 그것도 그거고. 간단하게 보고 받았던 프레젠테이션 내용이 좋아서 직접 듣고 싶었다."

"마음에 드실 거라고 생각했습니다."

"그래, 오늘 발표하는 강찬희라는 친구가 면접 때 당찼던 그 아가씨지?"

찬희라면 유 회장에게도 강한 인상으로 남아 있어 물었다. 그의 물음에 현준이 기다렸다는 듯이 제 자리에서 파일을 들고 왔다. 그리고 그것을 유 회장의 앞에 놓았다.

"인사고과, 이벤트 상품의 아이디어 보고서를 올린 횟수, 그리고 강찬희 대리가 성공시킨 VVIP 고객 유치 현황입니다. 4년 동안 70%의 성공률을 올렸고 강찬희 대리의 아이디어로 유치한 고정 고객이 무려 10명이나 됩니다. 서라벌 기업 백신우 회장 일가, 창창 그룹의 일가 외에도 여럿 있습니다. 그들 대부분이 경쟁 백화점의 VVIP인 점을 생각하면 대단한 결과라고 생각합니다."

VVIP 고객은 VIP보다 한 단계 높은 극소수의 상류층 고객으로 자산, 사회적 지휘와 명예, 사회 기여도에 따라 분리된 재벌가와 정치인이 주였다. L&L 백화점은 140여 명의 VVIP 고객을 유치하고 관리하지만 라이벌 백화점인 코리아 백화점과 중복되는 회원이 있어 유동 회원을 고정 회원으로 유치하기 위한 많은 노력을 기울이고 있었다.

코리아 백화점에서는 VVIP 고객 전용 문화센터를 건설 중이고 일주일 전에도 그들만을 위한 보석 박람회를 열어 큰 이슈가 되기도 했었다.

그래서 이번에 찬희가 제시한 귀족 마케팅, 백화점에 펜트하우스를 짓고 VVIP라면 언제든지 쉬었다가 갈 수 있는 휴식 공간을 제공하는 '시크릿 가든'이라는 의제는 유 회장을 직접 입회하게 하게 만든 이유였다. 그리고 예약만 하면 폐장 시간이 지나도 입장이 가능한 VVIP 고객만의 특별 서비스도 추가했다. 상류층은 사생활 노출을 꺼린다. 그리고 특별대우를 받는 걸 좋아한다. 그런 점을 적극적으로 반영한 마케팅과 그들을 위한 맞춤형 서비스를 고안한 것이다.

오늘 의제의 아이디어는 순전히 찬희의 머리에서 나왔다.

현준은 찬희의 영민함을 입사 직전에 알아보았다. 신입사원들의 교육을 받았으며 찬희의 사수였기에 그녀의 발전 가능성을 알아보는 데 그리 긴 시간이 걸리지 않았다. 그녀는 예민하고 생각이 깊으나 반면에 계산적이면서도 타산적이었다.

과한 업무, 어려운 과제, 새벽까지 이어지는 야근에 풀리지 않는 기획이 있다면 답을 찾을 때까지 철야도 시켰지만 그녀는 단 한 번도 불만을 드러내지 않았다. 오히려 현준에게 혼찌검이 날 때마다 눈물을 그렁그렁 달기보다 승부욕이 들끓는 눈빛으로 오케이 사인을 받을 때까지 몇 번이고 머리를 쥐어짰다.

현준은 찬희의 그런 점들이 좋았다. 그녀야말로 다이아몬드 같은 사람이었다. 영원불변의 아름다움. 무한 에너지. 부드러운 듯하면서도 강한 탄소 덩어리. 고열과 고압에 의해 견고함과 화려함을 갖은 최고의 보석.

잘 길들여질 것 같은데도 반항심이 강해 고집을 꺾지 않는다.

다이아몬드의 어원 아다마스(Adamas) '정복할 수 없다.'에 어울리는 여성상.

현준은 제 부하이자 오랫동안 지켜보며 사랑을 키웠던 여자, 강찬희의 똑똑하고 다부진 면모를 프레젠테이션을 통해 알리고 싶었다. 백화점 내의 여사원과 남다른 기운이 느껴지는 그녀의 매력을 알아봐 주길 바라 눈물이 쏙 빠지게 길들이고 가르친 성과물을 오늘에야 발표할 수 있었다.

찬희를 바라보는 현준의 눈빛에는 자신감을 넘어 자랑스러운 감정이 물씬 묻어나 있었다. 하나 유 회장은 자신만만한 현준과 달리 찬희가 그리 미덥지 않은 모양이었다. 꼬장꼬장하게 구긴 눈썹이 못마땅하다는 듯 높이 솟았다.

"이 친구가 발표하다가 실수하면 어쩌려고?"

"실수하지 않을 겁니다."

"어떻게 확신하지?"

"제가 고른 친구니까요."

자신감 넘치는 현준의 대답에 유 회장의 눈매가 가늘어지더니 음흉한 미소를 피어 올렸다.

"이제 보니……."

"실수해도 잘 봐 주십시오. 물론 실수하지 않겠지만요."

"사심이 있어서 도운 거 아니고?"

"아뇨, 잘하니까 도운 겁니다. 설사 사심이 생겼다 하더라도 잘하니까 생긴 거겠죠."

유 회장은 고개를 끄덕거리며 현준의 어깨를 장난스럽게 쳤다.

"네 환심을 산 아가씨와 함께 점심을 먹고 싶은데 시간 내주겠지?"

"죄송합니다. 오늘은 제가 약속이 있어서요."

"이런 식으로 빠져나가는구나."

유 회장은 고개를 숙인 현준의 표정이 궁금해서 고개를 숙여 관찰했지만 곧 포기하고 한숨을 푹 쉬었다.

"때가 되면 만날 수 있겠지."

유 회장은 나름 의미심장한 말을 하고는 돌아섰지만 몇 걸음 걷지 못하고 돌아서 물었다.

"네 약속을 다음으로 미룰 수는 없겠니?"

"죄송……."

"됐다! 됐어. 한 번만 더 하면 일만 번을 채우겠구나."

유 회장은 찬바람이 홱 불게 돌아서 본부장실 문을 지팡이로 두드렸다. 그러자 밖에서 대기 중이던 수행비서가 문을 열었다.

현준은 유 회장이 열린 문 밖으로 나갈 때까지 멀거니 보고 있다가 피식 웃은 다음 서류를 챙기는 것으로 프레젠테이션의 마지막 검토를 마쳤다.

회의 10분 전, 찬희는 오늘 발표할 내용을 정리한 인쇄물과 500ml 미네랄워터를 테이블에 놓았다. 태진은 단상에 올라 마이크 상태를 점검했고 회의실 안으로 L&L 그룹의 임원진과 백화점 사장, 전무와 상무와 같은 이사진이 들어왔다. 그리고 전략지원부, 고객관리부, 인사부의 본부장들이 차례로 들어오고 있었다.

찬희는 프로젝터 빔과 연결된 펜 라이트를 쥔 채 간부들이 들어올 때마다 반듯하게 인사하며 맞이했다. 잠시 후 장현준이 유 회장과 함께 회의실로 들어왔다. 그녀는 단상에 올라 예의 깍듯하게 인사하고 현준에게 시선을 돌렸다.

현준은 '∩'형 테이블의 왼쪽 끝에 앉아 찬희에게 고갯짓을 했다. 그녀는 고개를 끄덕거리며 마른침을 삼켰다. 회장과 임원진 앞에서 하는 발표는 처음이라 고무된 기분과 상반된 불안과 초조도 밀물처럼 밀려들어 마이크를 쥐고 있는 찬희의 손에 미세한 떨림이 스멀스멀 스며들고 있었다.

회의실의 출입구에서부터 시작된 소등 작업이 찬희가 선 프로젝터 앞에서 끝났다. 찬희는 시커먼 동굴 벽에 붙어 있는 박쥐처럼 어둠 속에 숨어 저를 관찰하는 시선이 부담돼 눈을 감고 호흡을 가다듬었다. 마음속으로 3초를 셌지만 긴장감은 쉽사리 사라지지 않았다.

어쩌지? 입술이 떨어지지 않아. 여기서 실수하면 난 어떻게 되는 걸까? 회장님의 앞인데, 승진의 기회도 함께 날아가겠지? 실수하지 않더라도 프레젠테이션의 내용이 만족스럽지 않다면 그땐 어떻게 되는 걸까? 역시 나보다 본부장님이 하는 게 나았을까?

마이크를 쥔 손을 부들부들 떨며 어찌할 줄 모르는데 웅성거리는 소리가 회의실 곳곳에서 들렸다. 발표자가 머뭇거리며 시간을 끄는 게 수상했는지 소음이 점점 커졌다.

어떻게 해……

마이크를 꼭 쥔 채 입술만 달싹거리는데 현준이 엄하게 꾸중했다.

"강찬희, 뭐하나!"

"아! 예, 예."

"긴장하지 마."

"네."

찬희의 목소리가 달라졌다. 제정신이 번쩍 들게 일침을 가하는 현준의 쌀쌀맞은 명령조에 불안하게 뛰고 긴장해 어리바리했던 눈빛도 또랑또랑 빛나기 시작했다.

현준과 찬희의 시선이 마주쳤다. 그는 이제야 마음이 놓이는지 부드러운 미소를 지으며 말했다.

"발표 시작해."

"네!"

바짝 긴장한 찬희가 프로젝트 빔의 전원을 켰다. 컴컴했던 실내가 어스름히 밝아졌다. 그녀는 저를 쳐다보는 사람들을 쭈욱 훑어보다가 마지막으로 현준에게 시선을 고정했다. 그리고 아주 오랫동안 그를 쳐다보는데 그때 기적이 일어났다.

현준이 씨익 웃어 준다. 찬희의 가슴이 퉁퉁 소리를 내며 뛰기 시작했다. 콱 막혀 있던 숨통이 트이면서 밝고 명랑하며 힘찬 음성이 쏟아져 나왔다.

"안녕하십니까. 오늘 발표를 맡게 된 상품 개발부의 강찬희 대리입니다."

제 소개를 한다. 시작부터 똑 부러지게.

"오늘 발표할 내용은 VVIP 고객 유치를 위한 이벤트입니다. 그리고……."

언제 긴장했냐는 듯이 자신감 넘치는 미소를 지으며 제가 준비한 내용들을 설명하기 시작했다.

찬희는 펜 라이트로 단어를 가리키며 믿음직스럽고 똑 부러지는 음성으로 강조하고 또 설명했다. 유 회장의 날카로운 질문에도 막

힘없었다. 현준의 질문에는 여유 있는 미소를 보이기도 했다.

유 회장은 회의가 끝날 때 박수를 치며 열광했다. 다른 임원진들도 그녀의 발표가 만족스러웠다고 칭찬을 아끼지 않았다. 2시간에 걸친 회의 시간은 순식간에 지나갔다. 소등되었던 실내등이 밝혀졌다. 회의실에는 뒷정리를 해야 하는 찬희와 현준이 남아 있었다. 현준은 자리에 앉은 채 단상에 오른 채 저를 바라보는 찬희에게 물었다.

"기분은 어떤가?"

"좋습니다."

"다음 발표에 대한 욕심이 생기나?"

"네."

현준은 만족할 만한 대답을 들었다는 듯 고개를 끄덕거리며 자리에서 일어났다. 그리고 막 회의실을 나가려고 출입문의 손잡이를 비트는데 찬희가 그를 불렀다.

"본부장님!"

현준이 몸을 틀었다.

"감사합니다! 덕분에 무사히 넘겼어요."

"고마워?"

"네."

"그럼 밥 사. 이왕이면 스테이크."

현준은 그렇게 말하고 찬희의 안색을 살폈다. 그녀가 당혹감을 감추지 못하고 울상을 짓고 있어 피식 웃었다.

"농담이야. 부담 갖지 마."

"살게요! 그런데 이건 본부장님께 대한 감사의 마음이에요. 오해하시면 안 돼요."

"안 해, 나 차였잖아. 똑똑히 기억하고 있다고."

"……그 일은 죄송하게 생각해요."

찬희의 대답에 현준은 한쪽 입매를 올리고 손잡이를 잡아당겨 밖으로 나가며 말했다.

"빨리 정리하고 나와. 배고프니까."

현준은 제 할 말만 하고 회의실을 나갔다. 찬희는 두 손을 맞잡고 멍하게 있다가 아랫입술을 깨물었다가 떼며 풋풋한 미소를 지었다.

"밥만 사는 거니까 뭐."

찬희는 프레젠테이션의 뒷정리를 마치고 본부장실에 들렀다. 조심스럽게 노크를 하고 들어서니 현준이 소매를 팔꿈치까지 올리고 일에 몰두 중이었다. 모니터 너머의 찬희를 흘끗 보던 그가 왼손 집게손가락을 세우고 양해를 구했다.

"10분만 기다릴 수 있겠나?"

"밖에서 기다릴까요?"

"아니, 아니야. 거기 소파에 앉아 있어. 금방 끝나니까."

현준의 대답에 찬희는 입술을 오므리고 소파에 앉아 본부장실의 내부를 훑다가 책장에 시선을 고정했다. 그녀는 빽빽하게 꽂혀 있는 경영학 관련 서적을 흥미롭게 보다 심각한 표정을 짓고 있는 현준을 곁눈으로 훔쳐보았다. 그리고 사내에 퍼진 소문 하나를 떠올렸다.

찬희도 입사 때부터 익히 들은 적이 있는, 장현준이 L&L 그룹

유 회장의 외손자라는 소문이었다. 게다가 장현준의 아버지가 본점의 사장인 장호원이라는 것이다. 현재 그는 몇 년 전에 돌연 퇴임해 시골 어딘가에서 살고 있다고 했다.

너무나도 급작스럽게 자리에서 물러난 것에 대해 유 회장에게 미움을 사 경질된 것이 아니냐는 추측이 난무했던 가운데 이듬해 현준이 본점에 입사하게 되었다. 아버지의 뒤를 이어 입사했다는 설이 있었다. 처음에는 장호원과 성이 같고 유 회장이 아끼는 듯한 인상을 받아 외손자라는 설에 무게가 실렸다. 게다가 그의 남다른 성장 배경이 알려지며 소문을 확산시키고 있었다.

장현준은 태어나자마자 부모님과 떨어져 18살까지 유럽에서 생활했고 영국의 명문 사립 고등학교를 졸업하고 미국으로 건너가 대학을 졸업했다. 유 회장의 친손자 유경운과 유상운도 어릴 때는 유럽에서 지냈고 미국의 MBA를 나왔으며 일본에서 유학해 외국어 실력이 상당하다는 걸로 알려졌다. 4개 국어 이상을 할 줄 안다고 했다.

현준 역시 영어, 불어, 서반어, 중국어, 일본어를 유창하게 구사할 줄 알았다. 이따금 유경운, 유상운 형제가 백화점에 방문할 때 그들을 직접 맞았고 사이가 좋아 사촌지간일 거라는 추측도 난무했다. 소문은 소문일 뿐이고 그런 데에 신경을 쓸 만큼 시간적 여유를 느끼지 못하고 항상 바빴던 찬희였지만 지금은 생각이 많아진다.

현준은 어떤 사람일까, 라는 의문과 함께 호기심이 생긴다.

상사, 사수 장현준 말고 회사 밖의 장현준은 어떤 사람일까?

타닥타닥. 키보드 위를 빠르게 움직이는 손가락이 빚는 소리가

리드미컬해 자연스럽게 현준에게 시선이 향했다. 그는 연필을 입에 문 채 오른손으로는 프린트 물을 뒤적거리고 왼손으로는 문서를 작성하고 있었다. 그러다 오른손으로 방향키와 숫자 키를 누른 후 입에 물고 있는 연필을 쥐고 무언가를 적었다.

그는 찬희의 존재를 잊은 것처럼 몰두해 있었다.

일할 때는 저런 표정을 짓는구나……. 상당히 매서운데?

본부장이 일하는 모습은 처음 본다. 방이 따로 있기 때문에 회의 시간이 아니면 마주칠 일이 없어 생소하게 다가왔다.

나한테 차였으면서…… 왜 저렇게 의연해? 마치 고백 같은 건 하지 않았다는 것처럼 행동하고 있잖아? 차여서 그런가? 자존심이라도 지키려고? 그런데 대체 언제까지 기다려야 하지? 나갈까? 자리에서 기다리다 보면 메신저로 부르지 않겠어?

찬희는 고민스러운 시선으로 현준의 옆얼굴을 훑다가 명화를 감상하듯이 눈매를 가늘게 떴다. 팔뚝에 솟은 핏줄과 힘줄이 시선을 끌었다. 연필을 쥐고 무언가를 휘갈겨 쓸 때마다 팔에 힘이 들어갔다. 도드라진 근육이 여심을 흔들기 시작했다. 모니터를 터트릴 기세로 쏘아보던 눈매가 날카로워지고 이따금 습관성의 한숨을 쏟아낼 때는 찬희의 가슴까지 철렁거렸다.

제 존재를 잊은 듯 눈길 한 번 안 주고 일에 몰두하던 그가 갑자기 제 입술을 쓸며 물었다.

"티파니 좋아하나?"

모니터에 시선을 묻은 채 묻는 말이라 찬희는 그가 혼잣말을 하는 줄 알고 대꾸하지 않았다.

"티파니 말이야."

"네? 저한테 하신 말씀이세요?"
"그럼 이 방에 누가 또 있어?"
"죄송합니다."
"사과하란 소리가 아니었다."
현준은 그렇게 말하고 자리에서 일어나 찬희를 바라보았다.
"티파니 어떠냐고."
"티파니 좋죠."
"어떤 면에서?"
"여자들이 생각하는 환상 같은 거죠. 티파니 하면 떠오르는 게 오드리 햅번, 다이아몬드, 민트색의 상자, 그리고 청혼이 연상되잖아요."

찬희의 대답을 만족스럽게 듣던 현준이 팔꿈치까지 올렸던 소매를 내리며 대답했다.

"대신 흔하지. 죄다 티파니, 티파니 하잖아."
"흔한 이유가 뭐겠어요? 여자들이 원하는 환상에 가까우니까 찾는 사람도 많은 거라고요. 대중적인 명품인 거죠. 그리고 은제품만 흔하지, 다이아몬드는 아니에요."

"다이아몬드 반지와 목걸이는 가격이 세긴 하지."
찬희는 절대적으로 공감한다며 고개를 끄덕거렸다.
"강찬희도 티파니 다이아몬드 반지 갖고 싶어?"
"가능하면 주먹만 한 걸로요."
"주먹만 한 거?"
현준이 눈살을 찌푸려 찬희가 어깨를 으쓱였다.
"제 환상이에요."

"무거워서 손가락 부러지겠군."

현준은 어이가 없는지 피식 웃으며 슈트의 상의를 걸쳤다. 그리고 캐시미어 코트와 머플러, 장갑을 챙기며 물었다.

"손가락이 부러진다 해도 환상을 꿈꾸는 게 여자겠지?"

"네."

"티파니 특별전을 기획해 봐."

뜬금없을 정도로 갑작스러워 찬희는 당혹감을 감추지 못했다.

"특별전이요?"

찬희의 얼굴이 밝아졌다.

"다이아몬드 특별전. 강찬희가 원하는 진짜 명품으로만."

"진행하시게요? 그럼 우리나라에 들어오지 않은 디자인들도 볼 수 있나요?"

"아마도."

"디너쇼도 겸하겠군요?"

찬희는 티파니의 다이아몬드 반지와 목걸이, 귀걸이를 떠올리며 두 손을 꼭 쥐었다. 그리고 황홀한 표정을 지으며 중얼거렸다.

"베라왕 드레스에 티파니 목걸이, 반지를 한다면……."

"베라왕 드레스에도 관심이 있나 보군."

"가장 단아한 웨딩드레스가 베라왕이에요. 단아하지만 세련됐고 탄성을 자아내게 하죠. 그중에요, 검은 리본이나 올리브 색 리본 장식을 한 게 있는데 엄청 예뻐요. 공주 느낌이 나죠."

"강찬희의 취향을 알겠군. 주먹만 한 티파니 다이아몬드 반지에 베라왕 드레스?"

찬희는 머쓱해져 고개만 끄덕거렸다. 그가 캐시미어 코트의 단추를 채우고 나서 문을 열었다.

"베라왕 특별전도 기획해야겠군."

"아! 본부장님, 이건 어떨까요? VVIP 고객이야 결혼할 때 자기네들의 스타일이 있으니까 우리가 해 줄 수 있는 게 선물 정도겠지만 VIP 고객과 CIP, MGV 고객이 결혼하게 되면 예식장을 대여해 주는 거예요."

찬희는 생각만으로도 기분이 좋은지 두 손을 꼭 감싸며 물었다.

"본부장님 생각은 어떠세요?"

"기획안을 짜야지. 그게 우선이지 않나? 그리고 네 아이템이다. 생각나는 대로 툭툭 뱉고 그러지 마라. 아이디어 뺏겨."

현준은 사무적으로 충곡하고 엘리베이터까지 뚜벅뚜벅 걸어갔다. 12시 30분이 되자, 점심을 먹으려는 직원들이 엘리베이터를 꽉꽉 채우고 있었다. 직원 전용 엘리베이터가 만원이라 현준이 물었다.

"에스컬레이터를 타는 게 빠르겠어."

"전 상관없습니다."

"그럼 좀 걷지."

현준이 찬희의 등을 가볍게 밀었다. 찬희는 현준과 속도를 맞추며 걸었다.

현준이 식당가와 이어진 문을 활짝 열었다. 음식 냄새를 확 들어오니 입에 침이 가득 고여 걸음이 빨라졌다. 허기진 배를 손으로 슬쩍 쓸며 칼국수 집을 지나던 그녀가 걸음을 멈추고 손으로 입을 막았다. 섬광이 뇌리를 빠르게 스치며 깜짝 잊고 있던 태진과의 약속을 떠올리게 했다.

어머, 난 몰라! 얼큰 칼국수!

찬희는 재킷 주머니에서 휴대폰을 꺼내 액정 화면을 확인했다. 무음으로 설정한 채 12통의 부재중 통화를 받아내서인지 휴대폰이 뜨끈했다. 물론 전화를 건 건 태진이었다.

문자 메시지와 카카오 톡 메시지까지 10통 이상이나 와 배터리의 칸 수가 확 줄었다. 물론 그만큼 태진의 인내심도 바닥을 보였겠구나 싶어 휴대폰을 입에 붙이고 울먹이는데 현준이 물었다.

"왜 그렇게 안절부절못해?"

그의 시선은 그녀가 쥐고 있던 휴대폰에 머물러 있었다.

"아, 아닙니다."

"뭐 깜빡한 거 있어?"

"아뇨, 아뇨. 없습니다."

찬희는 휴대폰을 주머니에 넣으며 억지웃음을 지었다. 그리고 에스컬레이터에 오르려는데 태진의 성난 음성이 그녀의 뒷덜미를 잡아챘다.

"강찬희!"

깜짝 놀란 찬희와 현준이 태진을 응시했다.

"본부장님하고 어디 가?"

"저, 점심 먹으러 가는데……."

난처한 표정을 짓는 찬희를 대신해 현준이 대답했다.

"강찬희! 그러면 안 되지. 나하고 얼큰 칼국수 먹으러 가기로 했잖아!"

"미안, 깜빡했어."

"뭐? 깜빡? 날 깜빡했다고? 너무한 거 아니야?"

찬희의 솔직한 대답에 태진의 얼굴이 하얗게 질렸다가 곧 새빨갛게 변했다. 그의 시선은 약속을 깜빡한 찬희에게 머물러 있었다. 고개 숙인 여자, 강찬희가 괘씸해서라도 오늘 점심은 반드시 얻어먹어야 짜증이 가라앉을 것 같았다.

"난 어쩌라고!"

"다른 사람이랑 먹어."

"누가 있어야 먹지. 다들 추어탕 먹는다면서 나갔어."

"미안해. 미안하지만 오늘 점심은 혼자 먹어라. 난 본부장님하고……."

찬희가 태진의 어깨를 털며 어색한 미소를 지었다.

"그냥 셋이 같이 먹자. 본부장님, 제가 못 낄 자리입니까?"

"그냥 강찬희는 오태진하고 점심 먹어."

"본부장님……."

찬희는 눈을 깜빡거렸다. 그녀는 몹시 당황한 듯이 현준의 얼굴에서 시선을 떼지 않았다. 이 사람 뭐가 이렇게 쿨해? 생각지도 않았던 대답에 난처해진 그녀가 머리를 긁적거리는데 현준이 사무조로 말했다.

"먼저 약속한 것 같으니 내가 물러나지."

"감사합니다. 본부장님께 영원한 충성을 바치겠습니다!"

현준이 알아서 물러나 기분이 좋아진 태진이 허리를 숙였다.

"본, 본부장님 같이 드세요, 이렇게 가시면 혼자 드셔야 하잖……."

찬희가 현준을 잡으려고 하는데 태진이 옆구리를 아프게 찔렀다.

"가만히 있어, 기껏 도와준 보람 없이."

"도, 돕다니?"

"부장하고 밥 먹기 싫었을 거 아니야. 그래서 내가 악역을 자처한 거잖아. 나 진짜 잘했지?"

찬희는 흑기사라도 된 양 끼어든 태진을 어이없이 바라보다가 맥없이 고개를 주억거렸다.

"서시…… 나누라."

"응?"

"칼국수 말고 햄버거 먹지 않을래? 매운 거 먹으면 속 다칠 것 같아. 프레젠테이션 내내 긴장해서 속 쓰리거든."

"난 상관없어."

"내가 살게."

찬희의 말에 태진이 두 손을 감싸더니 하느님께 기도하는 시늉을 했다. 그리고 그가 앙증맞은 미소를 지으며 말했다.

"덕분에 점심값 굳었네."

찬희는 백화점 건물 옆에 있는 햄버거 가게인 '크라제 버거'에 들어섰다. 그리고 빈자리가 있나 싶어서 두리번거리는데 그곳에 현준이 있었다. 그는 혼자 앉아 햄버거를 먹고 있었다. 창가 자리에 다리를 꼬고 한 손에는 햄버거, 한 손에는 신문을 들고 있는데 그 모습은 마치 외국 풍경을 연상시킬 만큼 여유가 넘쳤다. 남자 혼자서 햄버거 먹는 모습을 볼 때면 안쓰러워 오지랖 넓은 모성애가 절절한데 현준은 반대였다. 한가롭게 점심을 즐기는 뉴요커 같아 시선을 떼지 못하고 있는데 태진이 찬희의 어깨를 밀쳤다.

"뭐해?"

"저기, 본부장님."

"본부장님?"

태진은 찬희가 가리킨 방향으로 시선을 돌리곤 휘파람을 불었다. 현준이 다리를 꼬고 신문을 읽으며 여유롭게 햄버거를 먹는 모습이 멋스러웠는지 태진이 턱을 문지르며 거드름이 섞인 음성으로 말했다.

"각이 살아 있는데? 나도 다음엔 혼자 먹어야겠다."

"왜?"

"고독이 느껴지잖아. 멋있어."

태진의 대답에 찬희는 못 말린다는 듯 고개를 절레절레 흔들며 카운터로 향했다.

길게 늘어선 줄에 서서 메뉴판을 보다가 그녀의 시선이 자연스럽게 현준에게 옮겨졌다. 찬희만이 아니었다. 백화점 내 여자 사원들이나 햄버거를 먹으러 들른 여자 손님들은 한 번씩 현준을 보고 수군거렸다.

신문을 보면서도, 햄버거를 먹으면서도 입에 묻히거나 흘리지 않는 점이 신기했다. 햄버거를 한입 먹고 콜라를 마신다. 신문의 뒷면을 읽다가 전화가 왔는지 휴대폰을 귀에 댔다. 그리고 통화를 하면서 창밖을 응시했다. 곧 누군가에게 손을 들어 흔들었다.

찬희의 시선이 창밖으로 옮겨졌다. 오버 사이즈의 선글라스를 쓴 한 여자가 끌로에 마르씨 백에서 무언가를 꺼내며 가게 안으로 들어왔다. 여자가 들어서는 순간 실내의 시선들이 일제히 그녀에게 꽂혔다. 선글라스로 얼굴을 가렸지만 굉장한 미녀임에 틀림없었다. 작고 갸름한 얼굴선과 잡티 하나 없는 피부, 오똑한 콧날에 작은 입술만 보아도 연예인 뺨치는 미모의 소유자임을 알 수 있었다. 게다가 세련되었다. 어깨까지 내려오는 생머리가 자연스럽게 웨이브를 이루고 있었다. 무릎까지 올라오는 부츠에 무스탕도 고가의 제품이라는 걸 한눈에 파악할 수 있었다.

그 여자가 현준의 앞에 앉았다. 그가 여자를 반갑게 맞았다. 잠시 이야기를 주고받는 것 같더니 여자가 그가 먹던 햄버거를 제 입에 넣고는 헤실헤실 웃었다.

현준이 먹던…… 현준의 타액이 묻은……! 저거 간접 키스잖아!

찬희는 입을 쩍 벌렸다. 그런데 놀랄 일은 이후에 또 일어났다. 그 여자의 입가에 묻은 소스를 현준이 물티슈로 닦아주기도 한다.

"저 여자…… 누구야?"

찬희의 물음에 태진이 휘파람을 불었다.

"애인인가 본데? 겁나게 멋지네."

찬희는 대답하지 않고 지갑을 쥔 손가락을 문질렀다. 현준과 함께 있는 여자가 특별하게 느껴지긴 했지만 애인이라고 단정 지을 수 없었다. 어제 저한테 프러포즈를 한 현준이 다른 여자를 만날 리 없을 터였다. 양다리일지도 모르지만 4년 동안 지켜본 현준은 원칙주의자에 사람에 대해 결벽증도 있어 의심할 필요가 없었다.

"둘이 웃는다!"

"그만 봐."

"이런 구경하기 쉽지 않잖아."

태진은 신이 났다. 현준처럼 햄버거를 먹겠다더니 이번에는 아름다운 여자와 다정한 본부장이 부럽다며 찬희를 머리부터 발끝까지 훑어 물었다.

"왜 그렇게 봐?"

"찬희야, 너도 좀 섹시하게 꾸며 봐."

"응?"

"너도 예쁘장한 얼굴이긴 한데 자체발광은 아니잖아. 그러니까……."

"됐네요! 너 자꾸 실없는 소리 하면 더치페이하는 수가 있어."

조근조근한 음성으로 태진을 압박한 찬희가 씁쓸한 표정을 짓고 있다가 현준 쪽으로 고개를 슬쩍 돌렸다. 줄 서 있는 게 지루하여 주변을 둘러보는 것처럼 표정을 지으려 했는데 괜히 봤다.

현준과 여자가 얼굴을 가까이 맞대고 사진 같은 것을 보며 감격하고 있었다. 현준이 활짝 웃는다. 찬희는 고개를 옆으로 숙이고 '본부장의 치열이 저렇게 고랐나?'라는 의문에 사로잡혀 눈만 깜빡거렸다.

찬희는 지갑을 품에 안고 한참동안 현준을 바라보았다.

세 번째 프러포즈.
밀당의 달인

"어떤 여자가 우리를 유심히 보는데?"

현미는 그렇게 말하며 선글라스를 벗었다. 현준과 닮은 눈매가 가늘어져 음흉한 기운을 발산하며 이지러졌다. 그녀는 고개를 옆으로 숙이고 느물느물한 미소를 짓고 있는 오빠에게 물었다.

"아는 사람이야?"

"네 올케 될 사람."

현준의 입에서 올케라는 단어가 나와 현미는 정신이 번쩍 들어 조심스럽게 물었다.

"맞선 보라고 할 때마다 좋아하는 여자가 있다고 했던 게 진짜였구나?"

"빈말인 줄 알았어? 섭섭하다. 헛소리할 만큼 속없이 보였다니."

"그런 뜻이 아니라…… 오빠가 상황에 쫓겨서 아무하고나 하는 줄……."

"내 인생이야. 평생 함께할 사람을 그리 간단히 정할 수 없잖아. 제비뽑기도 아니고……. 외할아버지는 그렇다고 쳐도 아버지까지 동참할지 몰랐다."

결혼을 서두르는 아버지 때문에 요 며칠 부자간에 마찰이 있었더니 걱정되었는지 현미가 아버지 편을 든다.

"아빠는 오빠가 걱정되니까 그렇지. 진짜 좋아하는 사람이 있다는 걸 아시면 맞선 리스트를 없애실 거야."

"문제는 그걸 증명하려면 소개시켜 드려야 하지만 말이야."

현준은 물티슈로 손가락을 꼼꼼하게 닦으며 피식 웃었다. 부하 직원들 앞에선 안 보이던 미소가 창문을 뚫고 쏟아지는 햇살을 받아 눈이 부실 정도로 해사하다.

"좋아한다며, 내일이라도 인사시켜 드려."

"어제 고백했다가 차였어."

현준의 대답에 현미는 못 믿겠다는 듯이 인상을 구겼다. 예쁜 얼굴이 밉상이 되었다.

"오빠를 찼어?"

"고려할 가치도 없다는 듯이."

"남자 보는 안목이 없네."

"난 남자가 아니겠지. 킹 사이코 상사일 뿐이야. 만날 야근시켰으니 미운털이 박혔겠지."

"오빠더러 킹 사이코래?"

현미는 믿기지 않는지 커다랗게 뜬 눈을 깜빡거리며 현준의 표정을 흥미롭게 관찰했다. 킹 사이코라고 불린 것도 화가 날 텐데, 부하에게 차이기까지 했다? 미운 털이 제법 굵고 깊이 박힌 모양이었다. 현미는 턱을 괴고 오빠를 걱정스럽게 보며 물었다.

"차였다면서 어떻게 올케로 만들겠다는 거야?"

"반은 넘어온 것 같은데?"

"무슨 소리야? 넘어오다니. 오해한 것 같은데?"

"내가 내내 무신경하게 행동하고 있거든."

"밀당 시작했구나?"

현준은 고개를 끄덕거렸다. 현미의 눈에서 안광이 번쩍거렸다. 일밖에 모르던 오빠가 결혼에 대한 결심을 했다는 게 신기하면서도 안심이 되어 물었다.

"그런데 어디가 그렇게 좋아서 고백했어?"

"귀여워. 나한테 혼날 때도 귀엽고, 칭찬 들을 때 짓는 표정도 귀엽고. 아까 그러더라. 제 환상은 주먹만 한 티파니 다이아몬드 반지를 선물 받는 거래. 베라왕 드레스도."

"그건 모든 여성의 환상이야. 그래서 나도 베라왕 입은 거잖아. 남 서방이 그 비싼 드레스 좀 포기할 수 없냐고 얼마나 부탁했다고."

결혼 2년차인 현미의 입가에 아련한 미소가 떠올랐다.

"그러고 보니까 내가 베라왕 드레스 안 입혀 주면 결혼 안 한다고까지 했었어."

"환상 때문에?"

"응. 한 번뿐인 결혼식이니까 예쁘게 보이고 싶었어. 여자로서 가장 아름답게 필 때가 언젠 줄 알아?"

현준은 고개를 저었다.

"결혼식장에서 웨딩드레스를 입고 내가 사랑하는 사람에게 향할 때. 모든 사람들이 내 결혼식에 초대되어 나의 아름다움을 봐 줄 때. 여자는 그때 꽃이 되는 거야."

"너무 활짝 펴도 금방 시드니까 좋은 것 같지 않은데?"

"또 피어. 그때는 바로 여자가 임신했을 때."

현미는 활짝 웃으며 제 배를 가리켰다. 현준은 무심코 여동생의 배로 시선을 옮겼다가 뒤통수를 맞은 것처럼 턱을 앞으로 내밀고 물었다.

"임신했어?"

"응. 두 번째로 화려한 꽃이 됐답니다."

"자식……. 인마, 미리 연락했으면 맛있는 거 사 주잖아. 남 서방한테는 연락했어?"

현준의 눈가가 촉촉하게 젖었다. 건조한 일상에 단비가 내려진 것처럼 가슴이 뛸 만큼 그 어느 때보다 만족감과 기쁨을 느껴 흐뭇한 표정을 짓고 있었다.

"오빠한테 처음으로 말하는 거야. 4주 됐대. 조카 보고 싶지?"

현미는 그렇게 말하며 가방에서 다이어리를 꺼냈다. 그리고 다이어리를 펼쳐 초음파 사진을 꺼내 보였다.

"오빠에게 첫 조카가 생겼어."

새카만 우주에 태풍이 부는 걸 위에서 찍은 것처럼 가운데 약간 일그러진 타원이 있고 그 안에 태아가 점처럼 찍혀 있었다. 현준은 손으로 입을 가리고 눈을 깜빡거렸다.

"신기하다. 이렇게 작은데……."

"아들이면 오빠 성격 닮았으면 좋겠다. 책임감이 강하고 가족애가 강한 사람. 그리고 순진한 남자."

"남 서방을 닮아야지. 남 서방도 성격 좋아."

"안 돼, 너무 순해. 무슨 남자가 만날 헤헤 웃는지 몰라. 연애할 땐 내가 뭐라고 해도 만날 웃어서 좋았는데 이제는 날 놀리나 싶다니까? 부부싸움을 걸어도 웃어. 날 무시하는 것도 아니고."

현미는 사랑하는 남편의 유일한 단점인 성격이 걱정이라고 대답하고는 물었다.

"오빠, 나한테 선물하고 싶지 않아?"

"뭐 사 줄까?"

"신발. 이제 발이 많이 부을 거래. 굽이 좀 낮은 걸로 사 줘."

"밥은? 맛있는 거 사 줄게."

현준은 휴대폰 카메라로 초음파 사진을 찍었다. 그리고 현미의 손등을 감싸며 속삭였다.

"고맙다. 그리고 수고했어. 뭐 먹을래? 입덧은 안 해?"

"만두 먹고 싶어. 식당가에 만두 가게 있더라. 그거 먹자."

"그래."

현준은 여동생의 손을 잡고 일어나면서 가방도 대신 들어 주었다. 익숙한 듯 현미가 다이어리를 챙겨 넣고는 잡은 손을 가볍게 흔들었다. 현준과 현미가 카운터를 지나 막 햄버거 가게를 나가려는데 태진이 빨대를 입에 문 채 쳐다보고 있었다. 현준은 그의 시선을 즐기듯 빙그레 웃고 현미와 함께 햄버거 가게를 나왔다. 태진도 찬희처럼 오해하는 것 같았다. 하지만 현준은 태진이 믿는 대로 찬희에게 전해 주길 바랐다.

찬희의 오해가 깊어질수록 현준의 전략도 통할 테니 말이다.

오후 5시 50분.

찬희는 책상을 정리했다. 테이블 왼쪽에 수북하게 쌓아놓았던 파일과 휴대폰을 챙겨 든 그녀가 자료실로 걸음을 옮겼다. 자료실은 본부장실을 지나야 하기에 종종걸음으로 속도를 올렸다. 후다닥, 소리가 날 정도로 속도를 내 자료실에 들어간 그녀가 회심의 미소를 지었다.

본부장실을 지나친 게 그저 기뻐 헤실거리는데 현준의 음성이 그녀의 웃음을 지웠다.

"퇴근하려고?"

"본, 본부장님 여기 계셨어요?"

역습이라도 당한 양 놀란 그녀의 음성이 갈라졌다.

"자료 좀 찾으려고. 근데 퇴근 준비하는 것 같군."

"네."

"초안은 다 했어?"

"아뇨. 집에서 하려고요."

"일은 회사에서 끝내야지, 왜 집까지 가져가?"

현준은 짐짓 화가 난 것 같았다. 파일을 꼭 껴안고 입술을 비트는 찬희를 위아래로 훑던 그가 물었다.

"내 말이 틀려?"

"맞습니다만, 앞으론 야근 안 하려고요. 해도 집에서 할까 합니다."

"왜?"

"본부장님이 제게 사심이 있어서 시키신 거였잖아요. 안 해도 되는 걸 했으니까 이제는 보상 좀 받아야겠어요."

찬희의 대답에 현준이 피식 웃었다.
"그 보상이라는 게 정시에 퇴근?"
"네."
"남아, 남아서 일해."
"싫습니다. 어제도 말씀드렸잖아요. 전 제 인생도 성공시킬 거라고요."
"티파니 특별전이 그렇게 만만한가?"
"아뇨, 만만하긴요. 본부장님의 눈에는 만만하게 보이시나요?"

찬희는 자료실 내부를 둘러보았다. 다행이 자료실에는 두 사람 외에는 없었다. 그녀는 입술을 꾹 다물고 침을 삼킨 다음 따져 물었다.

"본부장님은 제가 그렇게 만만하세요?"
"전혀."
"어제 저한테 고백하신 분이 오늘은 다른 여자 분하고 아주 달짝지근한 모습을 연출하시던데······."
"무슨 소리인지 모르겠군."

현준은 여유로운 미소와 함께 시치미를 뗐다.

"이건 신경이 쓰여서 묻는 건데, 양다리는 아니겠죠?"
"그럴 리가. 내가 양다리나 걸치는 한심한 인간으로 보였나? 시력이 나쁜 건 알았지만 이렇게 떨어지는지 몰랐어."
"그럼 그 여자 분은 누구죠? 점심시간 이후로 백화점의 직원들이 온통 본부장님과 동행하신 여자분 때문에 난리예요."

찬희의 힐난조에 현준이 어깨를 으쓱였다.

"그건 내 사생활이라 말하고 싶지 않아."

"말하고 싶지 않아도 해 주셨으면 합니다."

"내가 왜 그래야 하지?"

"어제 제게 고백하셨잖아요. 솔직히 고백을 받고 난 다음부터 신경 쓰여요. 본부장님이요."

찬희는 솔직한 속내를 드러냈다. 상사의 고백을 거절해 어떻게 해야 하나 밤새 고민하느라 잠도 제대로 못 잤는데 현준은 차인 사람 같지 않게 덤덤했다. 정말 저를 좋아했던 게 맞는지 의심스러웠다.

마치 고백이 받아들여지면 사귀고 아니면 말고, 라는 식인 것 같아 괘씸했다. 지금 느끼는 배신감과 불쾌감을 오해해 질투한다고 생각할 수 있겠지만 그런 류와는 확실히 달랐다. 기분과 자존심의 문제니까 말이다.

"제가 오해하지 않게 행동하시는 것도 중요하다고 생각합니다."

당차면서 고집스러운 요구에 현준은 기분 좋은 미소를 지었지만 곧 차갑게 눈빛을 빛내며 대답했다.

"이봐, 강찬희. 어제 강찬희가 그랬지? 내가 싫다고 말이야. 난 차였고 인정했다. 찬희가 불편함을 느끼지 않게 하려고 내 딴에는 노력한 게 무시한 걸로 보인 모양이군. 마치 내가 찔러보기나 했다는…… 그런 오해를 받다니 불쾌해."

현준은 웃음기를 머금은 채 찬희를 응시했다. 그녀는 얼굴이 화끈거리는지 손등으로 뺨을 누르고 있었다. 뿔테 안경에 앞머리를 고정한 똑딱 핀을 한 그녀의 모습이란, 순수 그 자체였다. 그리고 예상한 대로 끌려와 줘서 무척 기쁘고 사랑스러웠다.

"난 여자 없어."

"좀 더 구체적인 설명이 필요합니다. 본부장님은 제대로 된 설명을 요구하시면서 왜 본인이 해야 할 대답은 그리 간단하게 넘어가세요?"

"그리 긴 설명이 필요 없지. 여자가 없다. 그걸로 충분하지 않아?"

"아뇨, 설명해 주세요. 그 여자는 누구죠?"

찬희는 주먹을 꽉 쥐었다. 이젠 오기가 나 집요하게 추궁했다.

"그건 사생활이야."

현준의 대답에 찬희는 입을 버리고 헛웃음을 쳤지만 곧 앵돌아져 언성을 높였다.

"사생활이라고 말하면 다예요? 해명하셔야죠!"

"난 여자가 없다고 했어."

"그 여자에 대해서는 왜 해명 안 하시는데요!"

찬희의 눈매가 가늘어졌다. 대답을 꺼려하는 게 은근히 부아를 돋운다. 그의 말대로 그녀가 간섭할 것 없고 알 필요도 없는 사생활임을 알지만 '사생활이야.' 라고 똑 부러지게 말하니까 대답을 듣고 싶은 오기가 생겼다.

"말했잖아. 그 부분은 내 지극한 사생활이라고 말이야. 현미에 대해서 궁금하다면 내 애인하든가."

"애, 애인…… 애인이요? 본부장님 원래 이렇게 능글맞으셨어요?"

"내 애인만이 사생활을 알 수 있어."

현준의 대답에 할 말을 잃은 찬희는 애간장이 녹아 말라 버린 아랫입술에 침을 발랐다.

밀당의 달인 83

"그리고 점심시간에 대해서 나왔으니 하는 말인데, 아까 안 산 밥은 저녁에 사."

"싫어요! 그 말은 취소예요!"

"취소?"

"네. 앞으로 야근도 안 할 거고요, 밥도 안 사요!"

찬희는 현준을 지나쳐 품에 안고 있던 파일들을 원래의 자리에 꽂기 시작했다.

현준은 의외의 반격에 기가 막히면서도 재미있다는 듯이 한쪽 입술 끝을 올리며 찬희가 파일을 꽂는 걸 바라보았다.

"그렇게 보셔도 소용없어요."

"나도 싫다는 사람한테 강요하지 않아."

"잘 됐네요!"

찬희가 파일을 다 꽂고 현준과 마주보았다. 그녀는 전투 준비를 완벽하게 마친 것처럼 사나운 눈빛을 하고 주먹까지 쥐고 있었다.

"근데 난 그 밥값을 받아야겠는데…… 어쩌지?"

"아, 그런 거셨어요? 본부장님 이제 보니까 상당히 쫌생이셨네요. 밥값 드릴게요. 얼마예요? 얼마 드려요?"

찬희가 고개를 쳐들고 거들먹거릴 때였다. 현준의 팔이 찬희의 뒤에 있는 책장을 잡았다. 깜짝 놀란 그녀가 입을 벌린 채 얼어붙었다. 현준의 얼굴이 그녀의 코앞까지 쏟아지듯 내려왔다. 날카로운 눈빛이 그녀의 얼굴을 훑어 심장이 터질 것 같았다. 그가 몸을 숙인 바람에 시크한 그의 성격과 비슷한 향기가 그녀의 코끝을 간질였다. 두두두두두, 두두두두. 심장이 거세게 뛰고 발가락까지 긴장해 짜릿짜릿했다.

"본, 본부장님 왜 이러세요……. 제가 너무 대들어서 기분 상하셨어요?"

"입 다물고 내 얘기 잘 들어."

찬희는 고개를 끄덕거렸다.

현준이 찬희의 얼굴을 오랫동안 응시했다. 그의 눈동자가 그녀의 얼굴을 더듬듯이 굴러갈 때마다 자료실의 벽이 찬희에게 다가오는 느낌이었다. 그녀는 쥐었던 주먹을 풀고 스커트에 문지르기 시작했다.

"아까 나하고 있던 여자는 내 여동생이야."

"네? 여동…… 읍!"

현준의 입술이 찬희의 입을 막았다. 벌어진 입안으로 현준의 혀가 쑥 들어와 회오리치듯이 훑고 빠져 나왔다. 심장까지 간질인 것처럼 왼쪽 가슴이 간질간질했다. 발가락도 쫙 벌어질 정도로 충격적이었다. 심장이 입 밖으로 튀어나올 것 같아 얼른 손으로 입을 막는데 현준이 엄지로 타액이 묻은 입술을 문질러 닦으며 유혹적인 미소를 던졌다.

찬희는 현준이 지어 보인 미소에 얼어붙어 손으로 입을 가린 채 부르르 몸을 떨었다. 이게 전율인지 분노의 떨림인지 알 수 없을 정도로 그녀는 제정신이 아니었다. 그래서 뭐라고 반격도 못 하고 있는데 현준이 돌아섰다. 그리고 그는 아무 일도 없었다는 것처럼 자료실의 문을 열며 말했다.

"사랑한다, 강찬희."

쿵!

찬희의 몸이 밑으로 쑥 꺼졌다. 무릎을 꿇고 주저앉은 그녀는 그가 자료실의 문을 닫을 때까지 눈에 고인 눈물이 떨어지지 않길 간절하게 기도하고 있었다. 자료실의 문이 닫히고 혼자가 된 그녀가 입을 막고 있던 손을 떼고 바닥을 짚었다.

"뭐, 뭐야……. 키스가 밥값이야?"

예상치 못한 기습에 놀라 자지러진 심장이 덜컹거려 현기증이 났다. 찬희는 현준의 두 번째 고백에 혼미해진 정신을 수습하기 버거운 듯 숨을 헉헉 내쉬며 바르르 몸을 떨었다.

여동생하고 손잡고 다니는 남자가 어디에 있어, 그걸 믿어야 하는 거야? 지금 믿으라고 키스한 거야?

그보다…… 차인 사람으로서 키스하는 거 부당하지 않아? 사랑한다니? 사랑한다니!

찬희는 바닥을 짚었던 손으로 머리를 감싸며 소리 없이 절규했다.

네 번째 프러포즈.
러브 피싱

현준의 고백과 기습 키스를 받은 후, 찬희의 일과는 엉망이 되었다. 연속 이틀을 제대로 못 자 피부가 부사 사과마냥 부석부석했다. 또 무언가에 쫓기는 것처럼 자꾸 뒤를 돌아보는 습관이 생겼다.

아직 개점하지 않아 출입구마다 셔터가 내려진 백화점 앞 도로에 잠시 정차한 은회색 폭스바겐 뉴비틀 컨버터블에서 내리며 관자놀이를 지그시 눌렀다. 그리고 운전석에 있는 여동생에게 고맙다고 인사하며 물었다.

"왜 갑자기 배가 고플까?"
"그러게 아침 먹으라니까, 뜨는 둥 마는 둥."
"잠을 제대로 못 자서 입안이 깔깔했어."
"근처 베이커리에서 간단하게 뭐라도 먹어."
찬희는 고개를 끄덕인 후 수희가 출근길을 서둘러 가볍게 손을 흔들었다. 그리고 수희의 차량이 손톱처럼 작아질 때야 삼각 김밥이라도 먹을 생각에 근처 편의점으로 들어갔다.

삼각 김밥을 고르는데 자꾸만 라면에도 눈이 간다. 그녀는 고민하다가 작은 컵라면에 삼각 김밥과 꼬마김치를 샀다. 오늘은 수희 때문에 30분 일찍 나왔더니 시간이 남아 요기할 시간이 충분했다.

컵라면에 뜨거운 물을 붓고 나무젓가락을 반으로 갈라 뚜껑 위에 놓은 그녀가 유리창 너머를 멍하게 바라보다 아이패드를 꺼냈다. 라면이 익기까지의 3분이 길게 느껴져 뭐라도 해야겠구나, 싶었던 그녀의 손이 부산스럽게 움직이다가 '리시오'라는 폴더 앞에서 멈췄다.

이탈리아의 유명 아동복, 명품이라 불리는 리시오의 한국 입점을 추진하다가 그라지아 리시오 회장에 의해 좌절된 프로젝트.

찬희는 굳이 폴더를 열어 내용을 확인하지 않아도 마침표의 개수까지 외울 정도로 혼을 태웠던 프로젝트가 백지화가 되었을 때의 좌절감이 떠올라 입맛을 다셨다.

"성공했다면 참 좋았을 텐데."

준비 기간만 석 달, 프레젠테이션을 위해 일부러 이탈리아로 출장까지 갔었지만 그라지아 리시오 회장과 만날 수 없었다. 그들은 한국에서 왔다는 말에 질색하며 '이미테이션의 왕국'에 리시오를 입점할 생각이 없다는 이유로 단호히 거절했었다.

물론 그밖에도 아동복 시장이 편협할 정도로 작아, 리시오 아동복이 입점해 봤자, 명성에 먹칠을 하게 될 거라는 말도 빠트리지 않았다. 한국이 어떤 나라인지도 모르면서 막말을 퍼부었던 그들을 떠올릴 때마다 화가 치밀었지만 어쩌겠는가.

찬희는 한숨을 내쉬고는 맛있게 익은 라면을 먹기 시작했다. 꼬마김치를 올려 허겁지겁 먹으며 허기를 달래는데 현준이 편의점으로 들어왔다. 깜짝 놀란 그녀가 컵라면을 들고 등을 돌렸다.

제발, 그냥 지나가라!

주문을 외우며 라면의 면발을 세듯이 조심스럽게 먹는데 그녀의 바람을 산산조각 내듯이 현준이 불렀다.

"아침부터 라면이라니, 어머니가 안 챙겨 주셨어?"

"아, 안녕하세요."

찬희는 억지웃음을 지으며 그의 손으로 시선을 떨어트렸다. 그의 손에는 우유와 샌드위치가 있었다.

"본부장님도 식사 못 하셨나 봐요?"

"응."

"네……. 어, 어머니께서 안 챙겨 주시나 봐요?"

"부모님은 남양주에 사셔."

건성으로 대답한 그가 샌드위치 용기를 열며 물었다.

"얼굴이 많이 부었어."

"아, 알아요."

"잠을 많이 잤거나, 못 잤거나…… 아닌가?"

"못 잤습니다. 누가 키스하는……."

읍! 또 생각났다.

찬희는 등을 돌리며 제 입술을 사수하듯이 깨물었다.

"라면에 김치까지 먹은 입술에 모닝 키스할 생각 없어."

"누가 허락할 줄 알고요? 그리고 본부장님 그런 말씀 정말 불쾌해요. 제가 싫다고 했잖아요. 그런데 왜 그러시는 거예요?"

찬희는 억울한지 따져 물었다.
"좋아서 그러는 거잖아."
"전 싫어요."
"곧 좋아지게 될 거야."
"아뇨, 절대로 그렇지 않아요."
찬희는 삼각 김밥을 먹으려다 입맛이 달아나 한숨을 쉬었다.
"식사 맛있게 하세요."
삼각 김밥을 쓰레기통에 버린 그녀가 라면 용기를 분리수거 전용 쓰레기통에 버리려는데 현준이 말했다.
"같이 들어가."
"싫습니다."
"냉정하군."
"식사 맛있게 하세요."
찬희는 냉랭하게 대답하고 편의점을 나왔다. 얼른 가서 양치질을 하고 싶은 마음만 앞서 속도를 내는데 태진이 찬희를 불렀다.
"서방, 굿모닝!"
"안 굿모닝."
"안 굿모닝? 아침부터 썰렁하다."
태진은 찬희의 어깨에 팔을 걸며 속삭였다.
"나 오늘 또 소개팅한다."
"줄기차네."
"줄기…… 악! 너 라면 먹었냐?"
"배고파서."
"어유, 보통 아침엔 샌드위치 같은 거 먹지 않아? 어제 술 마셨어? 해장하려고 라면 국물 마신 거야?"

태진은 얄미울 정도로 큰소리로 말하며 뒤로 물러났지만 곧 얼어붙었다. 등에 탁! 하고 걸리는 무언가의 압력이 느껴져 돌아보았더니 눈썹을 높이 치켜세운 현준이 그를 노려보고 있었다.

"보, 본부장님."

"앞으로 두 사람은 1미터 간격을 두고 다녀. 인사고가를 평균점이라도 유지하고 싶으면 내 말을 따르는 게 좋을 거다."

현준은 찬희와 태진을 번갈아보며 경고한 후에 앞서 걸었다. 두 팔로 몸을 감싸고 소리 없는 절규를 외치는 태진이 가엽게 느껴진 찬희가 어깨를 두드리며 말했다.

"날 남자로 보는 너완 다르니까, 네가 이해해."

"저 눈빛 봤어? 잡아먹으려고 노려보는 야수 같았어!"

"응."

"1미터 간격을 두래. 누가 보면 질투하는 줄 알겠네!"

"그러게."

찬희는 어깨를 으쓱거린 다음 직원 전용 후문으로 들어섰다. 오늘은 회의가 오후에 있으니까 비교적 여유롭게 오전 업무를 볼 수 있을 것 같아 태진에게 물었다.

"모닝 커피?"

여유? 설마…… 강찬희에게 여유란 단어가 있기는 하겠어? 아침부터 회의라니.

찬희는 무테안경 안으로 손가락을 넣어 눈 밑을 부드럽게 긁으며 울상을 지었다. 오후 3시에 잡혀 있던 것이 갑자기 옮겨진 걸로 보아 현준이 외근을 나갈 것 같았다. 아마도 회의를 마치자마자 나갈지도 몰랐다. 8시 30분 출근한 부원들에게 10분 후에 회의 시작할 거라는 말을 하고 어디론가 급히 가 버렸으니 충분히 짐작할 수 있었다.

느긋하게 모닝커피를 마시며 눈두덩에 끈적거리게 들러붙은 잠을 쫓고 싶은데 커피는커녕 회의실에서 숨이나 잘 쉴 수 있을지 의문이었다.

"갑자기 무슨 회의를 한다는 거야?"

본부장의 명령에 따라 1미터 떨어져 있던 태진이 투덜거렸다.

"10분 후에 회의라고 말하면 끝이야? 설명을 해 줘야지. 안 그러냐? 자기는 만날 우리한테 설명을 요구하면서 왜 그래? 아유, 내가 진짜."

"억울하면 성공해야지 뭐."

찬희의 대답에 태진이 제 목을 조르며 부르르 떨었다.

"나도 그러고 싶은데 그게 돼?"

"그럼 투덜거리지 마. 나도 피곤하긴 마찬가지인데 급한 일이 생겼나 보지."

"지금 본부장 편드는 거야?"

"그 누구보다 더 킹 사이코한테 맺힌 게 많은 사람이 나야, 편을 왜 들어?"

"너 또 그렇게 불렀다가 혼나. 항상 의외의 장소에 나타나잖아."

"복도엔 아무도 없는데? 뭐, 이 문 너머에 있다면 진짜 재수 없는 거겠지만."

찬희는 개구지게 웃으며 회의실 문을 열었다. 그러자 태진이 먼저 회의실 안으로 들어갔다. 그녀도 뒤따라 들어가려는데 그가 움찔 놀라 자리에 못 박힌 양 꿈쩍도 하지 못했다. 그녀는 무슨 일인가 싶어서 안을 들여다보았다. 태진의 오른쪽 어깨 옆, 기둥에서 종이 넘기는 소리가 들렸다. 소리가 나는 방향에 반응해 그녀의 시선이 옮겨졌다. 그리고 그를 보았다.

정현준! 당신이 왜 거기에 있는 건데?

현준은 긴 다리를 교차하여 기둥에 기댄 채 인쇄물을 넘기고 있었다. 인쇄물이 뚫릴 것처럼 눈빛이 남다른 게 슈퍼맨이 내뿜는 광선 같은 것을 본 착각마저 들었다.

재수도 없지……. 킹 사이코라고 말한 거 또 들었을 거 아냐. 난 몰라.

찬희가 요란할 정도로 크게 숨을 들이마시며 입을 가리자 태진 역시 난감한 듯 머리를 긁적이며 현준에게 꾸뻑 인사를 건넸다. 현준도 가벼운 목례를 하며 태진을 위아래로 훑었다. 두 사람의 눈빛이 찰나적으로 맞붙었다가 떨어졌다.

태진은 송곳 같은 눈빛을 발광하는 현준의 태도에 흠칫 놀랐다.

뭐야, 능구렁이 같은 인간. 다 듣고 있었던 걸까? 둔탱이 강찬희는 이해를 못 한 것 같아 안심인데 왜 하필이면 눈치 빠르기가 귀신같다는 장 본부장이…….

무안해진 태진은 어색한 미소를 지으며 안으로 들어왔다. 로봇처럼 뚜벅뚜벅 걸어서 늘 앉는 자리에 앉아 입바람을 불었다.

찬희도 태진을 따라 제자리에 앉으며 마른침을 삼켰다.

왜 하필 문 옆에서……. 강찬희 나침반이라도 들고 다니나? 다른 때는 창가에 팔을 괴고 있으면서. 정말 종잡을 수 없어.

찬희는 피곤이 확 몰려 눈을 깜빡거렸다. 그리고 조심스럽게 태진의 옆얼굴을 흘깃 훔쳐보며 지금까지 저릿한 손바닥을 쥐었다가 폈다. 태진의 손은 뜨거웠지만 땀이 차서 끈적거렸다. 태진과 4년을 알아 왔지만 방금 전에 느낀 감정은 이질적이었다.

자라 보고 놀란 가슴 솥뚜껑 보고도 놀란다더니 현준의 갑작스러운 고백 이후 찬희는 예민해졌다.

무관심을 뛰어넘어 야근만 시켰던 장현준이 자신에게 흑심이 있을 줄 누가 알았겠는가. 이렇게 뒤통수 얻어맞은 기분이 들게 한 현준의 고백은 태진의 말투나 행동도 의심하게 하는 부작용을 낳았다.

오태진도 그녀를 좋아할 수 있다. 그리고 사내에 있는 총각 사원들도 호시탐탐 고백할 타이밍을 노리고 있을지도 모른다. 그런 착각이 찬희를 지배하기 시작했다.

찬희는 회의실을 채운 부원들을 둘러보았다. 상품개발실엔 현준까지 14명의 부원이 있었다. 작년엔 8명이었는데 유 회장이 상품개발이야말로 백화점의 미래라며 인원을 대거 투입시켰는데 이중에서 7명은 찬희와 같은 사무실을 쓰고 반은 지하 1층부터 지상 5층에 배치가 되어 현장을 돌며 본부장에게 직접 보고하고 있었다. 나머지 한 명은 본부장실을 독차지하며 독재자로 군림하고 있었다.

매장에 나가 있는 부원들이야 이렇게 회의실에서나 보니까 배제하더라도 사무실을 함께 쓰는 동료 중에서 남자는 태진까지 3명이었다. 권부섭은 5살 난 딸이 있으니 배제하고 최명환도 애인이 있으니 배제하려고 했지만 그가 하는 얘길 들어 봤는데 애인하고 헤어질 생각을 하고 있다고 했다.

아! 생각해 보니 요즘 자꾸 누군가 마음의 문을 두드린다고 했었다! 혹시 나? 안 돼, 안 돼. 내가 사이좋았던 커플을 찢어 놓은 거야? 난 몰라. 강찬희…… 죄 많은 여인이여. 미안해서 어쩌지?

찬희는 미안한 마음에 최명환을 안쓰럽게 바라보았다. 그는 휴대폰이 진동으로 설정되어 있는지 확인하다가 찬희의 시선을 느끼고 고개를 들었다.

"왜? 강 대리 나한테 할 말 있어?"

"아, 저기 애인 잘 지내죠?"

"어. 잘 지내. 안 그래도 우리 곧 날 잡을 것 같아."

명환은 그렇게 말하며 호빵처럼 동글동글한 얼굴에 환한 미소를 지었다. 그리고 서류를 검토하고 있는 본부장의 눈치를 슬쩍 보더니 속삭였다.

"어차피 알게 될 것 같으니까 하는 말인데…… 나 곧 애 아빠 된대."

명환의 대답에 찬희는 입을 쩍 벌렸다. 축하한다는 말을 해야 하는데 고개를 갸웃거려진다.

"속도…… 위반?"

"부끄럽게도."

"아, 아하하. 축하드려요."

찬희는 억지웃음을 짓다가 머리를 긁적거렸다. 그 누구도 그녀의 망상에 대해 모르는데도 창피해서 뺨이 따끈했다.

바보. 본부장한테 고백 받았다고 모든 남자들이 내게 흑심이 있다고 생각하다니. 강찬희, 1년 동안 연애 경험 없는 티를 너무 내고 있잖아. 어리석어. 착각은 자유지만 도를 넘으면 개망신만 당하는 거야.

다이어리를 펼치고 심각한 표정을 짓던 찬희는 서류를 넘기는 현준을 응시했다. 그는 아랫입술로 윗입술을 덮고 미간을 구겨 짓고 있는 표정만으로도 분위기를 압도하고 있었다.

그 누구 하나 본부장이 시간을 질질 끄는 것에 대해 불만을 드러내지 못하고 숨죽였다. 20평의 회의실은 밝았지만 암전 상태인 것처럼 가라앉아 있었다.

무슨 일이 있나? 왜 저렇게 뜸을 들이지? 라고 생각할 때 현준이 입술이 무언가 말하려고 열렸다가 곧 닫혔다.

찬희의 시선이 자연스럽게 현준의 입술에 머물렀다. 그녀의 눈썹이 높이 솟아오르더니 포물선을 그리듯 완만한 곡선을 그렸다. 새치름하게 뜬 눈으로 어제 저의 입술에 닿았던, 맹랑하고 말랑말랑해서 그 촉감을 잊을 수 없던 장현준의 입술을 노려보기 시작했다.

그동안은 관심이 없었던 터라 현준의 입술이 어떻게 생겼는지 지금 처음을 알게 되었다. 마르고 갈라진 그녀의 입술보다 몇 배는 더 부드럽고 말랑말랑한 탄력을 가진 그것의 색은 진달래꽃을 물고 있는 것처럼 분홍빛이 감돌았다. 너무 크지도 작지도 않게 적당했으며 윗입술보다 아랫입술이 약간 두꺼웠지만 자세히 보지 않으면 모를 정도였다.

저 입술이 어제 내 입술의 순결을 앗아갔어. 야근하느라고 보낸 1년, 키스가 뭔지도 잊은 듯 둔감해진 입술을 한껏 자극하고 도망갔어. 용서할 수 없는 입술이야. 저 입술에 끈이 달린 빨래집게를 물리고 싶어. 끈을 잡아당기면 분명히 비명을 지르며 잘못했다고 빌지 않겠어? 저 입술을 어떻게 혼내 줄까? 장현준을 어떻게 응징

할까?

현준의 입술을 잡아먹을 기세로 노려보는데 태준이 그녀의 책상에 쪽지를 던졌다.

왜 그렇게 봐? 본부장한테 관심 있어?

찬희는 배시시 웃는 태준을 바라보며 두 손을 교차해 X 표시를 하고 혀를 길게 내밀었다. 그러자 태준이 숨을 훅 들이마시며 손가락을 오므려 하트 모양을 만들었다. 생뚱맞은 반응에 찬희가 한숨을 푹 쉬는데 현준이 백보드를 두드리며 찬희와 태진을 호명했다.

"강찬희, 오태진. 둘은 떨어져 앉아."

"저희가 왜 그래야 합니까?"

느닷없는 명령조에 태진은 기가 막힌지 이맛살을 구겼다.

"내 눈에 거슬려서 그래. 그 손동작은 뭔가? 장난치러 왔어?"

현준의 음색은 퍽 언짢은 기색이 역력했고 표정도 무시무시해 태진이 시선을 피했다.

"너희는 앞으로 1미터 거리를 두고 다니도록."

"본부장님! 그건 너무 강압적이지 않습니까?"

"거슬려. 내가 거슬려서 그런다는 데 불만 있나?"

현준의 물음에 찬희가 얼른 끼어들었다.

"죄송합니다. 앞으론 조심하겠습니다."

그렇게 말한 그녀가 필기도구를 챙겨 멀리 떨어져 앉았다. 그때야 현준이 찡그리고 있던 인상을 피며 오후에 잡혀 있었던 회의가 왜 오전으로 바뀌었는지 이유를 설명했다. 물론 태진은 불만 그득

한 표정을 유지한 채 삐딱하게 들었다.

"내가 오늘 오후부터 제주도에 간다. 2박 3일 일정이야. 이탈리아에서 명품 아동복이라고 불리는 '리시오'의 그라지아 리시오와 그녀의 손녀 벨라 리시오가 제주도에 도착한다고 한다."

"그, 그라지아 리시오가 정말 제주도에 와요?"

찬희는 제 귀를 의심하며 물었다.

아동복계의 명품이라 불리는 리시오의 한국 최초 입점을 목표로 물밑 작업을 해 왔던 현준을 도운 건 찬희였다. 5개월 전 리시오 회장은 일본을 뺀 아시아 지역에 리시오 입점은 반대하고 있다는 뜻을 내비쳐 계약이 성사되지 않았다. 그런데 콧대 높은 리시오 회장이 제주도에?

"리시오 론칭을 준비 중인 우리 백화점에선 이번 그녀의 제주도 여행에서 반드시 계약을 따내야 한다."

"당연하죠. 그런데 협상팀으로 누가 더 가나요?"

"나도 갑자기 연락을 받았다. 리시오의 입점 건은 나와 강찬희, 권부섭이 진행했었지만 두 사람을 모두 데리고 갈 입장이 아니야. 한 명만 데리고 가야 하는데, 어떤가?"

현준은 부섭과 찬희를 번갈아보았다. 부섭은 리시오만 잡으면 승진의 기회를 얻을 수 있어 열의에 찬 표정을 짓고 있었지만 찬희는 시선을 피하고 있었다. 현준은 어제 키스한 것도 있고 찬희가 자신을 껄끄럽게 생각하는 것 같아 부섭에게 의사를 물었다.

"권부섭, 제주도에 가겠나?"

"가야죠."

부섭은 제주도라는 말에 씩 웃었다.

"좋아, 그럼 권부섭은 리시오에 관한 자료를 모아. 다시 시작해야 할지도 모르겠다. 우리가 올린 보고서와 기획안으로 이사님도 협상하실 거라고 하더군."

"이사님도 협상을 하신다니 무슨 뜻입니까?"

권부섭이 물었다. 이사가 합류하는 게 아니라 협상한다고 하니 이해가 되지 않나 보다.

"본점에서 리시오의 론칭을 했으면 한다는군. 하지만 나는 내가 있는 우리 백화점에서 리시오를 론칭해야 마땅하다고 본다. 그게 우리가 그동안 들인 공에 대한 보답이니까."

"그럼 이사님과 경쟁하시게요?"

권부섭은 의욕에 차 있던 표정을 바꾸며 현준의 표정을 주시했다.

"맞다. 내가 이사님을 제친다."

"본점의 이사님이 아닙니까? 그러지 마시고 본점에서 론칭할 수 있게 돕는 게 어떨까요?"

권부섭은 턱을 긁으며 난처한 기색을 드러냈지만 찬희가 손바닥으로 테이블을 치고 일어나 열의를 보이자 화들짝 놀랐다.

"그게 무슨 소리예요! 본점은 본점이고 우리는 우리죠. 우리가 다 차려놓은 밥상에 숟가락을 얹겠다는데 상사라는 이유로, 본점이라는 이유로 포기해야 하나요? 왜 그래야 하는 거죠? 지점은 본점을 위한 양분인가요?"

"상대가 누구든 시작을 했으니 이겨야죠. 그래야 일단은 장현준 본부장님 라인에 낀 우리가 반짝반짝 빛난다고요. 안 그래요?"

"그래도 상대는 이사입니다. 경쟁 백화점도 아니고 같은 백화점인데…… 본부장님, 이러다 물먹습니다. 본점의 이사님이라면 양 이사님일 텐데…… 그분 별명이 도끼잖아요. 한 번 찍으면 그대로 끝이라서. 그 도끼에 찍히고 싶습니까?"

"그래서 권부섭은 이번 프로젝트에서 빠지겠다?"

"……죄송합니다."

가정이 있고 딸 바보인 권부섭에게 모험심을 기대하기 어려웠지만 너무 몸을 사리는 모습에 현준은 한숨을 쉬었다.

"그럼 나 혼자 가야겠군."

실망한 기색이 완연하게 드러날 때였다. 쿵! 하는 소리와 함께 의자가 끌리는 소리가 요란하며 찬희가 자리에서 벌떡 일어났다. 그녀는 전투 준비를 완벽하게 마친 군인처럼 어금니를 사리물고 엄지를 세워 저를 가리키며 목청을 세웠다.

"본부장님, 절 데려가 주세요!"

"도끼라는 별명을 가진 이사야. 찍히면 골치 아프지 않겠어?"

현준이 팔짱을 끼고 부섭을 훑고 난 다음에 찬희를 바라보았다.

"아파 봤자죠. 아프면 진통제 먹고, 상처가 나면 마데카솔 바르면 되잖아요. 사회생활이 다 그런 거 아닌가요? 그리고 저요, 본부장님한테 하도 깨져서 그런지 웬만한 상처에는 꿈쩍도 안 합니다."

권부섭의 비겁한 태도에 울컥해 찬희가 입매를 비틀었다.

"좋아. 그럼 강찬희가 나와 함께 제주도로 간다."

"예! 그리고 오늘은 반드시 우리를 물 먹인 리시오 회장을 꼭 만나고 싶습니다."

찬희가 턱을 처들고 눈을 부라려 현준이 흥미로운 표정을 지었다.

"우리의 노력을 무시하지 마라! 단지 일본이 우리나라보다 아동복 시장이 크다는 이유로 무시당하는 건 편견이고 사업가로서의 안목이 떨어진다! 그리고 우리나라가 그 비싼 노스페이스 바람막이 점퍼를 교복처럼 입는 나라죠! 부모가 자식한테 쓰는 돈은 상상 초월! 그리고 본부장님도 매장 시찰하다 보셨잖아요. 신학기 때마다 학생들이 MCM 지갑을 사요. 그뿐이에요. 강남에선 프라다 가방과 지갑을 들고 다니는 학생도 있어요. 직장인들은 손이 떨려서 못 사는데 그걸 청소년이 들고 다닌다고요. 운동화도 마찬가지잖아요. 우리가 17세 기준으로 통계를 냈을 때 여고생의 머리부터 발끝까지 치장하는 데 드는 비용이 120만원 안팎이었습니다. 가방, 신발, 바람막이 점퍼, 시계, 휴대폰, 휴대폰 장식품, 지갑만 해도 고가의 상품들이었잖아요. 리시오가 한국 입점에 대한 시장 조사도 제대로 하지 않고, 심지어 저희가 만들어 준 데이터도 보지 않은 상태에서 거절한 리시오 회장의 오만함을 눌러 주고 싶습니다."

"과소비가 심한 나라라는 소리를 들으면 어쩌려고 그러나?"

"명품 자체가 과소비 아닌가요? 우리나라를 무시하니까 그렇게라도 눌러 주고 싶다는 거죠."

찬희의 대답에 현준이 고개를 저었다.

"그런 발언은 안 하는 게 좋아. 물론 그게 우리의 현실이지만 좋게 보이지 않아. 부모의 능력에 기대 사치하는 아이들, 확실히 잘못됐으니까."

"예, 알겠습니다."

"그럼 강찬희는 지금 당장 제주도에 갈 준비를 서둘러. 리시오 회장의 공식 일정은 2박 3일이야. 며칠을 묵게 될지 모르지만 적어도 3일 안에는 해결을 봐야 해."

"협상에 필요한 자료를 준비하겠습니다. 아! 본점에 올린 보고서와 다른, 우리들만의 특화된 기획안이 필요하겠네요?"

"이젠 내가 따로 시키지 않아도 잘하는군."

"당연하죠. 야근 4년 차를 무시하지 마십시오."

찬희는 그렇게 말하고는 다이어리에 일정과 필요한 물품을 적기 시작했다. 현준은 시선을 피하던 찬희가 열정적으로 돌변해 내심 기뻤다. 역시 그의 사랑을 받을 자격이 충분하다.

"리시오 회장 건으로 나와 강찬희가 제주도 출장을 가게 됐다. 내가 자리를 비운 동안 특별한 지시 사항은 없을 거다. 그리고 본점에서 정기 세일을 뺀 특별 할인전을 열어 보는 게 어떠냐는 윗분들의 의견이 있었다. 3일장 형식으로 어떤 상품이 좋을지 기획을 해야 할 같다. 그 일은 오태진이 맡아."

태진이 심드렁하게 고개를 끄덕거려 현준이 눈썹을 높이 휘며 물었다.

"오태진, 하기 싫어?"

"아닙니다. 합니다. 하라면 해야죠."

찬희는 대형 프로젝트를 진행하는데 저는 만날 할인 행사 품목이나 맡아서 해야 하나 싶어서 울컥했지만 태진은 특유의 수더분한 어투로 다소 딱딱했던 분위기를 바꾸었다.

"까라면 까야죠."

현준은 밉살스러울 정도로 대답하고 짓궂을 만큼 빈정거리며 웃는 태진을 못마땅하게 쳐다보다가 3월 행사를 알렸다.

"3월 말에 지점 별 대운동회가 있다. 서울 강남구와 강서구의 백화점 직원들이 대항전을 하는 걸로 가닥이 잡힌 모양이야. 날짜는 미정이지만 1등 하는 부서에겐 특별 보너스가 지급된다는군. 그리고 3월에는……."

특별 보너스라는 말에 회의장이 술렁거리기 시작했지만 찬희는 리시오의 생각으로 머릿속이 꽉 차서 아무 소리도 들리지 않았다.

그런데 왜 본점의 이사님이 직접 리시오 건을 잡으려고 하는 걸까? 리시오를 만나서 뭐라고 해야 할까. 어떤 점을 가장 어필해야지? 손녀와 같이 온다면 손녀에게도 잘 보여야겠네. 그런데 본점의 이사가 왜 리시오 건을 잡으려는 걸까?

찬희는 다이어리에 물음표를 그리며 그라지아 리시오 회장의 마음을 돌릴 기획안의 틀을 잡고 있었고 태진은 그녀의 옆얼굴을 바라보며 뭔가 의심 가득한 표정을 짓고 있었다.

10시 30분.

회의를 마치고 나와 시간을 확인한 찬희가 책상을 정리하기 시작했다. 태진은 입을 다물고 그녀를 바라보고만 있었다. 뭔가 할 말이 많은 것처럼 보여 그녀가 물었다.

"왜 그렇게 봐?"

"이건 수컷 늑대의 감인데 말이야, 너 조심해야겠다."

"뭘 조심해?"

찬희가 볼펜을 정리하며 물었다.

"본부장 말이야. 킹 사이코를 조심하라고."

툭!

볼펜을 쥐고 있던 손에 힘이 풀리며 빨간 볼펜이 굴러떨어졌다.

태진이 날렵하게 바닥에 떨어지기 직전의 볼펜을 잡아 그녀에게 건네며 덧붙였다.

"본부장의 눈빛이 달라졌어."

"나, 난 모르겠는데. 어떤 눈빛인데?"

찬희는 잠시 머뭇거리다가 당황한 기색을 감추듯 천연덕스럽게 미소 지었다. 그러나 태진은 찬희의 행동이 어딘가 모르게 부자연스러운 것 같아 의심조로 쳐다보며 말했다.

"좀 달라졌어. 아까도 회의실에서 우리가 다정하게 지내는 걸 질투하는 듯한 인상을 줬잖아."

"아닐 거야. 착각이겠지."

찬희는 볼펜을 필통에 넣고는 당혹감을 감추기 위해 저의 개인 웹하드에 리시오에 관한 자료를 옮긴 다음 비밀번호를 바꾸었다.

"너는 둔해서 본부장이 사랑한다고 고백해도 지금처럼 네 일이 우선이라 그냥 넘어갈 거다."

"무슨 소리야?"

"일이 우선이라서, 그 일로 유혹하기 쉽다는 뜻이야."

태진은 그렇게 말하고는 노란 서류철을 꺼냈다. 그리고 심드렁한 표정을 짓고 할인전 준비를 위해 행사 품목에 어울릴 만한 상품들을 찾기 시작했다.

"리진 이불에나 연락해야겠다."

"또 리진이야? 리진은 겨울 이불만 예쁘잖아. 봄여름 이불 기획전으로 하고 마이 홈 스타일리스트 이불에 연락을 넣어 봐. 이번에 신상으로 나온 게 제법 화사하더라."

찬희는 태진에게 도움이 될까 싶어서 조심스레 꺼낸 말이지만 돌아오는 건 냉담한 반응이었다.

"강찬희 안 가냐?"

"어, 어……. 가. 저기, 오 대리…… 내가 참견한 거면 미안해."

"미안하면 제주도 똥돼지나 한 마리 업어 오든가."

태진의 농담에 찬희는 피식 웃으며 노트북 가방을 들었다.

"다녀올게."

"똥돼지 업어 오기 힘들면, 감귤 초콜릿 사 와."

"그런 거 좋아해?"

"아니, 뭐라도 받고 싶어서 그렇지."

"알았어."

찬희는 태진의 어깨를 장난스럽게 치고 돌아섰다. 그리고 사무실을 나가려는데 태진이 뒤에서 그녀를 불렀다.

"강 대리!"

찬희가 뒤돌아보았다.

"수컷 본능을 조심해!"

찬희는 어색한 미소를 지으며 돌아섰다. 일에 몰두할 땐 현준에 대해 잊는다. 마치 사내 연애를 하다가 실연당한 여자처럼 제 세계를 무너트린 침입자에 대한 두려움과 불쾌감을 잊을 수 있었다.

만일 리시오가 아니라 다른 브랜드였다면 현준과 제주도에 가는 걸 피했을 거다. 하지만 오랫동안 준비했고 그것들을 진행하려고 일요일도 반납하고 초안을 잡고 기획안을 제출하고 시장 조사까지 한 걸 생각하면 현준이 고백하고 키스한 건 일과는 별개의 지극히 사적인 문제로 구분을 두고 싶었다. 사적인 감정을 내세우며 기회를 놓치고 싶지 않았다.

찬희는 퇴근 준비를 마쳤다는 것을 현준에게 보고하고자 본부장실에 들렀다. 때마침 현준도 코트를 입던 차였다.

"집까지 데려다 주지."

"아닙니다. 택시 타고 가겠습니다."

"어차피 지나가는 길이야."

"저기 본부장님."

찬희가 진지한 표정을 짓고 현준에게 제안했다.

"리시오는 우리에게 매우 중요합니다. 맞죠? 그러니 리시오에게만 주력해요. 중요한 사람부터 잡는 게 우선이니까……."

"무슨 말인지 알겠어. 수작 걸지 말라는 뜻이잖아."

"맞습니다."

현준은 찬희의 얼굴을 뚫어지게 바라보다 지나쳐 본부장실의 문을 열었다.

"가지. 꾸물댈 시간이 없다."

"대답하셔야죠."

"알아서 조심해."

"예?"

"난 계속 수작 걸 거야."

"본부장님!"

찬희는 기가 막혀 현준의 팔을 잡고 앞을 막았다.

"우리 일하러 가는 거예요."

"오전 8시 30분부터 오후 6시 30분까지는 수작 안 걸어. 됐나?"

"아뇨, 그런 얘기가 아니잖아요. 그리고 어제 제게 키스한 거……."

"자꾸 말해 봐. 키스할지도 몰라."

현준의 대답에 찬희가 두 손으로 입을 막았다.

"우리는 리시오의 마음을 열어야 해. 하지만 나는 리시오 말고도 강찬희의 마음도 열어야 하지. 난 두 마리 토끼를 잡으러 가는 거야."

"제 마음은 안중에도 없이, 제 마음은 고려하지 않고……. 너무 일방적이라는 생각은 안 해 보셨어요?"

찬희의 차가운 물음에 현준이 어깨를 으쓱이며 의미심장한 대답을 했다.

"제주도에서 모든 걸 끝낼 생각이다."

"……무슨 뜻이에요?"

"계약이든 수작이든 뭐든 끝이 난다는 뜻이야."

"혹시 회사 그만두고 다른 곳에 가세요?"

불길한 예감이 모공 사이사이를 막는 기분이어서 찬희가 물었지만 현준은 어깨를 으쓱이며 무심한 어조로 말했다.

"일단 사내 '연애'를 한 것도 아니고, 왜 두 사람 중에 한 사람은 반드시 떠나야 하는지? 사내 연애에 대한 사칙이 없다고 했는데."

현준의 어조는 지나치게 평온하고 지나쳤다. 마치 물이 유유하게 흐르는 것처럼 그윽해서 불안감을 증폭시켰다. 마치 다른 사람의 이야기를 하는 것처럼 흘리는 투에 찬희는 뒤통수를 얻어맞은 것처럼 넋을 잃고 현준의 뒷모습을 아주 오랫동안 바라보았다.

하지만 그것도 잠시 찬희는 고개를 힘차게 저으며 콧방귀를 뀌었다.

"안 속아. 저렇게 말해놓고 또 키스하면 어떻게 해?"

이젠 미끼 던지고 물기를 기다리는 당신의 꾐에 넘어가지 않아. 더는 장현준의 낚시질에 당하지 않을 거라고.

※　※　※

오후 4시 10분.

현준과 찬희는 제주국제공항에 도착했다. 각자의 짐을 챙겨 공항 밖으로 나오는데 외롭다는 생각이 들었다. 그런 기분이 들게 한 건 두 사람을 마중 나온 사람이 하나도 없어서였다. 보통 본부장급이 출장을 왔다고 하면 L&L 제주 면세점에서 말단 직원이라도 마중을 나오는 게 관례인데 지나치게 잠잠해 거북살스럽게 구겨지던 눈썹이 이내 완만한 곡선을 그렸다.

"본부장님 저기…… 질문해도 되나요?"

주변을 들쑤시듯이 훑던 찬희의 음성에는 노골적이리만큼 날선 신경질이 배어 있어 정면만 보고 걷던 현준의 걸음을 멈추게 할 정도였다.

"뭔가."

"본부장님께서 마중 나오지 말라고 하신 거예요, 아니면 우리가 환영받지 못하는 건가요?"

찬희의 물음에 현준이 뒤를 돌아보았다. 팔꿈치에 가죽을 덧댄 스타일의 모직 재킷을 입은 그는 외국인 모델 같았다. 보잉 선글라스로 멋까지 부려 그의 눈빛이 어떤 모양새를 하고 어떻게 빛나는지 가늠할 수 없었지만 입매가 비틀어지는 걸로 보아 후자 쪽에 무게가 실리고 있었다.

찬희는 머리카락을 손가락으로 쳐 날리며 현준의 대답을 채근했다.

"리시오 계약 건으로 제주도까지 왔는데 왜 아무도 마중을 나오지 않았냐니까요?"

"제주도가 외국도 아니고 지리를 모르는 곳도 아니잖아. 일단 숙소에 가지."

"여기서 듣고 싶어요. 오늘 우리가 타고 온 여객기가 저가항공인 점도 수상했어요."

"갑자기 예약하는 바람에 저가항공밖에 탈 수 없었다. 그리고 나쁘지 않았잖아."

현준의 대답에 찬희가 콧방귀를 뀌었다.

"나쁘지 않다뇨? 프로펠러 돌아가는 소리 때문에 두통이 다 생겼는데."

"알았어. 돌아갈 때는 저가항공 말고 다른 걸······."

"그런 뜻이 아니잖아요. 저가항공을 타서 이러는 게 아니라 상황이, 이 상황이나 분위기가, 아니 뼈마디가 저리게 밀려오는 불안감이, 뭔가 수상하다고요."

찬희가 하얗게 질린 손바닥을 펼쳐 보였다. 그때야 현준이 감정과 생각을 숨기려고 쓰고 있던 선글라스를 벗었다. 그는 솔직한 대답을 원하는 그녀와 눈을 마주친 채 다물고 있는 입매를 굳혔다.

"숨기는 게 있으면 지금 말씀해 주세요. 숙소에서 듣는 것보다 덜 충격 받을 것 같아요."

"좋아, 지금 말하지. 사실은 우리가 제주도에 출장 왔다는 걸 알아도 마중 나올 사람은 없다."

"왜죠?"

"다들 몸 사리는 거야. 장현준의 편에 섰다가 목이 달아날지도 모르니까."

"저기…… 지금 뭔가 잘못 들은 것 같은데요. 본부장님의 편에 서면 목이 달아나나요?"

찬희는 여행용 가방의 손잡이에 손을 슬그머니 대고 물었다. 현준의 대답 여하에 따라 이대로 몸을 돌려 집으로 돌아갈 생각이었다.

"양 이사가 진행하는 건 본사에서 허가를 낸 거고, 우린 허가가 안 떨어졌다."

"허가가 안 떨어졌다는 건 지금 우린 무단이탈, 그러니까 무단조퇴에 무단결근이 된다는 말이겠네요? 거기다 본점에서 허가한 팀의 계약을 방해하는 셈이 된 거고?"

현준은 고개를 끄덕였다.

"그걸 왜 지금 말씀하시는 거예요? 제가 묻지 않으면 끝까지 숨기려고 하셨어요?"

"숙소에 도착하면 설명하려고 했다. 네가 소리를 지를 것 같아서 말이야."

"전 소리 같은 거 안 질러요!"

찬희는 한계점에 닿은 것처럼 고함을 지르며 목에 핏대를 세웠다. 안 그래도 큰 눈을 힘껏 부라리며 몸을 부르르 떨기 시작했다.

"소리 지르지 마."

"누가 소리를 질러요? 안 질렀어요!"

제가 얼마나 큰 소리로 이목을 끄는지도 인지하지 못한 찬희를 보며 현준이 한숨을 쉬었다. 그리고 곧 난감한 표정을 지으며 그녀를 달랬다.

"좋아. 강찬희는 이성적이야. 다만 주변에 있는 사람들의 귀가 밝은 것 같으니까 목소리를 한 톤만 죽여 주길 바란다."

"네. 한 톤 죽인 목소리로 물을게요. 지금의 상황을 지칠 정도로 자세하고 친절하게 풀어서 설명해 주세요!"

찬희의 음성은 여전히 골이 나 있어 쌀쌀맞았다.

"설명할 테니까 조용한 곳으로 가지."

"그냥 여기서 말씀하세요. 공항에서 멀어지는 건 꺼려지네요. 제 말 뜻, 충분히 아셨겠죠?"

"본점에서는 양 이사가 계약할 수 있도록 내게 지원하라고 했지만, 거절했다. 그리고 나는 본점에서도 모르게 양 이사와 경쟁하고 있는 거지."

"양 이사님을 밀어 주는 추세라면……."

"하극상이지."

현준이 말허리를 잘랐다.

"난 그렇게 순종적인 부하가 아니니까."

"그건 이사님에 대한 도전이라고요!"

"상관없어. 난 내가 준비한 일을 중간에 가로채는 상사를 눌러 주고 싶을 뿐이니까."

"누를 수 있는 상대가 아니잖아요. 본점의 이사님이라고요. 거기다 유 회장님의 조카라는데……."

찬희는 말하다 말고 손으로 입을 가리며 눈동자를 굴렸다. 양 이사가 유 회장의 조카라는 것도 소문에 지나지 않아 모두 쉬쉬하는데 괜히 말실수를 한 것 같아 심장이 두근두근 뛸 정도다.

"회장의 조카건 뭐건, 내가 진행하던 일이야. 다 차려진 밥상에 숟가락 얹게 하지 않아. 아니, 밥상을 아예 가로채는 걸 두고 볼 수 없어."

"무슨 말씀을 하시려는지 알지만…… 그게 룰이잖아요. 부하가 내놓은 아이템, 준비한 자료는 상사의 승진을 위한 양분이죠. 새삼스러울 것도 없어."

"강찬희는 받아들이겠다는 말이야? 리시오 론칭을 위해 들였던 시간과 노력을 이런 식으로 날려 버리겠다고? 억울하지 않겠어?"

현준은 화를 참지 못하겠는지 눈에 힘을 주었다.

"억울하지만 그게 룰이잖아요."

"룰이 아니야. 부하들이 밤을 새워 가며 만든 프로젝트를 받아먹기만 하는 건 상사가 할 도리가 아니야. 머리 꼭대기에 앉아 결재 서류에 사인이나 하고, 안건에 대한 결과를 보고 받는 게 모범적이지 않다는 거야. 난 그런 시스템을 바꾸기 위해 제주도에 왔다."

"예, 본부장님의 말씀은 구구절절 다 맞아요. 그런데 이사님께 지면요? 리시오의 계약을 이사님이 따내시면 그땐 어떻게 하실 참이세요?"

"내가 질 거라고 생각하나?"

현준의 물음에 찬희는 한숨을 내쉬었다.

"강찬희, 대답해 봐."

"왜 눈감지 못해요? 무모할 정도로 정의감이 넘치는 거요, 그리 좋게만 보이지 않아요. 어차피 본부장님의 능력은 타 회사까지 소문이 날 정도로 탁월한데, 리시오 정도는 이사님께 양보할 수 있잖아요. 결재만 하던 이사님이 직접 리시오 회장을 설득하려고 제주도에 내려오셨다면 그분도 지금 그리 여유로운 상황이 아니라는 거잖아요."

4월 초, 대대적인 인사이동이 있을 거라는 소문이 있다. 인사과에서 나온 말이니 그저 떠도는 소문이 아닐 테고 또 원래 매년 4월과 9월에는 자리 이동이 있어 양 이사의 신변에 변화가 올 거라는 추측은 얼마든지 할 수 있었다.

밑에서 치고 올라오는 부하들의 능력이 그의 목을 졸랐을지 모를 일이고 요즘 들어 계속되는, 주변을 얼어붙게 하는 경영 마찰이 원인일 수도 있었다. 항간의 떠도는 소문에 의하면 유 회장에게 미운 털이 박힌 양 이사가 L&L 백화점의 지분을 긁어모으고 있다고 한다. 그리고 이사진과 잦은 회동을 해, 구설에 오르고 있었다.

그런 상대를 일부러 자극해 좋을 게 뭐라고……

찬희는 다시 한 번 해풍같이 차갑고 쓸쓸한 한숨을 내쉬었다.

"날 믿을 수 없다면 이만 돌아가."

"정말 가도 됩니까?"

"가. 안 말려."

"서운하지 않으신 거죠?"

찬희의 물음에 현준이 콧방귀를 뀌며 돌아섰다.

"서운하지 않아. 그런데 내가 양 이사를 누르고 리시오의 계약을 성공하면 강찬희의 입장이 많이 난감해질 거다."

"야근시키시게요?"

"그런 걸 미리 말하면 재미없지."

현준은 팩 토라져 찬희를 남겨 두고 택시 정류장으로 걸어갔다. 말하는 투가 삐쳐서 울 것 같은 아이처럼 퉁명스러워 저도 모르게 웃음이 비어져 나왔다.

"저 속을 누가 알겠어? 양 이사와 다른 문제가 있는 건 아닐까?"

이상한 예감은 유 회장의 조카라는 소문을 상기시켰으나 찬희는 고개를 흔들어 불필요한 상념들을 몰아냈다. 이대로 돌아갈 것인가, 남아서 현준을 도울 것인가를 심각하게 고민하던 그녀는 현준이 택시의 앞좌석 문을 열 때야 결심 내지는 각오를 세운 듯이 부리나케 택시 쪽으로 달렸다.

"같이 가요!"

뭐가 됐든, 어떤 결과가 기다리든, 현준을 돕기로 마음먹고 제주도에 내려온 이상 최선을 다하자. 무슨 생각으로 양 이사에게 결투를 신청했는지 모르겠지만 무모한 성격이 아니니까 뭔가 이유가 있겠지.

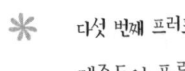

다섯 번째 프러포즈.
제주도의 푸른 밤

제주국제공항에서 20여 분을 달려 도착한 곳은 호텔이 아닌 리조트였다. 그곳은 현무암을 가슴까지 쌓은 담과 날카로운 가시가 비죽비죽하게 솟은 백년초가 울타리처럼 벽면을 감싼 형태였고 한겨울에도 잎이 떨어지지 않고 버틴 녹나무가 양쪽으로 심어져 있었다.

녹나무 길을 따라 리조트의 앞마당을 가로지르니 푸른 하늘을 담은 듯 푸른 기운이 남실거리는 수영장이 한눈에 들어왔다. 그곳은 마치 하늘을 비추는 거울처럼 구름이 흐르는 모양새까지 담고 있어 놀라움을 자아냈다.

제주도는 오늘로 20번도 넘게 왔었지만 이렇게 화려한 리조트는 처음이라 찬희의 입에 달달한 맛의 침이 고이기 시작했다. 동남아의 유명 휴양지에 온 듯한 착각이 들 정도라 침을 삼킬 땐 미소가 번질 정도였다.

"호텔에서 묵었다면 정말 심심했을 것 같아요. 어떻게 이런 곳을 알았어요?"

"내가 제주도에 올 때마다 묵는 곳이야. 아는 분이 이 리조트 주인이라서 서비스도 좋고."

현준은 대수롭지 않다는 듯이 대답하고는 프런트로 향했다.

"아는 분이 사장님이면 대단한 인맥 같은데요?"

"저녁에 그 사장님을 소개시켜 줄 테니까 인맥을 만들어 보든가. 올여름 휴가를 이곳에서 보내 봐. 난 그렇게 할 예정이거든."

"제주도는 작년 가을에도 왔었어요."

"가족들하고?"

"네. 동생은 회사 때문에 못 왔고 부모님하고요. 있는 내내 비가 와서 펜션에만 있었지만요."

찬희의 대답에 현준이 물었다.

"집안이 화목한가 보군."

"다른 집과 별반 다르지 않아요. 평범하게 살아요. 동생하고 싸웠다가 금세 풀어지고, 부모님도 좋을 땐 엄청 좋다가 나쁠 땐 이혼하자, 도장 찍자, 말자 하는 그런 부부죠."

"아버지가 공무원이셨다고 했지?"

"네. 초등학교 교사셨는데 작년에 정년퇴임하시고 지금은 삼촌하고 신사동에서 일식집을 하세요."

"여동생은 법무사 사무실에 다니고 아버지는 일식집을 운영하신다? 어머니는 전업 주부?"

"네."

현준은 고개를 끄덕거렸다. 그러는 사이 프런트에 도착했다.

"안녕하세요."

"안녕하세요, 장 본부장님. 사장님께 연락 받았어요. 출장 오셨다고요?"

"네. 방이 없으면 어쩌나 걱정했었어요."

"평일이고 비수기라서 주말 빼곤 방은 많아요. 제가 안내해 드릴까요?"

"아뇨. 하루 이틀 온 것도 아닌데요. 키 주세요."

현준은 프론트에 있는 여직원에게 대외적인 미소를 짓고는 저와 여직원의 사이를 유심히 지켜보고 있는 찬희에게 손짓했다.

"이쪽이야."

왼쪽으로 고갯짓을 한 그의 부름에 얌전히 앉아 있던 애완견이 주인의 품으로 달려가듯 그녀가 쪼로로 달려갔다. 먹물을 입힌 듯 까만 대리석 바닥을 드르륵, 캐리어 바퀴가 할퀴는 소리가 풀빌라 앞에서 그쳤다.

현준이 풀빌라의 현관문에 열쇠를 꽂을 때 찬희는 단층짜리 풀빌라의 외관에 정신이 팔려 아몬드 모양의 큼직한 눈을 분주하게 움직거렸다. 목을 쭉 늘려 주변을 살피는데 현준이 말간 음성으로 그녀를 불렀다.

"들어와."

"푸, 풀빌라네요?"

"아늑하고 좋잖아. 그리고 리조트 내에서 전망이 제일 좋아. 실망하지 않을 거야."

그의 대답에 그녀는 눈살을 찌푸렸다.

"전 어디서 자요? 설마 이 빌라에서 함께 자자는 건 아니겠죠?"

"일하자면 같이 있어야지. 우리는 2박 3일 동안 같이 움직여야 해."
"제 말은 잠은 따로 자야…… 아니, 지붕이 달랐으면 한다는 거죠."
찬희의 대답에 현준이 음흉할 정도로 눈매가 가늘게 뜨고 물었다.
"내가 두렵나?"
"만만하진 않죠."
"수작 걸 땐 예고할 테니까 안심해."
현준은 자신만만한 표정을 짓더니 찬희에게서 캐리어부터 뺏었다.
"일하러 왔어. 리시오 회장이 직접 계약서에 서명하기 전엔 다른 생각 안 해. 그럴 여유도 없을 거고."
"본부장님을 믿어 보죠."
"그래, 네가 날 믿어 주길 바란다."
"예예. 믿어요."
찬희는 한숨을 푹 쉰 후에 현준을 따라 거실에 들어섰다.
현준은 그녀가 안으로 들어올 때까지 열어놓은 문을 부드럽게 밀어 닫았다. 살보드라운 손동작에는 확실히 여유가 넘쳤다. 문이 닫히는 소리와 함께 이곳 풀빌라는 현준과 찬희 만의 공간이 되었다. 이곳에서 무슨 일이 벌어지든, 그들을 방해할 사람은 아무도 없을 만큼 사생활을 영유할 수 있는 낙원이었다.
"수영장이 있네요?"
찬희가 거실과 테라스 너머에 있는 수영장이 신기한 듯이 물어 현준이 곁으로 다가갔다.
"이곳이 좋은 건, 이렇게 숙소마다 개인 수영장이 있어서야. 사전에 예약하면 온수가 나오니까 계절도 상관없지."
"공짜는 아니겠죠?"

"당연히 추가요금을 내야지. 찬희가 수영하겠다고 하면 얼마든지 지불할 용의가 있는데."

"아뇨, 그런 일은 절대로 없을 거예요."

"아쉽군."

시큰둥하게 말한 그는 그녀의 캐리어를 들고 침실 문을 열었다.

"이 방 써. 침대가 아주 예쁘지?"

"본부장님은 어디서 주무세요?"

"이 빌라에는 방이 두 개야. 난 다른 방에서 자면 돼."

찬희는 고개를 끄덕거리며 현준이 열어놓은 방문 틈으로 보이는 침실의 내부를 훑었다. 호텔 못지않게 잘 꾸며져 있어 기분이 좋아졌다. 무엇보다 침실에도 넓은 테라스가 있었고 바다가 환히 보여 가슴이 시원해지는 것 같았다. 너무 마음에 들어 눈가가 촉촉하게 젖을 정도였다.

"전망이 정말 좋아요."

"해안가에선 낚시도 가능하지."

"일만 아니었음 정말 좋았을 텐데……."

베란다 문을 열쳐 다소 쌀쌀하지만 시원한 바닷바람을 맞던 찬희의 말에 현준이 테라스로 나가 난간에 몸을 기댔다. 쌀쌀한 바람이긴 해도 서울에선 맡을 수 없는 청량감을 그 역시 즐기 듯 고개를 뒤로 젖히고 머리카락을 가볍게 흔들며 숨을 크게 들이마셨다.

제주의 시원한 바닷바람과 황홀한 햇살을 그러모으듯이 숨을 들이마셨다가 내뱉는 그의 모습이 꼭 영화배우 같아 찬희의 마음에 묘한 기운이 술렁이기 시작했다. 그녀는 잠시 동안 숨을 죽이고 눈을 감은 그의 미소 진 얼굴을 감상했다. 휘핑크림처럼 부드러운 미소는 강하고 날카롭게 보이던 그를 인상 좋고 호감 가는 미남으로 바꾸어 놓았다.

"물비린내가 전혀 안 나. 그만큼 물이 맑다는 거야. 제주도는 2, 3월이 좋은 것 같아. 4월만 돼도 더워서 볕이 거슬리잖아."

그렇게 말하며 환한 미소를 지을 때면 고르고 하얀 치아가 햇볕에 반사돼 반짝거렸다. 마치 동이 틀 때 눈이 부시리만큼 수면을 장악하며 세상을 밝히는 햇귀의 눈부심처럼 환하게 빛나 얼굴 전체에 생기를 불어넣었다. 그는 가볍게 허밍을 부르며 감았던 눈을 떴다.

넓고 둥그런 이마와 쭉 뻗은 콧날이 하늘을 우러러 보고 있다. 입술은 기분 좋은 곡선을, 눈가는 반달의 모양을, 그리고 여심을 흔들기 충분한 허밍.

제 몸을 꿰뚫을 것처럼 쳐다보고 있던 찬희에게 현준이 시선을 돌리며 물었다.

"이리 와. 그렇게 서 있지 말고."

"본부장님."

"응?"

"정말 매력적이네요."

지나칠 정도로 덤덤하고 사무적인 투라 현준은 제 귀를 의심했다. 욕인지 칭찬인지 감 잡을 수 없을 정도로 찬희의 표정 또한 냉랭했다.

"제주도요, 정말 매력적인 섬이네요."

"아, 난 또. 내게 매력적이라고 한 줄 알았어."

아쉬운지 씁쓸하게 웃는 현준을 멀거니 보고 있던 찬희가 어깨를 으쓱인 다음 침대에 걸터앉아 캐리어를 열었다.

"먼저 옷을 좀 갈아입고 싶은데 이만 나가 주실래요?"

"좋아. 옷 갈아입고 저녁을 먹기 전까지 회의를 좀 하지."

"네."

"30분 후에 카페로 와."

"카페요?"

찬희가 고개를 갸웃거리자 현준이 침실을 나가며 대답했다.

"카페에 가서 커피 마시면서 기다릴 테니까 오라고. 옷 갈아입고 화장 지우고 정리하는 데 30분이면 충분하지?"

찬희는 고개를 끄덕거리며 편하게 입을 수 있는 옷을 꺼냈다. 회색 트레이닝 바지에 분홍색 라운드 티셔츠에 남색 후드 집업을 꺼낸 그녀는 화장품을 넣어둔 파우치를 꺼냈다. 텁텁하게 피부를 감싼 파운데이션과 파우더 팩트를 지우고 싶을 만큼 공기가 맑았다. 여자는 화장을 지운 얼굴을 남자에게 보이지 않는다, 라는 말이 있지만 현준에겐 꼭 보일 필요가 있어 눈빛은 이물스럽게 변하고 입가에는 악동의 영악한 미소가 돋아났다.

―리시오 건은 네가 잘못 생각하는 것 같은데 내 생각이 틀린 거냐.

휴대폰을 들지 않은 손으로 운동화 끈에 묻은 흙을 털어내며 입술을 꼬물거렸다.

―현준아.

"압니다, 아버지께서 우려하시는 게 뭔지요. 그런데 어차피 한 번은 부딪혀야 했어요. 양 이사님과 제가 한 회사에 몸담을 수 없지 않습니까. 아버지는 제 걱정보다 어머니 걱정을 하세요. 어머니는 어떠세요?"

―소나기 같은 사람이지.

"예, 소나기 같은 분이죠. 그리고 현미를 통해 들으셨죠? 전 그 모임에 안 나갑니다. 그러니까 괜히 그 여자 부르고 하지 마세요. 제 결혼은 제가 알아서 합니다."

―알았다. 안 그래도 현미한테 얼마나 잔소리를 들었는지 아직도 귀가 먹먹할 정도야.

아버지의 말에 현준이 풋풋한 미소를 지으며 물었다.

"옥돔 보내 드려요? 어머니가 좋아하시잖아요."

―직접 보고 보내 줘. 저번에는 못쓰겠더라.

"안 그래도 제가 한 소리를 했습니다. 저희 식품부에서도 그 정도일 줄은 몰랐다고 하더라고요. 흑돼지도 보내 드릴 테니까 어머니하고 드세요."

―그래, 고맙구나. 언제 올래?

"조만간요. 그땐 며느릿감 보여 드릴 테니까 너무 재촉하지 마세요."

현미에게 이것저것 들었을 것 같아 한 말인데 아버지는 그 여자가 누구냐고 묻지 않는다. 역시 현미가 촉새의 부리처럼 가벼운 입을 쉼 없이 놀린 모양이다. 하지만 화가 나기보다 오히려 안심이 된다.

아버지와 아들의 대화라는 게 무뚝뚝하고 사무적이라 며느릿감에 대한 정보를 나누는 게 쉽지 않다.

어머니와 통화를 했더라면 좀 더 수다스러운 대화를 통해 찬희의 성격이나 외모에 대해 설명할 수 있는데. 그런 점이 많이 아쉬워 입안이 썼다. 운동화 끈을 풀어서 묻은 흙을 털어낼 때 찬희가 후드 집업 점퍼의 주머니에 양손을 찔러 넣고 카페로 들어섰다.

"아버지 이만 끊어야 할 것 같아요. 일행이 왔습니다. 네, 네. 너무 염려 마세요."

현준은 어머니에게도 안부를 전해달라는 말을 마지막으로 건네며 아버지와 통화를 마쳤다. 그는 휴대폰을 테이블에 놓으며 찬희를 위아래로 훑었다. 화장기 없이 말간 얼굴에 립글로스만 바른 찬희는 호피 무늬가 들어간 뿔테 안경을 끼고 있었고 주머니에 손을 넣고 걸어 어린아이가 걸음을 옮기는 것처럼 어딘가 어기적거리는 인상을 주었다.

"본부장님도 트레이닝복 차림이시네요?"

"휴양지인데 편하게 입으면 좋잖아. 그리고 난 원래 집에서도 이렇게 입어."

"본부장님은 잘 때도 슈트 입으실 것 같았는데."

"미안하지만 잘 땐 발가벗고 자."

"네에?"

현준의 대답에 자리에 앉으려던 찬희가 깜짝 놀라 허리를 일어나지도 앉지도 못하는 구부정한 자세로 되물었다.

"진짜요?"

"진짜야. 몽유병도 있어서 발가벗고 잘 돌아다녀."

"그럼 저 다른 방을 잡고 올게요."

찬희가 뒤로 물러나자 현준이 쾌활하게 웃으며 손목을 잡았다.

"농담이야. 왜 그렇게 진지해?"

"본부장님은 그런 농담 안 하시는 분이잖아요!"

"긴장 풀자고 한 말이다. 그리고 내가 그렇게 로봇 같은 사람이었나?"

"적어도 제겐 그러셨어요."

현준은 농담이라지만 의심조의 시선을 거두지 않은 그녀가 자리에 앉았다.

"피부가 좋군."

"고, 고맙습니다."

"만지고 싶어. 만져도 돼?"

"어딜 만져요!"

화들짝 놀란 그녀가 자리에서 몸을 일으키려 했지만 현준에게 잡힌 손목 때문에 멈칫했다.

"손목 좀 놔 주세요."

"뺨 만지게 해 주면 놔 주지."

"너무 노골적 거 아니에요?"

"사심 없이 만지고 싶어서 그래. 부드러워. 보기만 해도 반질반질하고 촉촉할 것 같아. 그러니 좀 눌러 보자는 거지."

현준의 대답에 찬희의 눈매가 가늘어졌다. 밉살스러운 대답을 하는 저 입을 한 대만 때리고 싶어 손가락이 근질거린다.

"그럼 이렇게 해요. 제 뺨을 만지는 대신 저는 본부장님의 입을 때릴게요."

"내 입을?"

"전에 제게 무단으로 키스한 것도 있고 오늘은 무허가 출장이라는 것도 속이셨잖아요."

"나도 무허가는 처음이야. 그러니까 입술 때리는 건 다음으로 미

뭐."

맞기는 싫은 모양이지? 다음이 어디에 있어? 그리고 무허가가 처음이라고? 내 입술은 언제 허가 받고 키스했어? 은근히 접촉 사고엔 능숙한 것 같단 말이야.

그녀는 입을 비죽거리며 카페 내부를 훑었다. 동네에서 편하게 마실 수 있는 카페처럼 깔끔한 분위기는 대체로 모던하면서도 복고적이었다. 빈티지 스타일의 가구에 진열 상품들이 기하학 무늬를 뽐내는 북아일랜드 스타일의 접시와 찻잔, 조각품이 있었고 천장에는 카페 내부를 은은하게 밝히는 크리스털 샹들리에가 매달려 있었다. 낮인데도 주황빛을 은은하게 내뿜고 있어 안온한 느낌을 주었다.

카운터에는 여러 종류의 탄산수와 오렌지에이드, 레모네이드 및 소다수가 있었고 계절 과일과 오렌지, 키위, 파인애플과 같은 생과일도 진열이 되어 있었다. 여기까지는 여느 카페와 다를 게 없었지만 생두를 담은 자루와 원형 알루미늄 통은 호기심을 자극했다. 케냐, 에티오피아, 콜롬비아 등등 커피로 유명한 나라의 국기가 알루미늄 통에 붙여져 있어 찬희가 물었다.

"생두를 직접 로스팅하나 봐요."

"사장이 제주도 일대에 들어가는 생두를 공급하는 도매상이나 마찬가지야."

"그렇구나……. 여기 커피 가격 비싸죠?"

"한 잔에 8,000원 하는 것 같던데."

"역시 비싸네요."

"뭐 마실래? 간단하게 요기할까? 몬테크리스토 토스트를 잘하던데."

"네, 밥 먹고 나왔는데도 출출하네요. 음료는 카라멜 마키야또요. 생크림 많이, 산처럼 쌓아 달라고 해 주시면 감사하겠습니다."

찬희가 배시시 웃으며 손으로 직접 산 모양을 만들어 현준은 드러나지 않게 피식 웃었다. 카운터로 향한 그가 여직원과 반가운 인사를 나누며 찬희가 했던 것처럼 손으로 산 모양을 만들어 생크림의 양을 많이 달라고 했다. 여직원이 손으로 입을 가리며 웃으며 현준에게만 들리게 무어라 무어라 속삭였다.

여직원의 말에 어깨를 으쓱인 그가 카운터에 왼팔의 팔꿈치를 괴고 몸을 틀어 찬희에게 시선을 묻은 채 여직원과 얘기를 나누었다.

제법 다정한 모습이라 보고 있으려니까 괜히 얄미운 생각이 들어서 다이어리를 펴고 볼펜을 딸깍딸깍 소리가 나게 눌렀다. 생각 같아서는 현준의 머리를 이렇게 눌러 주고 싶어 엄지에 힘이 잔뜩 들어갔다. 그녀가 볼펜을 딸깍거리며 불퉁한 성질머리를 다스리는 동안 현준이 제자리에 돌아왔다.

"주문만 하고 오지, 무슨 얘기를 그렇게 오래 해요?"

"오랜만에 본다고."

"오랜만에 볼 수도 있지……. 그런 것치곤 두 사람 사이가 너무 가까운 것 같던데요?"

"질투하는 거야?"

"엄머, 엄머. 지금 농담하시는 거죠?"

"질투하는 것처럼 새치름하니까 한 말이야."

"엄머, 엄머. 그런 거 절대로 아닙니다. 본부장님 이제 보니까 착각도 잘 하시네요?"

"두 번째."

"뭐가요?"

"내가 다른 여자와 다정한 모습을 연출했다고 심사가 꼬인 거 두 번째라고. 여동생하고 손잡고 다녔을 때도 지금처럼 툴툴거렸어."

현준이 다리를 꼬고 등을 등받이에 파묻었다.

"질투가 아니에요. 제게 고백까지 하셔 놓고 다른 여자와 다정하게 다니니까 날 만만하게 봤나 싶었던 거죠. 그 부분에 있어선 본부장님께 충분히 설명을 드린 것 같은데 이해를 잘못 하신 것 같습니다."

"아니, 이해했어. 강찬희의 변명으로 말이지."

"아뇨, 완벽하게 이해를 못 하신 것 같은데요."

찬희는 저를 보호하듯이 두 팔로 몸을 감싸며 시선을 창밖으로 돌렸다. 한눈에 들어오는 제주도의 아름다운 바다는 5시를 넘으며 붉게 노을로 물들고 있었다. 그녀는 창밖의 하늘과 맞닿은 바다가 이글이글 타들어 가 심오한 표정을 지으며 혼잣말로 중얼거렸다.

"이렇게 아름다운 바다를 본부장님과 봐야 한다니 가슴이 너무 아파요."

※ ※ ※

양 이사의 손에 그동안 모아놓았던 자료와 리시오 회장이 좋아하는 음식과 그림, 꽃 등등에 관련된 자료가 넘어가는 바람에 현준과 찬희는 여심을 사로잡기 위한 다른 아이디어를 뽑아내고 있었지만 영 마뜩잖아 식은 커피처럼 분위기가 냉랭해졌다.

찬희는 팔걸이에 팔을 괴고 이마를 손톱으로 톡톡 소리가 나게 두드리고 있어 현준의 시선을 끌었다. 일이 잘 안 풀릴 때마다 나오는 강찬희만의 습관이었지만 오늘따라 신경이 쓰였다. 현준이 홉뜬 눈으로 그녀의 안색을 살폈다.

2시간 동안 머릿속에 있는 모든 생각들을 털어내며 회의했더니 찬희의 얼굴에서 생기를 찾아보기 힘들 정도로 부석부석해 현준이 바닥이 보일 정도로 소량 남아 있던 아메라카노 커피를 마저 마시며 말했다.

"저녁 먹기 전에 30분 정도 쉬어."

카페를 비추고 있던 잔양이 졌음을 이제야 깨달은 찬희가 창밖의 어두운 조망을 아쉽다는 듯이 바라보며 대답했다.

"듣던 중 반가운 소리예요. 머리에 과부하가 걸려서 터질 것 같았거든요."

"숙소에 가서 쉬어. 난 저녁에 먹을 걸 가지러 가야겠어."

"가지러 가다니요? 사 먹는 거 아니에요?"

찬희의 물음에 현준이 고개를 저었다.

"레스토랑은 내일 이용하고 오늘은 바비큐해 먹자."

"바비큐?"

"테라스에서 바비큐를 직접 해 먹을 수 있어. 들어가서 쉬고 있어. 재료 준비해서 가져갈 테니까."

"바비큐는 나중에 먹는 게 어때요? 아직 리시오 회장의 마음을 돌릴 묘책이 있는 것도 아닌데…… 샴페인을 미리 터트리는 기분이 들어서요."

찬희가 무슨 뜻으로 한 말인지 알면서도 현준은 여유 만만하게 대답했다.

"날 믿어. 내가 성공시킬 테니까."

"그런 뜻이 아니라……."

"벌써 5분 깎아먹었어."

"같이해요. 저만 쉴 수 있나요."

"난 기운이 넘쳐서 문제야. 그러니 가서 쉬어. 상사의 명령이야."

제주도에 도착한 이후 현준은 사무실에서 본 장현준 본부장이 아닌 것 같았다. 결과, 보고, 진행, 새로운 아이디어, 발표에 예민하게 반응하며 고압적인 시선으로 부하들을 아우르던 보스의 이미지를 털어 버린 양 제주도라는 휴양지에 휴가를 보내려고 온 평범한 남자처럼 행동하고 있었다.

입가엔 나직한 미소를 머금고 빠릿빠릿하게 움직이는 그를 보고 있으면 꿈을 꾸는 건 아닌가 싶어서 조심스럽게 제 손등을 꼬집을 정도였다.

아! 아픈 걸 보니 꿈은 아닌 모양이다만, 찬희가 느끼는 이 이질감을 동료들도 맛보았다면 혜까닥 놀라 모두 뺨이나 손등을 꼬집었을 터였다.

곰곰이 생각에 잠겨 있던 그녀가 정신을 차리고 현준을 찾았지만 이미 그는 카페를 나갔다.

"출장은 핑계고 놀러온 사람 같잖아?"

현준은 확실히 들떴다. 리시오 회장 건이 아니어도 찬희와 함께 환상의 섬 제주도에서 이틀 밤을 지내게 됐으니 당연히 기분이 좋을 것이다. 왜? 그야 당연히 제 입으로 사랑하는 여자라고 했으니까. 인상 짓고 무게 잡는 것보다 낫네. 그런데 이렇게 이끌려도 되는 걸까?

 분위기도 좋고 현준의 행동도 말랑말랑해 마음이 무게 중심을 잡지 못해 좌우로 흔들거렸다. 종잡을 수 없는 남자 때문에 머리와 마음이 복작복작하다. 머리를 긁적거리며 숙소로 향하는데 휴대폰 벨소리가 울렸다. 액정 화면에 뜬 이름을 보니까 태진이었다.

"퇴근하는 길이야?"

—아니. 나도 오늘부터 야근해. 밥 먹으러 가는 길에 전화했어. 제주도는 어때?

"제주도야 365일 좋지."

—본부장님은 뭐 하셔?

"바비큐 준비하러 가셨어."

—바비큐? 첫날부터 무리하는 거 아니야?

"몰라. 풀빌라까지 빌렸어. 생활수준이 우리하고 다른 건 확실한 것 같아. 제주도에 오면 호텔에 묵지 않고 항상 이곳 리조트의 풀빌라에서 지낸대."

—조심해라. 남자는 밤에 위험해져. 내 경고를 무시하지 마.

 태진이 경고에 찬희는 피식 웃었다.

"알아."

—알기는. 명심해. 정신 바짝 차리고. 넌 똑 부러지다가도 맹한 구석을 막 드러내잖아. 조심하고 또 조심해.

"내가 언제 맹한 구석을 드러내?"

—있어, 그런 거. 너도 맹할 때 있다는 거 알잖아. 남자는 여자가 맹한 모습을 보일 때 기회를 잡는다. 알았어?

"알았어. 그것보다 오 대리…… 나 부탁이 있는데 하나만 들어 줄래?"

―뭔데?

"수희가 내일 구두 산다고 했는데 갑자기 내려왔잖아. 직원가로 사야 하는데 오 대리가 내 대신 수희를 만나 줄 순 없을까?"

―그 정도야 얼마든지 할 수 있지. 언제 온대?

"그건 내가 문자로 알려 줄게."

빌라에 도착한 찬희가 문을 열고 안으로 들어갔다. 간접조명이 은은하게 켜진 거실을 지나 베란다 문을 활짝 연 그녀의 눈이 어둠이 내려 숯처럼 검은 바다에 고정됐다. 해안에 떠밀려 부서지는 파도가 하얀 거품을 터트리지 않았더라면 바다라는 생각이 안 들 정도로 한 치 앞도 내다볼 수 없을 만큼 컴컴했다. 가슴이 먹먹할 정도로 어두운 바다를 바라보고 있는데 현관문 열리는 소리가 들렸다.

두 손을 모으고 있던 그녀가 어깨 너머로 시선을 돌리자 아이스박스를 들고 들어오는 현준이 보였다.

"쉬라니까, 왜 그러고 있어?"

"이게 쉬는 거예요. 그런데 그게 다 뭐예요?"

찬희가 현준이 들고 있는 아이스박스를 턱으로 가리켰다.

"새우, 전복, 삼겹살하고 이것저것. 구워 먹을 수 있는 것들."

현준은 아이스박스를 테라스에 옮겼다.

"여기선 바비큐 재료도 제공하나 봐요?"

"내가 주문했지. 나가서 사 먹는 것도 한계가 있고 이곳에 레스토랑이 있긴 하지만 내 입에 안 맞거든. 조식 정도는 먹을 만한데, 점심, 저녁까지는 고역이야. 그래서 알아서 해 먹는다고 했어."

현준은 아이스박스를 원목 테이블에 놓고 주방으로 들어갔다. 싱크대에서 소량 포장된 잡곡과 쌀을 꺼낸 그는 능숙하게 씻었다. 압력 밥통에 밥의 물을 맞춰 올린 그가 이번엔 냉장고에서 두부와 된장, 파, 마늘을 꺼냈다.

찬희는 주방 입구에 서서 현준이 하는 양을 지켜보았다. 그러다 새삼스러워 말했다.

"의외예요. 본부장님은 손에 물 한 방울 안 묻히고 사시는 줄 알았는데."

"처음엔 그랬는데 어머니가 암 수술을 받고 난 다음부터 밥은 아버지, 나, 여동생이 하게 됐어. 그 녀석이 결혼하면서 식사 담당은 내 차지가 됐었지."

현준은 제가 뱉고도 아차! 싶었는지 곧 어색한 미소를 지었다. 찬희가 그의 당혹감을 읽고 조심히 물었다.

"어머니께서 암 수술을 받으셨어요?"

"4년 전에."

"지금은 괜찮으시죠? 재발하지 않았어요?"

"다행히도."

현준은 쌀 뜬 물을 2인용 냄비에 붓고 된장찌개에 넣을 재료들을 손질하기 시작했다.

"다행이네요."

"우리 어머니 만나고 싶어?"

"어머니께 며느리라고 소개하려고 그러시는 거죠?"

"어떻게 알았어?"

현준의 대답에 찬희는 고개를 저으며 팔을 걷었다.

"틈만 나면 수작이나 걸고."

"수작이라는 게 본래 틈이 보일 때마다 거는 거지. 안 그래?"

현준이 고른 치열을 자랑하듯이 씨익 웃으며 윙크를 해 찬희는 뒤로 물러나며 물었다.

"된장찌개는 본부장님이 하실 테고 다른 거 도울 일이 없어요?"

"쉬어. 휴양시에 오면 남자가 다 하는 거야."

"구이에 먹을 채소무침 정도는 무쳐야죠. 그런 것도 무칠 줄 아세요?"

"아니, 상추에 싸 먹을까 했지."

"고추장하고 식초 있어요?"

"식초는 없는데, 빌려 와?"

"그럼 좋고요."

찬희의 말에 현준이 활짝 웃었다.

"또 필요한 건 뭐야?"

"알코올 약간……. 삼겹살 먹을 땐 아무래도 조금 마셔 줘야죠."

찬희는 현준이 오해하지 않도록 서둘러 설명했다.

"그렇다고 많이 마실 생각도 없어요. 전 이성적인 사람이니까요. 그리고 본부장님한테 틈을 줘서도 안 되고."

"장황하게 변명하는 걸로 들리는데?"

"그런 거 아니에요."

"뭐, 그렇다고 치고. 그럼 필요한 건 식초뿐이겠군. 맥주는 미리 사놨거든."

"그런데 무칠 만한 게 뭐 있을까요? 어머, 상추, 치커리, 파, 파프리카도 있네요?"

냉장고의 채소 칸을 살피던 찬희가 만족한 듯이 모두 꺼냈다.

"깨소금! 깨소금이 있으면 좋을 것 같아……요."

고개를 들었더니 현준은 편의점으로 가고 없었다. 찬희는 피식 웃으며 된장찌개를 만들 때 넣을 재료를 살폈다. 그러던 중 새우를 넣어도 시원하겠구나 싶어서 테라스에 갔다. 그리고 거기에 있던 아이스박스를 열어 용기에 차곡차곡 담겨 있는 전복과 새우를 보며 빙그레 웃었다. 출장 온 사람 같지 않게 종류도 다양하게 준비해 웃음이 비어져 나왔다.

"이렇게 준비했는데 먹기만 하는 것도 매너가 아니지. 오늘 실력 발휘 좀 해 볼까?"

찬희는 새우를 한 마리 집어 주방으로 돌아갔다. 칙칙, 폭폭. 소리를 내며 끓기 시작하는 압력 밥솥의 불을 줄이고 된장찌개를 역시 바글바글 끓고 있을 때 현준이 식초를 들고 주방으로 들어왔다.

"내가 한다니까."

"된장찌개하고 무침은 제가 할 테니까 본부장님은 고기랑 전복을 구우세요. 된장 냄새 맡아서 그런지 배고파요."

"알았어. 손 데이지 않게 조심하고. 칼도 조심해. 날카로울 거야."

조심하라니…… 애도 아닌데.

찬희는 현준이 숯에 불을 붙이는 모습을 멀거니 보다가 저녁을 차렸다. 하면서도 뭔가 말리는 기분이 들었지만 뻣뻣하게 있는 것보다 손을 놀리지 않고 움직이는 게 좋을 것 같아 어머니에게 배운 채소 초무침을 만들기 시작했다. 설탕과 설탕, 고추장을 잘 섞고 다듬은 채소를 넣고 숨이 죽지 않게 재빨리 무쳐 접시에 담았다.

된장찌개가 끓기 시작할 때는 손질한 새우를 넣었고 마지막으로 다진 파를 솔솔 뿌렸다. 그러는 동안 밥이 맛있게 지어졌다. 그녀는 밥을 공기에 펐다.

"날씨가 쌀쌀해지는데 히터 틀까?"

"그러게요. 제주도가 따뜻하긴 하지만 바닷바람은 정말 차요."

"그릴을 옆에 놓고 히터를 틀면 좀 나을 거야."

현준은 그렇게 말하더니 히터를 켰다.

찬희는 의자에 앉아 현준이 삼겹살을 굽는 걸 지켜보았다. 그러다 문득 심심하다는 생각이 들어 물었다.

"음악 같은 거 듣고 싶지 않아요?"

"핑크 마티니 좋아해?"

"가수 이름인가요?"

"12명으로 구성된 재즈 밴드라고 생각하면 돼. 오늘 같은 분위기에 잘 어울릴 것 같군."

"이번 기회에 들어 보죠, 뭐. 제가 틀게요. CD 있어요?"

"내 짐 가방에 있어. CD 케이스가 있으니까 그걸 들고 와."

찬희는 자리에서 일어나 현준의 방으로 들어갔다. 침대와 화장대, 붙박이장이 있고 커다란 베란다창이 있는 구조였다. 그녀는 현준의 가방에서 CD 케이스를 꺼내다가 침대 맡에 있는 수첩을 발견했다.

문득 그의 수첩에는 어떤 내용들이 적혀 있을까 궁금해졌다. 악마의 유혹을 이기지 못하고 자연스럽게 뻗은 손이 수첩에 닿았다. 커버를 넘겨야 하는데 이때부터 망설여진다. 가슴이 콩닥콩닥 뛰고 현준이 뭘 하나 싶어 자꾸 뒤를 돌아보며 열린 문틈으로 테라스를 탐색하기도 했다.

나쁜 짓이라는 건 알지만 일순, 이성이 흑심에 졌다.

"두 눈 딱 감고 보는 거야. 궁금하잖아. 어차피 본부장님은 전복을 굽고 있잖아."

찬희는 수첩의 커버를 조심스럽게 펼치며 중얼거렸다.

"내가 본부장님의 아이템을 훔치겠다는 것도 아니니까. 그럼! 내가 본부장님의 아이템을 훔칠 만큼 아이디어가 고갈된 것도 아니니까."

이런 식으로 자기 합리화를 하던 그녀가 수첩의 첫 장을 읽기 시작했다. 그리 두껍지 않은 수첩인데도 반듯한 글씨체가 깨알같이 촘촘하게 적혀 있었는데 날짜와 시간마다 해야 할 일이 순서별로 쓰여 있었다.

첫 페이지의 날짜는 3년 전으로 거슬러 올라갔다. 그런데 오후 3시부터 6시 사이에 병원이라는 일정이 잡혀 있었다. 약 2년 동안 단 한 번도 바뀌지 않은 일정이었다. 심지어 토, 일요일에도 병원엘 갔던 기록이 있어 자연스럽게 암 수술을 했다던 어머니가 떠올랐다.

재발하지 않았다고 했는데 2년씩이나 병원을 다녔어야 했나?

의아한 생각이 들어 입술을 비죽거리는데 수첩의 중반부터 거래 회사와 경쟁 회사와의 미팅이라는 단어가 눈에 들어왔다.

연봉 협상, 시기와 해야 할 일까지 적여 있어 심란하다. 그녀는 오늘 오전에 적은 메모에 심장이 철렁 내려앉는 소리를 들었다. 쿵! 하고 머리 위로 커다란 운석이 떨어지는 것 같았다. 눈을 깜빡거리며 재차 내용을 읽고 확인했지만 믿기 어려웠다.

제주도 행, 리시오 회장 건을 끝으로 프로젝트는 끝. 유종의 미를 거두자.

유종의 미를 거두자, 라는 말에 얼굴이 후끈 달아올랐다. 누군가에게 뒤통수를 맞은 것처럼 정신이 혼미했다.

"정말…… 그만두려는 거야?"

찬희는 현준의 수첩을 원래의 자리에 돌려놓고 입안에 가득 고인 침을 삼켰다. 곧 뺨을 잘싹! 소리가 나게 때려 징신을 차린 그녀는 핑크 마티니의 CD 케이스를 들고 방을 나왔다.

방에 들어갈 때와 나온 후의 표정이 바뀌었다. 비장미가 흐를 만큼 경직되고 긴장감이 도드라진 안색으로 테라스에 들어선 그녀를 보며 그가 물었다.

"찾았어?"

"……네."

"줘 봐, 내가 틀게."

"아뇨……. 제가 할게요. 본부장님은 할 일이 많으신 것 같으니까요."

유종의 미를 거두기 위해……. 준비하고 해결해야 할 일이 얼마나 많겠어요.

찬희는 별로 좋아질 것 같지 않은 핑크 마티니의 음반 중에서 'PINK MARTINI SYMPATHIQUE'의 CD를 오디오에 넣고 재생 버튼을 눌렀다.

잠시 후, 피아노의 경쾌한 소리와 함께 'Amado Mio'라는 노래를 부르는 여가수의 목소리가 거실과 테라스에 깔린 적막감을 흡수하기 시작했다.

칙!

뚜껑을 따자마자 거품이 부글부글 끓어올랐지만 넘칠 정도는 아니었다. 현준은 찬희에게 캔 맥주를 건네며 물었다.

"채소 초무침이 일품이야. 새콤달콤하니 맛있다."

"……네."

"어머니가 음식을 잘하시는 것 같아. 딸은 엄마 닮는다고 하잖아."

"네……."

찬희가 제 얼굴을 빤히 바라보고 있어 부담감을 느낀 현준이 물었다.

"왜 그렇게 봐?"

"본부장님. 회사 그만두실 거예요?"

"분위기 가라앉게 그런 건 왜 물어?"

"궁금해서요. 본부장님한테 우리 백화점은 어떤 의미예요? 전 제 목숨 같은 곳이라고 생각해서 뼈를 묻을 각오로 일하는데 본부장님은 어떠세요?"

"나? 글쎄, 내게 백화점이란…… 직장. 그 이상도 그 이하도 아니다."

"그럼 철새처럼 이 직장, 저 직장을 옮겨 다니면서 연봉을 올리는 걸 중요하게 생각하세요?"

찬희 물음이 도를 지나쳤는지 현준의 표정이 한껏 구겨졌다.

"그런 질문을 왜 하지?"

"궁금해서요. 전 본부장님은 나이에 비해 빠른 승진을 하셔서 일이나 성공 외에 다른 건 욕심을 내지 않으실 것 같았는데 아닐 수도 있다는 생각이 들던데요."

두 사람은 아무 말이 없었다. 핑크 마니터의 'Over The

Balley'와 잔잔히 출렁거리는 바다의 너울, 파도 소리만이 들렸다. 어둠 속에서 흐르는 정적이 깊어질 때마다 고압전류가 흐르는 것처럼 긴장감이 돌았다.

"전에도 말했을 텐데, 내 사생활은 애인만 알 수 있는 거라고."

"본부장님을 동경해요. 본부장님 때문에 힘든 적도 많았지만 동기들에 비해 능력도 빨리 인정받있고 월급도 높은 편이고 일에 대한 성취감도 알게 됐어요. 야근이 싫다고 툴툴거리긴 했지만 즐겁게 일했어요. 모두 본부장님 때문이었다고요. 그런데…… 그만둘 생각을 하시는 것 같아서 섭섭해요."

"고마워."

"고작 그런 대답을 듣고 싶어서 하는 말이 아니란 말예요."

"밥 먹자. 찌개가 식었어. 데워 올……."

"정작 중요한 얘기를 하려는데 도망치시는 거예요?"

찬희가 자리에 일어나며 물었다.

"한 모금 마시고 취한 것도 아닐 텐데 별일이군."

"분위기에 취했나 보죠."

"좋아, 식사보다 술을 하자."

"지금부터 제가 수작 걸지도 몰라요. 조심하세요."

"얼마든지 환영해."

"그런 수작이 아닐 거예요. 그냥 뭐, 이젠 서로 진지할 때가 됐다고 생각하니까요. 본부장님이 떠나시는 것에 대해 설명을 듣고 싶습니다."

현준이 맥주로 목을 축이며 안으로 들어가자는 고갯짓을 했다. 찬희도 슬슬 추위를 느꼈던 터라 거실로 자리를 옮겼다. 현준은 배도 채웠고 해서 테이블 위를 정리했고 그녀도 돕기 시작했다.

'Over The Balley'의 노래가 끝나고 다른 노래가 흘러나왔다. 팝송을 불렀다가 샹송을 불렀다가, 핑크 마티니의 세계는 어수선한 것 같다. 물론 장르의 벽을 뛰어넘은 것 같지만 찬희의 귀에는 그다지 좋게 들리지 않았다. 하지만 현준은 노래에 심취했는지 콧노래까지 흥얼거리고 있었다.

"노래가 참 좋지?"

"전 좋은지 모르겠어요."

"왜 몰라? 가사를 음미해 봐."

"음미할 마음이 안 들어요."

"이상하군."

"이상해서 죄송합니다."

찬희는 냉랭하게 대꾸하며 한숨을 푹 쉬었다.

이때부터 현준이 찬희의 눈치를 보듯 입술을 꾹 다물고 바비큐를 담았던 접시를 개수대까지 옮겼다. 현준이 팔을 걷어붙이고 개수대 앞에 서니까 찬희가 말없이 옆에 섰다.

"왜?"

"여자는 설거지만 하면 된다면서요."

"아냐, 내가 다 해."

"가만히 있기 뭐해서요. 헹구는 거라도 돕겠습니다."

현준은 고개를 끄덕거렸다. 둘은 말없이 설거지를 했다. 주방세제를 묻힌 스펀지에 물을 축여 뭉글뭉글한 거품을 내 식기를 닦기 시작했다. 현준이 세제가 묻은 식기를 건네면 찬희가 받아서 헹구는 식으로 설거지는 5분 만에 끝이 났다.

베란다 창문 열어놓고 두 사람은 바다를 바라보며 나란히 앉았다. 두 사람의 앞에는 테이블이 아닌 히터가 켜져 있었는데 그 위에는 육포를 잘게 썬 접시가 있었다. 환히 밝힌 실내 조명등이 없었더라면 침묵 속에서 미쳐 날뛴 사람은 찬희였을 만큼 고요했다.

꿀꺽, 꿀꺽.

맥주 넘기는 소리에 이어 빠각! 하고 캔이 우그러지는 소리가 났다. 찬희는 무의식적으로 캔을 반으로 접고 있었다.

"왜 그렇게 구겨?"

"네?"

"캔 말이야."

"아…… 버릇이에요. 분리수거 때문에 최대한 부피를 줄여야 하기도 하고요."

찬희의 대답에 현준도 빈 캔을 반으로 접었다.

"좋은 버릇이군."

"본부장님."

"응?"

"아직 대답 안 하셨어요."

끈질긴 채근에 현준이 한숨을 푹 쉬었다.

"다음에."

"지금 듣고 싶어요. 요즘 본부장님을 보면 제가 다 조바심을 느껴요. 밀어붙였다가 금방 풀어지고…… 시계태엽 같다고 할까…… 암튼 마음이 복잡해요."

찬희의 대답에 현준이 자리에서 일어나 기지개를 켜며 물었다.

"다음에, 지금은 그런 말을 하고 싶지 않아."

"전 지금 듣고 싶다고요."

"그럼 키스해 줘."

현준의 농담에 찬희는 입매를 굳혔다가 떼며 쌀쌀맞게 응수했다.

"얌전히 기다리겠습니다."

찬희의 대답에 현준이 호방하게 웃으며 수영장으로 걸음을 옮겨 캔 맥주를 두 개 더 꺼냈다.

"이게 마지막이야."

"벌써요? 신기하네요. 몇 개 안 먹었은 것 같은데."

"이걸로 모자라면 카페에 가서 병맥주 마셔야지."

현준은 그렇게 말하고는 찬희에게 캔 맥주를 건넸다. 칙! 맥주를 땄다. 거품이 솟구쳐 현준이 후룹! 소리가 나게 들이마셨다. 그녀는 그가 하는 양을 지켜보다 물었다.

"이대로 먹고 마시는 걸로 시간을 보내도 될까요?"

"내일 오후엔 리시오 회장이 골프를 친다고 하더군. 저녁엔 크루즈 선상 파티를 즐기고. 그러니 우린 실컷 놀다가 내일 저녁에 크루즈 파디에 침석하면 돼."

"이사님이 먼저 접촉하면 어떻게 해요?"

"접촉한다고 쉽게 넘어갈 사람이었으면 우릴 물 먹이지 않았겠지. 아무 생각 말고 내일 저녁까지 즐기자고."

"리시오 회장에 대한 전략도 안 짰잖아요."

"내일 저녁까지는 시간이 있으니까 차차 생각해 봐야지."

"본부장님답지 않게 풀어진 느낌이 드는데…… 제 착각인가요?"

"난 실전에 강한 타입이야. 걱정할 것 없어."

찬희는 한숨을 푹 쉬며 등을 소파에 깊이 파묻었다.

"출장이 아니라 놀고먹으러 온 기분이네요."

"놀고먹는 것도 나쁜 건 아니지. 주말도 반납하고 야근까지 했던 강찬희에게 내가 주는 선물로 생각해."

또 기분이 이상해지는 소리를 한다. 그녀는 맥주를 홀짝거리며 눈을 감았다. 방금 전까지만 해도 취기를 느낄 수 없었는데 마지막 캔 맥주의 첫 모금을 마시자마자 졸음이 쏟아졌다.

철근을 매단 것처럼 무겁게 떨어지는 속눈썹과 손가락 끝이 저릿할 정도로 맥이 풀려 피곤이 몰릴 때 노래가 바뀌었다. 경쾌한 리듬이 인상적인 곡이었는데 여가수의 음색이 흐려지면서 몽롱하게 들렸다.

"강찬희, 자나?"

꾸벅꾸벅 졸고 있는 찬희의 어깨를 가볍게 흔든 현준은 믿을 수 없다는 표정을 지었다. 몇 분 전만 해도 쌩쌩했던 그녀였다. 흐리멍덩하게 풀린 눈을 빠끔거리며 어름어름 긴장감이 풀린 표정으로 저를 바라보고 있었는데…….

"본부장님…… 취기가 오네요. 갑자기 졸음이 쏟아지는……데."

"이 아가씨가 큰일 날 아가씨네. 술 취하면 자 버리는 사람이 그렇게 마셨어?"

"취하지 않았어요. 그냥 졸려서……. 그리고 본부장님이 옆에 계시잖아요."

"수작 걸지 말라면서? 흑심을 품은 남자 앞에서 이렇게 풀어지면 어쩌나."

현준의 질타에 찬희가 푸시시 웃으며 눈을 떴다. 윙크하듯이 한쪽 눈살을 찌푸린 그녀가 손으로 입을 가린 채 하품을 조심스레 흘려보내며 귀염성 있는 음성으로 속내를 드러냈다.

"본부장님, 아깐 죄송했어요……. '이렇게 아름다운 바다를 본부장님과 봐야 한다니 가슴이 너무 아파요.'라고 했던 말 취소할게요. 오늘 바다는 오랫동안 기억에 남을 것 같아요."

현준은 찬희가 연거푸 하품을 쏟아내며 손으로 입을 가볍게 두드리는 걸 지켜보다 맥주로 목을 축였다.

"사과하잖아요."

"잘 들었어."

현준은 곁눈으로 흘겨보며 대답했다.

"그럼 전 이만 들어가서 잘게요. 아침에 봬……."

"강찬희."

"네?"

"사랑한다."

무뚝뚝한 고백이었지만 찬희의 잠을 몰아내기엔 충분했다.

"오늘의 프러포즈는 이것으로 끝!"

현준은 그렇게 말하고 자리에서 벌떡 일어나 제 방으로 향했다. 찬희는 그를 멀거니 지켜보다가 아랫입술을 깨물었다.

"정말…… 매일매일 프러포즈하겠다고……?"

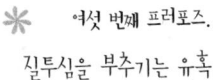

여섯 번째 프러포즈.
질투심을 부추기는 유혹

    점심시간 1분 전부터 태진은 얼굴에 남성 전용 비비크림을 남몰래 바르며 단장 중이었다. 찬희의 여동생 수희에게 점수를 따둘 요량으로 빗질도 하고 넥타이가 삐뚤어지지 않았는지 살피며 시계를 흘끗흘끗 보았다. 12시 30분. 전자시계의 숫자가 '29'에서 '30'으로 바뀌자마자 엉덩이를 살짝 떼고 있던 그가 총알같이 자리를 떠 사무실을 벗어났다.

    제일 먼저 사무실을 나온 그가 향하는 곳은 백화점 내의 식당가였다. 탭댄스를 추는 것처럼 경쾌한 발소리를 내며 식당가에 막 도착한 태진이 수희를 찾아 주변을 두리번거리다 회심의 미소를 지었다. 만면 가득 반가움과 설렘으로 부풀어진 기대감이 드러나 그를 호쾌한 사람이라는 인상을 심어 주었다.

    "수희야, 여기다!"

    태진이 손을 쭉 뻗어 에스컬레이터에서 막 내려서는 수희를 불렀다. 휴대폰을 만지작거리고 있던 수희가 고개를 숙여 인사를 건넸다.

"안녕하세요."

찬희와 자매 아니랄까 봐 목소리까지 닮은 수희가 환히 웃어 태진은 가슴이 두근거렸다.

"찬희하고 정말 국화빵이구나."

"원판이 같으니까요."

"원판? 아, 부모님. 하하하. 말하는 것도 비슷하네."

"그런데 우리 언니는 너무 급작스럽게 출장을 갔어요. 오빠한테 미안하게."

수희는 무뚝뚝한 찬희에 비해 애교가 많았다. 눈웃음을 치며 '오빠'라는 말도 곧잘 해 태진은 귀여워 죽겠는지 너털웃음을 지으며 대답했다.

"하하, 미안하긴. 얼마든지 사용해도 돼. 찬희의 여동생이면 내 여동생인 거지. 하하하하."

"어째 어감이 이상한데요?"

"하하, 이상해?"

수희는 고개를 끄덕거렸다. 안경을 썼다면 찬희가 둔갑했다고 생각이 들 만큼 똑같이 생긴 얼굴이 인상을 찡그리자 태진이 서둘러 분위기를 전환하고자 물었다.

"밥부터 먹을까? 뭐 먹을래?"

"설렁탕 어때요?"

"설렁탕 좋지. 저기 설렁탕 맛있게 하는 데 있으니까 그리 가자."

태진은 수희를 설렁탕 가게로 안내하며 물었다.

"그런데 집에서 걱정하시겠다. 찬희가 나이만 먹고 애인이 없어서 말이야."

"안 그래도 엄마가 맞선보라고 했대요."

태진이 눈을 휘둥그레 떴다.

"맞선?"

"네. 사진도 보여 줬다는데 언니는 마음이 없나 봐요. 하기 우리 언니가 지금 누군들 눈에 들어오겠어요?"

"그게 무슨 말이야? 연애하고 싶다고 노래를 부르면서 소개팅을 하려고 하던데."

태진은 메뉴판을 보며 아랫입술을 비죽거리는 수희를 빤히 응시했다.

"강찬희, 아니, 언니가 못 잊는 남자라도 있어?"

"아뇨. 언니를 못 잊는 남자는 많겠지만 언니는 없을 거예요."

"그런데 왜 그런 말을……. 연애할 마음이 없다니?"

"있었다면 스펙 좋은 남자가 자기 좋다고 말하는데 매몰차게 하진 않았을 거 아니에요."

"찬희에게 고백한 남자가 있었어?"

태진은 주문을 받으러 온 종업원에게 억지웃음을 짓고 손가락으로 제가 고른 메뉴를 가리켰다. 수희도 마찬가지로 같은 메뉴로 달라고 대답한 후에 고개를 끄덕거렸다.

"언제?"

"최근에요."

"누구?"

"글쎄요."

수희는 상대가 본부장이라는 말을 했다간 찬희에게 혼날 것 같아 화제를 돌렸다.

"그런데 오빠는 애인 안 만들어요?"

"생겨야 말이지, 나 요즘 너무 외롭다."

"멀리서 찾지 말고 가까운 곳을 봐요. 누가 알아요? 오빠한테 흑심이 있는……."

"설마, 찬희가 나한테 흑심 있대? 그건 곤란해. 우린 방귀까지 텄어. 신비주의가 없어. 생리 주기도 내가 다 아는데."

태진의 대답에 수희가 휘둥그레 뜬 눈을 또르르 굴리며 헛웃음을 쳤다.

"걱정하지 마세요. 언니도 오빠한테 마음 없어요. 아니 신경 쓸 겨를이 없다고 해야 하나?"

"그게 무슨 소리야?"

"언니가 아무 말도 안 했어요?"

"응. 강 대리, 나 몰래 섬씽 만들었어? 이야. 완전 억울하다. 만날 야근한다고 징징거렸는데 언제 만들었대?"

수희는 대답하기 난처해 시선을 회피했지만 태진은 포기하지 않았다. 수희의 손을 덥석 잡으며 호기심이 짙은 안광을 빛냈다.

"수희야, 오빠한테만 살짝 얘기해 봐. 나 입 무거운 남자야."

"오빠, 그건 제가……."

"직접 물어볼까? 수희에게 들었다고 하면서 물어보면 곤란하지 않겠어?"

"오빠 은근히 여우같아요."

수희가 어깨를 좌우로 흔들며 앙탈을 부렸다. 태진은 무뚝뚝한 찬희만 보다가 모든 행동이나 표정이 애교 섞인 수희 때문에 입가에 미소가 떠나지 않았다. 가슴 한구석도 설레는 것 같았다.

"저기 수희야."

"난 말 못 해요."

"아니, 그런 뜻이 아니라. 오늘 오빠하고 저녁에 영화 안 볼래?"

"영화요?"

"응, 너 애인 없다며."

태진은 수희의 잡은 손에 힘을 꼭 주며 음흉하게 속삭였다.

"오빠가 공짜 티켓 두 장이 있거든. 같이 볼래?"

상투적인 수법임을 잘 알고 있었지만 여자들이란 진부한 것에 더 끌리기도 하는 법!

수희는 고개를 팍 숙이고 입술을 달싹거렸다. 수줍어서 어떤 표정을 지어야 할지 모르는 것 같았다. 얼굴을 살짝 붉힌 수희를 넋 놓고 바라보던 태진이 입맛을 다시며 말했다.

"자, 그럼 수희는 오늘 저녁에 '오빠' 하고 만나는 거야."

※ ※ ※

가볍게 조깅을 하자면서 2시간째 걷기 운동을 시키는 현준은 그야말로 밉상이었다. 운동화를 챙겨 왔으니 망정이지 멋을 부린다고 플랫 슈즈를 신었더라면 어땠을까? 생각만으로도 끔찍하다.

찬희는 해안가를 낀 비포장도로를 걸으며 곳곳에 보이는 감귤하우스와 둔덕, 올레길을 표기한 파랗고 빨간 리본이 나뭇가지에 걸려 흔들리는 걸 흘끗 보며 물었다.

"본부장님, 제가 마음을 받아 주지 않았다고 복수하시는 거죠? 2시간째 걷고 있는데 기분이, 올레 코스를 걷는 느낌이라고요."

"복수하는 건 아닌데 올레 코스를 걷는 건 맞아."

오, 올레? 걷는 거 싫어하는 사람한테 지금 올레 코스라고? 한 번 코스에 진입하면 근처에 휴게실도 드문드문 있고 이동화장실에서 볼일을 봐야 하며 후진을 하든 전진을 하든 내리 걸어야 한다는 그 올레길!

찬희가 기가 막혀 소리를 버럭 질렀다.

"그런 걸 상의도 없이 정하는 사람이 어디에 있어요! 가볍게 조깅하자고 자는 사람을 깨우는 법이 어디 있냐고요!"

"늦잠을 자는 것보다 걷는 게 좋잖아. 조금만 더 걸으면 올레 호텔이야, 점심은 호텔 뷔페로 해결하자고."

"올, 올레 호텔이요? 거긴 얼마나 가면 되는데요."

"한, 30분? 40분?"

"뭐라고요? 여기서 30분을 더 걸으란 말이에요?"

찬희가 이를 빠드득 갈며 소리를 질러 앞장서서 걷던 현준이 그녀의 뒤로 돌아가더니 등을 떠밀었다.

"갑시다, 가요."

"밀지 마세요."

"밀지 않으면 안 가니까 그렇지."

"하지 마시라고요."

찬희가 두 팔을 허공에 휘저으며 짜증을 부리자 현준이 장난기가 동한 얼굴로 어깨로 그녀를 계속 밀쳤다.

"하지 말라고요!"

"화낸 거야? 상사한테 화를 내고 말이야, 안 되겠어."

"여기가 회사예요? 제주도 한 귀퉁이지. 그리고 트레이닝 바지에 운동화를 신고 그런 말을 하면 내가 예, 본부장님 잘못했습니다! 라고 말할 줄 알았어요?"

"그럼 어쩌자고. 주변을 둘러봐. 버스 정류장도 안 보이고 택시도 잡을 수 없잖아. 정 힘들면 내가 입이 줄까?"

"싫어요."

"다리 아파서 그러는 거잖아. 업혀. 업어 줄게."

현준이 구부정하게 몸을 굽혔다.

"제가 왜 업혀요."

"창피하구나? 몸무게가 걱정돼?"

"네! 제가 속살이 꽉 차서요!"

찬희의 대답에 현준이 턱 밑에 손가락을 대고 심각하게 고민하기 시작했다.

"속살이 꽉 차 보이지 않는데……."

"왜 그렇게 봐요. 발가락에 물집 잡힌 것 같고 발바닥은 욱신거리고…… 1년치 걸을 거 다 걸었단 말이에요. 땀도 많이 흘리고…… 선크림은 다 지워진 것 같고. 가볍게 조깅하자고 해서 선크림도 안 가져 왔는데 홀랑 타면 어떻게 하실 거예요!"

"홀랑 타도 내 마음은 변하지 않으니까 걱정하지 마."

"아, 진짜! 본부장님 정말 나빠요!"

"하하하하."

현준은 두 손으로 배를 감싸며 웃고 있었다.

"얄미워, 진짜 얄미워. 이런 식으로 없는 점수 깎아 봐요. 매일

매일 프러포즈해도 안 넘어갈 테니까!"

찬희는 머리를 감싸며 절규했다. 리조트로 되돌아가자니 여기까지 온 만큼의 거리를 걸어야 하고 버스 정류장을 찾으려도 해도 보이는 건 바다와 감귤 하우스와 한라산뿐이었다. 평일에다 따뜻한 봄이 아니어서 그런지 주변에는 현준과 찬희만 있었다.

제주도는 다 좋은데 교통편이 나쁘고 길을 잘못 들어서면 민가를 찾기 힘들어 뺑뺑 돌아야 한다.

"본부장님 진짜 미워."

"다리가 아파서 그래?"

"발바닥, 종아리, 허벅지, 허리! 다 아파요."

"알았어, 미안해. 일단 여기서 쉬자."

현준은 근처에 정자가 있어 그곳으로 찬희를 데리고 가 앉혔다.

"목도 마르고……."

"조금만 참아. 올레 호텔에서 제일 비싼 물 사 줄게."

"에비앙 마실 거예요. 아니…… 에비앙으로 샤워할 거야."

에비앙이라는 말에 현준은 턱을 문지르며 달콤하다 못해 녹아내리는 미소를 지었다. 찬희가 하는 말이나 행동은 어떤 것이든 예쁘게만 보였다.

"하하하. 알았어. 에비앙으로 샤워해."

"나중에 말 바꾸기 없어요."

"약속할 테니까 찬희도 약속해."

"무슨 약속이요?"

"올레 호텔까지 가는 동안 짜증 안 부리기. 발이 아프면 내게 업어달라고 하기."

찬희는 잔뜩 골이 나 있는 상황이라 눈에 준 힘을 풀지 않았다.
"찬희야."
"몰라요. 왜 불러요, 그렇게 다감하게……."
"그럼 뭐라고 불러?"
"강 대리, 강찬희 씨."
"싫은데. 찬희라고 부르고 싶은데? 찬희야, 사랑해. 사랑하는 찬희야."

찬희는 기가 막혀 웃음을 터트리며 발을 동동거렸다.
"뭐예요, 느끼하게."
"사랑하는 찬희야. 이제 화 풀렸어?"
"아, 아, 진짜…… 본부장님. 진짜 왜 그러세요. 전 지금 장난칠 기분 아니란 말이에요. 40분을 어떻게 더 걸어가요."
"업어 준다니까?"
"능구렁이!"

찬희는 대답 대신 운동화 끈을 질끈 묶고는 자리를 박차고 일어나 투지를 불태우듯 외쳤다.
"그냥 걷겠습니다!"

말은 자신 있게 했지만 중간에 쉬는 게 아니었나 보다. 밤송이를 밟은 것처럼 발바닥이 아려 찬희는 오랫동안 꼼짝없이 서 있었다. 걸을 때마다 정수리까지 울릴 정도로 진동이 왔다. 두 눈을 질끈 감은 그녀가 현준을 흘끗 보았다.

업어달라고 할까? 업히면 그날로 끝이야. 안 돼. 하지만 발이 너무 아파. 며칠은 근육통에 시달리게 될 것 같은데 어쩌지? 태산 같은 걱정 때문에 쉬이 움직이지 못하는데 현준이 그녀의 생각을 읽은 것처럼 무릎을 꿇고 앉았다.

"여기 우리만 있어. 내가 널 업는다고 흉볼 사람 없어."

찬희는 입술만 꼬물거렸다.

"에비앙 마시고 싶지 않아? 얼른 목을 축이고 밥도 먹고 스파도 즐기자고."

"스파요?"

귀가 솔깃했는지 찬희의 얼굴에 생기가 돈다.

"3시간 가까이 걸었으니까 근육통 올 거 아니야. 마사지 좀 받자고. 올레 호텔은 스파를 잘 해."

"비, 비싸잖아요. 전 지갑도 안 들고 왔어요."

"내가 있잖아. 내가 스파 시켜 줄게. 걱정하지 마."

현준은 어린아이를 다루듯이 곰살궂게 웃으며 듬직하고 넓은 등을 두드렸다.

"뭐해? 업히래도?"

"다리가 아파서 업히는 거예요."

"알았어."

"무겁다고 놀리시기 없어요."

찬희는 그렇게 말하며 조심스럽게 현준의 목에 두 팔을 걸고 몸을 의지했다.

"쌩큐, 백허그."

"이게 무슨 백허그예요. 본부장님, 은근히 잘 갖다붙이는 거 아세요?"

찬희의 무릎 안에 양 손을 넣은 그가 몸을 일으켰다. 그 바람에 찬희가 깜짝 놀라 그의 목을 꽉 안았다. 어릴 때 아버지가 태워 주시던 그때처럼 높이가 높아 멀미가 날 정도다.

"안 떨어트려. 그렇게 떨지 마."

"그런 게 아니고…… 제 눈높이보다 높아서 멀미 난 거예요. 6살 때 이후로 이렇게 업힌 게 처음이에요."

"6살 때까지 아버지가 업어 주셨나?"

현준은 신기한 듯이 물었다.

"넘어지면요. 제가 자주 넘어졌거든요."

"지금은?"

"안 넘어집니다."

"하하."

안 넘어진다는 말에 발끈하여 마치 자신이 대견하고 자랑스럽다는 어조로 말하는 찬희 때문에 폭소가 터졌다.

"웃지 마세요."

찬희는 입술을 비죽 내밀고 있다가 물었다.

"안 무거우세요?"

"안 무거워."

"10분 후엔 무겁다고 하시는 거 아니에요?"

"호텔에 도착해서도 안 무거울 것 같은데."

현준의 대답에 그녀가 긴장하기 시작했다.

"정말?"

"당연하지. 이 기회가 아니면 언제 강찬희를 업어 보나?"

현준의 대답에 찬희는 할 말을 잃은 것처럼 고개를 숙였다. 입을 다물고 숨을 크게 들이마셨더니 해풍에 섞인 샴푸 향기가 맡아졌다. 현준의 머리에서 나는 기분 좋은 향에 그녀는 얼굴을 붉혔다.

현준은 찬희의 팔에 힘이 들어갔다가 풀리는 걸 느끼며 말했다.

"업는 거 잘하니까 긴장할 것 없어."

"많이 태워 봤군요?"

"많이 태웠지."

"작업 거는 여자한테 그런 말하면 점수 잃어요."

찬희가 입술을 비죽거리자 현준이 고개를 옆으로 돌리며 물었다.

"우리 어머니인데도 안 되려나?"

"어, 어머니요?"

찬희의 목소리가 쉬었다.

"어머니가 위암 판정을 받고 바로 수술하셨어. 재발은 없었는데 치료 중에 신장과 간에 손상이 오셨어. 대수술을 이겨내지 못하신 거지. 2년 동안 병원에서 지내셨고 지금은 요양 중이셔. 그래서 그때 많이 업어 드렸어."

현준의 대답에 찬희의 안색이 어두워졌다.

"어머니께서 많이 안 좋으세요?"

"치매셔."

치매? 전혀 생각지도 못했던 대답을 들어 숨이 멎었다. 이때만큼은 현준에서 업힌 게 다행스러웠다. 어떤 대답을 해야 할지도 모르겠고 당황해 낯빛도 하얗게 질렸다가 곧 붉어지는 등 놀라움을 금할 수 없었다. 위로를 해야겠지? 아냐, 그건 주제 넘어. 하지만 가만히 있기도 그래. 치매라니…… 정말 힘들었을 텐데.

찬희가 숨을 죽이고 있어 현준이 빙그레 웃었다.

"너무 어두운 얘기인가? 이런 얘기 하면 부담 느끼지? 그래서 내 가족에 대해선 말하고 싶지 않았어."

"치매…… 솔직히 전 잘 모르지만…… 겪어본 분들이 모두 힘들다고 하더라고요."

힘들다? 무슨 소리. 사실은 살아서 지옥 체험을 하는 기분이라는 걸 들은 적이 있었다. 하지만 그런 말을 어떻게 하겠는가.

현준은 터덜터덜 걷다가 뒤를 흘끗 보았다. 찬희가 시무룩한 얼굴을 하고 있었다.

"왜 그런 얼굴을 해."

"어머니 때문에 서두르시는 거예요?"

"뭘?"

"고백한 거요."

"상황에 밀려서 하는 고백은 내 성격에 안 맞는데 찬희가 자꾸 소개팅 약속을 만드는 것 같아서 말이야. 훼방을 놓으며 시간을 벌까도 했지만 시간만 보낸다고 해결되는 게 아니잖아."

현준의 말도 맞지만 찬희는 이상한 기분이 들었다.

"근데 어디 가세요? 어머니 얘기도 하셨으니까 회사 어디로 옮기실 건지 알려주세요."

"왜, 따라오게?"

"궁금해서 그래요!"

"전략인데 어쩌지?"

"무슨 전략이요?"

"내가 대답 안 해 주면 계속 궁금해할 거고, 그럼 내 생각을 많이 할 거 아냐."

현준의 대답에 찬희는 한숨을 쉬었다.

찬희는 현준의 어깨에 뺨을 대고 눈을 감았다. 두 사람은 올레 호텔에 도착할 때까지 말을 아끼고 등과 가슴으로 소통하듯이 걸었다.

올레 호텔의 뷔페 코스는 제법 그럴싸했다. 호텔 뷔페는 값이 비싼 만큼 맛이 보장된다지만 올레 호텔은 찬희가 가 본 중에서 손가락에 뽑힐 만큼 먹거리가 풍성했다. 끝물이긴 해도 제철인 전복 요리가 많았고 제주도에서만 잡히는 생선 요리도 눈에 들어왔다.
그러나 정작 찬희의 시선을 끄는 건 테라스 밖에 있는 풀장이었다. 저녁에는 술도 함께 팔기 때문에 파티장으로도 이용이 가능하도록 테라스를 그 어느 호텔보다 잘 꾸며놓았다는 말이 무색하지 않을 만큼 자갈과 인공 잔디를 깔아 세련된 느낌을 주었다.
"먹지."
"예."
두 사람 모두 트레이닝복 복장이었는데 누가 보면 올레 호텔의 투숙객으로 알 것 같아 찬희는 피식 웃었다.
"여기서 밥을 먹겠다고 장장 3시간을 걸어 왔다니."
"그만한 가치가 있으니까."
현준은 접시를 들고 주변을 훑고 있었다. 마치 누군가를 찾는 것처럼 보여 찬희가 물었다.
"왜요? 누구 기다리는 사람이라도 있으세요?"
"확실하지 않아서……."
"누군데요?"
"벨라 리시오."
현준의 대답에 하마터면 비명을 지를 뻔한 찬희가 손으로 입을 가렸다가 떼며 조심스럽게 물었다.

"그걸 왜 지금 말씀하세요?"

"확실하지 않다고 했잖아."

"확실하지 않아도 이런 복장으로 만나서 어쩌시려고? 아니 이런 복장으로는 제 소개도 제대로 못 한다고요!"

찬희는 머리부터 발끝까지 준비되지 않았다며 툴툴거렸지만 입구에 들어선 벨라 리시오를 보자마자 입을 다물었다. 벨라 리시오도 찬희처럼 트레이닝 복장이었다. 금발머리에 파란 눈, 전형적인 서구형 미인에 키가 커 어딜 가든 주목을 받을 것 같았다. 젊은 화려한 이목구비, 화장기 하나 없는 얼굴에서 흐르는 윤기를 보아 마사지를 받은 뒤 점심을 먹으려고 들른 모양이었다.

찬희는 벨라에 비해 제 행색이 비루하고 후줄근하다는 생각이 들어 울상을 짓고 물었다.

"벨라 리시오가 이 호텔에서 묵어요?"

"아니, 중문에 있는 제주 호텔인데 이곳 스파가 유명하고 뷔페도 맛있다는 정보를 흘렸더니 예상한대로 왔어."

"누구한테 그런 정보를 흘리셨는데요?"

"누구긴 누구야, 벨라 리시오의 수행비서지."

현준은 그렇게 말하더니 접시를 들고 벨라 리시오 쪽으로 접근했다. 벨라 리시오는 이태리어로 뷔페의 이모저모를 말하며 접시를 들었다. 그리고 현준과 그리 멀지 않은 곳에 줄을 섰다.

찬희는 현준이 하는 양을 지켜보면서 스프 용기에 브로콜리 스프를 부었다. 접시에 브로콜리 스프를 담은 용기를 올린 그녀는 해산물 코너 쪽으로 걸음을 옮기며 현준이 벨라 리시오에게 접근하는 걸 지켜보았다.

현준의 외모는 돋보였다. 180센티미터가 넘는 장신에 말쑥한 남자는 어디서든 주목을 받듯이 벨라 리시오도 현준이 접시를 들고 다가올 때마다 남다른 시선을 보내며 같이 있는 일행에게 뭐라고 속삭이고 있었다.

찬희는 벨라 리시오의 표정이 요염하게 변해 입술을 깨물었다.

"콧대 높은 공주님인 줄 알았더니…… 잘생긴 남자 앞에선 여우가 따로 없네."

현준을 흘끗흘끗 보며 미소 짓는 벨라 리시오를 눈엣가시처럼 보고 있던 찬희는 속이 끓어 미칠 지경이었다.

뭘 봐? 잘생긴 한국 남자 처음 봐? 어떻게 하지? 가서 애인 있는 남자라는 뉘앙스를 풍겨 줄까? 안 돼. 벨라 리시오잖아. 다른 사람도 아니고 벨라 리시오한테 나쁜 인상을 심어 줄 순 없지. 그리고 본부장님한테 저런 눈빛을 보내는 게 뭐? 나하고 무슨 상관이…… 앗! 어머, 웬일이야!

벨라 리시오가 음식을 담은 접시를 들고 몸을 돌리다 뒤에 바싹 붙어 있던 현준과 부딪혔다. 쨍그랑! 하는 소리와 함께 접시가 바닥에서 튀어 올랐고 음식들이 사방으로 퍼졌다. 벨라 리시오가 두 손으로 입을 가렸다가 떼며 영어로 사과했다.

[미안해요. 어처구니없는 실수를 했군요. 정말 미안해요.]

벨라 리시오는 많이 놀란 모양이다. 허둥거리며 곁에 있던 일행에게서 받은 손수건을 현준에게 건넸다.

[괜찮습니다. 제가 조심했어야 했어요. 신경 쓰지 마세요.]

[세탁비를…… 아니, 근처에서 새 옷을 사 드릴게요. 찬 음식이라 다행이네요. 데진 않아서……. 다시 한 번 미안해요.]

벨라 리시오는 허리를 숙이고 허벅지에 묻은 소스를 닦는 현준에게 계속해서 미안하다며 사과했다.
　[신경 쓰지 마시고 식사하세요. 닦으면 되죠.]
　[하지만…… 옷이 엉망이 됐어요.]
　[제 옷은 신경 쓰지 마세요. 옷에 묻은 얼룩 정도는 얼마든지 지울 수 있지만 미스…….]
　[벨라.]
　[벨라 씨의 소중한 식사 시간을 방해할 정도는 아닙니다. 맛있게 드세요.]
　현준은 매력적인 미소를 짓고 돌아섰다. 벨라 리시오는 현준이 아무런 대가도 바라지 않고 자리를 옮겨 한참 동안 바라보며 일행에게 뭐라고 속삭였다.
　현준이 물티슈로 바지에 묻은 얼룩을 깨끗하게 지우고 찬희가 앉아 있는 테이블로 돌아왔다.
　"본부장님 진짜 능수능란하시네요."
　스프를 떠먹던 찬희의 감탄에 현준이 씩 웃었다.
　"일부러 부딪혀 놓고."
　"티 났어?"
　"티가 안 났으니까 능수능란하시다는 거죠."
　"티가 안 났다며, 그런데 찬희는 어떻게 알았어?"
　"표정. 본부장님의 평소와 사뭇 다른 해맑은 표정이…… 나는 지금 벨라 리시오에게 수작 중이다! 라고 말하고 있었어요."
　찬희의 대답에 현준이 빙그레 웃으며 벨라 리시오가 앉은 테이블을 훔쳐보았다.

"1차 작전은 성공한 것 같군."

"본부장님."

"응?"

"초밥 갖다주세요."

뺨이 복어처럼 부푼 찬희의 음성은 퉁명스러웠다. 현준은 그녀의 기분을 읽은 것처럼 손가락으로 테이블을 두드리다 몸을 일으켰다. 가벼운 발걸음으로 여유를 만끽하듯이 접시를 쌓아놓은 테이블로 걸음을 옮긴 그는 일부러 벨라 리시오의 시선을 끌기 시작했다. 모델이라도 된 양 허리를 꼿꼿하게 세우고 기지개를 켠 후 접시를 집었다. 벨라가 그를 흥미롭게 보며 묘한 시선을 보내기 시작해 찬희는 입매를 비틀었다. 눈도장 하나는 기가 막히게 찍었다는 생각도 잠시 거북할 정도로 달갑지 않은 기운이 뱃속을 아릿하게 했다.

찬희는 짜서 먹는 딸기 쨈이라고 해서 케첩 용기처럼 생겼으나 손바닥 안에 들어갈 정도로 작은 딸기잼 튜브를 모닝빵 위에 잔뜩 짜며 현준을 보느라고 넋을 잃은 벨라 리시오를 노려보았다.

"아주 신났네, 장현준! 절 보고 침 흘리는 여자가 있으니 얼마나 좋겠어? 치!"

벨라 리시오와 현준에게 시선을 둔 채 튜브를 꾹 눌렀더니 뿌직, 뿌직. 뿌지직! 요란한 소리가 났다. 하나 그녀는 손에 준 힘을 풀지 않고 입매를 비틀었다.

"초밥 가져오라니까 뭐하는 거야? 그리고 그쪽은 왜 가는데?"

딸기잼 튜브에서 지극히 본능적인 소리가 그녀의 마음을 대변하듯이 쏟아졌다.

뿌직, 뿌지지직. 뿍!

✕   ✕   ✕

 현준과 찬희는 커플실에서 전신 마사지와 얼굴 마사지를 받고 나와 상큼한 감귤에이드를 마시고 있었다. 마사지를 받아 반질반질하고 광이 날 만큼 윤기가 흐르고, 촉촉한 피부는 2시간 동안 걸어 퍽퍽했던 찬희에게 생명력을 불어 준 것처럼 활기 있게 바꾸어놓았다.
 산해진미로 배도 채웠고 마사지도 받은 데다 상큼한 음료로 말랐던 목까지 축이니 지상 낙원이 따로 없었다. 허리를 조른 가운 끈을 손끝으로 잡아 가볍게 돌리던 찬희가 에이드 잔에 꽂은 빨대를 잘근잘근 씹으며 누군가에게 문자를 보내는 현준을 응시했다.
 얼굴에서 광채가 쏟아지는 듯 콧대가 더없이 높게 느껴졌고 날카롭던 눈매도 제법 앙칼져 나른한 시간을 보내고 있음에도 긴장감을 늦출 수 없을 정도였지만, 예전처럼 주눅 들어 그의 눈치나 볼 정도로 벽이 느껴지지 않았다. 다만 생각을 알 수 없을 만큼 정갈한 표정을 짓고 있어 '장현준의 머리 사용법'이 궁금할 뿐이다.
 빨대를 씹으며 유심히 쳐다보는 시선이 느껴졌는지 휴대폰 액정 화면에 머물러 있던 현준의 관심이 찬희에게 쏠렸다.
 "왜 그렇게 봐?"
 "본부장님, 참 잘생기셨네요."
 "그런 말 많이 듣긴 하는데…… 찬희한테 들으니까 기분이 새롭군."
 "기분 좋으세요? 가슴이 뛰거나 그러세요?"

찬희의 물음에 현준이 유혹적인 미소를 지으며 상체를 숙여 거리를 좁혔다. 그리고 테이블에 팔을 괴고 찬희의 얼굴 전체를 뜯어보며 속삭였다.

"사랑하는 여자의 입에서 나오는 칭찬은 남자를 슈퍼맨으로 만들지."

"너무 거창한 표현이군요."

"그만큼 기분 좋고 힘이 난다는 거야."

찬희는 어깨를 으쓱거리며 자리에서 일어났다. 감귤에이드로 목도 축였고 해서 이제 슬슬 스파를 나가고 싶어 물었다.

"언제 나가요?"

"슬슬 나가야지."

"이후의 스케줄은 어떻게 돼요? 설마 또 걸어가자는 건 아니겠죠?"

찬희가 인상을 구기고 물어 현준이 키득 웃었다.

"택시 탈 거니까 안심해."

"차를 렌탈할 줄 알았는데…… 택시 타요?"

"버스를 탈까도 했는데 싫어할 것 같아서 말이야."

"우리가 그렇게 여유를 부릴 수 있는 입장은 아니잖아요. 얼른 작전을 짜야죠."

지나치다 싶을 만큼 여유가 넘쳐 물었더니 현준이 그런다.

"그라지아 리시오 회장은 양 이사 때문에 피곤할걸. 양 이사가 시도 때도 없이 전화를 해서 만나달라고 부탁하고 있을 테니까. 양 이사 성격상 저녁까지 기다리는 게 힘들 테니까. 그라지아 회장이나 벨라 리시오에게 선물까지 보냈겠지. 우리까지 부담을 줄 필요가 있겠나?"

"그럼 우린 뭘 해요? 양 이사님이 심기를 다 건드렸다면…… 우리한테도 승산이 없어요."

"치고 빠지는 전략이 필요한 거지."

현준의 대답에 찬희는 팔짱을 끼고 거드름을 피웠다.

"미남계라도 쓰시게요? 아까 보니까 아주 잘하시던데요?"

"아까? 아, 벨라 리시오와 무닛힌 거?"

"아뇨! 관심 다 끌어놓고 무심한 척하는 거. 이제 보니 저한테 한 수작을 그대로 쓰고 계시잖아요."

뱉고 보니까 진짜 화난다.

"이제 보니까 상습적인 것 같아. 아닌 척하면서 사실은 바람둥이시죠?"

"상습적이라니? 섭섭한 소리를 하는군."

현준은 콧방귀를 뀌며 남자 탈의실로 걸음을 돌렸지만 몇 걸음 걷지 못하고 찬희에게 팔을 잡혔다.

"벨라 리시오가 하룻밤 자는 대신에 계약하자고 하면 어쩌실래요?"

"아침 드라마를 많이 본 것 같군."

"아까 눈빛이 아주 끈적거리던데요!"

"나 싫다며, 날 찬 사람이 왜 그런 걸 신경 쓰나?"

"저한테 자꾸 고백하면서 다른 여자를 홀리니까 기분 나빠서 그러죠."

찬희가 불쾌감을 드러내자 현준이 시큰둥하게 대답했다.

"그런 게 싫으면 날 네 남자로 만들어. 소유권을 주장하라고. 장현준, 다른 여자한테 눈길 주지 마! 라고 명령을 내리면 안 하지."

"뭐, 뭐라고요?"

"생각해 봐, 좋아하는 여자가 있긴 있지만 아직 소속이 정확하지 않아. 무소속인 남자는 나비 같은 거야."

"나비…… 아, 이 꽃 저 꽃 떠돌 수 있다?"

"그런 의미지."

밉살스럽게 말하는 저 입을 막고 싶은데 어쩌지? 말발은 기가 막히게 좋아서 자칫 유치해질 수 있는 말인데도 틀리지 않았다. 무소속에 나비 같은 남자라서 어디로 날아가든, 잡지 않으면 놓친다고 해석하란 말인가?

찬희는 감귤의 잔향이 남은 입술을 혀로 축이며 현준의 얄궂은 얼굴을 응시하다 캐묻는 걸 포기하고 여자 탈의실 방향으로 몸을 틀며 물었다.

"옷 갈아입고 어디서 봐요?"

"출구에서 보자."

찬희는 고개만 끄덕인 후 찬바람이 쌩 불도록 돌아섰다.

현준은 찬희의 마뜩잖은 표정에 기분이 좋아져 쿡, 웃으며 중얼거렸다.

"리시오 따위 너보다 중요하지 않아."

남자 탈의실의 문을 여는데 쥐고 있던 휴대폰에서 문자 알림음이 도착했다. 기다리던 중이라 급히 문자를 열람한 그의 입가에 승리의 미소가 번졌다.

양 이사가 행동을 개시한 모양이다.

※ ※ ※

점심에 먹은 설렁탕이 기예 말썽을 부려 소화제를 먹은 태진은 찬희의 자리를 멍하니 보고 있다가 트림 섞인 한숨을 쏟아냈다.

현준이 고백했다니, 믿기지 않기도 했지만 괜히 화가 치밀었다. 마시는 소화제의 뚜껑을 찬희의 자리에 내던진 태진이 입맛을 다셨다. 앙큼한 강찬희. 본부장한테 고백 받았으면 내색이라도 할 것이지, 아무 일도 없었다는 것처럼 행동해? 실망이다.

손으로 눈가를 문지르며 한숨만 푹푹 내쉬던 그가 담배를 들고 사무실을 나왔다. 그리고 백화점 밖으로 나가 바닐라 향이 진한 담배에 불을 붙이며 야외 휴게실로 걸음을 내딛었다. 커피 자판기와 음료수 자판기가 있는 백화점 후문이 유일한 흡연구역이라 이곳은 제 2의 회의실처럼 각 부서의 끽연가들을 만나볼 수 있었다.

때마침 총무과의 최 과장이 홀로 담배를 피우고 있어 태진이 꾸뻑 인사하고 조심스레 빨아들인 연기를 내뱉었다.

"장 본부장, 제주도 갔지?"

제보다 나이 어린 상사가 아니꼽던 최 과장이 이죽거렸다.

"강 대리도 데리고 갔다면서."

"네."

"훗, 안됐군. 줄을 잘못 섰어."

"무슨 말씀입니까? 줄을 잘못 서다니요?"

태진은 담배를 입에 문 채 눈썹을 구겼다.

"제주도 출장, 사장님한테 허락받은 게 아니야. 그래서 지금 본사에서도 난리가 났어."

"양 이사님께서 프로젝트를 가로채서 그런 것 아닙니까?"

"본점에서 리시오를 론칭하려고 적극적으로 뛰어든 걸 가로챘다고 표현하나??"

"꼭 본사에서 론칭해야 한다는 법이라도 있습니까?"

현준을 감쌀 생각은 없었지만 지점은 본점을 서포트 하기 위해 존재한다는 것처럼 들렸다.

"본점의 이사 주도하에 입점 시키겠다는 건데 그걸 부하가 막아선 거야. 하극상이라고. 버르장머리 없이 머리에 피도 안 마른 놈이 능력이 좀 뛰어나다고 윗사람 알기를 개똥으로 아니까 이런 일이 생기는 거 아니야."

"듣기 거북합니다."

"오태진, 너도 장 라인이야?"

"전 그런 거에 관심 없습니다."

"조심해. 그러다 만년 대리로 머무는 수가 있어."

최 과장의 말에 태진이 담뱃재를 재떨이에 털며 씁쓸한 표정만 지었다.

"오태진은 말귀를 좀 알아듣는 것 같아서 하는 말인데, 이사님이 이번 인사이동 때 본점의 사장님으로 승진하신다더군. 이사님이 본점의 사장님이 되면 대대적인 인사이동이 있을 거야. 내 말이 무슨 말인지 알지? 괜히 강찬희처럼 물불 못 가리고 여기저기 끼지 말라는 소리야."

"강 대리 얘긴 왜 하십니까?"

"왜 하긴, 강 대리도 찍혔으니 하는 말이지. 만날 야근해 가면서 프로젝트를 성공적으로 해내 봤자, 위에서 찍으면 말짱 도루묵이지. 안 그래?"

태진은 긍정도 부정도 하지 않고 담배 연기만 뱉어냈다. 저보다 나이 어린 본부장도 기분 나쁜데 여자 직원까지 치고 올라오는 게 그리 좋게 보이진 않을 터.

"난 이만 올라가야겠다."

"올라가십시오."

"아참! 이건 혹시나 해서 하는 말인데 소문에 장현준이 회장님 외손자라는 설이 있던데 그거 헛소문이야."

"헛소문이 확실합니까? 회장님과 친하시던데요."

"장현준의 아버지가 4년 전에 본사 사장이었어. 그래서 친한 거지, 혈연관계는 아니니까 오해하지 마."

어차피 장 본부장이 유 회장의 외손자였다고 해도 놀랄 것 같지 않았다. 워낙 제 사생활에 대해선 철저히 숨겼고 업무 능력이 탁월하니 배경으로 평가 받을 사람이 아니란 걸 알기 때문일 거다.

마음에 걸리는 건 장현준이 아닌 강찬희였다. 상사들이 그녀를 예쁘게 보지 않는다는 게 그의 불안을 부추겼다. 이번 제주도 출장 건으로 찬희를 바라보는 시각에도 많은 변화가 생기겠구나, 라는 게 그의 생각이었다.

장현준이라면 분명 위험 요소를 파악했을 텐데, 왜 찬희를 데리고 갔을까? 좋아하는 여자라면 위험한 상황에 끼어들지 않도록 몸을 사리지 않나?

하얗게 질려 가는 머리처럼 담배도 타들어 가 회색빛 재만 남았다. 태진은 담배를 재떨이에 비벼 끈 다음에 찬희에게 전화를 걸까 하다가 생각을 접고 한숨을 길게 내뿜었다.

"뭐, 알아서 잘 하겠지."

일곱 번째 프러포즈,
끌리다

잠깐 딴생각을 하고 있었는데 택시가 멈추었다. 택시의 앞 유리 너머로 보이는 모슬포항이라는 안내판에 찬희는 고개를 갸웃거렸다. 모슬포항이 대체 어디야? 제주도에 자주 오긴 했지만 주로 관광단지나 해수욕장 정도가 전부였기 때문에 찬희에게 모슬포항은 무척 낯선 곳이었다.

"모슬포항에는 왜 온 거예요?"

리조트로 갈 줄 알았기에 이해가 안 가 물었는데, 대답은커녕 현준이 택시에서 내리며 찬희의 팔을 잡아끌었다. 다급하게 팔을 잡아당기는 바람에 얼결에 내려 모슬포항 전경을 훑어보았다. 어딜 가든 사람들로 북적거리는 서울과 달리 제주도는 사람 구경하는 게 흔하지 않을 정도로 고즈넉해 을씨년스럽게 다가왔다. 그녀는 저도 모르게 손바닥으로 팔을 문지르며 어깨를 움츠렸다.

"왜 왔는지 설명 안 해 주실 거예요?"

"옥돔하고 갈치를 좀 사려고. 어머니가 좋아하시거든."

"그런 건 미리 말씀해 주시면 안 될까요? 전 리조트에 가는 줄 알았어요."

"택시 기사한테 모슬포항에 가자고 하는 거 못 들었나?"

현준은 내내 딴생각 하느라고 택시 안에서 무거운 침묵을 지키던 찬희의 기분을 알아보려고 물었다. 그녀가 입을 다물고 깊은 상념에 빠져 있을 때면 현준은 이상한 감정을 느끼게 된다. 외할아버지와 아버지에게 꾸중을 들었을 때도 주눅 들지 않던 그가 눈치를 보며 한없이 초라해 보이니 말이다.

그만큼 찬희에 대한 마음이 크다는 걸까? 자조적인 미소를 지으며 그녀의 대답을 기다리는데 예상한 대답이 들려왔다.

"그땐 딴생각 했었어요."

어깨를 으쓱거리며 찬희가 미안한 표정을 지었다.

"피곤한 모양이군."

"조금요."

"미안하지만 조금만 참아 줘. 제주도에 왔는데 빈손으로 갈 수 있나. 1시간만 더 고생해."

"효자시네요."

"효자가 되려고 노력하고 있지."

현준은 그렇게 말하며 시계를 흘끗 보았다.

"지금이 3시 좀 안 됐으니까 옥돔을 사고 산방식당에 가서 밀면 한 그릇씩 하면 한 4시 정도가 되겠군."

"뭐, 뭘 먹어요?"

"밀면. 모슬포항에 왔으니 당연히 산방식당에 들러야지. 여기 밀면은 아주 유명하거든."

"이러다 산방산에 가서 온천욕도 하겠어요."

맛집 기행을 온 것도 아닌데 일일이 찾아다니는 게 믿기지 않으면서도 새로워 가벼운 농담을 던졌는데 현준이 진지하게 물었다.

"온천욕 좋아해?"

"말이 그렇다는 거예요. 그런데 배 안 불러요? 뷔페 먹은 지 얼마나 됐다고."

"소화가 다 됐나 봐. 출출하거든."

"우와! 그 위, 정말 위대한 걸요."

"하하하."

웃기는.

찬희는 입술을 비죽이며 물었다.

"본부장님 돈 좀 빌려 주실래요? 저도 옥돔 좀 사게요."

"부모님 드리게?"

"생선 냄새 집에 밴다고 잘 안 해 주시는데 제주도에서 사 온 옥돔하고 갈치면 사정이 다르겠죠?"

"생선 냄새가 난다고 안 구워 주셔?"

"엄마가 후각에 예민해요. 어릴 땐 그래도 가끔 해 주시더니 요즘은 그것도 없어요. 밖에서 잘 먹고 다니니까요."

찬희의 대답에 현준이 흥미롭다는 눈빛을 보냈다.

현준은 부모님 얘기를 할 때마다 부드러운 표정을 짓는 찬희를 보는 게 즐거워 물었다.

"어머니 취미는 뭐야? 살림꾼이라는 것 같던데?"

"예전에는 동네 아줌마들하고 쇼핑하고 주식하고…… 쿠킹 클래스 다니는 정도였는데 요즘은 가구 리폼하는 데 취미를 붙이셨어요."

"주식을 하셨어?"

"예전에 잠깐 했다가 재미 좀 보셨대요. 그 이후로 안 하시고 은행에 맡겨 놓으세요."

찬희는 별 거 아니라는 듯이 말했지만 현준은 대단한 발견이라도 한 양 눈빛을 빛냈다.

"외삼촌이 주식하는 걸 따라 했다가 재미 보셨는데 막 맛 들이려고 할 때 외삼촌이 손실을 많이 보신 거예요. 그때 놀라셨는지 그 다음부터는 주식엔 관심이 없어요."

"운이 좋으신 편이군."

추임새를 넣듯이 대꾸를 해 주면 찬희는 거리낌 없이 술술 얘기한다. 부모님에 대해서 불만이 없으며 극진한 사랑을 받고 살았음을 느낄 수 있었다. 평범한 가정에서 사랑받으며 자란 그녀의 유년이 궁금할 정도로 부럽기까지 했다. 특히 건강한 어머니에 대한 부분은 현준의 가슴 한구석을 무겁게도 하면서도 불안정한 정신을 차분히 가라앉히는 원동력이 되었다.

그는 옅은 미소를 짓고 두 손을 모아 입가에 대고 행복한 미소를 짓는 그녀의 맨얼굴을 명화 보듯이 감상했다.

"사실 우리 엄마는 다 큰 딸자식이 결혼하지 않아 걱정이지, 다른 걱정은 없어요. 평범하죠?"

"평범한 건 안정적이라는 거야. 심리적으로나 경제적으로나……. 그렇게 살고 싶어도 안 되는 사람들이 많아."

현준의 대답에 찬희도 같은 생각이라는 듯이 고개를 끄덕거렸다.

그러면서도 곁눈으로 그의 안색을 살폈다. 그의 어머니는 어떤 사람일까? 문득 궁금해진다. 만약에 그가 정말 유 회장의 외손자라면 그땐 어떻게 대해야 할까? 걱정스러울 만큼 가슴이 뛰었는데 기뻐서가 아니었다.

재벌 3세에게 프러포즈를 받기엔 그녀가 너무 평범하다는 게 문제가 된다. 유 회장은 현준의 결혼 문제에 무척 예민한 반응을 보일 것 같았다. 외손자라면 말이다.

제 발끝만 보고 걷는데 현준이 물었다.

"아버지가 하시는 일식집은 어떤가?"

"나쁘지 않은 것 같아요."

어머니처럼 아버지 역시 딱히 걱정할 게 없었다. 초등학교 선생님으로 줄곧 살다가 정년퇴임한 터라 매달 연금이 지급되어 보증을 잘못 서거나 투자를 잘못한다면 몰라도 큰 걱정이 없었다.

"저쪽으로 가면 우리 집에서 거래하는 옥돔 가게가 있어. 원래는 생선구이집인데 아버지하고 옥돔 가게를 운영하시는 사장님 내외가 친하셔서 이따금 물 좋은 걸로 보내 주시거든."

"부모님이 제주도에 자주 오셨나 봐요?"

"어머니 꿈이 제주도에 펜션 짓고 사시는 거였어."

"어릴 적 꿈은 아니죠?"

"응."

현준은 그렇게 말하며 씁쓸한 표정을 지었다. 찬희는 현준의 옆얼굴을 조심스럽게 보다가 물었다.

"근데 여동생하고 원래 사이가 좋았어요?"

"부모님이 맞벌이를 했었어. 그래서 우리 집에는 현미하고 날 돌보는 식모가 있었고 유모도 있었지. 유모는 필리핀계 미국인으로 우리에게 영어를 가르쳐 줬어. 아무리 그들이 잘 대해줘도 채워지지 않는 허전함이 있었어. 그래서 동생과 사이가 각별했던 것 같아."

"식모에 유모까지 있었다니, 진짜 부잣집 아들이었네요. 혹시 소문대로 회장님의 외손자는 아니겠죠?"

"설마 그 소문을 믿는 건 아니겠지?"

"그럼 아니라는 거예요?"

찬희의 물음에 현준이 어깨를 으쓱거리더니 화제를 돌렸다.

"거의 다 왔어. 저기 저쪽으로 가면 내가 말한 생선구이 가게가 있어."

"앗! 지금 티 나게 화제를 돌렸다! 아항, 우리의 능수능란 본부장님께서 대답하지 않는 걸 보니 소문이 헛소문은 아닌 것 같군요. 오홍, 그럼 나는 회장님의 외손자한테 프러포즈를 받은 건가요? 재벌 3세에게 프러포즈를 받다니 대단한 걸요?"

"내가 재벌 3세면 내 프러포즈를 받아들일 텐가?"

찬희와 어깨를 나란히 하고 걷던 현준이 사무조로 물었다. 찬희가 걸음을 멈추고 두어 걸음 앞서 걷는 현준의 뒷모습을 넋을 잃고 보다가 물었다.

"맞아요?"

그녀의 목소리는 당혹감으로 갈라졌다.

"주먹만 한 다이아몬드, 베라왕 드레스. 아니, 티파니 매장을 전세 낼 수도 있지."

"진짜 회장님 외손자예요?"

"내 질문에 대답해 줘."

"뭐, 뭘요."

찬희는 잔뜩 긴장해 뒤로 물러섰다.

"내가 재발 3세가 맞다면 내 청혼을 받아들이겠느냐고."

현준이 음흉한 미소를 짓고 눈썹을 까딱거리며 대답을 재촉한다.

찬희는 혼란스러워 아랫입술을 잘근 깨물며 얼굴을 붉혔다. 재벌 3세의 청혼을 받아들이기엔 지나치게 평범한 자신, 부모님, 여동생. 현준의 집에서 누군가 반대라도 하게 된다면…… 그야말로 한 편의 아침 드라마가 탄생하게 되는 거다.

찬희는 입술을 깨문 채 계산적으로 뜬 눈을 깜빡거리다 머리카락을 긁적거렸다.

"그, 그건 생각해 봐야 해요."

"거절하지 않고?"

현준의 음성이 미세하게 떨렸다. 싫다고 말할 줄 알았는데 생각해 본다고 해서 내심 놀랐다.

"신중하게 결정해야죠. 재벌 3세의 아내가 될지도 모르는데 무조건 찰 수 있어요? 그리고 뭐 본부장님 정도면 성에 안 차지만…… 배경이 훌륭하니까. 본부장님 성격이나 인성이 제 기준에는 턱없이 부족하지만 재벌 3세라니까…… 가산점을 조금 줄게요."

"하하하하. 가산점? 내가 기준에 못 미친다고?"

현준은 어이가 없어 양손을 허리에 얹었다. 도저히 믿기지 않는 모양이었다.

"제정신이야? 내가 어디가 부족해서 그런 말을 하는 건데?"

"그럼 완벽해요? 본인이 완벽하다고 생각하는 것 자체가 이상하지 않아요?"

"이봐, 강찬희. 내가 널 좋아한다고 이렇게 막 나오면 곤란해."

"본부장님이 뭐 그렇게 잘났다고."

"좋아. 내가 나, 장현준에 대해 상품 설명을 하지. 듣고 보고 판단하도록."

"학벌이나 이런 건 상부석이라는 거 아시죠? 구매로 이어질 설명을 부탁드립니다."

"그 정도는 나도 알고 있어."

현준은 뒷짐을 지고 있는 찬희를 그윽한 시선으로 바라보며 장현준이라는 남자에 대해 설명했다.

찬희도 어디 얼마나 잘 설명을 하는지 보자며 팔짱을 끼고 턱을 쳐들었다.

"나 장현준으로 말할 것 같으면 184센티미터의 8등신 미남으로서······."

"스탑! 장현준이란 상품에 매력을 못 느끼겠어요. 사고 싶지 않아요."

"끝까지 듣고 판단해!"

"소비자는 기다려 주지 않아요."

찬희는 현준에게 지겹게 들은 말을 되돌려 주며 복수하고 있었다.

"할 수 없지. 보려고 하지 않는 사람에게 시간을 할애할 필요는 없을 테니까."

현준도 할 맛이 안 나는지 찬희를 앞질러 걸었다. 그의 뒷모습을 멀거니 보고 있던 그녀가 눈매를 구긴 채 의뭉스럽고 계산적인 표정을 짓다가 물었다.

"춤출 줄 알아요?"

"춤?"

"이왕이면 막춤이 좋겠는데."

"춤?"

"말로만 하는 프러포즈는 감흥 없어요. 금방 잊으니까요. 영상을 남겨야죠."

"지금 춤을 추라고? 여기서?"

"창피하면 말고요. 영화에서 보니까 사랑하는 여자의 마음을 사려고 피에로 분장도 하고 그러던데요."

찬희는 뒷짐을 진 채 생선구이 가게로 향했다. 현준이 제자리에서 꼼짝도 못하고 머리를 긁적거리는 걸 보아하니 고민되는 모양이었다. 뱃속이 근지러울 만큼 후련한 기분이 들어 입술을 꾹 깨물고 웃음을 참는데 현준이 그녀를 불렀다.

"강찬희!"

"네?"

"똑똑히 기억해. 너 아니면 목에 칼이 들어와도 안 해!"

찬희는 입술을 깨문 채 입매 끝을 올렸다.

현준이 어깨를 풀고 팔을 뒤로 돌리며 가볍게 스트레칭을 하며 찬희의 시선을 끌었다. 그녀는 침을 꼴깍 삼키고 숨을 죽이고 그가 춤을 출 때까지 기다렸다. 그는 주변을 둘러보며 지나는 사람이 없는지 확인하고 있었다. 제주도가 좋은 건 버스 정류장이나 시장이 아니면 웬만한 골목에선 지나는 사람이 별로 없다는 거다.

현준은 그 점을 잘 알고 있었기에 호흡을 가다듬고 난 다음에 손가락을 꼬물거리며 흐느적거리기 시작했다. 푸른 하늘, 쌀쌀하긴 해도 볕이 좋은 오후, 햇살도 나른하고 해도 기우는 골목에서 무반주로 리듬을 타기 시작했다. 그러다 영 심심했는지 창피한 것도 있고 박진영의 '청혼가'를 부르며 가사에 맞춰 춤을 추며 찬희에게 다가왔다.

"안 돼요, 오지 마. 창피해!"

개다리를 춤을 추는 것처럼 다리를 흐느적거리며 두 팔을 크게 휘젓는 현준의 표정은 죽을 맛이었지만 용기를 낸 이상 목소리를 키우기 시작했다. 그가 노래를 부르며 춤을 추기 시작하자 인적이 끊긴 것처럼 고요했던 골목이 술렁이기 시작했다. 어디선가 할머니 할아버지들이 나와 젊은 남자의 막춤에 깔깔 웃기 시작했다.

"이제 그만 불러요, 그만 춰도 돼!"

"나와 결혼해 줄래. 얼쑤, 얼싸, 호학, 학! 합!"

"그만해!"

"나의 아이를 낳아줘. 얼쑤. 의합, 합! 얏! 압!"

"본부장님!"

"대답해야지."

현준이 찬희의 주변을 뱅글뱅글 돌며 팔을 쭉쭉 뻗을 때마다 할머니 할아버지와 우연히 지나던 사람들이 잠시 멈춰 서 구경하기 시작했다.

"본부장님, 제발. 이제 그만하세요."

"재밌는데? 이것도 할 만하군. 얼른 대답해. 헙, 합!"

찬희는 두 손으로 얼굴을 감싸고 한숨을 푹 쉬었다. 아주 조금 가슴이 두근거렸다. 입이 귀에 걸린 것처럼 웃음도 멈추지 않았다.

현준이 저를 위해 체면도 잊고 막춤을 추는 노력은 가상했다. 무엇보다도 그가 춤을 춘다니, 그것도 추임새까지 넣을 줄 누가 예상했을까. 무척 고마웠지만 여기서 그가 바라는 대답을 해줄 순 없었다.

"춤을 너무 못 춰서 안 되겠어요. 이렇게 몸치인 남자는 자격 미달이라서 말이죠."

찬희의 대답에 현준의 춤이 끊겼다.

"클레오파트라도 강찬희보다 도도하지 않았겠어."

"중요한 게 빠졌잖아요. 반지."

얄미울 정도로 예쁜 미소를 지은 찬희를 오묘한 시선으로 쳐다보던 현준이 어깨를 털며 앞서 걸었다.

"싫으면 마. 나도 강요는 안 해. 가볍게 몸 좀 풀었다 치지 뭐."

"그런데 너무 심하게 몸치인 거 아시죠?"

"옥돔이나 사자."

현준은 찬바람이 쌩 불도록 냉랭하게 대답하고 생선구이 가게에 들어서며 주인에게 인사를 건넸다.

"안녕하세요, 사장님."

"이게 누구야? 현준이 아니니?"

"건강하셨죠?"

"나야 늘 그렇지. 어머니는? 어떻게…… 잘 지내시지?"

"네. 옥돔하고 갈치 좀 주문하려고요. 전복도 좀 준비해 주세요."

현준은 그렇게 말하고 찬희를 불렀다.

"강찬희. 주소 적어."

"네."
"근데 누구야? 애인이야?"

사장의 말에 찬희는 얼굴을 붉히며 아니라고 대답하려고 했지만 현준이 가로챘다.

"아닙니다."
"아, 아니야?"
"이 친구 집에도 보내야 하니까 잘 부탁드릴게요. 오늘 바로 배송 가능할까요?"
"오늘 보내면 내일 저녁에는 받을 수 있어. 남양주로 보내면 돼?"
"네. 제일 좋고 싱싱한 걸로 부탁드립니다. 요즘 어머니께서 맛에 더 예민해지셔서 맛이 없으면 아예 안 드신대요."

사장은 고개를 끄덕거리며 주소를 적어 내미는 찬희에게 물었다.

"요기는 했어요? 우리 집 생선구이 맛있는데."

찬희가 현준을 보았다.

"내일 점심에 와서 먹을게요."
"그럼 내일 점심에 내가 한 상 가득 차려 놓을 테니까 꼭 와."
"예."

현준은 카드로 계산하고 나서 먼저 가게를 나가 있던 찬희에게 다가갔다.

"부모님께 맛있게 드시라고 전해 드려. 이건 내가 드리는 선물이야."
"아뇨, 그러실 필요 없어요."
"그동안 귀한 딸을 야근하게 만들어서 죄송하다는 내 사과의 선물이야."

"⋯⋯그럼 사양하지 않을게요. 근데 아까⋯⋯."

"아까 뭐?"

"아, 아니에요."

찬희는 고개를 저었다. 애인이라고 소개하지 않은 게 이상해 물어보려고 했지만 머쓱해졌다. 하늘색으로 칠해진 식당까지 말없이 걷던 그가 유리문을 밀치고 안으로 들어갔다. 밀냉면과 비빔냉면, 수육. 이 세 가지만이 메뉴판에 적혀 있었다.

"뭐 먹을래?"

"비빔 밀냉면요."

"여기요, 비빔 밀냉면 하고 밀냉면 수육 하나 주십시오."

"수육까지 드시게요?"

"산방식당에 왔으면 수육을 먹어야 해. 밀면에 먹는 수육, 이게 기가 막히거든."

현준의 설명에 찬희는 의외라는 듯 입술을 비죽거리고는 주변을 돌려보았다. 수육을 굳이 시키지 않아도 밀냉면에도 수육이 적당히 들어가 있어 다 먹을 수 있을까, 라는 걱정을 하는데 주문한 메뉴가 나왔다.

"빠르네요."

"수육하고 밀면을 같이 먹어야 맛있어."

찬희는 현준이 시키는 대로 밀면에 수육을 싸서 먹었다. 겨우 한 점을 입에 넣었을 뿐인데 입술이 번들번들하게 젖었다. 그녀는 맛을 음미하며 오물오물 씹었다. 그런데 몇 번 씹고 나자 수육이 입 안에서 사라졌다. 탱글탱글했던 면도 어느새 형체를 감추었다.

"맛있어요."

"이 국물도 마셔 봐."

현준이 제 그릇을 찬희의 얼굴 앞에 내밀었다. 찬희는 잠시 망설이다 밀냉면의 육수 맛도 궁금해 받아 마셨다. 꿀꺽꿀꺽 소리가 나게 육수를 마신 그녀가 입을 다물지 못하고 탄성을 자아냈다.

"너무 맛있다."

"맛있지? 내가 아니었으면 이 맛도 모르고 살 뻔했어. 감사하게 생각해."

"예예, 감사합니다."

"나와 결혼하면 전세계 맛집은 다 데리고 가 줄 수도 있어."

밀면을 고기에 싸 먹던 현준이 한 말에 찬희는 어깨만 으쓱이고 말았다. 삐친 줄 알았더니, 정말 지치지도 않는다.

뭐, 그런 점이 점점 마음에 들긴 하지만.

※　　※　　※

파티라고 하면 보통 어깨와 가슴 파진 드레스를 입을 거라고 생각할 테지만 생각보다 다양한 복장을 한 사람들이 크루즈에 승선하고 있었다. 그중 미색 재킷에 청바지 차림을 한 찬희와 은회색 슈트를 말끔하게 빼입은 현준이 있었다.

"밀면을 먹어서 그런지 배가 부르지?"

현준의 물음에 찬희가 고개를 끄덕거렸다.

"그럼 우리는 가볍게 맥주를 마실까? 칵테일이나 와인은 마시지 마. 자기도 모르는 사이에 취해 있어."

"알아서 조절해요. 걱정하지 마세요."

"취하지 말라고 했어. 그땐 잡아먹을 거다."

찬희는 빙그레 웃으며 현준을 앞질렀다. 현준의 눈매가 의뭉스럽게 구겨졌다. 그런 일은 절대로 없을 테니 걱정하지 말라는 반격이 돌아올 줄 알았는데 의외로 잠잠해서 의아할 정도다. 하지만 현준은 그녀의 생각을 알고자 칭얼거릴 생각이 추호도 없었다. 막춤까지 추었는데도 튕기지 않잖나, 이쯤에서 자존심을 챙기는 게 적절할 것 같아 소매 끝을 손가락으로 털며 뒤따랐다.

크루즈 선상 파티라고 해서 지중해에서 탔던 초호화 여객선까지는 아니어도 수백 명의 승객을 수용할 정도는 될 줄 알았는데 100명 남짓이 고작이었다.

갑판에 수영장이 있어 제법 그럴싸하게 보였지만 그라지아 리시오 회장의 눈에는 그녀가 소유하고 있는 요트보다 만족스럽지 못할 것 같아 현준은 혀를 찼다. 그리고는 병 입구를 삼각형 티슈로 감싼 호가든 맥주 한 병을 집었다. 칵테일 잔을 들고 다니는 것보다 병맥주를 들고 다니는 게 술을 흘릴 걱정을 하지 않아 좋았다. 맥주를 홀짝거리며 주변을 둘러보는데 양 이사가 그라지아 리시오 회장과 대화중이었다. 서툰 영어 실력을 총동원하여 억지웃음을 자아내고 있었지만 그라지아 리시오 회장의 만년설 같은 표정은 촉촉해지지 않았다. 일흔을 내다보고 있는 여 회장의 여행을 망친 양 이사는 그라지아 리시오의 눈치를 보며 상자를 내밀었다.

주름이 깊은 눈가가 호기심으로 꿈틀거렸지만 곧 일그러졌다. 양 이사가 감귤 초콜릿을 선물한 것이다. 그라지아 리시오가 초콜릿을 좋아한다는 소문을 듣고 준비한 것이겠으나 실패. 그라지아 리시오 회장의 수행비서이자 사촌인 카를로 리시오가 감귤 초콜릿 상자를 멀리하는 손짓으로 거절했다.

현준은 맥주를 마시며 빙그레 웃었다.

"양 이사가 실수했군."

현준과 함께 맥주를 마시며 창가에 기대 있던 찬희도 양 이사와 그라지아 리시오를 주시하고 있었다. 그가 그녀에게 물었다.

"왜 그런지 아나?"

"그라지아 회장은 감귤계 알러지가 있어요."

"그래, 맞아. 초콜릿을 즐겨 먹는다는 것까진 조사를 해 보면 금방 알 수 있지. 하지만 알러지를 알아내긴 쉽지 않지. 저런 거물일수록."

찬희는 고개를 끄덕거리며 추가했다.

"그리고 저런 거물이 특산물이란 이유로 아무거나 먹을까요?"

"강찬희라면 어떻게 공략하겠나?"

"양 이사님이 실수하셨으니 그걸 만회해야죠."

"언제가 적기인 것 같아?"

"지금 같은데요? 어떻게 할까요?"

찬희의 눈빛이 반짝반짝 빛났다. 현준은 고개를 끄덕여 허락했다. 양 이사는 제가 얼마든지 커버할 테니 마음껏 날뛰고 오라는 미소를 더했다.

찬희가 마시던 현준에게 건넸다.

"다녀올게요."

"강찬희."

"네?"

"양 이사를 망신시킬 건지, 체면을 살려 줄 것인지 그건 신중히 생각해 봐야 할 문제다."

"알고 있습니다."

찬희의 눈빛이 달라졌다. 며칠 굶주린 하이에나처럼 동공에 힘이 팍 들어가는 건 물론 꼿꼿하게 등을 펴고 곧장 그라지아 리시오와 양 이사에게 향했다. 그녀는 자연스럽게 양 이사에게 다가가 귓속말을 건넸다. 그제야 양 이사가 찬희를 알아보고 현준을 바라보았다.

현준이 손가락만 이용해 들고 있던 맥주병을 가볍게 흔들며 미소 지었다. 양 이사는 못마땅한 표정을 짓다가 그라지아 리시오에게 자신을 소개하는 찬희에게 자리를 내주고 창가에 있는 현준에게 다가왔다.

"그동안 뭘 하고 지금에야 나타는 거냐."

"기다리셨습니까?"

"저 늙은이 때문에 속이 탄다. 말이 통해야지!"

"영어 실력이 느셨다고 들었는데 아니었군요."

"감귤계 알러지가 있다는 보고는 왜 안 했지?"

양 이사는 쫀쫀하게 구긴 눈살을 희번덕거리며 대답을 재촉했다.

"그건 그라지아 리시오 회장에 대한 예의가 아니잖습니까. 사생활을 중시하는데 그런 것까지 이용하는 건 안 될 말이죠."

"그래, 네 덕분에 난 미운털이 박혔어!"

"설마요, 강 대리가 수습하고 있잖습니까."

현준의 대답에 양 이사가 찬희를 바라보았다. 그녀를 보는 그의 눈빛이 예사롭지 않아 현민이 말했다.

"리시오에 관해선 우리만큼, 아니 정확하게 말해서 강 대리만큼 아는 사람도 없습니다. 그라지아 리시오 회장에 대해선 더욱 그렇죠."

"실력 있는 친구라는 건 안다만 상사를 잘못 만나서 앞으로 어떻게 될지 모르겠구나."

"상사란 언제든지 바뀔 수 있습니다. 이사님께서 상사가 되실 수도 있을 테고요."

현준의 대답에 양 이사가 눈썹을 높이 치켜세우며 거드름을 피웠다.

"저 정도면 마다할 이유는 없지."

"능력 있는 부하를 많이 거느릴수록 좋은 게 임원입니다. 사장이 잘나 봤자, 부하들이 멍청하면 아무것도 못 하니까요."

그렇게 말한 현준이 양 이사의 굳힌 눈매를 바라보며 느긋하게 맥주를 마시다 물었다.

"더 도와 드릴까요?"

"도와?"

양 이사가 쿡 웃었다. 그는 현준의 거만한 물음에 화가 치미는 듯했다.

"보아하니 일의 진행이 어려울 것 같아서요."

"그라지아 회장은 우리와 계약할 뜻이 없다고 못 박았다. 고집 센 늙은이 같으니라고 그깟 아동복이 뭐라고!"

"그러게요. 그깟 아동복이 뭐라고 부하의 프로젝트를 가로채십니까."

현준의 대답에 양 이사가 어금니를 사리물고 몸을 떨었다. 반박

하기 좋을 만큼 적당한 변명을 찾아내지 못해 인상을 찌푸리고 있던 그를 조롱하듯이 현준이 일침을 가했다.

"이사님께선 실수하신 겁니다. 그라지아 회장은 자존심이 강한 사람이죠. 외동아들이었던 루카스 리시오가 교통사고로 죽고 남은 혈육은 손녀, 벨라 리시오. 그라지아 리시오는 손녀딸에게 리시오 가문 전체를 맡길 겁니다. 아동복 역시 마찬가지일 겁니다. 은퇴 시기도 정해졌다면 사업체의 결속을 다지겠죠. 거기다 벨라 리시오와 사이가 좋지 못하니 이번 여행에서 함께 시간을 보내며 가까워지길 바랄 겁니다."

"그래서 하고 싶은 말이 뭐냐."

"양 이사님께선 그들의 달콤한 휴가를 훼방 놓으신 겁니다. 그들을 배려하지 않으신 거죠."

"그러는 넌 뭐 나와 다를 게 있어? 너도 어차피 나와 똑같은 목적으로 왔잖아."

"달라요."

"달라?"

"전 프러포즈하러 왔습니다. 리시오는 구실에 불과합니다."

현준은 그렇게 말하며 그라지아 리시오와 재미있는 농담을 주고받는 찬희를 턱짓으로 가리켰다.

"그라지아가 웃고 있군."

"그렇군요."

"어떻게 웃지? 나하고 있을 땐 내내 무표정했던 늙은이가!"

"글쎄요. 제 생각에는 사업에 대한 얘기가 아닌 것 같군요. 옥동에 대해 묻는 걸 보니까 말이죠."

"옥돔?"

양 이사는 무슨 소리인지 모르겠는지 고개를 갸웃거렸지만 현준은 찬희가 리시오 회장에게 제주도의 숨은 명소를 설명하는 걸 들으며 미소를 짓고 있었다.

[호텔에선 심심하시죠? 제가 묵는 제주 리조트라는 곳이 있는데 개인 풀장이 있고 정원에서 파티도 할 수 있어요. 호텔은 뭔가 딱딱한 분위기가 물씬 풍기잖아요.]

찬희는 자신이 체험한 것을 그라지아 회장도 함께 느꼈으면 좋겠다며 올레길을 두 시간 동안 걸었던 이야기를 했다. 발바닥이 벼락 맞은 느낌이었다며 능청을 떠는데 그녀의 표현이 재미있었는지 그라지오와 카를로가 번개? 와우! 라는 감탄사를 터트리며 서양인 특유의 해맑은 손동작을 시작했다.

[저도 할머니가 계셨어요. 5년 전에 돌아가셨지만……. 돌아가시기 전에 강릉이라는 지역으로 가족 여행을 갔었답니다. 좁은 방에서 온 가족이 여러 개의 이불을 덮고 잤어요. 전 할머니의 손을 잡고 잤어요. 그때의 온기가 아직도 기억나요. 돌아가시고 나서도…… 이렇게 회장님을 뵐 때도 이 손이 기억하는 할머니의 온기가 어릴 때의 행복했던 순간들을 파노라마처럼 스치게 하죠.]

찬희의 말에 그라지아가 물었다.

[리조트에 가면 사업 얘기를 할 건가요? 그렇다면 나는 안 갑니다. 난 손녀와 단란한 시간을 보내려고 왔어요. 우린 내일 이태리로 가야 해요. 이태리에 도착하는 그 순간부터 나와 내 손녀는 바

빠질 테고 추억도 만들지 못하겠죠. 그래서 내겐 오늘밤이 매우 중요해요.]

[이해합니다.]

[그 리조트에 방이 있을까요?]

[솔직히 회장님께서 오시기 전에 미리 준비했습니다. 저희 본부장님께서 드리는 선물입니다.]

[본부장?]

[네. 장현준 본부장님이요. 리시오 가문의 사람들이 제주도에 잘 왔다는 생각이 들 정도로 훈훈한 추억을 만들어 드리려고 무허가 출장까지 오셨거든요.]

[무허가? 호호호.]

그라지아는 소담한 미소를 짓고 있는 한국인 여자를 위아래로 훑다가 카를로를 불렀다.

[카를로, 호텔은 체크아웃 해야겠어.]

[예, 회장님.]

카를로도 찬희의 말에 매료되었는지 호텔에서 대기 중이던 일행에게 전화를 걸었다.

찬희가 현준을 돌아보았다. 그리고 윙크를 하며 일이 잘 됐음을 알렸다. 현준이 빙그레 웃으며 양 이사의 손에 제가 마시던 맥주를 쥐여 주며 속삭였다.

"안녕히 가세요, 이모부."

"저, 저……."

양 이사는 기가 막힌 듯 현준을 쏘아보았지만 제 외조카를 알아보고 다가오는 벨라 리시오의 등장에 깜짝 놀라 한 대 얻어맞은 표정을 지었다. 만나달라고 사정하고 일부러 크루즈 파티까지 주최한 양 이사가 말을 걸 때는 시선 한 번 주지 않던 벨라가 현준에게 친절한 웃음을 짓고 있어 기가 막혔다.

"이사님, 괜찮으십니까?"

양 이사와 함께 내려온 본사의 본부장이 걱정이 되는지 물었다.

"자네는 대체 뭘 하고 있었어! 현준이 놈한테는 질만 웃는데 우리한테는 눈길 한 번 주지 않잖아. 내가 이 선박을 빌리는 데 얼마나 많은 돈을 쏟아부었는지 자네도 잘 알잖아."

"송구합니다."

"송구? 그딴 소리나 듣자고 자네를 데리고 온 줄 아나?"

양 이사는 속이 타는지 현준에게 얼결에 받은 맥주를 벌컥벌컥 마시며 가슴을 쳤다. 그리고 따가운 눈초리로 현준과 벨라를 노려보며 중얼거렸다.

"사직서를 쓰고 나갔으면 그만이지……. 젠장!"

[당신을 여기에서 또 만나다니 우연이 두 번 겹치면 운명 내지는 필연이라고 하던데…… 어느 쪽이죠?]

샴페인 잔을 든 손의 손목을 부드럽게 돌리며 빨간 원피스를 입은 벨라는 고혹적인 미소를 지어 보였다.

[필연입니다.]

[이런! 싱거울 정도로 솔직하시네요.]

[뻔히 걸릴 거짓말을 하기엔 머리가 너무 굵었으니까요.]

[양 이사? 그 사람과 같은 편이었다니…… 내게 일부러 부딪힌 거죠?]

현준은 고개를 끄덕이며 그윽한 시선을 보냈다.

벨라가 헛웃음을 치며 물었다.

[내가 화를 낼까요? 쿨하게 웃으며 넘길까요?]

[화를 내야 마땅합니다. 의도적으로 접근했으니까요. 하지만 그렇게 된다면 당신은 날 영원히 잊지 못하게 될 겁니다.]

[와우, 대단한 자신감이군요. 어떻게 그럴 수 있죠?]

[한국에 이런 말이 있습니다. '맞은 놈은 두 다리를 뻗고 자도 때린 놈은 웅크리고 잔다'. 당신이 화를 낼수록 나에 대한 기억이 오래 지속될 테니 난 상관없습니다.]

현준의 대답에 벨라는 지나치게 능숙하고 머리가 좋은 남자를 경계하듯 뒤로 물러났다.

[그렇게 경계할 것 없습니다.]

[위험한 것 같은데요?]

[하하, 난 벨라를 잡아먹을 생각이 없습니다.]

현준의 대답에 벨라가 쿡 웃었다.

[우리 할머니와 함께 있는 여자도 호텔에서 봤었죠. 직원이었군요. 난 연인이라고 생각했는데.]

[연인입니다. 잡아먹고 싶어 안달이 나게 하는 제 연인.]

[와우, 굉장히 정열적인 분이군요. 한국 남자들 대부분이 당신 같나요?]

벨라의 물음에 현준이 고개를 저었다.

[나처럼 특별한 남자는 없을 겁니다.]

현준의 대답에 벨라가 쿡쿡 웃으며 제 쪽으로 다가오는 그라지아 리시오 회장과 찬희에게 시선을 고정했다. 그녀는 할머니를 웃게 한 찬희를 위아래로 훑다가 말했다.

[영어를 잘 하시는군요.]

[감사합니다.]

[복장도 아까보다 낫고요.]

찬희는 손가락으로 눈가를 누르며 어깨를 으쓱거렸다. 그때 그라지아 리시오 회장이 물었나.

[아까? 벨라와 만났었니?]

[신경 쓰지 마세요, 할머니는 모르셔도 되니까요.]

벨라는 시큰둥하게 말하고는 현준과 팔짱을 끼고는 찬희 보란 듯이 말했다.

[오늘 밤 내 마음을 어떻게 잡을지 기대하겠어요. 미스터 장.]

여덟 번째 프러포즈.
질투하다

그라지아와 벨라를 위한 풀빌라의 문이 열렸다. 현준과 찬희가 묵고 있는 빌라와 20미터 떨어진 곳으로 리조트에서 제일 넓고 화려했다. 대리석 바닥에 두 개의 침실과 샹들리에가 달렸을 만큼 휘황한 거실과 발코니에는 개인 수영장이 있었다. 발코니 밖으론 너른 정원이 있었고 해안가까지 내려갈 수 있는 계단이 있었다.

리조트에서 유일하게 바다와 연결된 구조라 이곳의 하루 숙박비는 기백만 원이 넘어 찬희가 조심스럽게 물었다.

"본부장님의 개인 지출이에요?"

"맞아."

"너무 무리하시는 거 아니에요?"

"무리하지 않았어."

"정말 재벌 3세예요?"

슬쩍 묻는 찬희의 투에 현준이 피식 웃으며 그라지아 회장과 벨라에게 다가갔다.

[마음에 드십니까?]

[좁긴 하지만 호텔의 딱딱한 분위기보다 낫네요.]

벨라가 현준에게 요염한 미소를 지으며 물었다.

[다른 건 뭐 준비한 거 없으세요?]

[서비스는 이제부터입니다.]

[서비스라는 단어가 거슬리네요? 난 립서비스 외엔 받고 싶은 게 없는데.]

[립서비스라면…… 키스를 말하는 건가요?]

현준의 물음에 벨라가 아랫입술을 혀로 축이며 속삭였지만 곧 피식, 하고 웃으며 뒤로 물러섰다. 현준의 뒤에 바싹 다가온 찬희가 벨라를 쳐다보고 있었는데 눈에서 질투의 불꽃이 이글거려 데일 것 같았다.

[오, 이런.]

벨라의 반응에 현준이 뒤를 돌아보았다. 찬희는 못마땅한 표정을 짓고 있었다.

현준도 벨라처럼 어깨를 으쓱거리며 찬희를 바라보았다.

"제 얼굴에 뭐 묻었어요?"

"아니."

"그런데 왜 그렇게 보세요?"

"그냥."

"싱겁네요. 그런데 너, 너무 붙어 있는 거 아니에요? 그리고 립서비스가 뭐야……. 키스해 달라는 거야, 뭐야."

찬희는 툴툴거리며 두 손을 잡았다. 현준이 훈훈한 표정을 지으며 그녀에게 물었다.

"만약에 벨라가 말이야, 키스하는 조건으로 계약 서류에 사인하겠다고 하면 어떻게 할 거야?"

"그, 그걸 왜 저한테 물으세요?"

"그냥 물어보는 거야. 키스해야 하나?"

"아, 알아서 판단하시는 거죠."

"알아서……."

"네. 그런 건 알아서 하는 거지 뭐. 무소속 나비라면서요."

찬희는 그렇게 말하며 흥미로운 표정을 짓고 저를 관찰하는 벨라의 시선을 피해 몸을 돌렸지만 걸음을 뗄 수 없었다. 고개를 숙인 채 주먹 쥔 손을 부르르 떠는데 그라지아 리시오가 다가왔다.

[출출한데 뭐 요기할 만한 건 없을까요?]

[안 그래도 정원에 아까 말씀드린 옥돔구이를 준비하고 있습니다. 즉석에서 구워먹는 맛이 일품이죠. 카를로 씨한테 물어보니까 어제 저녁에 방어회를 드셨지만 회 맛도 그렇고 고추냉이의 톡 쏘는 맛도 입에 맞지 않아 몇 점 드시지 못했다고요. 반건조된 옥돔을 준비했습니다. 반건조 생선은 살코기가 쉽게 부서지지 않고 쫀득거리니까 한번 드셔 보세요. 전복 뚝배기와 영양밥도 함께 준비했습니다.]

찬희는 그라지아 회장에게 음식이 조리되는 방법까지 차분하게 설명하며 호감을 끌어냈다.

[카를로 말로는 이 빌라가 꽤 비싸다고 하던데 우리에게 이런 투자를 하는 이유가 뭔가요?]

[솔직히 말씀드리면 저희 본부장님만 알고 계세요. 그런데 본부

장님께서 아직 회장님과 대화다운 대화를 하지 않고 계세요. 이유가 비즈니스 차원에서 대접하는 걸로 비춰질 수 있다는 점 때문이래요.]

[오늘 처음 본 사람에게 이만한 대접을 한다? 이유도 없이? 당신의 본부장은 부자인가요? 아니면 과시하는 걸 좋아하나요?]

[아무래도 그런 건 저희 본부장님께 직접 들으셔야겠죠? 전 부하 직원이거든요.]

찬희의 대답에 그라지아 회장은 만족스러운 미소를 지으며 물었다.

[할머니에 대해서 얘기해 줄래요?]

[할머니요?]

[평범한 할머니는 어떤 걸 해 주나요? 사실 벨라와 여행을 오긴 했지만 뭘 해야 할지 모르겠어요. 난 죽은 아들을 대신해서 사업을 키우기만 했지 할머니로선 좋은 추억을 만들어 주지 못했어요. 벨라의 엄마가 재혼한다고 했을 때…… 재혼하게 된다면 벨라를 만나서는 안 된다는 몹쓸 각서까지 쓰게 했죠. 그건 벨라의 재산을 노린 남자들이 며느리에게 꼬이는 게 싫어서였는데 그것이 오해를 샀어요.]

그라지아는 현준과 함께 있는 벨라를 안쓰럽게 보았다.

[난 아들을 잃었어요. 남편도 일찍 죽었죠. 그래서 내게 남은 가족은 우리 벨라 하나예요. 어? 저 아이가 웃고 있군요.]

현준이 하는 말마다 벨라는 까르르 웃었다. 그라지아는 손녀의 웃음소리가 듣기 좋아 푸근한 미소를 지었지만 찬희는 죽을 맛이었다.

저, 저! 나비 같은 남자!

현준은 진지한 표정을 짓다가도 바보스러울 정도로 눈을 휘둥그렇게 뜨며 벨라가 하는 말에 장단을 맞춰 줬다. 시시껄렁한 말을 하는 것 같은데 그게 그렇게 재미있다고 하니 이해가 안 갔다.

하지만 그라지아 리시오 회장은 손녀가 웃는 모습에 흠뻑 취한 듯 사업가의 딱딱하고 계산적인 표정에서 벗어나 있었다. 사랑이 그득 담긴 눈빛으로 벨라가 하얀 이를 드러내며 웃을 때마다 입가에 머금은 미소도 짙어져 안색이 밝아졌.

찬희는 그라지아 회장에게서 시선을 떼고 벨라 리시오의 웃는 얼굴을 자세히 뜯어보았다. 현준이 무슨 말을 하는지 몰라도 눈물까지 그렁그렁 달고 웃는데 확실히 행복하고 즐거운 듯 보였다.

찬희가 밖으로 나가자 현준이 무슨 일인가 싶어서 얼른 뒤따라 나왔다.

"문제라도 생겼나?"

"무슨 문제요? 아뇨, 그런 거 전혀 없어요. 그냥…… 벨라 리시오의 미소가 참 예쁘다는 생각만 했죠."

"유쾌한 여자야."

"많이 유쾌한 것 같던데요? 본부장님이 내쉬는 숨소리에도 좋아서 넘어가던 걸요."

"찬희만 냉랭하지, 난 원래 여자들한테 인기가 많아. 어딜 가든, 누구와 있든."

"경로당에서도 먹히겠네요?"

"당연하지. 할머니들도 내 매력이 정신을 놓아."

현준의 대답에 찬희가 고개를 끄덕이며 멈추었던 걸음을 뗐다.

현준이 그녀의 팔을 잡으며 물었다.

"어디 가?"

"편의점에요."

"뭐 필요한 거라도 있나?"

"있으면 사 오고, 없으면 말게요."

"뭔데?"

현준은 궁금해 죽겠다는 표정을 짓고 있어 찬희는 대답할까 말까 고민하다가 뜸을 들였다. 벨라와 찰싹 달라붙어서 하하, 호호! 일부러 그러는 건지 진짜 즐겁고 재밌어서 웃어젖혔는지 몰라도 부아가 끓었다.

"음……. 젠가하고 통아저씨요."

"보드게임은 왜? 설마 저 사람들하고 보드게임을 하게?"

"그라지아 회장하고 벨라의 사이가 생각보다 안 좋은 것 같아요."

"재벌이란 게 다 그렇지."

"본부장님의 댁처럼요?"

기습적인 질문에 현준이 움찔했다. 아직은 그녀에게 제가 재벌가의 사람임을 밝히고 싶지 않았다. 재벌이라고 하면 지레 겁먹고 도망칠 것 같았다. 치매 걸린 어머니가 있다는 말에 이미 놀랄 만큼 놀란 그녀다. 굳이 긁어 부스럼을 만들 필요가 없었다.

게다가 외가완 그리 가깝게 지내는 것도 아니고 외할아버지의 재산 중에 어머니와 제 몫이 있긴 해도 관심 밖이었다. 아버지 역시 처가의 재력 때문에 어머니와 결혼하지 않았음을 증명하듯이 회장의 사위라면 응당 받아야 할 그룹의 지분을 고사했다.

본점의 사장으로 있을 때 받은 연봉과 퇴직금 및 개인적으로 투자해 불린 돈으로도 먹고 사는 데 부족함이 없었기에 현준에게도 늘 입버릇처럼 말해 왔었다. 외가가 부자라고 해서 기대면 반드시 휘둘린다고 말이다. 그 말이 틀리지 않았음을 몇 해 전부터 시작된 재벌가의 딸들과의 혼담이었다.

현준이 고집을 부려 막아냈지만 어머니의 상태가 날로 나빠짐에 그도 버티기 힘들어졌다. 찬희에게 제 마음을 드러낸 것도 시간에 쫓겨서였지 그녀가 소개팅을 해서만은 아니었다.

"하하하. 이런 식으로 대답을 유도하는군. 조심해야지. 찬희가 쏘아 올리는 유도탄에 맞지 않으려면 말이야."

"왜 대답해 주지 않는 거예요? 내가 들은 소문이 맞다, 틀리다! 이것만 대답해 주면 되는데요."

찬희가 허리에 양손을 얹고 따지기 시작했다.

"그게 왜 궁금한지 이해가 안 가."

"궁금해요!"

"아, 찬희도 그런 여자인가? 내가 재벌가의 사람이면 무조건 오케이를 외치는 그런 여자?"

"아뇨! 오히려 재벌이라면 본부장님의 프러포즈 따위에 마음 흔들리지 않아요!"

"흔들리긴 하나?"

"그런 뜻이 아니니까 오해하지 마세요. 전 그냥…… 후."

찬희는 입술을 꾹 깨물었다가 떼고 머리카락을 쓸어 넘긴 후에 무언가 말하려고 입술을 달싹거렸지만 이내 포기한 듯이 돌아섰다.

"보드게임으로 뭘 어떻게 하려고? 그런 걸 좋아할 사람들이 아니야."

"보드게임을 해 보지 않으셨군요."

현준은 어깨를 으쓱이며 대답을 대신했다.

"아무튼 사 오겠습니다. 아, 그리고…… 그라지아 회장과 벨라리시오, 그 둘에게 추억을 만들어 주겠다는 거…… 진짜인가요? 계약에 대해서 말하지 않는 조건이긴 하지만 쓸데없는 낭비가 아닐까 하는데요."

"쓸데없는 낭비라면서 강찬희는 왜 보드게임을 이용해 저 두 사람의 사이를 좋게 만들어 주려는 걸까?"

"그렇게 돌려 묻는 거 솔직히 별로예요."

"사람이 하는 일이다. 사람과 사람간의 신용을 쌓는 게 먼저야. 계약이라는 건 언제든지 할 수 있지만 저런 거물들과 저녁을 먹고 아무런 조건 없이 어울릴 수 있는 기회는 흔하지 않아."

그 기회를 만들어 놓은 장본인께서 무슨 소리를 하는 거람.

찬희는 현준이 한 말을 곱씹으며 입술을 요리조리 비틀었다. 그러니까 언제든지 꺼낼 수 있는 절호의 찬스가 있고 비장의 카드가 있지만 지금 당장은 안 쓰겠다는 거야? 나중을 위해 아끼겠다는 뜻일까? 무슨 생각을 하는지 감이라도 잡을 수 없으니…….

찬희는 지나치게 능수능란해 얄밉기 시작한 현준의 얼굴을 찬찬히 뜯어보다가 돌아섰다. 그리고 끈적끈적하게 들러붙어 등을 간질이는 시선을 무시한 채 편의점에 들어갔다. 카운터에서 꾸벅꾸벅 졸고 있던 40대 아주머니가 유리문이 열리면서 확 밀려드는 해풍과 손님의 기척에 놀라 눈을 빠끔 뜨고 몸에 배 습관적으로 튀어나온 인사말로 찬희를 맞았다.

"안녕하세요."

"보드게임 있어요?"

"보드게…… 아, 몇 종류 없는데. 진열장 맨 밑에 있으니까 골라 봐요."

아주머니가 가리킨 곳을 허리 숙여 들여다보니까 젠가와 부루마블이 있었다. 부루마블과 젠가 중에 어느 걸로 할까 고민하는데 머리 쓰지 않고 운에 맡기는 게임이 낫겠구나 싶었다.

"젠가 주세요."

"굵기는요?"

"중간 굵기요."

쌓아 놓으면 앉은 자세에서 가슴까지 올라오는 게 하기 편할 것 같아 젠가의 가격을 지불하고 편의점을 나왔는데 빌라 입구에서 담배를 피우고 있던 현준과 눈이 마주쳤다.

그는 한쪽 눈매를 구긴 채 담배 연기를 밤하늘에 흩뿌리며 찬희를 기다리고 있었다. 그녀가 젠가를 안은 채 그를 지나치며 물었다.

"흡연가들은 모르겠지만 비흡연가인 전 그 냄새를 아주 싫어해요."

"오늘 처음으로 한 대 피우는 거야."

"처음이든 아니든."

"이 맛을 모르다니 안타깝군."

현준이 마지막이라고 생각하고 담배 연기를 길게 빨아들이는데 찬희가 그의 손가락에서 담배를 뺏었다. 놀란 그가 연기를 뱉지 못하고 그대로 꼴깍 소리가 나게 삼키며 당혹감과 매운 연기 탓에 벌게진 눈을 깜빡거렸다. 잔뜩 일그러진 호일처럼 미간을 구긴 채 그녀가 하는 양을 지켜보던 그가 화들짝 놀랐다.

찬희가 현준이 피우고 있던 담배를 입에 대려고 하고 있었다. 손가락 마디까지 저릴 만큼 놀란 그가 그녀에게서 담배를 뺏어 얼른 바닥에 던져 발로 비벼 끄며 물었다.

"뭐하는 짓이야?"

"안타까운 맛이라고 하셔서요. 어떤가 궁금해요."

"담배 맛이 궁금해서 비흡연가인 강찬희가 흡연가로 돌아서겠다고? 왜 그렇게 무모해!"

"본부장님 얼굴이 하얗게 질렸네요."

찬희는 재미있다는 듯이 입매 끝을 올리고 있었다.

"그럼 안 놀라? 심장이 찌그러지는 줄 알았어!"

"왜요?"

"왜긴, 나 때문에 강찬희 폐에……."

열을 내 흥분하던 현준이 어금니를 사리물고 두 눈을 질끈 감았다. 그는 충격으로 인해 말라버려 푸석푸석하게 갈라진 입술에 침을 축이며 집게손가락을 세워 허공을 가볍게 두드리는 시늉을 하고 있었다.

"너무 극단적이었다는 생각은 안 드나? 담배를 끊으라고 하지 그랬어?"

"담배를 끊으라고 하면 끊으실 수 있어요?"

"하라면 하지."

"그랬으면 담배 끊을 테니 프러포즈에 오케이하라고 하시겠죠."

그렇게 말한 찬희가 몸을 으쓱여 현준은 입술을 비틀었다. 심드렁하게 숨을 내쉴 때마다 젠가를 품은 팔의 힘이 바싹 들어가 소매의 옷감이 안으로 말리고 있었다. 해서 그가 그녀의 팔을 부드럽게 잡고 물었다.

"담배 끊을까?"

"그걸 왜 저한테 물어보세요?"

"대답해. 나 담배 끊어, 말아?"

"아니, 그게 왜 제 허락을 구하셔야 할 문제인데요?"

"금단현상이 올 거야. 손이 떨리고 입에 뭔가 자꾸 물고 싶어서 사탕이나 껌을 찾겠지. 살도 많이 찔 거야."

"백해무익한데 그깟 살찌는 게 뭐 중요해요."

찬희의 대답에 현준이 고개를 끄덕거렸다.

"좋아, 지금부터 금연하도록 하지."

"그런데 본부장님은 저하고 있을 땐 담배를 잘 안 피우신 것 같은데…… 그렇게까지 할 필요가 있을까요?"

"의지야. 이렇게라도 널 사랑하는 내 마음을 증명하겠다는 뜻이지."

"질리지 않고 지치지 않는 에너지에 박수를 보내요."

찬희는 일부로 손바닥 소리를 크게 내며 현관문을 열고 먼저 들어가라며 고갯짓을 하는 현준을 지나쳤다. 찬희를 따라 현준이 안으로 들어왔다. 어찌 된 영문인지 두 사람이 나갔던 사이 내부의 공기가 달라진 것처럼 싸늘한 공기가 뺨에 닿았다. 훈훈했던 몇 분 전의 상황과 달랐다. 이유를 알 수 없는 정적에 놀란 찬희가 현준에게 시선을 돌렸다.

그라지아 리시오와 벨라 리시오가 소파의 가장자리에 등을 돌리고 앉아 있었는데 인상을 한껏 구기고 있었다. 벨라 리시오는 울었는지 코까지 빨갛게 익어 있었다.

찬희는 젠가를 품에서 놓지 못하고 분위기에 눌려 어떻게 해야 하나 망설이고 있었다. 현준의 안색을 보니 그도 놀라기는 마찬가지인 듯해 한숨을 내쉬는데 커다란 손이 턱을 부드럽게 쓸며 젠가를 재샀다.

"본, 본부장님."

현준이 젠가 상자의 끝부분을 잡아 어깨를 두드리며 생각하더니 피식 웃었다.

"이 상황은 내가 해결할 테니 찬희는 식사 준비가 어떻게 되어 가는지 보고 오겠어? 이러다 오늘 저녁 식사를 내일 아침에 하게 생겼어."

찬희로서는 반가운 말이었다. 숨까지 턱턱 막히게 하는 냉랭한 분위기에 익숙하지 않은 그녀에겐 이 자리를 피하는 게 급선무였다. 잰걸음으로 주방으로 향했다. 식욕을 자극하는 음식 냄새가 진동하고 있어 준비도 마무리 단계인 것 같았다.

"주방장님, 어떻게 됐어요? 식사 준비는 아직인가요?"

"차려도 됩니까? 방금 거실에서 큰소리가 났어요. 말다툼이 심해지더니 소리를 지르더라고요."

"그랬나요?"

"예, 심각했습니다. 두 분이 밖으로 나간 뒤 우당탕탕! 한바탕 소동이 일어난 거죠."

주방장은 휘파람을 불며 조리된 음식들이 담긴 그릇들을 가리켰다.

"코스로 준비했습니다. 이제 슬슬 나가야 해요."

"예, 지금 준비해 주세요."

찬희는 대외적인 미소를 짓고 주방에 나왔다. 그리고 예정대로 정원에서 할 식사의 맛을 극대화시키기 위해 '인생은 아름다워'라는 영화를 준비했다. 정원 한쪽에 마련한 백보드에 빔프로젝트 불빛을 비추기로 한 이벤트를 열기 위해 정원의 조명등은 식사를 할 수 있을 정도로 은은하게 밝히고 현관 입구에 설치한 조명등과 주방 등만 켜 놓았다.

그리고 거실에 들어가 식사 준비가 다 되었다고 말하려는데 벨라의 웃음소리가 들렸다. 찬희는 걸음을 멈추고 거실 입구에서 현준이 무언가 말할 때마다 웃는 벨라와 그 모습을 다정하게 보고 있는 그라지아 회장을 숨죽여 지켜보았다.

소통의 문제인지 모르겠는데 확실히 그라지아 회장은 제가 손녀를 얼마나 사랑하고 있는지 표현하지 못하는 성격인 것 같았다. 그저 바라보고 미소를 짓는 게 고작인 사랑. 마치 불나방이 불에 뛰어드는 형국이라 지켜보는데도 입안이 썼다.

찬희는 입술을 오므린 채 비죽거리다 조심스럽게 세 사람을 불렀다.

"여러분, 식사하세요."

옥돔구이를 맛본 그라지아 회장은 입술에 침이 마르지 않게 극찬하며 찬희에게만 말을 걸었다. 벨라 또한 현준에게만 말을 걸어 분위기가 점점 묘하게 되었다. 하지만 식사 시간 내내 느끼고 있던 찬희의 불안을 비웃듯 현준은 여유롭기만 했다.

찬희는 주먹을 꽉 쥐고 벨라를 지켜보았다. 몸이 부르르 떨릴 정도로 피가 끓어 내쉬는 숨소리가 끓을 소리를 내는데 그라지아 회장이 물었다.

[미스 강에게 미스터 장은 사랑하는 사람이군요.]

[오해입니다. 그런 거 아니에요.]

[그런데 왜 질투하죠? 당신의 눈빛이 너무 날카로워서 내 손녀딸이 위험해 보이는군요.]

[어머, 그건 정말 오해세요.]

찬희는 억지웃음을 지으며 당혹감을 감추었다.

[미스터 장에게 아무런 감정이 없다?]

찬희는 빙그레 웃었다. 기분이 머쓱해져 자리에서 일어난 그가 현준의 시선을 끌며 물었다.

"영화 틀게요."

현준이 고개를 끄덕였다. 벨라가 현준에게 달라붙어 무슨 얘기를 했느냐며 물었다. 현준은 친절한 음성으로 설명하고 쿡 웃었다. 마스크라도 사서 현준의 입을 덮어 주고 싶을 정도로 그만 웃었으면 하는 불퉁한 마음이 그녀를 어지럽게 했다. 부들부들 떨리는 손으로 빔프로젝트의 전원을 켜 영화를 틀었다.

그라지아 회장이 오! 라는 감탄사를 내뱉으며 좋아하는 영화라고 했지만 벨라는 씁쓸한 표정을 짓고 있었다. 찬희는 영화 선택을 잘못한 걸까 싶어 난색을 표하며 현준의 눈치를 보았지만 허탈할 정도로 의연한 표정만 확인했다.

영화는 한글이나 영문 자막이 없는 원본이었다. 이태리어를 모르는 찬희는 내용을 알고 있음에도 시큰둥한 표정을 지어야 했지만 그라지아 회장과 벨라는 영화에 집중했다.

찬희는 그것을 두 번 넘게 본 터라 굳이 자막이 있어야 내용을 이해할 수준은 넘어섰지만 자기만 모르는 말로 대화를 하는 세 사람 때문에 기분이 상해 샴페인만 홀짝거렸다. 그녀는 돔 페리뇽 '로제 빈티지'를 집어 제 잔에 따랐다. 입안에 퍼지는 장미향이 제법 은은해 한껏 무르익은 봄 장미화원에서 영화를 보는 기분이 들 정도였다. 빈티지 샴페인은 고가에 팔린다는 말이 있던데, 마셔 보니까 그 이유를 알겠다.

찬희는 샴페인 잔을 손에서 놓지 않았다. 턱을 괸 채 두 눈은 영화를 보고 입술은 감미로움에 취했다. 멍하게 있는데 귀도가 아내 도라를 위해 음악을 틀어 주는 장면에서 그만 울컥하고 말았다.

술을 괜히 먹은 것 같다. 감정이 격해지기 시작하고 눈가가 촉촉하게 젖는 게 느껴졌다. 내용을 다 알고 보는데도 알고 있는 결말 때문에 목이 멘다. 침을 삼키고 있는데 현준이 손가락으로 테이블을 두드려 그녀의 시선을 끌었다.

영화에 심취해 있는 그라지아와 벨라를 손가락으로 가리킨 그가 씩 웃었다. 찬희의 시선이 두 사람에게 머물렀다. 벨라가 숨을 죽여 눈물을 닦고 있었다. 그라지아 또한 숙연한 표정을 짓고 있었다.

영화 내에서 두두두두, 총성이 들렸다. 나치군에게 끌려간 귀도의 죽음. 벨라가 손으로 입을 막고 흐느끼기 시작했다. 그라지아는 그런 벨라가 안쓰러운 듯 손을 잡아 주며 입술을 깨물었다. 그녀 역시 눈물을 흘리고 있었다.

도라와 재회한 조슈아가 '우리가 이겼어!'라고 하며 영화는 끝이 났다. 찬희가 어깨를 으쓱거리며 눈물을 닦았다. 영화가 끝나고도 오랫동안 암전 상태로 있다가 인생은 아름다워의 엔딩곡처럼 주변이 환해졌다.

[당신들은 정말…….]

그라지아가 빨개진 눈시울을 깜빡거리며 코를 훌쩍거렸다. 벨라는 자신이 눈물을 남에게 보인 게 창피했는지 어깨를 으쓱이며 난처한 표정을 지었지만 현준이 젠가 상자를 꺼내자 곧 분위기가 달라졌다.

[분위기도 한껏 달아오른 것 같으니 게임을 할까요?]

현준의 제안에 벨라가 손을 번쩍 들었다.

[게임에서 이긴 사람에겐 뭘 주나요?]

[꼭 줘야 합니까?]

현준의 물음에 벨라가 눈물을 지우고 속삭였다.

[내가 이기면 당신에게 키스를 받겠어요. 진하게.]

벨라의 말에 찬희는 입매를 비틀었다.

[이긴 사람에겐 키스라…… 그라지아 회장님께서 이기시면 어떻게 되는 겁니까? 혹시 회장님도 제 입술이 탐나시는 건 아니겠죠?]

현준의 재치 있는 물음에 그라지아가 호호호, 웃으며 손사래를 치며 대답을 피했다. 승부를 떠나 지금 이 상황 자체가 즐거운 것 같았다. 해서 찬희가 자리에서 일어나며 물었다.

[이동할까요? 정원에서 게임을 하기엔 너무 춥잖아요.]

그렇게 말한 찬희가 먼저 거실에 들어갔다. 그녀는 술기운이 좀 가셨으면 하는 마음이 들어 물었다.

[혹시 커피 드실 분 계세요? 게임을 하려면 정신이 좀 맑아져야

할 것 같은데…….]

정원에서 샴페인을 마시며 현준에게 추파를 던지는 벨라와 그라지아 회장의 귀까지 찬희의 목소리가 닿지 않았다. 그녀는 커다란 유리벽을 느낀 것처럼 어깨를 으쓱이며 돌아섰다. 막 현관을 나가려는데 카를로가 들어왔다.

[식사는 하셨어요? 어디 갔었나 찾았어요.]

찬희의 물음에 카를로가 손에 들고 있는 노트북 가방을 가리켰다.

[호텔에서 짐을 찾아오느라고요. 저희 부하들의 숙소도 알아봐야 했고 해서. 게다가 회장님께서는 휴가를 오셔도 일을 하시는 분이라 노트북을 빼놓을 수 없었습니다.]

[오늘 하루는 벨라 양을 위해 쓰셔도 될 텐데요.]

찬희는 그렇게 말하며 카를로를 지나치려 했지만 곧 멈추어 섰다. 카를로가 고맙다는 말로 그녀의 발목을 잡은 것이다.

[진짜 휴가를 보내고 계시는 것 같군요. 당신들에게 진심으로 감사함을 표합니다.]

[글쎄요, 카를로 씨가 그렇게 말씀하시는 바람에 제 진심에 대해서 다시 생각하게 되네요.]

[무슨…….]

[사실 저희도 양 이사님과 다르지 않아요. 같은 목적으로 제주도에 왔으니까요. 본부장님이 갑자기 마음을 바꾼 것뿐입니다. 전 본부장님이 하자는 대로 했고요. 그러니…….]

[왜 그런 말을 하는 겁니까?]

카를로는 갈색 눈을 빛내며 의심조로 물었다.

찬희는 머리를 긁적거리며 한숨을 내쉬었다.

[나중에 실망하실 것 같아서요. 그러니까 한마디로 고맙다는 말을 받기엔 과분하다?]

[지금 한 말을 회장님께 전할 수도 있습니다.]

[전하셨으면 합니다. 저희한테 속지 말라고요. 아무런 이득도 바라지 않고 이런 대접을 하기란 쉽지 않아요. 본부장님은 사람 대 사람으로서 서로 알고 지냈으면 하는 바람에서 이 자리를 만들었다고 하시는데…… 제 머리로는 이해가 안 가네요.]

찬희는 억지로 미소를 지은 얼굴을 찡그렸다가 카페로 향했다. 카를로는 찬희의 뒷모습을 오랫동안 보고 있다가 피식 웃으며 안으로 들어가 자신이 모시는 두 여인의 얼굴을 빤히 보았다.

한 공간에 있기 불편할 정도로 으르렁거리던 할머니와 손녀의 사이에 끼어든 한국인이 만든 분위기가 얼마나 값진 것인지 찬희는 아직 모르고 있는 것 같아 재미있었다. 카를로는 그라지아 회장의 침실에 노트북 가방을 놓았다. 가방에서 서류 두 장을 꺼낸 그가 이탈리아에서 보내온 메일을 열어 파일을 내려 받았다. 그리고 이동식 디스크에 저장한 후에 검토하기 시작했다.

―옥돔을 사 주셨다고?

미자의 놀란 음성에 찬희가 테이크 아웃 포장 용기에 나온 아메리카노를 마시며 대답했다.

"응. 내일 저녁에 도착할 거예요."

―어머, 너희 본부장님 너무 멋지다. 얘, 내일 저녁에 집에 데리고 오지 그래? 엄마가 한 상 딱 부러지게 차려 줄게.

"왜 그래야 하는데?"

찬희의 물음에 미자가 소리를 꽥 질렀다.

―너 그렇게 말하는 거 아니야. 가정교육 제대로 못 받았다는 소리 듣는다? 윗사람이 귀한 걸 보내셨는데 아랫사람이 날름 받아먹고 입 싹 씻어? 저녁 식사라도 대접해 드려야지.

"엄마. 우리 솔직해지는 게 어떨까?"

―뭘? 엄마가 널 속이기라도 한다는 거야?

"우리 본부장님 만나고 싶은 거잖아."

찬희의 물음에 미자가 혀를 찬다.

―만나고 싶으면 엄마가 너희 회사로 가면 돼. 회사에 가면 언제든지 볼 수 있을 텐데, 왜 거짓말을 하니?

"나한테 고백했다는 말을 들었으니까 궁금한 거잖아. 이미 아빠한테도 본부장님에 대해 말한 거 아니야?"

―아빠가 묻더라고.

"엄마가 말을 흘렸겠지. '우리 찬희를 좋아하는 상사가 있다네?' 라고. 그럼 아빠가 누구냐고 했을 테고. 맞지?"

찬희의 물음에 미자는 대꾸할 말을 떠올리지 못한 양 말을 더듬었다.

―얘, 얘는 어, 엄마가 뭐…… 아유, 몰라! 데리고 올 거면 미리 연락해.

"그런 일은 없을 거예요. 이만 끊어요. 커피 마시고 들어가야 해."

―밤에 무슨 커피야? 너 카페인 중독인 거 알지?

괜히 할 말 없으니까.

찬희는 커피를 홀짝거리며 현준에게 추파를 던지는 벨라가 있는 빌라로 향하려는데 현준이 땅에서 솟은 것처럼 나타났다.

"왜 나왔어요?"

"그냥. 아, 어머니하고 통화한 것 몰래 들을 생각은 아니었다. 네 목소리가 컸던 거지."

"어쨌든 들었다는 거잖아요!"

항의하듯이 언성을 높였지만 현준이 어깨를 으쓱이며 웃어 한숨 지었다.

"일반적인 대화였으니…… 화를 낼 필요도 없지 뭐."

"어머니한테 내 얘기를 한 게 일반적인 대화다? 어머니가 날 만나고 싶어 하시는 것 같던데."

"고백했다가 차인 본부장님 얘긴 했죠."

찬희는 퉁한 대답을 하고 현준을 지나치려 했지만 얼마 못 걷고 팔을 잡혔다.

"1차 시도에선 실패한 거야."

"아, 그래요? 호호, 하하. 히히, 큭큭! 잘도 웃던데."

찬희는 새침하게 대꾸한 다음에 그에게 잡힌 팔을 뿌리쳤다.

"본부장님은 나빠요."

찬희는 그 말만 하고 몸을 휙 돌렸다.

[당신은 여우같은 남자예요.]

테라스 난간에 팔을 기대고 있던 벨라가 현준을 힐난하듯이 말했다. 그녀는 그의 얼굴을 훑으며 사탕을 문 것처럼 부풀린 뺨을 제 손으로 감싸고 덧붙였다.

[아빠를 교통사고로 잃은 사람에게 인생은 아름다워라는 영화가 독약 같은 걸 알고 있었을 텐데, 이용했어요.]

[독약이 효과를 본 겁니까?]

[네. 아주 훌륭해요.]

벨라는 씁쓸한 미소를 지었다.

[벨라 리시오, 당신에 대해서 조사를 했었습니다. 아버지가 돌아가신 날 당신도 동행중이었죠.]

[맞아요.]

[아버지가 당신을 구하고 죽은 걸 압니다.]

[구한 게 아니에요. 내가 빠져나온 거지. 난 몸이 작았어요. 전복된 차에서 빠져나올 수 있을 만큼.]

[그렇다면 할머니와 사이가 나쁜 이유가 뭡니까?]

현준의 물음에 벨라가 인상을 찡그렸다.

[요즘 부쩍 사이가 안 좋아졌잖아요. 제주도에 온 것도 그만한 이유가 있어서라는 걸 압니다.]

[할머니가 사업을 내게 물려주시려고 해요. 그래서 우린……]

[그 남자를 피해 온 걸 압니다. 물론 회장님이 두 사람을 떼어놓은 걸 테지만.]

현준의 대답에 벨라의 표정이 싸늘하게 식었다.

[무례하군요. 내 뒷조사까지 했나요?]

[그게 내 일이었으니까요.]

[그럼 지금 우리 만남도 그 일의 연장선인가요? 우리의 경계를 풀고 나서 본심을 드러낼 작정이었어요?]

[천만에요. 계약을 생각했다면 두 사람의 기분이나 맞추면 될 일

이었습니다. 듣기 싫은 말을 할 필요가 없죠.]

[주제넘게 누구한테…….]

[할머니는 외로운 거예요. 그래서 무서운 거죠.]

[우리 할머니는 외로움을 몰라요!]

[천만에. 외로움을 느끼기 때문에 항상 일에 파묻혀 살고 있는 거예요. 벨라의 어머니를 못 만나게 하는 이유도 뺏길 것 같아서지. 혼자가 되는 게 무서운 거야. 두 번 다시는 자식을 잃고 싶지 않을 테니까.]

[웃기는 소리. 우리 할머니는 일에 미쳤어요. 나도 그렇게 되길 바라고 있죠. 그래서 내가 만난 남자도 무시하고 있어요. 그 사람의 능력은 보지도 않고 신분이 하찮다는 핑계로 헤어짐을 강요하죠.]

[리시오 아동복의 핵심인물인 빅토 살바토레를 하찮게 볼 사람은 없습니다. 리시오의 중세적이던 디자인이 변한 건 모두 빅토 살바토레의 노력 덕분입니다. 그 사람이 없었다면 그라지아 회장께서는 이미 4년 전에 경영권을 잃었을 겁니다.]

빅토 살바토레는 아동복 디자이너로 리시오에 입사해 능력을 인정받은 인물이었다. 그가 벨라와 스캔들을 일으킬 때마다 이탈리아 언론은 남자판 신데렐라가 아니냐고 말할 정도로 화제가 되었다. 물론 언론에서 그들의 이야기를 다룰 때마다 그라지아가 압력을 넣어 관련 기사들이 삭제되고는 했지만 그들의 이야기를 완전히 지울 순 없었다.

특히 빅토 살바토레는 능력 있는 디자이너에 잘생기고 스캔들까지 몰고 다니면서 파파라치가 붙을 정도였으니, 그에 대한 정보도 얼마든지 알아낼 수 있었다. 그리고 여태까지 모은 정보를 종합적으로 분석한 결과, 정체되어 있던 리시오 아동복에 새로운 변화를 꾀하는 데 지대한 공을 올린 건 빅토 살바토레였다. 그가 디자인한 옷들이 대히트를 기록하며 전 세계에서 찬사를 얻으며 승승장구했다. 그의 출세가도에 도화선이 된 건 헐리우드의 유명 영화배우들이 제 자식들에게 리시오를 입혀 SNS에 올린 덕분이었다. 이는 엄청난 광고 효과이기도 했다.

그라지아 회장으로서는 빅토가 벨라와 교제하는 걸 극구 찬성할 순 없어도 그렇다고 드러내놓고 반대할 수 있는 입장도 아니었다. 그녀의 반대로 빅토 살바토레가 다른 마음을 품게 된다면 엄청난 손해를 감수해야 할 터였다.

현준은 그라지아 회장과 벨라, 빅토 살바토레의 관계를 아는 대로 설명하기 시작했다. 그가 그녀에 대해 자세히 알고 있다는 걸 드러낼수록 기쁜 것도 기분 나쁜 것도 아닌 애매한 감탄사가 쏟아졌다.

[그런 것까지 알고 있다니……]

[한국엔 이런 농담이 있어요. '조사하면 다 나온다'. 그런 맥락이라고 보시면 됩니다.]

현준의 농담 섞인 대답에 벨라가 한숨을 내쉬었다. 현준이 아니어도 리시오 가문에 대한 관심은 언제나 세인들에겐 흥미로운 소재였다. 가십 그 자체인 터라 별스럽게 흥분할 필요도 없었다. 게다가 불쾌한 감정을 드러냈을 때마다 변명하던 사람들과 달리 솔직한 대답을 하는 현준은 꽤 신선했다. 과한 대접을 받을 때부터 사실 그들의 진심을 의심하고 있었다. 영화를 보면서 현준이 의도한 게 뭔지 분명히 느낄 수도 있었지만 기분 나쁘다고 자리를 박차고 나가고 싶지 않았다. 할머니와 단둘이 호텔에서 자는 것보다 이들과 함께 웃고 떠는 게 즐거웠으니 말이다.

내일 이탈리아로 돌아가면 빅토에 관한 일로 할머니와 언성을 높여 싸우게 될 것이다. 그리고 당분간 할머니의 집에는 발을 들이지 않고 중요한 회의가 있을 때만 찾아뵙는 정도에서 그칠 것 같아 오늘 하루의 평화를 오랫동안 유지하고 싶어진다.

[할머니가 빨리 죽었으면 하고 바란 적이 있습니까?]

현준의 물음에 벨라는 소스라치게 놀랐다.

[있군요.]

[비, 빅토의 일 때문에요. 할머니만 없으면 그와의 결혼은…… 어렵지 않겠다는 생각을 하긴 했어요. 하지만 그건 찰나적이었어요. 정말이에요.]

벨라는 아랫입술을 비죽거리며 대답했다.

[할머니가 시한부가 된다면 어떨 것 같습니까?]

[무슨…….]

[어느 날 갑자기 쓰러졌어요. 병원에 갔더니 암이라고 합니다. 치료하면 되겠지 생각했고 어려운 수술을 했는데 부작용으로 간과 신장이 망가진 거예요. 치매도 왔어요. 병원에서는 진단합니다. 신장 이식 수술을 받았는데 거부 반응이 생겼다고요. 소중한 사람이 있어서 지키려고…… 떠나보내지 않게 곁에 두려고 했지만 유리 안의 모래시계처럼 시간이 정해져 있는 거죠.]

손바닥을 문지르며 회고하듯이 침울한 음성으로 말하는 현준의 옆얼굴을 빤히 보고 있던 벨라가 물었다.

[지금…… 누구 얘길 하는 거예요?]

[어머니요.]

[어머니? 당신 어머니? 그녀가 얼마 안 남았어요?]

현준은 대답 대신 빙그레 웃었다.

벨라는 소름이 돋는지 손으로 팔을 문지르며 물었다.

[그렇게 남의 일처럼 얘기하는 사람이 어디에 있어요?]

[4년 전부터 어머니와 이별하는 연습을 하고 있죠. 연습을 하곤 있지만…… 익숙해지지 않는군요.]

[치매라면 당신을 알아보지 못하시겠네요?]

[네.]

[슬프네요.]

[많이 슬프죠. 그래도 찾아가면 언제든지 만날 수 있는 어머니가 있어 다행이라고 생각합니다. 매일 어머니한테 사랑한다고 말합니다. 매일매일…… 사랑한다고…….]

현준은 손바닥을 비비며 벨라에게 물었다.

[할머니한테 사랑한다고 말한 적이 있습니까?]

[낯간지럽네요.]

[할 수 있을 때 하세요. 나중에 후회 말고.]

[쉽지 않을 것 같아요. 난 겁쟁이거든요.]

벨라의 말에 현준이 그녀의 어깨에 손을 올리며 부드러운 미소를 짓고 눈을 마주했다.

[난 당신을 사랑합니다. 내 사랑은 변하지 않을 거예요. 어디에 있건, 누구의 곁에 있든, 내 사랑은 언제나 당신의 것입니다.]

현준의 말에 벨라는 심장이 뻐근할 정도로 울려 당혹감을 드러냈지만 그것도 잠시 팟! 하는 소리와 함께 서늘한 시선이 두 사람을 노려보고 있었다.

현준이 고개를 돌려 발코니 입구를 응시했다. 찬희가 얼어붙은 채 표정 관리를 못 하고 숨을 헉헉 내쉬고 있었다.

벨라가 입술을 오므린 채 뒤로 물러났다.

"왜 그러고 있어?"

찬희가 왜 이런 반응을 보이는지 그 누구보다 잘 알고 있는 현준의 물음에 공기가 다시 한 번 얼어붙었다.

"강찬희."

"소, 손이 미끄러졌어요."

찬희는 바닥을 더럽힌 커피를 두루마리 휴지를 가져와 닦으며 대답했다. 의연하게 행동하려고 했지만 귀까지 붉어질 만큼 당황하고 있었다. 심장이 벌렁벌렁 뛰어서 제정신이 아니었다.

"방해해서 죄송해요."

"오해한 것 같군."

"오해하지 않았어요. 그냥 들었을 뿐이죠. 벨라한테 사랑한다고 말하는 걸."

찬희는 커피를 흡수해 축축해진 휴지를 종이컵에 넣으며 억지웃음을 지었다. 고개를 들어 현준이 짓고 있는 표정을 확인해야 하는데 목이 뻣뻣해서 움직여지지 않았다. 찬희는 쓰고 시큼한 커피 향이 짜증스러워 자리에서 벌떡 일어나 그대로 집안으로 들어갔다.

[당신의 연인이 오해했죠?]

[연인으로 보였습니까?]

[날 경계하던데요? 당신을 많이 사랑하나 봐요.]

벨라의 대답에 현준이 쿡 웃으며 감미로운 미소를 지으며 진심을 털어놓았다.

[사실 내가 제주도에 온 이유는 리시오 아동복 때문이 아닙니다. 나중에 내 아이들이 리시오 아동복을 입게 된다면 좋겠지만 아이들의 아빠가 되려면 결혼부터 해야 하거든요.]

[결혼?]

[난 당신들을 이용해서 프러포즈하러 왔어요.]

현준의 대답에 벨라는 이해가 안 가는지 입을 벌리고 되물었다.

[우릴 이용한다고? 당신의 프러포즈에?]

[내가 사랑하는 여자는 일로 유혹하지 않으면 넘어오지 않거든요. 성취감이 대단한 여자라서 말이죠.]

현준이 대답에 벨라가 이해했다는 듯이 고개를 끄덕거리며 먼저 거실로 들어갔다.

[당신은, 피앙세에게 사랑한다고 고백했나요?]

[매일매일, 매순간. 지금도 나는 내 여자만을 위해 프러포즈를 하고 있습니다.]

현준의 대답이 마음에 들었는지 벨라가 함박웃음을 지으며 말했다.

[그 프러포즈를 성공시키기 위해서라도 난 당신에게 키스를 받아야겠어요.]

[키스? 하하하.]

[질투하는 여자는 장미 같으니까요.]

벨라의 대답에 현준이 고개를 끄덕거렸다.

아홉 번째 프러포즈,
사랑한다, 강찬희

  직사각형의 블록을 층층이 쌓고 순서대로 하나씩 빼며 층을 무너뜨린 사람이 벌칙을 받고 최후에 남은 1인의 소원을 들어주는 조건을 걸어 현준과 찬희, 벨라와 그라지아가 가위바위보로 순번을 정했다. 보드게임은 대학교 MT 이후로 오랜만에 하는 것이라 제 차례가 올 때마다 바싹 긴장하게 된다.

  찬희는 어딜 빼낼까 고민하며 1번인 현준의 손을 주목했다. 그런데 그가 싱거울 만큼 간단하게 맨 위 칸의 블록을 집어 바닥에 놓았다. 간사할 정도로 약아빠진 그의 행동에 그라지아가 중후한 음성으로 물었다.

[자네, 진심인가?]

[예.]

현준은 단답형으로 대답하고 다음 차례인 벨라에게 시선을 돌렸다.

[내가 위 칸에 있는 걸 빼려고 했는데…….]

벨라는 그렇게 말하며 중간층에서도 가장자리에 있는 걸 손가락으로 밀어냈다. 이제 찬희의 차례였다. 찬희는 잠시 고민하다가 기술과 지능이 필요한 가운데층의 한가운데 블록을 손가락으로 밀었다. 그녀의 대범함에 현준이 휘파람을 불었다. 그라지아도 만족한 듯 호호 웃었다.

[위험한걸요? 잘 빼지 않으면 무너······.]

이죽거리던 벨라가 입을 다물었다. 찬희가 밀어트린 블록이 바닥에 똑 소리를 내며 떨어졌지만 다른 블록들은 균형 잡힌 채 있었다.

이번에는 그라지아의 순서다. 그라지아는 신중한 태도로 손가락을 꼼지락거리다가 현준처럼 맨 위에 있는 블록을 집어 바닥에 놓았다. 이때를 놓치지 않고 현준이 물었다.

[회장님, 진심입니까?]

[그렇네.]

그라지아 회장은 그렇게 대답하며 호호 웃었지만 곧 뚝 끊겼다. 현준이 치졸할 정도로 안전선을 걷겠다며 맨 위 칸에 남아 있던 두 개의 블록 중에 하나를 들었다.

[본부장님! 너무 치사하신 거 아니에요?]

[1등을 하려면 무모하게 움직이면 안 돼.]

[1등을 꼭 해야겠어요?]

[나도 키스하고 싶은 사람이 있어서 말이지.]

현준의 대답에 찬희의 눈매가 가늘어졌다.

"혹시 내가 오늘 사랑한다는 말을 했었나?"

"기억 안 나요."

"기억이 안 난다니 해야지. 사랑한다. 내 사랑은 너 하나야."

현준이 느물거리며 속삭여 찬희가 입매를 비틀었다. 벨라가 현준과 찬희를 번갈아보다가 장난기를 머금고 물었다.

[내가 현준 씨한테 오늘 밤에 같이 지내자고 해도 괜찮을까요?]

벨라의 물음에 그라지아가 가슴을 쥐며 얼어붙었다.

[베, 벨라!]

[할머니한테 물은 게 아니에요. 찬희 씨한테 물은 거지.]

벨라의 도전적인 눈빛에 찬희는 눈썹을 높이 쳐들며 어깨를 으쓱거렸다.

[허락인가요?]

[제 의사가 왜 중요하죠?]

[연인이니까요.]

[그런 거 아니에요. 오해입니다.]

찬희의 대답에 현준이 피식 웃었다. 벨라는 알았다며 블록을 뺐다. 찬희 차례가 돌아왔다. 그녀는 위 칸에서 블록을 빼는 사람들에게 경고하듯이 대범하게 중간층에 있는 블록을 밀었는데 위층이 기울더니 와르르 무너졌다. 믿기지 않을 정도로 폭삭 주저앉아 억울하다는 표정을 지으니까 그라지아가 속삭였다.

[질투는 평정심을 잃게 하지.]

[질투 아니거든요.]

찬희는 자리에서 일어났다. 갈증이 나서 물을 마시러 주방으로 들어갔는데 등 뒤에서 그라지아가 탄식하는 소리가 들렸다. 가위바위보로 순번을 다시 정하고 무너진 젠가를 쌓아올리던 세 사람이 박수까지 치며 신났다.

찬희는 목을 축인 후 벨라와 그라지아 회장을 위해 에비앙 생수

병을 들고 갔다. 그리고 세 사람 옆에 생수병을 조심스럽게 놓고 현준의 옆에 앉았다.

"내가 이겨야겠지?"

"왜요?"

"내가 지면 벨라하고 밤을 같이 보내야 해."

"이상한 분이셔. 벨라가 하자고 하면 할 거예요?"

심드렁하게 말하면서 발등을 손가락으로 긁던 찬희가 현준을 흘끗 보았다.

"모르지, 네가 자꾸만 그렇게 뻣뻣하게 굴면 나도 지칠지도 몰라."

"며칠이나 노력했다고."

찬희의 대답에 현준이 킥 웃으며 중얼거렸다. 찬희가 보인 반응이 그저 귀여워서 미치겠나 보다. 그가 그녀의 얼굴에서 시선을 떼지 못하는 사이 벨라와 그라지아가 블록을 빼며 환호하고 있었다. 벨라가 중심을 잃고 흔들거리는 젠가의 허리춤에서 블록을 뺐더니 조금만 건드려도 무너질 것처럼 위태위태했다. 그라지아의 다음 차례가 현준이었다. 그는 블록을 걱정스럽게 보다가 벨라와 그라지아의 눈빛이 쏠려 있는 손가락을 구부렸다가 펴며 또 맨 위에 있는 블록을 집었다. 그리고 살짝 드는데 벨라가 입 바람을 불면서 반칙을 행했다.

[안 돼, 안 돼. 이건 반칙이라고.]

현준이 벨라에게 주의를 주며 몸을 발발 떨었다. 그라지아가 박수까지 치며 웃기 시작했다. 찬희도 손으로 입을 가리고 웃음을 참기 시작한다. 현준이 무릎을 꿇은 자세로 몸을 가리는 게 웃겨 참을 수가 없었다. 눈을 희번덕 뜨고 비명에 가깝게 '안 돼!'를 외치는 그가 퍽 귀여워 배를 잡고 웃던 그라지아가 눈물이 고인 눈가를 손가락으로 쓸었다. 벨라 역시 아이처럼 입 바람을 훅훅 소리가 나게 불었다.

찬희는 현준이 바보스러울 만큼 몸을 떠는 모습에 웃음을 멈추었다. 마치 벨라와 그라지아를 위한 원숭이가 되어 재롱을 떠는 것처럼 보였다. 빈틈없고 웃음기 없이 일만 하던 상사, 장현준이라고 믿을 수가 없었다.

"찬희야!"

현준이 절규하듯 찬희를 불렀다. 벨라와 그라지아가 자지러지며 좋아서 죽는다.

[현준 씨는 오늘 내 노예가 되는 거예요.]

벨라가 윙크를 하며 블록을 쌓기 시작했다. 찬희는 어깨를 으쓱인 후 현준의 허벅지를 손가락으로 꾹 눌렀다. 그녀의 돌발 행동에 그가 능청을 떨었다.

"왜?"

"손가락을 헛디뎠어요."

"난 또, 우리 찬희가 질투하나 싶었지."

현준과 찬희가 눈빛을 교환하는 사이 어이없이 그라지아가 졌다. 그라지아는 자신도 믿을 수 없다며 승리의 미소를 짓고 있는 벨라를 사랑스럽게 보았다.

[오늘 당신을 내 노예로 삼고 싶지만 우리 할머니한테 혼날 것 같으니까 키스만 받을게요. 이렇게 멋진 남자와 하는 키스는…… 기억에 남을 것 같아요.]

벨라가 현준의 양어깨에 손을 올린 채 찬희의 눈치를 슬쩍 보았다. 찬희는 고개를 숙인 채 침을 삼키고 있었지만 벨라의 시선이 느껴져 울고 싶었다. 그라지아 회장은 왜 구경만 하는 건데? 손녀에게 화를 내고 말려야지! 심장이 쪼글거려서 죽을 맛인데 그라지아 회장이 자리에서 일어나 울고 싶었다. 그라지아 회장에게서 시선을 떼서 현준과 벨라를 응시했다. 두 사람의 입술이 10센티미터의 간격으로 좁아져 있었다.

"자, 자리를 피해 드리겠습니다!"

주먹을 꽉 쥔 찬희가 자리를 박차고 일어나 실내 수영장이 있는 테라스로 향했다. 개인정원으로 가기엔 밤바람이 너무 차고 해서 자연스럽게 옮겨진 곳이 개인 수영장이었다. 두 팔로 몸을 가사고 괴로운 신음을 흘리며 아랫입술을 깨물던 그녀가 주먹을 쥐었다가 폈다.

현준이 키스를 받아들일 리가 없음을 아는데도 만일이라는 전제가 붙어 그녀를 괴롭히고 있었다. 만일에 리시오 입점을 거래로 키스를 원하는 거라면? 키스 한 번으로 따낼 수 있는 계약이라면······ 팔을 쓸고 있는 손에 힘이 들어가 손톱이 살갗에 파고들었다.

"하아······."

한숨을 푹 내쉬며 미간을 한껏 구기고 있는데 뒤에서 웃음소리가 들렸다. 현준이 테라스 입구에 등을 기대고 그녀를 바라보고 있었다. 옅은 미소를 짓고 있는 얼굴에 주먹을 꽂아주고 싶을 만큼 화가 치밀어 손을 입가에 올리고 바르르 떠는데 그가 묻는다.

"왜 여기에 있어?"

그렇게 물으며 현준이 눈물을 그렁그렁 맺고 있는 찬희에게 다가왔다. 고개를 숙인 그가 가라앉은 음성으로 물었다.

"누가 보면 질투하는지 알겠군."

"지지 않으려고 했어요."

"무슨 소리야?"

"넘어가지 않으려고 했어요."

"내게?"

"네!"

찬희는 씩씩거리며 울분을 터트렸다.

"내가 이런 여자인지 몰랐어요. 내가…… 이렇게 소유욕이 강할 거라고 짐작도 못 했어요."

그래, 이런 감정은 소유욕이다. 남자에게만 있는 게 아닐 테니까. 독점하고 싶은 마음이 마뜩잖아 외면했었는데 이젠 그것도 힘들 것 같다.

"난 욕심이 많아요. 그건 본부장님이 아시죠? 난요, 나 좋다는 사람이 다른 여자한테 끈적거리게 행동하는 거 못 봐요. 그래요, 본부장님의 프러포즈를 무시한 사람이 질투하는 거 어이가 없겠죠. 저도 어이가 없어요. 이유는 아시겠죠?"

"장현준의 소속이 되고 싶으니까. 내 그늘에서 사랑받고 살고 싶지 않다는 거지?"

"틀렸어요. 당신이 내 소속이 되는 거야. 내가 당신에게 햇볕이 되고 양분이 되는 거예요. 그리고 내가 사랑하는 거예요. 아시겠어요?"

찬희의 물음에 현준이 손을 얼굴을 가렸다가 떼며 빙그레 웃었다.

"내 프러포즈의 답인가?"

"네."

"질투했어. 날 사랑하고 있는 거지?"

"네!"

현준은 손으로 입을 가리며 눈웃음을 쳤다.

"그럼 난 네가 주는 사랑을 체험할 수 있겠군."

"네."

찬희는 주먹을 꽉 쥐고 안광을 빛냈다.

"그런데 왜 화를 내지?"

"당신이 한 짓이 모두 괘씸하니까."

찬희는 그렇게 말하며 수영장과 현준을 번갈아 보다가 눈썹을 높이 휘며 도도하게 손가락을 세워 그의 가슴을 쿡쿡 찔렀다. 그럴 때마다 그가 뒤로 밀리며 수영장과 가까워졌다. 수영장의 물을 온수로 주문하지 않았던 게 기억났다. 그녀의 입가에 말간 미소가 번졌다.

"괘씸하다고? 난 널 유혹한 것뿐이야."

"네네. 그렇겠죠. 그런데 그거 알아요?"

"뭘?"

"이제부터 당신이 당할 차례라는 걸!"

찬희는 그렇게 쏘아붙이며 현준의 가슴을 힘껏 밀었다. 예상하지 못한 공격을 미처 피하지 못한 그의 몸이 가볍게 붕 뜨더니 그대로 수영장으로 추락하고 있었다.

풍덩!

제 키만큼 높은 물보라와 함께 분수에서 뿜어지는 시원한 물벼락에 수영장 주변이 흠뻑 젖었다. 찬희도 물세례를 받은 것처럼 머리부터 발끝까지 젖어 있었지만 현준만큼 물에 빠진 건 아니다. 그는 물속에 쏙 들어갔다가 퐁! 튀어 오르며 두 손으로 얼굴을 쓸었다.

"심장병에 걸리기 딱 좋은 물 온도인 걸 아나 모르겠군!"

"어머, 어째? 온수인 줄 알았죠."

"온수 같은 소리 하네! 찬물인 거 알면서도 화가 나서 떠민 거잖아!"

찬희는 혀를 비죽 내민 다음에 몸을 홱 놀렸다. 벨라와 그라지아가 두 사람의 사랑싸움을 흥미롭게 바라보다가 시선을 피해 딴청하기 시작했다. 찬희는 한숨을 푹 내쉬며 그라지아에게 인사를 건넸다.

[늦은 것 같아서 전 이만 숙소로 돌아갑니다. 평안한 밤 되세요. 오늘 저녁은 정말 즐거웠어요. 내일 아침에 봬요.]

찬희는 어색한 미소를 지은 다음 그라지아에게 인사한 다음 벨라를 지나쳤다. 막 현관문을 열고 나가려는데 벨라가 찬희를 불렀다.

[그 장미의 향기는 생각보다 진했다…… 라고 기억할게요.]

찬희는 현관문의 손잡이를 쥔 손에 힘을 꾹 주었다가 풀며 피식 웃었다. 그러자 벨라가 의외라는 듯이 그녀를 바라보았다.

[왜 그렇게 웃어요?]

[난 장미가 아니에요. 여왕벌이지.]

찬희는 입매 끝을 올리며 문을 열고 나갔다. 벨라는 여왕벌이라 콧대 놓은 자존감을 드러낸 찬희에게 한 방을 세게 얻어맞은 것처럼 얼얼한 표정을 짓고 있었지만 그것도 잠시 현준이 수영장에서 나와 물기를 뚝뚝 떨어트리며 다가와 활짝 웃었다.

[가시가 날카로운 장미인 줄 알았는데 알고 보니 여왕벌이었네요? 늦기 전에 가 봐요. 안 그러면 다른 수벌이 달라붙을 테니까요.]

벨라는 그렇게 말하며 손수 현관문을 열어 주며 방글 웃었다.

탁, 탁.

현관에 들어섰는데 조명등이 켜지지 않았다.

탁, 탁.

신경질적으로 스위치를 올리고 내리는 동작을 반복하던 그녀가 미간을 구긴 채 한숨을 푹 내쉬었다. 들고 있던 휴대폰의 문자 창을 열어 발치라도 볼 수 있도록 앞을 밝히고 걸어 곧장 제 침실의 문을 열었다. 혹시나 싶어서 침실의 조명등을 켰지만 차단기가 아예 내려진 것 같았다. 찬희는 결국 침대에 털썩 주저앉았다.

그래, 아무런 불빛이 없는 게 나아.

현준에 대한 마음이 어떤 건지 모르겠다. 분명히 그가 다른 여자에게 눈길을 주거나 달짝지근한 눈빛을 교환할 땐 뱃속이 타는 듯한 통증을 느끼고 이유를 알 수 없는 조바심도 느끼고는 했지만 프러포즈를 받아들이기엔 부족한 무언가를 못 느꼈다는 게 그녀의 생각이었다.

찬희는 양손을 가슴에 대고 호흡을 가다듬었다.

"결정타가 없잖아. 가슴이 쿵! 하고 내려앉는…… 그런 결정적인 한 방이 부족해. 질투심만 유발하면 다 되는 거야? 벨라 때문에 삐딱하게 굴었잖아. 인정하고 나니까 마음은 편한데 그래도 여전히 마음은 복잡하다고."

장현준이 어떤 사람인지도 모르겠고—물론 4년 동안 죽어라 일만 시켜 킹 사이코라는 별명을 붙일 정도 일중독자라는 걸 알지만—재벌 3세인지도 모르겠고—그래, 재벌 3세라면 그야말로 땡잡은 거지. 장현준 정도면 재벌 중에서 스타급으로 잘생긴 외모잖아.

그런 남자라면 문제될 건 없어. 그러나 그리 쉬운 문제가 아니잖아.—본인의 입으로 자신이 가진 배경을 말하지 않았으니까 말이야.

찬희는 두 손으로 머리카락을 감싸며 상체를 숙여 허벅지에 팔꿈치를 꿨다. 머리카락을 꽉 잡을 때마다 눈꼬리가 여우처럼 올라갔다가 곧 낙엽처럼 내려앉았다. 그러길 수도 없이 반복할 때였다. 현관문이 열리는 기척이 들렸다. 안 봐도 현준이겠구나 싶어서 침대에 누워 이불을 머리끝까지 올렸다.

그리고 애벌레가 몸을 말고 죽은 척하는 것처럼 꼼짝 않고 숨을 죽였다. 방문을 잠그는 걸 깜박해 후회스럽긴 했지만 겁나지 않았다. 수영장에 빠트린 걸로 화를 낸다면 받아 주지 뭐. 겁날 것도 없다. 그가 수영장에 빠지는 망신을 당한 것도 사실 따지고 보면 본인이 자초한 일이니 말이다.

이불을 쥔 손가락이 새하얗게 질리도록 힘을 주고 있는데 방문이 열리는 소리가 들렸다. 겁날 것 없다며 어금니까지 물었는데도 더럭 겁이 나 억울한 생각이 들었다.

"강찬희."

현준의 음성은 짐짓 화가 난 것처럼 까슬까슬하게 가라앉아 있었다.

"강찬희! 강찬……."

그녀는 눈살을 찌푸린 채 콧구멍을 씰룩거리다가 그가 다시 한 번 그녀의 이름을 부를 때 질끈 감고 있던 눈을 뜨고 이불을 내던지며 자리에서 튕겨져 앉았다.

"왜요, 왜! 왜 자꾸 불러요!"

채머리를 흔들며 소리를 지르던 그녀의 눈에 목욕가운을 입은 현준이 들었다. 불빛 하나 없이 어둡던 실내가 오렌지빛 조명에 따뜻하게 둘러싸여 있었다. 인상을 한껏 구기고 있던 그녀의 표정이 부드럽게 풀렸다.

가운차림으로 두 다리를 교차한 것처럼 팔 역시, 팔짱을 끼고 있는 현준이 거실을 품은 불빛을 후광 삼아 문틀에 기대 있다가 등을 떼고 다가왔다. 샤워를 했는지 몸에서 좋은 냄새가 났다.

"샤워했어요?"

"머리도 감았어."

"남자는 좋겠네요. 들어온 지 10분도 채 안 된 거 같았는데……."

찬희가 입술을 비죽거리며 시선을 바닥에 떨어트리자 현준이 물었다.

"나한테 고백한 거 기억해?"

"고백한 건 아니에요. 인정한 거지."

"그게 그거지."

"고백은 마음속에 생각하고 있는 것들을 감추지 않고 내뱉는 거예요. 가령 본부장님의 프러포즈처럼요. 하지만 전요, 고백하지 않았어요. 질투심에 대한 것만 인정한 거죠."

똑 부러진 대답에 현준이 김샌 양 물었다.

"날 좋아하니까 질투하는 게 아닌가. 내게 관심이 없었다면 무시했겠지."

"그게 헷갈리는 거예요. 본부장님이 쳐놓은 덫에 걸린 닭이 된 기분이라고요. 들은 이야기인데요, 닭을 죽일 때 먼저 전기로 기절을 시킨 다음에 닭털을 뽑고 죽인다고 하더라고요. 꼭 그런 기분이에요."

"난 닭 죽는 건 관심 없어. 그리고 넌 닭이 아니야. 여왕벌이지."

현준의 대답에 찬희는 실소를 터트렸다.

"무소속의 나비보다 세죠?"

"수벌을 얼마나 거느릴 생각인가?"

"글쎄요. 다다익선이니까 많이 거느리는 게 좋겠죠?"

"다다익선? 그랬단 봐, 내가 다 죽일 거야. 난 독점하고 싶으니까. 나도 질투심이 대단한 남자거든."

현준은 그렇게 말하며 찬희의 양어깨에 두 손을 얹고 조심스럽게 얼굴을 숙였다. 젖은 머리카락에 물기가 고여 있다가 그녀의 몸에 떨어져 얼룩을 만들었다.

그녀는 목이 바짝 마른 기분이 들었다. 저산소증으로 현기증이 나는 것 같았고 이명 현상을 앓는 것처럼 귀가 울리는 것도 같았다. 가슴에서는 쿵덕거리는 소리가 나 어쩔 줄 몰라 하는데 눈동자만 분주하게 움직거리는데 저음의 음성이 귓가를 간질인다.

찬희는 현준이 내뿜는 입김과 저음의 음성에 홀린 듯이 고개를 들었다.

"인정했다고 해서 제가 본부장님의 여자가 된다고 생각하진 마세요."

"그러지 마. 내 마음을 좀 알아 줘."

"말로만 하는 프러포즈?"

"키스도 했잖아."

현준이 입술을 내밀고 귀염성 있게 달싹거렸다.

"어울리지 않는 애교는 사절!"

"익숙해지려고 노력할 거야."

"벨라와 키스하려고 했으면서."

"아니야. 키스를 왜? 내가 바보야? 마음에 있는 여자를 앞에 두고 딴 여자가 눈에 들어오겠어?"

현준은 찬희의 어깨에 올린 손가락을 꼬물거리며 유혹적인 손짓을 시작했다. 손가락으로 원을 그리며 불꽃을 지피려는 그의 의도와 열어놓은 문 밖을 비추는 불빛의 정체도 거슬렸다. 아까부터 불빛이 흔들린다는 기분이 들었다.

마치 바람에 흔들리는 촛불처럼 거실 벽에 날카로운 손톱자국을 내듯이 날카롭게 그을리고 있다는 인상도 받았다.

뭔가 준비한 걸까? 아냐, 그러기엔 10분이라는 시간이 너무 짧았어. 일부러 집안의 불을 꺼 놓은 걸까?

눈썹을 한껏 구겼다가 펴며 눈동자를 굴리는데 그녀의 머릿속을 훑은 것처럼 현준이 대답했다.

"저 불빛이 신경 쓰여?"

"네."

"그럼 나가지. 안 그래도 보여 줄 게 있으니까 말이야."

현준은 그렇게 말하며 찬희를 일으켜 침실 밖을 나왔다. 거실은 아로마 캔들이 켜져 있었고 시러스트 향기가 상큼하게 후각을 자극한다는 것 외엔 기대했던 것에 비하면 조악한 느낌이 들었다. 내심 기대했던 무언가를 상실한 그녀의 표정이 어두워졌다.

"벨라의 일은 잊었으면 좋겠어."

"질투를 한다는 거 몹시 불쾌한 거 아세요? 오랫동안 잊히지 않을 것 같군요."

찬희는 그렇게 말하며 가운 차림의 현준을 위아래로 훑었다.

"옷은 안 갈아입을 생각이세요?"

"유혹하기엔 좋은 복장 아닌가?"

"무슨……."

"그라지아 회장과 벨라도 지금쯤이면 서로의 마음을 확인하면서 화해를 하겠지. 평범한 할머니와 손녀처럼 수다도 떨 테고."

현준의 대답에 찬희는 두 손을 모으고 조심스럽게 물었다.

"게임을 하고 식사를 하고 영화를 본 게 고작인데…… 두 사람의 마음이 풀릴까요?"

"그들은 평범한 걸 모르고 살았어. 찬희는 할머니와 그런 놀이를 자주 했었나? 제 마음 속에 있는 말들을 자주 터놓고 말했어?"

"아뇨, 안 그랬던 것 같아요. 말하지 않아도 알아줄 거라고 생각했거든요."

"말하지 않으면 모르는 게 많아. 사랑은 더 그래. 꼭 말해야 하지. 네가 얼마나 사랑하고 있는지 표현하지 않으면…… 안 돼."

현준의 진지한 대답에 찬희가 고개를 옆으로 숙이고 물었다.

"본부장님은 매일매일 사랑한다고 말하나요?"

"하고 있잖아. 경험하고 있으면서 바보 같은 질문을 하는군."

"부모님께도?"

"아버지한테는 이따금…… 사랑하는 아버지지만 남자가 남자한테 사랑한다고 하는 게 쉽지 않아."

현준의 대답에 찬희는 피식 웃었다. 그러다 문득 돌아가신 할머니 생각도 나고 해서 게게 풀린 눈을 지그시 감았다. 그리고 팔짱을 끼고 제 몸을 보호하듯이 비비는데 현준이 발코니 문을 활짝 열고 그녀를 야외 정원으로 밀쳤다. 생각지도 않은 강풍이 그녀의 머리카락을 엉망으로 헝클어 짜증을 내려는데 갑자기 몸에 강렬한 불빛이 쏟아졌다. 머리카락을 귀에 꽂으며 어리바리하게 뜬 눈으로 바닥에 깔린 별 모양의 조명등의 개수를 세듯이 훑는데 잔잔하게 음악이 깔리기 시작했다. Morten Harket의 'Can't take my eyes off you'라는 팝송이었다. 가사의 내용대로 현준이 수화를 하듯이 손짓으로 가사를 전달하며 그녀에게 다가왔다.

별 모양의 조명등을 가볍게 넘어 'I love you baby'라는 가사가 반복될 때마다 테이블 수풀에 숨겨 놓았던 하트 모양의 조명등을 가슴에 대고 몸을 흔들며 노래를 불렀다.

"I love 강찬희. 정말 괜찮다면 당신이 필요한 내 말을 믿어 주세요."

개사까지 해 가며 무릎을 꿇은 그가 감미로운 미소로 프러포즈하기 시작했다.

"아름다운 그대, 날 실망시키지 말고 기도하는 이 남자의 마음을 받아 줘요. 사랑하는 강찬희! 내가 당신을 사랑하게 해 주세요. 머리에 총 맞은 것처럼 믿기지 않는 사랑을 하고 있어요. 당신에게 눈을 뗄 수 없을 정도로 내 마음을 가졌어요."

품에 안고 있던 하트 모양의 전구를 내민 그가 손으로 입을 가리고 웃음을 참지 못해 눈을 깜빡거리는 찬희의 대답을 기다리며 말했다.

"내 마음을, 내 프러포즈를 받아 주겠어?"

그는 그렇게 말하며 하트 모양의 조명등의 뚜껑을 열었다. 그녀가 입을 벌리며 감탄하기 시작했다. 조명등이라고 생각했었는데 반지 케이스였다.

방울토마토처럼 생긴 백열등에 다이아몬드 반지가 끼워져 있었다. 오색찬란하게 다이아몬드의 커팅 모양에 따라 무지개빛을 쏟아내는 반지에서 시선을 떼지 못한 그녀는 코끝이 아릴 정도로 찡하게 몰려오는 감동에 그만 두 손으로 코를 감쌌다.

"주먹만 한 건 구하기 힘들더라."

"그런 그냥 꿈에 불과했지만 이건……."

찬희는 잡지를 넘길 때마다 청록색 케이스에 꽂혀 다양한 광채를 내뿜던 다이아몬드를 받는 꿈을 꿨었다. 오드리 헵번처럼 다이아몬드가 잘 어울리는 여자가 되고 싶기도 했었다.

그런데…… 이젠 꿈이 아닌 현실이 되어 그녀의 눈앞에서 도도한 빛깔을 쏟아내고 있어 숨이 가빠왔다.

"티파니……?"

"3캐럿이야. 드레스는 베라왕으로 준비해 줄게. 예식장은 네가 원하는 곳에서 다 할 수 있어. 신혼여행은 유럽일주도 가능해. 영어, 불어가 되니까 자유 여행을 해도 재미있을 거야. 기대되지 않아?"

"꿈같은 이야기인데……."

"지금 네 손에 끼워지길 갈망하고 있는 티파니 반지는 현실이야."

찬희는 현준의 얼굴과 티파니 반지를 번갈아 보다가 한쪽 입매를 올렸다. 그리고 손을 앞으로 내밀며 씁쓸하지만 어쩌겠느냐는 식으로 시큰둥하게 말했다.

"그렇게 좋다는데…… 물에 빠진 사람을 구한다고 생각하고 껴 줘야죠. 뭐."

찬희의 대답에 현준은 풋, 하고 웃음을 터트렸다.

"웃지 마요. 무소속 나비는 이제 여왕벌 소속이 된 거니까. 열심히 꿀 따 와야지. 안 그러면 언제든 옆자리가 바뀔걸요."

천희의 대답에 현준이 눈썹을 까딱 움직이며 티파니 반지를 조심스럽게 약지에 끼웠다. 묵직한 느낌이 손톱에서부터 느껴지는데 심장이 터질 것 같았다. 백열등의 열기에 뜨끈하긴 했지만 차가운 금속성이 닿은 것보다 따뜻한 느낌이 들어 뺨에 말간 홍조가 피어올랐다.

"장현준 소속이 될 걸……."

"강찬희 소속이겠죠."

"……그럼 그렇게 해. 어차피 결혼하면 내 호적 밑으로 들어올 건데."

"아참! 본부장님 재벌 3세죠?"

잊을만 하면 꺼내는 질문에 현준이 두 손을 들며 소리를 죽여 입모양으로만 대답했다. 그래서 그녀가 그의 입모양대로 한 자, 한 자 또박또박 소리 내어 읽었다.

"키. 스. 해. 주. 면. 대. 답. 하. 지."

정말이지 이런 식으로 낚이고 싶지 않았는데, 그것도 그것 나름의 매력이 있구나, 라는 생각이 들었다.

반지를 낀 손으로 턱을 문지르던 찬희가 허리를 숙여 현준과 눈높이를 맞추었다. 두 사람은 오랫동안 서로 빤히 바라보다가 동시에 풋 웃었다. 키스보다 그냥 웃음이 났다. 무한반복으로 흐르는 노래 가사처럼 시선을 뗄 수 없어 점점 가까워지고 있었다.

그의 눈동자에 찬희가 있었다.

현준의 눈동자에도 그녀가 있었다. 함박웃음을 머금은 채 고리걸이에 고리가 찰랑! 하고 걸리면서 하나가 되는 것처럼 현준과 찬희의 입술이 맞붙었다. 그녀는 그의 얼굴을 두 손으로 감싸며 식탐이 많은 여왕님처럼 때론 거침없이 현준을 희롱하다가 어느 한순간에는 수줍음이 많은 시골소녀처럼 얼굴을 붉히며 주저했다.

현준은 그런 그녀의 모습이 너무 사랑스러워 허리를 와락 안고 벽에 밀어붙였다. 쿵! 하고 뒤통수가 밤이슬에 차세 식은 벽에 닿았다. 놀란 그녀가 눈을 동그랗게 뜨고 그를 올려 보았다. 그러자 기다렸다는 듯이 욕망에 침식당해 수컷의 본능을 드러낸 사내가 속삭였다.

"날 가져 봐. 마음껏…… 맛봐."

쿵!

현준이 찬희의 손을 가운 안에 넣고 펄펄 끓는 가슴을 확인시켰다. 손바닥이 타들어 갈 정도로 뜨거운 열기에 그만 숨이 멎는 것 같았다.

"여왕벌이 아닌 여왕으로 날 조종해. 아니…… 그러길 바란다."

현준은 무척 고통스러운 듯 울상을 지으며 찬희와 이마를 맞댔다. 흠, 흠. 현준이 달뜬 신음을 쏟아내며 다시 한 번 구애했다.

"네게 사랑받고 싶어 뜨거워졌어."

"……"

"내 프러포즈의 대답…… 듣고 싶은데?"

"그 대답을 꼭 말로 들어야 해요?"

찬희는 맨가슴을 누르고 있던 제 손톱을 세워 바싹 긴장해 복근이 생긴 배까지 미끄러트렸다. 그녀는 29살 달빛을 받아 농염함이 절정에 오른 여체를 밀착시키며 다른 한 팔로 그의 목을 감싼 뒤

품으로 이끌었다.

"찬……."

현준이 찬희의 이름을 부르려는데 중간에 막혔다. 그녀가 강렬하고 힘 있게 입술을 누르며 옅은 신음을 흘리기 시작했지만 그리 오래가지 않았다. 손톱을 세운 그녀가 아프게 살갗을 파고들어 키스를 나누던 그가 뒤로 물러났다.

그의 배를 찔렀던 손가락이 얼굴까지 올라왔다. 티파니 반지를 끼고 있는 손의 집게손가락이 좌우로 흔들리더니 얄미운 목소리가 그의 뒤통수를 강하게 후려쳤다.

"여자의 밤은 아낄수록 달콤하답니다."

찬희는 빙그레 웃으며 현준을 뒤로 밀쳤다. 실망감이 가득해 울상을 짓고 있는 현준에게 윙크를 하며 뒷걸음으로 걸어 제 침실까지 향하는 여유를 부렸다.

하지만 그녀는 죽을 맛이었다. 장현준이라는 능숙한 남자의 계획에 말리지 않으려고 억지웃음을 짓느라 입가의 근육이 경련을 일으키며 바르르 떨어대고 있었다. 어둠 속이라 그녀의 긴장된 낯빛이 드러나지 않은 게 다행스러웠다.

살짝 쥐었던 주먹의 손바닥에는 돋아난 땀으로 인해 끈적끈적했고 종아리 근육 또한 수분을 잃은 육포처럼 뻣뻣해 걸음걸이가 삐거덕거렸다.

방문을 닫은 다음에 소리가 나지 않도록 손잡이 레버의 가운데 홈을 눌렀다. 탈칵, 하는 소리와 함께 걸쇠가 걸리는 소리가 들렸다. 그때야 찬희는 문에 등에 기댄 채 주룩 미끄러져 앉았다. 방안은 어두웠다. 달빛이 방안을 비추고 있긴 했지만 그녀가 앉아 있는 방안까지는 아니었다.

　심장이 갈비뼈를 뜯고 튀어나올 만큼 뛰어대고 있었다. 두근두근, 과장될 정도로 귓가에서 울려대는 탓에 얼굴은 토마토처럼 열기가 솟구쳐 터지기 직전이었다. 뒤통수를 문에 대고 입을 헤벌쭉 벌린 채 손가락에 묵직하게 걸린 반지를 더듬었다.

　3캐럿…….

　3부 다이아몬드도 아니고 3캐럿……이 이게 이렇게 무거울 줄이야. 주먹만 한 걸 받았다고 해도 그저 모셔 두고 꺼내 보는 정도에 지나지 않았겠구나, 라는 생각이 들어 그동안 제가 꿈꾸었던 반지에 대한 환상은 자연스럽게 접혔다.

　하지만 깨진 환상을 채운 현실의 무게감에 그녀는 넋이 나가 흐리멍덩한 시선으로 얼굴 가까이 올린 손을 보고 있었다. 어둡고 캄캄한 방안에 무릎을 세우고 앉아 우주 전체에서 홀로 빛나고 있는 별을 바라보는 것처럼 어리벙벙 벌어졌던 입가에 말간 미소가 번지기 시작했다.

　"티파니…… 반지……."

　찬희는 다이아몬드 반지를 낀 손을 가볍게 주먹 쥐 입술에 대며 주절거렸다.

　"꿈은 반드시…… 이루어진다."

　한데…… 이 꿈이 왜 이리 버겁게 느껴질까?

　환했던 미소가 점점 잦아들면서 옅어지고 곧 사라졌다.

　찬희는 반지에서 시선을 떼고 창밖의 밤하늘을 응시했다. 완벽하게 채운 듯한 행복임에 틀림없는데 왜 이리 공허한지 모르겠다.

열 번째 프러포즈.
완벽한 파트너

8시까지 세상모르고 늘어지게 잔 찬희가 하품을 하며 침실에서 나왔을 때 주변은 이상하리만큼 조용했다. 그녀는 고개를 갸웃거리며 현준의 침실을 두드렸다.

"본부장님, 본부장님."

방안에서는 그 어떤 소리도 들리지 않았다. 찬희는 조심스럽게 문을 열고 안을 들여다보았다. 말끔하게 정리된 침대와 잘 다려진 슈트가 옷걸이에 걸려 있을 뿐 현준의 기척은 느낄 수 없었다. 이미 오래 전에 방을 비운 듯해 그녀는 문을 닫고 제 방에 들어가 휴대폰을 꺼냈다. 그리고 현준에게 전화를 걸며 숙소를 나와 쌀쌀하긴 하나 따뜻한 햇볕이 얼굴에 내리쬐자 인상을 구기며 레스토랑으로 향했다.

저만 쏙 빼고 조식을 먹는 건 아닌지 의심스러워 걷는데 현준의 음성이 휴대폰 너머에서 들렸다.

"찬희!"

휴대폰을 귀에 댄 채 자신을 부르는 쪽으로 돌아본 찬희는 벨라와 그라지아를 좌우에 두고 걸어오는 현준을 못마땅하게 응시했다. 벨라와 20센티미터 정도 떨어져 있었지만 그것도 눈에 거슬려 입내를 비트는데 그라지아가 먼저 인사했다.

[좋은 아침, 좋은 꿈 꾸었나요?]

[오랜만에 푹 자서 꿈은 꾸지 못한 것 같아요. 회장님은 어떠셨어요? 불편하지는 않으셨나요?]

찬희의 물음에 그라지아가 벨라를 흘끗 보더니 반달눈을 하고 대답했다.

[어제 난 우리 손녀와 함께 탕 안에 앉아서 많은 얘기를 했어요. 탕이라고 하니 우습군요. 개인 수영장을 말하는 거예요. 발코니 창문을 열어놓고 찬바람을 맞으며 온수에 몸을 담그고 있었더니 너무 좋았어요. 제주도는 아름다운 섬입니다.]

[내년에도 오세요. 그땐 정말 일정을 꽉 잡아 놓고 있겠습니다.]

찬희의 대답에 그라지아는 방긋 웃으며 두 손을 맞잡고 물었다.

[프러포즈를 받았다고요?]

그라지아의 물음에 찬희는 얼굴을 붉혔다.

[……네.]

[어디 그 예쁜 손을 볼까요?]

그라지아는 다이아몬드 반지를 끼고 있는 찬희의 손을 살포시 잡으며 흐뭇한 미소를 지었다.

[3캐럿이군요. 지나치게 크지 않은…… 다이아몬드의 아름다움을 표현하기에 그만인 크기죠.]

[그렇긴 한데 무거운 것 같아요.]

[곧 익숙해질 거예요. 반지는 아무리 무거워도 곧 원래부터 손가락과 하나인 것처럼 익숙해지더군요.]

그라지아의 농담에 찬희는 수줍게 웃으며 현준을 흘끗 보았다. 그는 팔짱을 끼고 제 여왕벌을 만족스럽게 보고 있었다. 벨라 역시 그녀의 손에 시선을 고정하고 있었는데 씁쓸한 미소를 짓는 게 어째 심상치 않아 뱃속이 아릿할 정도의 불안감이 고개를 들었다. 들키기 싫은 감정이라 찬희가 현준에게 물었다.

[어디 다녀오세요?]

[골프. 회장님께서 아침 운동으로 골프를 치신다고 해서 가볍게 치고 왔지.]

[깨우지 그랬어요?]

[곤히 자고 있어서 깨울 수가 없었어.]

찬희는 고개를 끄덕거렸다.

[배 안 고파?]

[방금 일어나서 생각이 없는데…… 골프하고 왔으니 배가 많이 고프겠네요?]

[응.]

[조식 먹어야죠?]

찬희의 물음에 현준이 고개를 저으며 그라지아와 벨라를 응시했다.

[10시 비행기를 타신다고 하더군. 그래서 서둘러 공항에 가야 한다고 하셔.]

[아직 8시밖에 안 됐잖아요.]

찬희가 그라지아를 바라보며 섭섭해 물었다.

[오늘 떠나시면 언제 만나게 될지도 모르는데…….]

찬희가 섭섭해서 그라지아의 손을 꼭 잡고 부드러운 살결을 가볍게 문질렀다.

[이깃도 다 인연인지 헤어지려니까 많이 서운해요.]

[두 사람의 신혼여행 때 보면 되지 않을까요?]

벨라가 불쑥 끼어들었다.

[언제가 될지 모르는데요, 뭐.]

[아니면 내 결혼식에 오든가. 벨라 리시오의 결혼식에 초대를 받았다고 하면 회사에서도 휴가를 줄 테니까 말이에요.]

[결혼이요?]

찬희는 현준을 쳐다보았다.

[어제 내 결혼…… 할머니가 허락하셨거든요. 그러니까 오해하지 말아요. 현준 씨한테는 처음부터 호감 같은 건 없었으니까. 친구라면 훌륭하지만 남자로선 너무 커요.]

벨라의 농담에 현준이 턱을 문지르며 받아쳤다.

[작은 남자가 취향이라면 내가 크기도 할 겁니다. 하하하.]

[여기서 이러고 있을 시간이 없군요. 조식까지는 아니어도 간단하게 요기하면서 준비해 온 프레젠테이션을 들어 볼까요? 우리에겐 약 40여 분의 시간이 있으니까 그 시간을 잘 활용해요.]

그라지아의 제안에 현준이 놀랐다. 머릿속에 계산기를 넣고 다니는 것처럼 먼 미래의 일까지 파악하던 그가 그라지아의 제안은 생각지 못한 듯 당황하고 있었다.

[뭐해요? 어서 움직이지 않고. 시간이 얼마 남지 않았어요.]

그라지아는 후덕한 미소를 지으며 현준과 찬희의 정신이 번쩍 들도록 박수를 쳤다. 그때야 두 사람이 활짝 웃으며 숙소로 향했다.

"어떻게 된 거예요? 본부장님이 유도한 거예요?"

"아니야, 난 그저 골프밖에 안 쳤어."

"프레젠테이션이라니, 놀라워요."

"그러게……. 이탈리아에서 연락할 줄 알았는데 생각보다 빠르네."

현준은 그렇게 말하며 제 방에 들어가 노트북을 꺼냈다. 그리고 찬희에게 프레젠테이션에 필요한 자료와 목록을 살피게 하고 10분여 만에 제주도에 도착한 후에 떠오른 몇 가지 아이템을 추가해 프린트를 해 오라고 시켰다. 곧바로 욕실에 들어간 그가 샤워를 시작했다. 골프를 쳤더니 몸에서 땀 냄새가 나는 것 같았다.

서둘러 샤워를 마친 그가 슈트로 갈아입은 후에 머리카락에 왁스를 발라 손질하고 드라이기로 말렸다. 행동은 민첩했다. 그라지아 회장이 어젯밤에 골프 약속을 잡을 때 아주 작은 희망의 불씨를 보긴 했지만 이렇게 빠른 결정이 내려지다니.

현준은 넥타이로 목을 조이며 회심의 미소를 지었다.

강찬희에 이어 리시오라…….

무모한 선택이긴 했지만 제주도에 오길 정말 잘한 것 같다.

프레젠테이션을 마친 현준과 찬희가 두 손을 모으고 그라지아 회장과 벨라의 대답을 기다리며 초조함을 감추기 위해 물로 마른입을 축였다.

그라지아 회장은 손톱으로 테이블을 두드리다가 종이에 무언가 쓰더니 벨라에게 쓱 내밀었다. 그라지아의 메모를 읽은 벨라의 눈빛이 사업가의 날카로운 그것처럼 변하더니 입매를 일그러트렸다가 춥! 소리가 나게 입맛을 다신 후에야 벨라가 미소를 지었다.

[좋아요. 계약해요. 하지만 조건이 있어요.]

벨라가 조건이라고 말해 찬희는 긴장했지만 성후는 고개부터 끄덕였다. 마치 벨라가 뭘 요구할 건지 파악한 것처럼 보였다.

[지점에서 론칭하는 건 우리 리시오의 명성에 어울리지 않아요. 본점에서 론칭했으면 합니다.]

[그렇게 하겠습니다.]

찬희는 당황해 불쑥 끼어들었다.

[벨라, 다시 한 번 생각해 주실 수 없을까요? 지점이라고 해도 저희 백화점과 본점 매출은 거의 차이가 없어요. 어떨 땐 저희가 앞서기도 합니다.]

찬희의 설명에도 벨라는 단호한 어조로 일렀다.

[우린 본점에서 론칭한다는 전제로 계약할 생각입니다. 물론 이는 본점 한 곳에서만 입점하는 조건입니다.]

찬희는 울 것 같은 표정을 짓고 현준을 응시했다.

[알겠습니다. 본점에서 론칭하는 전제, 받아들이겠습니다.]

[좋아요.]

벨라는 만족스러운 듯 그라지아를 바라보았다.

[이 정도면 할머니도 마음에 드시죠?]

[프러포즈를 했다기에…… 내가 주는 선물이라고 생각해요.]

[이왕 주시는 선물이면 지점에 주시죠.]

찬희의 풀죽은 대답에 그라지아가 자리에서 일어나며 대답했다.

[어제 들은 말에 의하면 찬희 씨가 조만간 본점에서 우리 리시오 아동복을 관리하게 될 거라던데?]

[예?]

그라지아의 대답에 찬희가 놀란 눈을 하고 현준에게 시선을 돌렸지만 그는 멀뚱한 표정만 짓고 있었다.

"무슨 말이에요? 누가 들으면 꼭 제가 본점에 간다는 줄 알겠어요."

"중역의 꿈을 이루려면 본사에 들어가야지. 마침 4월에 대대적인 인사이동이 있을 예정이고 네 승진 시험도 있어. 시험에 붙으면 과장이 되잖아. 리시오 건을 잘 해결했으니 과장보다 부장으로 특진하지 않겠나?"

현준의 말에 찬희는 피식 웃었다. 마치 확정된 것처럼 말해 가슴 설레었었는데 가정을 세운 것이라 마냥 기뻐할 수도 없었다.

"승진 시험과 티파니 특별전을 잘 해내면 가능성이 있어. 그러니까 열심히 해."

현준은 그렇게 말하며 응원하듯 찬희의 등을 두드려 주었다.

[계약서는 오늘 바로 쓸 수 없다는 거 알죠? 자세한 사항은…… 두 사람이 신혼여행 올 때 작성하는 게 어떨까요?]

벨라의 농담에 찬희가 얼굴을 붉히며 말했다.

[아직 결혼까지는…… 바, 반지가 예쁘니까 받아 준 거예요.]

찬희의 대답에 현준이 입술을 비죽거리 말했다.

[저도 그렇습니다. 반지가 예쁜데 줄 사람이 있어야죠. 그래서 준 거예요.]

[어머, 엄머!]

찬희가 입에 바람을 잔뜩 넣고 눈을 부라려 현준은 어깨를 으쓱거렸다.

[우린 이만 일어나야 할 것 같군요.]

그리지아가 손을 내밀어 악수를 청했다.

[두 사람 덕에 잘 먹고 잘 놀고 잘 자고 가요. 어제 센가 놀이는 죽을 때까지 잊지 못할 것 같군요.]

그라지아는 찬희의 손을 살포시 잡았다가 놓으며 덧붙였다.

[고마웠어요.]

[저희가 공항까지 모실게요.]

찬희의 말에 벨라가 끼어들었다.

[아뇨, 할머니하고 얘기도 나누고 경치도 구경하면서 갈 거예요. 대리 운전기사도 구해 놨어요. 그 사람은 영어도 이태리어도 모르기 때문에 대화하기가 편할 것 같거든요.]

[……네.]

[그럼 건강하고 다음에 봐요. 그리고 강찬희 씨.]

[네?]

[축하해요.]

벨라도 찬희의 악수를 청했다. 찬희는 벨라의 손을 잡고 가볍게 흔들었다가 방글 웃었다. 벨라가 현준과 마주 섰다. 두 사람은 말없이 서로를 바라보다가 악수를 나누었다. 손을 가볍게 흔드는 것으로 작별 인사를 나누고 있었다.

찬희는 넋을 놓고 현준과 벨라를 보다가 비명을 질렀다.

"뭐하는 짓이에요!"

벨라가 현준의 뺨에 입술 자국이 남을 정도로 입을 맞추었다. 현준도 너무 놀란 터라 그대로 굳어 버렸다. 벨라만 사악한 미소를 짓고 있었다.

찬희는 제 먹잇감을 지키려고 송곳니를 드러내는 야수처럼 으르렁거리며 벨라를 쏘아보았다. 그러자 벨라가 기다렸다는 듯이 말했다.

[반지가 예뻐서 받은 것 같지 않은데요? 남자가 멋져서 받은 거지.]

[어찌 되었든, 내 앞에서 다시는 그런 장난 하지 마세요!]

찬희는 몸을 부르르 떨며 현준의 뺨에 묻은 벨라의 립스틱을 휴지로 닦기 시작했다.

"내 건데……."

찬희가 입술을 비죽거리며 중얼거리는 말에 현준이 호쾌하게 웃으며 허리를 와락 안았다. 그리고 제 옆구리를 밀착시키며 속삭였다.

"이제야 소유권을 주장하는군."

현준은 빙그레 웃으며 찬희의 입술을 손으로 오므렸다. 그랬더니 꼭 복어 같이 부풀었다. 그는 손가락으로 주름이 오글오글하게 생긴 입술을 간질이다가 그대로 고개를 숙여 입을 맞추었다.

옛날 같았으면 소리를 지르며 밀쳤을 그녀가 얌전히 키스를 받아내 짐짓 놀란 그가 물었다.

"키스해도 돼?"

"앞으로……."

"응?"

"앞으로…… 1미터 거리 유지하기."

"1미터? 왜 그래야 하지? 이제 막 내 마음을 받아 줬으면서 떨어지라니 말이 돼? 안 돼. 그렇게는 못 하겠어!"

"다른 여자하고요! 악수도 안 되고, 눈빛을 교환해서도 안 돼요. 머리부터 발끝까지 모두 내 거니까 다른 사람은 손도 못 대게 해요. 알았어요? 나 말고 다른 여자 쳐다봤다간 나도 다른 남자한테 눈길 줄 거예요. 알았어요?"

찬희는 그렇게 말하고 현준의 입술을 아플 정도로 세게 물었다.

"너무 아파."

"벨라를 그윽하게 쳐다본 벌이에요."

"여왕벌의 벌이라…… 따끔하군."

음흉한 웃음소리와 함께 후끈한 바람이 찬희의 몸을 따뜻하게 감쌌다. 잠시 후 밖이 소란스러워졌다. 벨라와 그라지아의 일행이 제주도 여행을 무사히 마치고 고국으로 돌아가기 위해 분주히 움직이고 있었다.

현준은 찬희의 입술을 쪽쪽 소리가 나게 가볍게 스치고 자세를 바로 잡았다. 그리고 찬희와 함께 빌라 밖으로 나와 챙이 넓은 모자를 쓰고 있는 그라지아를 정중히 배웅했다.

[다음엔 정식으로 찾아뵙겠습니다.]

그라지아가 그간 본 적 없는 따스하고 여유로운 미소로 답해 주었다.

*

"옥돔 좀 봐, 정말 좋네."

찬희가 막 제주도에서 돌아와 씻는 중에 제주도에서 보낸 택배가 도착했다. 때마침 저녁 반찬으로 뭘 할까 고민하던 미자에겐 더없이 반가운 선물이라 스티로폼 뚜껑을 열자마자 만면 미소를 머금었다. 그간 집에 생선 냄새가 난다는 이유로 안 먹은 지 오래되어 생각나던 참에 선물 받아 기분이 좋았다. 게다가 본부장이 직접 선물했다고 하잖나. 그녀는 개별 포장된 옥돔과 갈치를 꺼내 냉동고에 차곡차곡 쌓아 넣고는 저녁 반찬에 올릴 옥돔을 어떻게 조리해서 먹을까 고민하다가 욕실에 들어간 딸에게 물었다.

"찬희야, 엄마가 도울 일 없어?"

미자는 수건을 팔에 걸고 욕실 앞에서 물었다.

"엄마가 등이라도 밀어 줘?"

그렇게 물으며 함박웃음을 짓는데 찬희가 수건을 목에 걸고 나와 물었다.

"엄마. 너무 들떠 있어."

"옥돔이 너무 좋다, 얘. 갈치도 두툼해서 먹기 알맞겠어. 전복이랑 오분자기도 같이 보내 주었네?"

"오분자기를?"

"국물 낼 때 넣으라고 보낸 것 같아."

"우리 엄마 입이 귀에 걸리셨네."

음식하는 걸 좋아하지만 이따금 값비싼 재료를 사기엔 고민이 많았던 미자에게 제주도에선 어묵 국물을 낼 때 넣을 만큼 흔한 오분자기도 굉장히 귀해 계를 탄 것처럼 한껏 들떠 있었다. 해서 찬희가 미자를 불렀다.

"엄마."

"응?"

"이거 볼래요?"

찬희가 다이아몬드 반지를 낀 손을 들었다. 자그마치 3캐럿짜리 다이아몬드 반지의 등장에 놀란 미자가 입을 쩍 벌리고 그대로 굳었다.

"고작 3캐럿 가지고 뭘 그렇게 놀라?"

"이거 어디에서 났어?"

"본부장님이 줬어. 안 받으려고 했는데 반지가 예뻐서……."

"프, 프러포즈 받은 거야?"

찬희는 대답 대신 거드름 섞인 고갯짓을 했다. 3캐럿의 다이아몬드 반지를 본 미자는 놀란 표정을 지우고 걱정스럽게 물었다.

"너무 빠른 거 아니야?"

"프러포즈 받았다고 내일 당장 결혼하는 것도 아니고."

거드름을 피며 반지를 낀 손을 제 어깨에 올린 자세로 방에 들어갔다. 미자가 쪼로로 따라와 물었다.

"본부장님이 결혼하자고 했어? 얘, 자세하게 설명해 봐. 엄마 숨넘어가겠어."

"티파니 반지를 주면서 사랑한다고 하잖아……. 반지가 마음에 안 들었으면 안 받았을 거야."

찬희가 화장대에 앉아 얼굴에 스킨을 바르는 걸 지켜보던 미자가 눈을 가늘게 뜨더니 달려들었다.

"요, 요! 이 앙큼한 기집애. 엄마를 속여!"

"아, 아! 간지러워. 엄마, 거기는 내 가슴이야."

"내 배 아파 낳은 내 딸 가슴 좀 만지는데 뭐, 뭐."

"간지러워!"

"앙큼하게 엄마를 속여? 바른대로 말해. 날은 언제 잡을 거야? 상견례는 언제 할 거야?"

미자는 만나는 남자도 없고 만날 야근한다고 늦게 들어와 걱정이었던 찬희가 청혼을 받아온 게 걱정스러운지 꺄르르 웃으며 말했다.

"3캐럿이야?"

"응."

"이 커팅 좀 봐. 참 고급스럽네. 참깨처럼 작은 알맹이는 진짜 다이아몬드라고 해도 다 큐빅 같은데, 이렇게 보니까 확실히 다르다. 이런 건 얼마나 해?"

"기천만 원은 돼."

찬희의 대답에 미자가 박수를 치더니 마른침을 꼴깍 삼켰다. 그리고는 방을 나서며 누군가에게 전화를 걸었다.

"어, 인덕 엄마야? 저번에 보여 준 사진 있잖아? 없던 걸로 해야겠네. 호호호호. 아유, 우리 찬희를 3캐럿짜리 다이아몬드 반지를 받아 왔대. 어! 저 말로는 예뻐서 받았대. 몰라, 우리 딸이 그깟 투명 돌덩이에 넘어가? 응. 얼마 안 한대. 고작 3캐럿인데 뭘. 어엉! 티파니라나…… 아유, 내가 잘 아나. 그냥 기천만 원 정도라는 것만 알아. 아, 아! 그럼 그렇게 알아. 국 넘치네."

미자는 인덕 엄마에게 자랑하고 나서 얼른 찬희의 고모에게 전화를 걸었다.

"고모, 응! 걱정을 덜었다고. 내년에 시집가겠어. 아유, 3캐럿 다이아몬드를 받았어요. 응! 티파니래. 비싸. 능력이 있으니까 사 줬지. 응! 근데 예쁘긴 하네. 호호호호."

미자는 그동안 친구 아들딸 자식의 결혼식에 가 뿌렸던 축의금을 회수할 수 있는 절호의 기회가 온 양 휴대폰 전화번호부에 저장된 번호는 죄 눌러 가며 찬희가 다이아몬드 반지를 받은 걸 자랑하고 있었다.

그 모습을 넋 놓고 보고 있던 찬희는 반지를 손가락으로 쓰다듬으며 빙그레 웃었다. 그리고 내일 입을 옷을 미리 준비하고자 장롱문을 열어 재킷을 꺼내다 형광등 물빛을 받아 반짝거리는 다이아몬드 반지에 시선을 옮겨 한참 동안 응시하다가 한숨을 내쉬었다.

제주도에서 반지를 받을 때만 해도 이 정도의 중압감을 느끼게 될 줄은 몰랐는데 집에 도착하자마자 현실을 깨닫게 되었다.

이렇게 비싼 걸 아무렇지도 않게 내밀 정도의 재력이라면 소문대로 재벌 3세임에 틀림없었다. 결혼은 엇비슷한 수준의 사람들과 해야 편하다는 말이 있다. 찬희의 집은 평범하다. 현준처럼 능력 좋은 재벌 3세의 집과 어울릴 수 없을 것이다. 아침드라마의 여자 주인공처럼 살고 싶지 않았다.

찬희는 다이아몬드 반지를 손가락에서 빼 손바닥에 올렸다. 그리고 화장대 서랍을 열어 반지 케이스에 넣었다.

분위기에 들떠 받았지만 티파니는 현실이 될 수 없다. 그리고 환상은 현실이 될 때 기적이 되지만 그렇지 않을 땐 허영이라 불린다.

한편, 집으로 돌아간 찬희와 달리 현준은 L&L 그룹의 본사 회장실에 들러 유 회장과 양 이사의 앞에 서 있었다. 양 이사는 씁쓸한 표정을 짓고 제 발끝을 보고 있었고 유 회장은 지팡이의 손잡이를 잡고 다리를 쩍 벌리고 앉아 현준이 따온 계약 건 보고에 대해 곱씹고 있었다.

회장실에 흐르는 공기에는 세 남자가 내쉬는 이산화탄소로 텁텁하고 탁했다. 그중에서 숨을 그르렁 내쉬던 유 회장은 꽤 심각한 표정을 짓고 있었다.

현준의 손을 들어 주자니, 양 이사의 체면이 구겨질 것이고 그렇다고 아무런 노력도 안 했던 양 이사에게 리시오 론칭의 지휘를 맡으라는 것도 형평성에 어긋나는 것 같아 고민이 이만저만이 아니었다.

유 회장은 눈을 감고 윗입술을 달싹거렸다. 그리고 심드렁하게 숨을 내쉬며 물었다.

"리시오 회장이 본사에 입점하는 조건을 걸었다는 게냐?"

"예."

"한국엔 입점 계획이 없다며 깐깐하게 굴던 리시오의 입점을 성공적으로 유치한 건 정말 잘했지만 현준아…… 양 이사의 체면이라는 것도……."

"장인어른, 그런 말씀은 뭣하러 하십니까. 그냥 제가 진 겁니다."

"내 말을 좀 들어 봐."

"됐습니다."

양 이사는 눈을 흘기며 입매를 비틀었다. 잘난 외조카 때문에 체면 구긴 게 어디 하루 이틀의 일도 아니고 해서 이젠 그러려니 하고 여길 수 있는 힘이 생겼다.

"리시오 건은 이사님께서 성공하신 겁니다."

현준의 말에 유 회장이 놀랐다.

"대신 제 결혼에 대해서 왈가왈부하지 않으셨으면 합니다."

"그게 무슨 소리야?"

"그냥 제가 결혼할 때 예식장에만 얼굴을 내비쳐 주셨으면 합니다. 외손자와 조카의 결혼이지, 재벌가의 조건부 결혼이 아니라는 걸 말씀드리고 싶습니다."

"너 결혼할 여자는 있는 게냐?"

유 회장의 물음에 양 이사가 크루즈에서 만났던 찬희를 떠올리며 이마를 탁! 소리가 나게 때렸다.

"강찬희 대리를 말하는 게구나! 장인어른, 이 녀석 평범해도 지나치게 평범한 여직원과 결혼하겠다는 겁니다."

"강찬희…… 혹시 저번에 프레젠테이션을 했던 그 여직원을 말하는 게야?"

"예."

"사심이 있어 보이긴 했지만……."

"능력이 많은 친구입니다. 리시오 건도 사실은 강찬희가 낸 아이디어 덕에 가능했습니다. 그라지아 리시오와 벨라 리시오에게 기죽지 않고 제 소신을 말할 수 있는 유일한 여성이죠."

현준의 칭찬에 유 회장이 물었다.

"네 어미 얘기는 했고?"

"네. 하지만 아직은 온전히 받아들이진 못했습니다. 그녀의 마음을 얻기 전에 먼저 외할아버지와 이모부께서 허락해 주셨으면 합니다."

"우리에게 먼저 허락을 구하는 이유가 뭐냐."

"치매에 걸린 어머니를 소개하는 건 쉽지 않아요. 어머니를 받아들이겠다고 할지도 아직 미지수입니다. 강찬희의 부모에게 그녀는 귀한 딸일 텐데 데려다 마음 고생시키고 싶지 않아요. 어렵게 결혼

승낙을 받았는데 재벌인 외가가 결혼을 반대한다면 제 입장이 난처해집니다."

현준의 대답에 유 회장이 한숨을 쉬었다.

"꼭 네 어미를 닮았구나. 네 엄마도 내게 네 아버지와 결혼하고 싶고 임신까지 했으니 허락하라면서 협박 아닌 협박을 했었지."

"할아버지……."

"알아, 만약에 네 엄마가 재벌가의 어느 누군가와 결혼했는데 저리 됐더라면 그저 쓸쓸하게 요양이나 했겠지. 네 아비처럼 모든 걸 내버리고 옆에서 간병할 남자는 얻지 못했을 거다."

"네. 아버지는 어머니만을 위해 사십니다."

현준의 풀죽은 대답에 유 회장이 물었다.

"네가 회사를 그만두는 걸 그쪽에서도 아는 게야?"

"아뇨, 아직 말하지 않았습니다."

"왜."

"티파니 특별전을 성공시키면 그때 하려고요."

"네 엄마는 얼마 안 남았어."

유 회장은 딸의 죽음을 입에 담아 코끝이 찡한지 눈시울을 붉혔다.

"그래서 같이 있으려고 합니다. 이해해 주세요."

현준은 그렇게 말하고는 돌아섰다.

그때 유 회장이 그를 불렀다.

"현준아."

"네."

"엄마한테 보여 드려."

"네."

"좋아하겠구나."
현준은 고개를 끄덕이고는 화장실을 나왔다.

현준의 부모님이 계시는 남양주는 호젓한 시골마을처럼 보였으나 이곳은 숨은 부촌이었다. 전원주택이 밀집된 마을의 초입에 들어서며 현준은 아버지에게 전화를 걸었다.

5분 후에 도착한다고 보고도 할 겸 근처 편의점에 들러 필요한 물건이 있으면 사 가려고 했지만 제주도에서 보낸 옥돔이 막 도착했으니 곧장 집으로 들어오라며 아버지는 반가운 재촉을 하기 시작했다.

현준은 한숨을 푹 쉬고 대문이 따로 없는 집 마당에 차를 세웠다. 그리고 뒷문을 열어 준비해 온 과일 상자를 꺼내 들고 집으로 들어갔다. 현관에 들어서자마자 생선 굽는 냄새가 맡아졌다.

"아버지 저 왔어요."

현준이 신발을 벗고 들어서자 그의 아버지 호원이 주방에서 나왔다. 앞치마 차림인 그의 모습이 이젠 익숙하긴 하지만 잘 어울린다는 인상을 받을 수 없었다.

"어머니는요?"

"밥 먹고 있다. 네가 오면 먹자고 해도 소용없어. 밥 안 준다고 화를 내서 어쩔 수 없었구나."

"네."

"들어와. 네 몫은 새로 하고 있으니까."

호원은 과일 상자를 들고 주방에 들어서는 현준을 아내에게 소개했다.

"은아 씨, 현준이 알죠? 현준이가 당신 주려고 과일을 사 왔어요."
호원이 옥돔을 손가락으로 찢어서 먹기 바쁜 아내를 재차 불렀다.
"은아 씨. 은아 씨?"
"시져! 이거 다 내 거야!"
은아는 옥돔 접시를 품에 안고 눈을 부라렸다.
"내 거야!"
"은아 씨, 우리 현준이에요. 당신 아들이……."
"나가! 저 사람 나가라고 해. 누군데 우리 집에 왔어!"
"은아 씨! 우리 현준이라고요."
"괜찮습니다. 은아 씨…… 식사 맛있게 하세요."
현준은 입주변에 밥풀과 옥돔 살코기를 묻힌 채 경계하는 어머니를 안쓰럽게 바라보다가 주방을 나왔다.
"어머, 오셨어요?"
땅에 묻어 놓은 독에서 마지막 김장김치를 꺼내 온 듯 상주 가정부가 그를 반겼다.
"어머니가 좋아하시겠네요. 묵은지 좋아하시잖아요."
"아까 새 김치 꺼냈는데…… 싫어하시더라고요. 그래서 묵은지를 꺼내 왔어요. 식사하셔야죠."
"윗층에서 먹겠습니다."
현준의 대답에 가정부가 이해한다는 듯이 고개를 끄덕거린 다음에 주방으로 들어가며 어린아이를 다루듯이 어머니에게 묵은지를 썰어 주겠다며 말했다.
현준은 가정부가 묵은지를 보여 주자 빨리 달라며 성화를 부리는 어머니를 오랫동안 응시하다가 2층으로 올라갔다. 상태가 점점

심해져 이젠 5살짜리 아이처럼 떼쓰고 소리를 질러대 눈가가 시큰거릴 정도로 절망감을 느끼게 된다.

먹고 싶은 것이 있으면 다 먹이리라……

현준은 남양주에 올 때마다 묵고 가는 방에 들어갔다. 통 베란다 문을 열자 곧바로 옥상과 연결된 테라스가 나왔다. 그는 평상이 놓인 옥상까지 걸어가 담배를 꺼내 입에 물고 라이터를 꺼냈다. 부싯돌에 엄지손가락을 올린 채 한숨을 쉬고 있는데 호원이 쟁반을 들고 그를 불렀다.

쟁반에는 옥돔과 갈치구이와 소주가 있었다.

"아줌마가 반찬해서 가지고 온다고 하더라. 우선 한잔하자."

"술이 느셨어요. 올 때마다 소주병이 보이는데 건강 해칩니다."

"이거라도 안 마시면 못 견뎌."

"죄송해요. 아버지한테 부담만 안겨 드렸습니다."

"네 엄마는 내 책임이야. 내 마누라니까 내가 돌보는 게 마땅하다. 그래, 그 아가씨완 잘 됐어?"

호원은 소주 뚜껑을 돌려 따며 물었다.

"조만간 소개시켜 드릴게요."

"네 엄마 보고 많이 놀라지 않겠니."

"놀라겠죠. 하지만…… 이해 못 할 사람 아니니까 안심하셔도 됩니다."

현준이 아버지의 잔에 소주를 따르는 사이 휴대용 버거와 얼큰한 매운탕 냄비를 가져온 가정부가 능숙한 솜씨로 상을 차린 후 말했다.

"사모님 식사 다 하셨어요. 제가 씻겨서 재울게요."

"고마워요. 아주머니 오늘도 아주머니가 고생을 좀 해야겠네. 저 사람이 점점 심각해져서 이따금 나도 나가라고 하거든. 아주머니만 좋은가 봐요."

"사장님도 참…… 서운하게 생각하지 마시고 속 버리지 않게 안주도 많이 드세요. 그리고 안주 몇 가지 더 만들고 있으니까 10분 후에 내려오세요. 사모님 씻기고 하다 보면 제가 못 올라올 것 같아요."

"예, 고마워요."

호원은 아들의 잔에도 소주를 따르며 대답했다. 지그시 미소를 짓고 있던 그가 가정부가 아래층으로 내려가자 한숨을 쉬었다.

"엄마가 이따금 저 아주머니한테 '엄마'라고 불러. 돌아가신 네 할머니가 그리운지 잘 때도 아줌마를 찾아서 요즘은 같이 자게 한다."

"그렇군요."

"연우 씨는 그만뒀어. 네 엄마가 좀 괴롭혔어야지."

간병인마저 손을 놓을 만큼 심각한 지경에 이르렀나 보다. 현준은 소주를 벌컥 마셨다. 코끝까지 찡하게 느껴지는 알코올의 따끔하고 알싸한 맛에 저절로 인상이 찌푸려졌.

"건강도 좋지 못하신 분이 남을 괴롭히는 데에는 기운이 넘치시는 것 같아요."

"잘 웃다가도 갑자기 돌변해서 달려드니……. 그렇게 난리를 치니 안 아프고 배겨. 결국 모르핀을 맞고 자는 거야."

"병원에선 정말 방법이 없다고 하던가요?"

"이 정도로 버티는 것도 용하다고 하더구나. 입 주변에 밥알 잔뜩 묻히고 먹다가도 갑자기 저 세상에 갈 수 있을 정도라고 하니…… 네 엄마에겐 다행이겠지."

호원은 말해 뭐하나 싶어 소주를 들이키며 눈을 깜빡거렸다.

"마음의 준비를 해야겠군요."

4년째 하고 있는데도 익숙하지 않은 감정. 긴 병에 효자 없다는 말처럼 처음엔 하늘이 무너지는 것 같아 온 식구의 눈가에는 눈물이 마르지 않았을 정도로 슬픔이 컸다. 물론 지금도 슬픔의 부피가 줄어든 건 아니지만 이쯤하면 됐다는 생각도 들었다.

익숙하지 않은 감정인데 자유롭고 싶기도 했다. 그런 감정은 맑은 물에 떨어트린 기름처럼 섞이지 않아 이질적이었다. 하나 어머니 때문에 고생하는 아버지의 수척해진 얼굴을 볼 때면, 자식을 알아보지 못하고 경계하고 두려워하는 어머니를 볼 때면, 자연스럽게 이만하면 할 만큼 했다는 생각도 들었다.

"엄마가 정신을 차렸으면 좋겠어. 왜, 죽을 때가 되면 흐린 정신이 돌아오는 사람도 있다고 하잖아. 잠깐이라도 좋으니까……."

호원의 눈가가 붉어졌다. 현준이 일에 바빠 근 한달 넘게 만나지 못하고 있다가 이리 술잔을 기울여 마음이 약해진 모양이다.

"아버지……."

"후읍! 이거, 이거……. 나도 죽을 때가 됐는지 눈물이 많아져 큰일이구나. 마셔."

호원은 아들 앞에서 눈물을 보여 머쓱했는지 빈 잔에 소주를 가득 따라 연거푸 마시고 나서 후! 라고 입바람을 불고 지그시 웃었다.

현준도 아버지처럼 소주를 비우다 가정부가 주방에 안주를 만들어 두겠다고 한 말이 떠올라 자리에서 일어났다.

"반찬 가지고 올게요."

"난 밥 안 먹는다. 괜히 퍼 오지 마."
"네."
"그리고 소주 한 병 더 사 와야겠다."
"술은 이 정도가 적당한 것 같습니다."
"내 주량에 못 미쳤어. 걱정할 것 없어."

호원은 이미 가볍게 비운 소주병을 가볍게 흔들어 현준은 어쩔 수 없다는 표정을 짓고 아래층으로 내려갔다. 주방에 막 들어서려는데 안방의 열린 문틈으로 조근조근 대화를 나누는 소리가 들렸다. 가정부와 어머니가 살갑게 이야기를 나누고 있었다.

"엄마, 은아는 이 왕방울 고무줄이 좋아. 이걸로 해 줄 거지?"

가정부를 엄마라고 부르는 어머니가 손에 들고 있는 고무줄을 보고 현준은 눈을 질끈 감았다가 떴다. 어디서나 흔히 볼 수 있는 노란 고무줄인데 그걸 왕방울 고무줄이라고 말해 기가 막혔다. 몇 잔 마시지도 않았는데 알코올 기운이 도는 것처럼 뜨거운 열기가 얼굴을 강하게 할퀴는 것 같았다.

하지만 어머니의 웃는 모습에 감정을 추스르고 돌아서 주방에 들어갔다. 아파서 고통 받아 찡그린 인상보다 아무것도 모르는 아이처럼 해맑은 모습을 하고 있어 현준은 제가 구원을 받는 것 같았다.

그는 가정부가 만들어 놓은 계란말이와 콩나물 무침에 그만 울컥해 냉장고 문을 열고 소주를 두 병 꺼냈다.

아버지의 말처럼 안 마시고는 못 견딜 것 같았다.

열한 번째 프러포즈.
장현준이란 남자

"좋은 아침."

찬희가 노트북 가방을 제 자리에 놓으며 태진에게 인사를 건넸다.

"제주도에 간 일은 잘 됐어?"

"응. 그런데 본점에서 론칭하는 조건을 걸더라고."

찬희의 대답에 태진이 뚱한 표정을 지으며 물었다.

"그런데 너 나한테 비밀 있더라?"

"비밀?"

"본부장님한테 고백 받았다면서?"

"어떻게 알았어?"

"어떻게 알든…… 뭐. 그런데 너 너무 섭섭하다? 나한테 그런 비밀을 만들고. 갑자기 서방과 마누라라는 호칭을 버리겠다고 했을 때 이상하긴 했지만 본부장님 때문이었어? 그래서 나한테도 그렇게 차갑게 군 거야?"

태진은 서류를 정리하면서 퉁박을 주었다.

"그렇게 됐어. 미안해."

찬희는 빙그레 웃으며 2박3일의 출장에 대한 보고서를 작성했다. 물론 허가된 출장이 아니었고 상사인 현준에게 제출하기 위한 보고서일 뿐인지라 대충 써도 상관없겠지만 제주도에 도착한 시간까지 기록하며 휴대폰 메모란에 기록한 것을 보고 옮겼다.

점심은 언제 먹었고 뭘 먹었으며 회의 시간은 어땠고 어떤 대화를 나누었는지 쓰고 있는데 속도감 있게 키보드 자판을 두드리던 손가락이 멈추었다. 업무 일지를 쓰는 게 아니라 데이트 일지를 쓰는 것 같았다.

출장 첫날 한 거라곤 30분 정도 회의하고 논 것밖에 없다.

둘째 날도 마찬가지였다. 아침에 눈을 떠 한 건 2시간 넘게 걷고 뷔페에 갔으며 스파에 들러 마사지를 받았다는 것. 그 다음에도 모슬포항에 들러 먹고, 걷고 택시 타고 숙소에 왔다가 잠시 휴식을 취한 다음에 크루즈에 올라 그라지아 리시오와 벨라 리시오를 데리고 다시 숙소에 와 게임을 하며 논 것. 그 와중에 프러포즈를 받았으며 다음날 집에 오는 도중 중문에 있는 식물원과 박물관에도 들렀다. 그 일정을 쓰려니까 얼굴이 화끈거릴 만큼 창피하고 부끄러운 생각이 들었다.

두 손으로 얼굴을 감싼 채 숨을 몰아쉬는데 태진이 물었다.

"성공했으니 괜찮겠지?"

"뭐?"

"양 이사가 4월 인사이동 때 본점 사장으로 취임한다잖아."

"아직 확실한 것도 아닌데 확정 난 것처럼 말하지 마."

태진의 말에 정신이 퍼뜩 들긴 했지만 은근히 밉살스럽기도 물었다.

"그런데 그런 말을 왜 하는 거야?"

"소문이 그렇게 도니까. 네가 이사님의 신경을 거슬렸다는 말도 있고."

"그럼 거슬렸나 보지. 그래서 날 자르겠대?"

찬희의 물음에 태진이 난감한 표정을 지었다.

"내가 하는 말을 오해하지 마. 널 자른다는 그런 말이 아니라…… 본부장님이 하자는 대로 무조건 하지 말라는 거야."

"무조건 하지 않았어. 그리고 리시오 건은 우리가 성공시킨 거라고. 만일 양 이사님이 추진했더라면 절대로 안 됐을 거야. 그라지아 리시오가 직접 말했는데 '우리' 가 아니었으면 한국에 입점하는 일은 절대로 없었을 거래. 그게 무슨 뜻인지 알겠어? '우리' 만이 가능했던 계약이었다는 말이야."

찬희가 '우리' 라는 말을 강조해 태진은 미간을 구겼다. 어감이 듣기 거슬릴 정도로 다정해 조악하다 싶을 정도로 폐부를 찌르는 감정이 그의 눈매 끝을 신경질적으로 올렸다.

"우리라는 말을 참 쉽게 한다?"

"응?"

"우리라는 말 쉽게 한다고. 제주도에 가기 전에는 그런 단어 안 썼잖아."

태진은 눈매를 가늘게 뜨고 투덜거렸지만 찬희의 관심을 끌기엔 목소리가 지나치게 나직했다.

"뭐라고?"

"내 말 안 듣고 있었어?"

"미안, 오늘 스케줄을 보고 있었어. 그런데 뭐라고 했지?"

"아니다. 됐다."

태진은 한숨을 푹 내쉬고 쓰고 있던 보고서를 마저 쓰기 시작했다. 그런데 그때 휴대폰으로 문자 메시지가 도착했다. 현준에게 온 것이었다.

〈20분 후 회의 시작. 먼저 와서 대기할 것.〉

"20분 후에 회의 시작한다는데? 먼저 와서 대기하고 있으라는데 무슨 일이지?"

"누가?"

태진이 클립을 꺼내 10장 정도의 인쇄물에 끼우며 물었다.

"본부장님이."

찬희가 휴대폰 액정 화면을 태진에게 보였다.

"그걸 왜 문자로 보내? 메신저로 하면 될 걸."

"아, 그렇지. 왜 보내셨지?"

찬희의 물음에 태진은 혀를 차며 짜증조로 쏘아붙였다.

"관심 받고 싶은 모양이지!"

"관심? 풋. 우리 본부장님이 그런 걸 바라는 사람이니?"

"아, 거 진짜! '우리' 라는 말 좀 하지 마!"

태진이 왁 쏘아붙였다.

"왜 짜증이야……."

"짜증이 나니까 그러지! 킹 사이코라며 치를 떨 땐 언제고 말이야. 우리, 우리…… 듣기 싫게. 간신배도 아니고."

"무슨 말을 그렇게 해."

"리시오 건을 잘 해결해서 기분 좋은 건 알겠는데 좀 요란하다는 겁니다요."

태진은 자리를 박차고 일어나 수첩을 챙겨 먼저 회의실로 향했다. 제주도에서 무슨 일이 있긴 있었나 본데 대놓고 물어보려니까 자존심이 상하기도 했지만 섭섭했다. 다른 사람도 아니고 바로 옆에 앉아서 4년이라는 시간을 같을 보낸 친구에게 비밀을 만들다니.

"꼭 계집애처럼 행동하게 되잖아. 나 참……."

회의실에 도착해 제 자리에 착석하는데 누군가 회의실 문을 열었다. 태진이 열리는 문틈으로 보인 현준의 모습에 자리에서 벌떡 일어났다.

"안녕하십니까, 본부장님."

"회의는 20분 후에 할 예정인데 무슨 일인가."

"그렇게 됐습니다. 본부장님께서는 무슨 일로 이 시간에 회의실에 들어오셨습니까?"

"회의 준비하려고. 왜, 무슨 문제 있나?"

"아닙니다."

불퉁한 대답에 현준이 테이블에 상체를 기대고 다이어리에 무언가를 쓰고 있는 태진을 불렀다.

"오태진."

태진이 흘끗 보았다.

현준이 진행할 회의 내용을 백보드에 번호를 정해 순번대로 적다가 물었다.

"강찬희 좋아하나?"

태진은 현준의 물음에 잠시 생각하다가 대답했다.

"뜬금없이 그게 무슨 말씀이십니까?"

"좋아한다면 포기해."

현준의 대답에 태진의 눈매가 가늘어졌다.

"고백하셨다는 건 아는데 그런 명령을 내리시는 게 좀 지나치다는 생각은 안 드십니까?"

"자격이 없다는 말인가?"

"네."

태진의 대답에 현준이 그럴 수도 있겠구나, 싶어서 고개를 끄덕이다가 말했다.

"강찬희와 나, 우리 결혼할 거다."

현준의 대답에 태진이 아랫입술을 깨물었다.

"결혼이요?"

"반지 낀 것 못 봤나?"

"반지요? 못 봤습니다."

태진의 대답에 현준의 눈썹이 높이 솟았다.

"확실한 동의라고 볼 수 없겠군요."

"아니, 무서워서 집에 두고 온 모양이야."

"무섭다니요? 주먹만 한 거라도 주셨습니까?"

"주먹까진 아니고."

주먹만 한 다이아몬드 반지를 받는 게 소원임을 입버릇처럼 말하고 다닌 탓에 찬희를 아는 사람들은 그녀가 품은 환상에 대해 잘 알고 있었다.

"넙죽 받았습니까?"

"그깟 3캐럿이라고 하더군."

"3, 3캐럿이라고요?"

"그래, 강찬희가 노래를 부르던 티파니 다이아몬드 반지야."

현준의 대답에 태진은 벌린 입을 다물지 못했다.

"3캐럿이 별거인가."

태진의 기를 죽일 심산에 일부러 거드름을 피웠더니 현준을 쳐다보는 눈이 곱지 않다. 하지만 현준은 태진의 시선이 어떠하든 관심이 없다는 듯이 쥐고 있는 매직으로 화이트보드 위에 티파니 특별전 일정에 대해 쓰고 있었다. 그러는 사이 회의실로 개발부 직원들이 들어오기 시작했다. 회의 시간 2분 전, 찬희도 들어와 앉았다.

태진은 찬희와 현준을 예의주시하듯이 바라보았다. 그의 시선이 찬희의 손에 머물렀다. 3캐럿 다이아몬드를 회사에 끼고 올 성격이 아니라는 걸 알면서도 의심이 간다. 장현준이 거짓말을 하는 건 아닐까? 라이벌이라 착각하고 괜한 소리로 혼란을 주려는 건 아닐까, 별의별 생각이 다 들었다.

"회의에 앞서 중대 발표를 하겠다."

현준의 입에서 중대발표라는 말이 나와 태진과 찬희 두 사람이 바싹 긴장했다.

특히 찬희는 현준의 얼굴에서 시선을 떼지 못하고 있었는데 눈에 힘을 얼마나 주고 쳐다보는지 제 얼굴에 구멍이 날 정도라 현준이 등을 돌리며 말했다.

"4월 달에 인사이동이 있다는 건 모두 알고 있을 거다. 자리 이동 같은 건 4월 초에 발표가 되지만 우리 개발부의 이동은 다음 주가 될 것 같다."

현준은 그렇게 말하며 두 손을 모은 후 부원들에게 고개를 숙였다.

"우선 부족한 사람을 믿고 따라 줘서 고마웠다."

"본, 본부장님……. 혹시 자리 이동이라는 게 본부장님 자리를 두고 하시는 말씀입니까?"

태진이 물었다.

"그래, 내가 사정이 생겨서 회사를 그만두게 되었다."

"그만두시다니요?"

어제까지만 해도 아무 낌새를 못 느꼈던 처라 당황스러웠던 찬희가 물었다.

"본부장님 다른 회사에서 스카우트 제의가 들어온 건 아닌가요?"

안 그래도 사내 연애를 하게 된다면 누군가 한 명은 회사를 그만두어야 하고 그렇게 된다면, 그만두는 사람은 장현준이 될 거라는 말을 했던 게 기억에 남아 물었다.

"그만두는 이유나 거취 문제는 사생활이니까, 그런 질문은 사양하지."

"리시오 건 때문에 그만두시는 겁니까?"

태진의 물음에 회의실의 분위기가 가라앉았다.

"소문에 양 이사님이 회장의 조카, 사위, 양아들이라는 말 등등 다양한 소문이 있더군요. 리시오 건 때문에 양 이사님이 권력을 행사하신 거라면……."

"오태진은 원래 그렇게 남의 일에 관심이 많나? 양 이사님이 회장님하고 어떤 사이건 간에 제 할 일만 하면 된다. 그리고 제주도에 가기 전에 이미 사직서를 제출했었다."

현준의 대답에 찬희의 안색이 하얗게 질리고 있었다.

"리시오 건에 대해서 알고 싶습니다."

권부섭이 물었다.

"리시오 건은 본점에서 론칭하며 양 이사님께서 직접 계약하게 될 거다."

현준의 대답에 찬희가 미간을 찌푸렸다. 지금 양 이사라고 했어? 머릿속이 새하얗게 비었다.

"리시오 건은 실패하신 겁니까?"

권부섭의 물음에 현준이 찬희의 안색을 살핀 후 말했다.

"실패하지 않았다. 론칭을 하게 됐으니까."

"아뇨, 제 말은 양 이사님이 승리한 거냐는 거죠. 위에서 가지 말라던 출장을 가신 거잖아요. 사비를 들여 간 데다 강 대리도 데리고 가셨잖아요. 본부장님은 사직서를 제출했으니 무서울 게 없었을 테지만 강 대리는 뭐가 됩니까? 아니 강 대리가 갔을 그 자리에 절 데리고 갈 생각도 하셨는데 좀 놀랐습니다."

"실망을 줬군."

"아주 안 했다고는 못 하겠습니다."

권부섭의 야멸친 대답에 찬희는 제 뱃속이 따끔거려 아랫입술을 질끈 깨물었다.

"미안하다."

현준이 고개를 숙여 사과했다. 그 모습에 찬희는 손을 맞잡고 바르르 떨었다.

"이번 제주도 출장은 개인적인 사정이 있었다. 그리고 나를 따라

준 강찬희에겐 그 어떤 불이익도 생기지 않을 테니 걱정하지 않아도 된다. 이제 본론으로 들어와 티파니 특별전에 대해 설명하겠다."

현준은 평상시처럼 차분하고 사무적인 어조와 표정을 짓고 회의를 속개했다.

오전 10시.

회의가 끝났다. 현준이 그만둔다는 소리에 다들 기가 막히고 어이가 없어 기분이 최악! 가라앉았다. 사무실은 내내 어둡고 조심스러웠다. 그중에서 찬희는 무슨 정신으로 앉아 있었는지 모를 정도로 당황스러워 회의가 끝났음에도 자리를 지키고 있었다.

현준도 찬희가 자신을 노려보고 있어 자리를 뜨지 못하고 있었다. 두 사람의 침묵이 10여 분간 이어졌다. 숨이 막히는 것 같아 찬희가 입을 뗐다.

"언질을 주셨어야 하는 거 아닌가요?"

"일찍부터 분위기를 가라앉힐 필요는 없어서 미룬 거야."

"그럼 적어도 회의 시간 몇 분 전에 사직서를 냈었다는 말을 해주셨어도 좋았잖아요."

"그래서 문자 보냈잖아."

"아!"

"네가 들어올 줄 알았는데 오태진이 들어왔지."

찬희는 머리를 긁적거렸다.

"죄송합니다."

"죄송할 것 없어. 둔하다는 걸 스스로 입증했으니 말이야."

"둔해서 죄송합니다만, 지금은 그게 문제가 아닌 것 같은데요?"

찬희는 논점을 흐리려는 현준에게 경고했다.

"이번에는 좀 제대로 말씀해 주세요. 길게 설명해 주셨으면 합니다."

"얘기가 길어질 것 같은데……."

"그럼 밖에서 커피 한 잔 해요."

찬희는 그렇게 말하고 자리에서 일어났다. 틈을 주면 말솜씨 좋은 능구렁이에게 설득당할 것 같아서 재빨리 제 필기도구를 챙겼다.

"먼저 내려가. 커피숍 어디에서 볼까?"

"길 건너에 스타벅스 있잖아요. 시끌시끌한 곳이니까 오히려 나을 거예요."

시끌시끌해서 오히려 낫다는 말에 현준의 눈매가 가늘어졌다.

"무섭군."

"겁나요?"

"지은 죄가 있으니 당연하지."

"그거 듣던 중 반가운 말이네요."

찬희는 심드렁하게 대답하고 현준을 지나쳤다. 그에게 프러포즈를 받았다고 해서 달라지는 건 없었다. 특히 회사에선 말이다. 또 이렇게 그는 통보를 하고 그녀는 듣기만 하지 않나. 비싼 반지까지 줬으면 그 밤에 사직서를 제출했음을 설명했어야 했다.

어젯밤 내내 뒤척거리게 했던 건 바로 이런 점들 때문이었다. 전광석화처럼 번갯불에 콩 구워먹듯이 고백하면서 밀어붙이기만 하던 현준이었지만 자신이 어떤 사람인지에 대해선 사생활이라며 말하지 않았다.

찬희는 곰곰이 생각해 보았다. 장현준은 어떤 남자일까? 느끼할 정도로 사랑 고백을 잘 하는데 속마음을 잘 모르겠다. 정신없이 몰아쳐 고백하고 제주도에서 끝장을 보겠다고 했을 때도 이상한 기분이 들었지만 오늘 확실히 현준이 무언가에 쫓기고 있다는 걸 간파할 수 있었다. 그게 무엇인지 확실하게 알지 않으면 두 사람에게도 미래가 없다는 게 그녀의 생각이었다.

고가의 티파니 다이아몬드 반지가 현실이 되려면 우선 장현준에 대해서 알아야 했다.

스타벅스에 도착한 지 10분 후 카라멜 마키아또를 주문해 마시고 있는데 현준이 막 들어섰다. 그는 찬희를 찾아 주변을 두리번거리다가 빙그레 웃으며 그녀가 앉아 있는 곳으로 왔지만 자리에 앉자마자 날아든 질문에 미소가 사라졌다.

"일전에 그러셨죠? 본부장님의 사생활은 연인의 자격이 생겨야 알 수 있다고요."

"그랬지."

"전 본부장님에게 프러포즈를 받았어요. 그리고 승낙했죠. 그러니 저는 이제 장현준의 연인이 맞죠?"

현준은 대답하지 못하고 어깨를 으쓱거렸지만 찬희의 눈빛이 지나치게 노골적이라 다물고 있던 입술을 떼며 쿡, 웃었다.

"뭐가 궁금해?"

"전부요."

"전부?"

찬희는 현준의 앞에 가지고 나온 반지 케이스를 내밀었다.

"프러포즈 반지예요. 가격만큼 우리의 관계도 중요하죠. 내가 이 반지를 차도에 던져 버리면 어떻게 될까요?"

"화가 난 건 이해하는데 너무 극단적이라 놀랍군. 게다가 참 무모해."

"무모한 짓을 할지 몰라요. 그만큼 제가 지금…… 본부장님한테 화가 났어요. 그리고 궁금한 것도 많고요."

"사직서에 대한 건 미안해. 미리 말하지 않은 건 네가 동요할 것 같아서 그랬어."

현준의 대답에 찬희가 반지 케이스의 뚜껑을 열었다. 그리고 3캐럿의 다이아몬드 반지를 현준의 앞까지 밀어 놓으며 말했다.

"난요, 환상이 있어요. 그건 행복해지는 거예요. 티파니 반지는 행복의 상징이에요. 영화에서 보면 날 미치게 사랑하는 남자가 노래를 부르거나 춤을 추면서 프러포즈하잖아요. 그리고 한쪽 무릎을 꿇고 사랑을 속삭이며 다이아몬드 반지를 내밀죠. 행복한 표정으로요."

"환상이 아니야. 현실이라고 했잖아."

"아뇨, 환상이에요. 그런 사랑을 죽을 때까지 받고 싶으니까요."

찬희의 대답에 현준이 고개를 숙여 시선을 떨어트렸다.

"죽을 때까지…… 사랑받고 싶다고?"

"여자라면 누구나 그래요. 아니 사람이라면 누구나 그렇다는 게 맞겠죠."

"그렇겠지…… 죽을 때까지 사랑받고 싶을 거야. 나도 그런 남자가 되고 싶어. 그 점에서 우리는 합일점을 찾았군."

"우리가 같은 곳을 보고 있나요?"

찬희의 물음에 현준이 움찔했다.

"우리가 확실하게 마주보고 있어요?"

"무슨 말이야?"

"같은 곳을 보는 것 같지도 않고 마주 보는 것 같지도 않아서 하는 말이에요."

"이렇게 마주보고 있는데 뭘."

"이해 못 하는 척하지 말아요. 제가 하는 말 뜻 이해하셨잖아요."

찬희는 차갑게 말하며 의자 등받이에 등을 기대고 물었다.

"저녁에 우리 집에서 식사할 수 있죠? 아빠, 엄마, 동생에 이모 두 분이 오실 거예요. 엄마가 반지 자랑을 해서 무척 궁금해해요."

"당황스럽군. 갑작스러워. 보통……."

"내가 본부장님의 프러포즈를 받았어도 우리 부모님이 반대하면 난, 바로 선볼 거예요. 우리 엄마가 올해에 나 빨리 치우는 게 목표라고 했거든요."

"심사를 받으라는 거구나."

"서로 마찬가지죠. 나도 본부장님의 부모님께 심사를 받아야 결혼을 하든 사귀든 하죠. 우리 나이가 젊은 것도 아니고 또…… 결혼이라는 게 우리만 좋다고 할 수 있는 게 아니니까요."

어렸을 땐 당사자만 좋으면 주변의 반대 따윈 가뿐하게 무시할 수 있다고 생각했었지만 나이가 들수록 서른을 바라보며 생각이 바뀌었다. 결혼은 남자와 여자와 하는 게 맞지만 사람과 사람의 결합이요, 서로 다른 성향의 집단이 하나가 되기 위한 계약이었다.

계약은 언제든지 깨질 수 있지만 신뢰와 사랑, 이해라는 세 가지 약속만을 잘 지킨다면 문제될 게 없었다. 누군가 먼저 계약을 깨트리면 이혼의 절차를 밟는 것. 모두 신뢰와 사랑을 잃게 됐을 때 서로에 대한 악감정만 남기고 이별하게 된다.

그리고 그 이별을 앞당기는 게 바로 반려자를 기만하면서 만드는 비밀이라는 생각이 들었다.

찬희는 그 어느 때보다 진지하게 요구하고 있었다.

"내게 장현준이 어떤 남자라는 걸 증명해 봐요."

"어떤 남자?"

"본부장님 장현준이 아니라, 내 남자가 될 자격이 충분한 장현준임을 증명하라는 거예요. 어렵지 않잖아요."

"네 남자……."

"이깟 3캐럿짜리 다이아몬드 반지…… 내겐 그저 고급 액세서리에 불과해요. 평생을 다이아몬드 반지 하나만 바라보며 살 수 없는 거니까요."

찬희의 대답에 현준은 긴장했다.

"다이아몬드가 고급 액세서리라고? 네 환상을 충족시킨 게 아니야?"

"환상은 환상으로 그쳐야 해요."

"현실이 될 수도 있어."

"현실에서 환상을 보려고 하면 그건 불행하다는 증거예요. 내 몸은 현실에 있는데 내가 과거를 회상하거나 이루어질지도 모르는 미래만 좇을 순 없잖아요."

현준은 머리카락을 긁적거리며 한숨을 쉬었다.

"한숨 쉬지 말고 말해 줘요. 대체 왜 그만둔다는 거죠? 한국 홈쇼핑으로 가요?"

"한국 홈쇼핑 얘기가 왜 나와?"

"혹시 그곳에 가는지 궁금해서요. 아니면 더 좋은 곳에 가나요?"

"부모님하고 지내게. 아버지를 도와서 어머니의 간병을 할까 한다."

생각지도 않았던 대답에 찬희의 안색이 확 굳었다. 현준에게 간병이라는 단어는 어울리지 않았지만 이게 현실이구나, 라는 생각이 들어 그녀는 용기를 내어 조심스레 물었다.

"요양원에 계신 게 아닌가요?"

"남양주 집에 계셔. 요양 시설에 계셨는데 버려졌다는 생각이 드셨는지 공격적으로 변하셨다. 처음엔 무섭다고 우시더니 점점 포악해지시고…… 안 하던 욕도 하시더군. 치매 걸렸다고 해서 모를 줄 알았는데 다 느끼셔. 공포 같은 건 더욱이."

현준은 내내 삼키고 있던 말을 꺼낸 후 한숨을 쉬었다.

"아버지를 못 알아보시는데도 곁에 안 계시면 그렇게 화를 내시고 울어. 그래서 아버지가 남양주 집에 모셨어. 간병인과 상주 가정부와 함께 사셨는데 그마저도 여의치 않아……. 아버지도 연세가 있으시니까."

치매라고 했을 때 증상을 예상할 수 있었지만 이 정도로 심각한 줄은 몰라 어떤 표정을 지어야 할지 모를 때 현준이 말했다.

"냉정하게 들리겠지만 사실…… 우리 어머니 얼마 안 남았어. 간과 신장의 기능이 정상이 아니야. 처음에는 위암이 재발할 걸 걱정해서 병원도 다녔고 건강식을 드셨는데 치매에 걸리신 후 입에 대려고 하지 않아. 짜고, 달고, 매운 음식만 먹으려고 하시거든."

"그런 거 먹으면 안 되잖아요."

"물론 안 되지. 그래서 건강식으로 드시게 하려는데 치매 환자가 한 번 생떼를 부리면 아무도 못 말려. 몸에 안 좋은 줄 알면서도 어쩔 수 없이 주는 거지. 몸이 약해졌어. 약도 잘 안 받아. 거기다 치매 환자……. 치료를 해도 나아진다는 보장이 없어 병원에서 손을 놓았어. 그렇게 4년을 버텼어."

현준은 마치 제가 지은 죄를 회개하듯이 주절거렸다.

"어머니와 함께 지내려고 해. 아버지를 도우면서 말이지."

"진즉에 말씀하지 그러셨어요."

"어머니가 치매 환자라는 걸 나 스스로도 인정 못 할 때가 있어. 나도 이런데 너에게 시시콜콜 얘기하고 싶었겠어?"

"그럼 어머니 돌아가신 뒤에 말하려고 하셨어요?"

찬희의 물음에 현준은 바로 대답 못 하고 뜸을 들였다. 제 마음대로 솔직하게 대답할까, 아니면 포장할까 고민하는데 그녀가 정곡을 찔렀다.

"본부장님이라면 어머니가 돌아가실 때까지 연애만 하자고 했겠죠."

"고통은 우리 가족의 몫이야. 연인에게까지 줄 필요는 없어. 사실 제주도에서 말하려고 했지만 생각을 접었다. 네 마음을 존중하기로 했어."

"어떤 존중이요?"

"우리 어머니를 감당할 만큼 넌 날 사랑하지 않아. 이제 막 내 마음을 받아들였지만 안 보면 보고 싶어서 미칠 것 같진 않잖아."

찬희는 현준의 얼굴을 볼 수 없어 고개를 숙였다. 정확하게 잘 알고 있어 고맙기도 했지만 미안한 생각도 들었다.
"이 반지, 저녁까지 보류해 줘."
"저녁에 결정을 내리라는 거예요?"
"그래. 그리고 한 가지 더 설명하지. 내 어머니가 유 회장의 차녀셔. 아버지는 4년 전까지 본점의 사장직을 맡으셨고, 양 이사……는 이모부야. 사이가 좀 나쁘긴 해도 가족이지."
찬희는 두 눈을 질끈 감았다가 떴다. 3캐럿의 다이아몬드를 산 것부터 남다르긴 했지만 재벌 3세라니…… 숨이 턱 막힐 만한 부담감이 그녀를 조르는 것 같았다.
"물어볼 때마다 대답을 회피해서 이상했다 생각했어요. 그것도 날 위해 말씀 안 하신 거예요?"
"네가 날 거부할 요소들이잖아."
"재벌 3세, 확실히 부담스러워요."
"이미 외할아버지나 이모부한테는 내 결혼에 대해 간섭하지 말라고 했어. 리시오 건을 이모부의 공으로 돌린 대가라고 보면 돼."
현준의 대답에 찬희가 두 손을 모으고 물었다.
"본부장님."
"응?"
"혹시…… 가족이 창피하세요?"
찬희는 상체를 앞으로 내밀고 심각하게 물으며 현준의 얼굴을 주시했다.
"그건 아니야. 난 단지……."
"그럼 부모님에 대한 자신이 없어요? 부자인 게 싫어요? 이상하네요. 부모고 가족인데 왜 짐처럼 느끼시는 것 같죠?"

현준은 제 가슴 앞까지 밀린 반지 케이스를 찬희의 앞으로 내밀며 의미심장한 말을 남겼다.

"결코 창피한 건 아니야. 하지만 네가 받아들일 수 있을지 확신할 수 없어 망설였던 건 인정해. 겪어 보지 못한 사람들은 이해하기 어려울 테니까."

열두 번째 프러포즈.
재벌 3세라지만, 똑같은 사람

  자기 마음을 잘 드러낼 줄 모르고 허물이라고 생각하면 감추고 자신 없어 하는 성향의 사람이 있다. 고학력이나 부유층에서 그런 성향이 잘 나타난다. 그게 딱히 통계적으로 그렇다는 건 아닌데 찬희가 사회생활을 하면서 만난 사람들 대부분이 그러했다는 뜻이다.

  너무 못나도 문제가 되겠지만, 지나치게 잘나도 문제가 되는 법이다. 그래서 사람들이 평범하게 살고자 노력하는 것인지도 모르겠지만 여태까지 본 평범한 사람들이야말로 기복 없이 잘 사는 것 같았다. 찬희 제 집처럼 말이다.

  그런데 현준의 집은 특별한 케이스 같았다. 재벌 3세인데, 문제가 있다. 뉴스나 드라마를 봐도 돈 많은 집들은 숨겨진 문제가 켜켜이 쌓여 있다. 그러다 평온해질 만하면 집의 기둥이 흔들릴 만큼 큰 사건이 터진다.

  그리고 재벌들은 감추는 걸 좋아하고 남의 입에 오르내리는 걸 싫어한다. 현준도 재벌가의 사람이기에 당연히 그럴 것이다. 그건 태어나면서부터 받아온 시선 때문에 생긴 병 아닌 병이라고 보면 된다.

찬희는 티파니 특별전을 준비하기 위해 자료실에 들렀다가 의자를 빼고 아예 퍼져 앉았다. 일이 손에 잡히지 않는다. 달콤한 사내 연애를 하게 되는 긴 바라지도 생각하지도 않았지만 올곧은 현준 때문에 답답했다.

상사 장현준과 연인 장현준은 확실히 달랐다. 지시 내리는 게 익숙한 남자. 제 연인도 지시를 하달 받으면 그에 맞춰 움직이는 병정이라고 생각하는 건지.

그의 생각을 알 수 없어 애가 타고 심지어 화도 났지만 퍼즐을 맞추듯이 그가 던졌던 말을 모두 조합하면 그만둘 거라는 뉘앙스를 풍겨왔었다. 아무도 모를 복선을 깔아놓았다가 터트리는 반전은 결코 아니었다는 말이다. 다만 그녀는 그가 했던 말을 귀담아 듣지 않았을 뿐이었다.

찬희는 두 손으로 모아 이마를 대고 눈을 감았다.

"참…… 그렇다."

알고 있었는데. 그에게 치매 걸린 어머니가 있다는 걸 알고 있었으면서. 제주도에서는 심각하게 생각하지 않다가 예민하게 구는 걸까? 아니 제주도에서 좀 더 구체적인 이야기를 들었어야 했다. 흘려들어선 안 됐던 거다. 왜 그런 실수를 한 거지?

찬희는 감았던 눈을 떴다. 이마에 대고 있던 손을 턱에 괴고 한숨을 내쉰 후 초점을 잃은 시선을 허공에 묻은 채 중얼거렸다.

"받아들이는 게 아니라 내가 느끼지 않으면 안 될 문제구나……."

치매 걸린 어머니와 간병하는 아버지를 어떤 얼굴로 봐야 할까?

찬희는 낯선 세계에 발을 들이는 것처럼 겁부터 나 한숨을 푹 내쉬었다. 사귀기 시작한 남자의 부모님을 뵙는 건데 기쁘기보다 부담감을 먼저 느끼게 되니 씁쓸한 기분마저 들었다.

같은 시각 현준은 손에 잡히지 않은 일을 포기하고 백화점 1층에 마련된 야외 휴게실에서 담배를 피우고 있었다. 방법이 잘못되었음을 모르는 건 아니었다. 하나 쉽게 털어놓을 수 없었다. 그저 천천히 단계를 밟아 가자, 그렇게만 생각했었다. 회사를 그만두고 나서 어머니를 돌보며 찬희에게 자신에 대한 것을 하나씩 알릴 생각이었다.

지난 4년 동안 두고 보기만 했던 건 어머니 때문이었다. 저를 안 좋게 생각했던 찬희의 마음을 잡느라고 집안 얘기를 할 수 없었다는 건 비겁한 핑계로 들릴 수도 있지만 사랑하는 여자에게 어머니의 이야기를 꺼내는 게 쉽지 않았다.

어머니가 수술 후 장애 중에 하나인 치매를 앓고 계신다는 말을 할 수 없었다.

치매라는 말만 들어도 찬희는 제자리에서 펄쩍 뛸 테니. 게다가 치매에 걸린 어머니는 공격적이고 감정의 기복이 심해서 얼굴을 마주보고 웃다가도 갑자기 머리채를 잡으며 패악을 부린다거나 울음을 터트려 주변을 난감하게 했다.

또 화가 나면 주변의 물건을 내던지며 몸부림을 쳤다. 그렇게 한바탕 난리를 치다가 맥없이 쓰러지길 수 번. 가족들에겐 익숙해졌지만 그러한 상황을 처음 접한 사람들은 상상하기도 싫을 만한 악

몽을 꾸었다고 말할 것 같았다.

현준도 어머니의 발작에 놀라움을 금치 못했었다. 아버지 호원은 어머니를 24시간 돌보았기 때문에 대수롭지 않은, 습관적인 발작으로 여겼지만 현준이나 현미는 달랐다.

홀몸이 아닌 현미는 친정어머니에게 제 임신 소식을 알리기는커녕 근처에도 갈 수 없다. 무슨 해코지를 당할지 모른다는 우려 때문이었다.

자식들도 제 어머니의 변화를 받아들이기 힘든데 찬희는 어떨까?

찬희에게 막 호감을 보일 때 어머니가 쓰러지셨다. 위암 판정을 받아 수술을 했는데 부작용으로 인해 신장과 간이 손상되었다. 그리고 마취에서 깨어나신 어머니가 현준에게 호원 씨라고 부르며 웃었다.

그때부터 시작되었다. 처음에는 현준에게 여보라고 불렀고 정작 남편인 호원에겐 누구냐고 물었다. 특히 아버지 유 회장은 보려고도 안 했다. 이모들도 마찬가지였다. 늙은이들이 자꾸 병원에 들어온다며 신경질적으로 행동하다가 밥을 안 준다고 소리를 질렀다.

현준의 외가에선 은아를 부끄러운 사람이라 표현했다. 자신들의 체면과 위신이 깎일세라 그저 남의 입에 오르내리길 꺼려하고 있었다.

어머니에겐 가족인 그들이 등을 돌려 현준은 화가 났다. 그래서 L&L 그룹을 나올 생각을 했다. 항간의 소문에는 양 이사와 본점의 사장 자리를 놓고 신경전을 벌이고 있다고 하나 틀렸다.

아버지를 도와 어머니를 간병하며 사업을 준비할 생각이었다. 그리고 찬희와도 사이를 더 돈독하고 가깝게 할 생각이었다. 내심 죽을 날을 받아놓은 어머니, 이제 살날이 얼마 남지 않았다는 어머니가 죽으면 그때 가족을 소개할까도 했었다.

찬희에게까지 고통을 주고 싶지 않았다.

그런데 그의 계획이 틀어졌다. 찬희에게 그만한 믿음을 주지 못한 것 같아 답답했지만 어쩌겠는가, 그녀의 판단을 존중할 수밖에.

짙은 상념을 함께 태우던 담배 끝이 하얗게 질려 재가 되었다. 재를 털려고 재떨이에 대고 손가락으로 두드리는데 최 과장이 반갑게 현준을 불렀다.

"장 본부장님 안녕하십니까?"

"안녕하세요."

"제주도 리시오 건은 정말 안타깝게 됐습니다. 양 이사님이 맡게 됐다니, 하하하하. 이거 입장 곤란하겠어요?"

최 사장은 담배를 꺼내 물며 깐죽거렸다.

"4월에 인사이동이 있다는데 이거······."

"과장님도 인사이동을 신경 쓰십니까?"

"어이쿠, 왜 이러십니까? 저도 본점 발령을 은근히 기대하고 있는데요."

"본점에요?"

현준은 그렇게 대뭍고 피식 웃으며 최과장을 위아래로 훑으며 담배 연기를 들이마셨다.

"양 이사님께서 사장님이 되시는데 제가 여기에 있으면 되겠습니까?"

"양 이사님께서 본점으로 부른다고 하시던가요?"

현준의 물음에 최 과장이 담뱃불을 붙인 후 속삭였다.

"내가 양 이사님 라인이 아닙니까? 본부장님은 라인이나 소속을 잘 모르는 것 같아서 충고하는데 회장님의 친인척 라인에 서야 명예퇴직 없이 무사히 정년까지 갈 수 있는 거예요."

"그랬군요. 몰랐습니다."

"그러게 양 이사님한테 잘하지. 우리처럼 빽도 없고 능력만 있는 사람들은 파악을 잘해야 해요. 본부장님은 다 좋은데 줄 서는 법을 너무 모르는 것 같아요."

최 과장이 현준의 팔을 기분 나쁘게 두드리며 깐죽거렸다.

"그래도 내가 옛정이 있으니까 본점에 올라가면 본부장님 얘기는 좀 할게요."

최 과장의 말에 현준이 피식 웃었다.

"웃을 일이 아니라니까? 라인을 잘 타야 해요."

"라인이라……."

"회장님 라인이면 더 바랄 게 없고."

최 과장의 말에 현준이 피우던 담배를 꺼 재떨이에 넣으며 말했다.

"사직서를 낸 제게 라인 따윈 필요 없습니다. 그럼 수고하세요."

"사, 사직서?"

최 과장은 입에 물고 있던 담배가 바닥에 떨어져 뒹굴어도 알아차리지 못하고 굳었지만 현준은 이미 백화점 후문 쪽으로 향하고 있었다.

퇴근 후에 남양주에 갔다가 집에 오면 새벽께나 되겠구나 싶었던 찬희가 미자에게 문자를 보냈다.

〈엄마, 남양주라는 곳에 갔다가 새벽에나 들어갈 것 같아. 기다리지 말고 자.〉

시집 안 간 딸이 늦게 들어오면 불안하다며 들어올 때까지 기다리는 미자가 걱정스러워 보낸 문자였다. 하지만 이런 말이 미자에게 통할 리 없었다.

〈드라마 재방송 보고 있으면 되니까 기다릴게.〉

미자의 답문에 찬희는 빙그레 웃으며 딸기 선물을 들고 현준을 기다렸다. 주차장에 먼저 내려와 있었던 그녀가 현준의 차 앞에 서 있으니까 몇몇이 왜 그러고 서 있느냐고 물었지만 그녀는 그냥 좀, 이라는 대답만 했다.

현준이 주차장으로 들어왔다. 그의 손에도 종이 가방이 들려 있었다. 그가 그녀가 들고 있는 상자를 보며 물었다.

"그게 뭐야?"

"딸기요. 유기농 딸기라서 그런지 빛깔이 좋더라고요. 부모님 드리려고요."

"그런 거 안 사도 되는데."

현준은 그렇게 말하며 차문을 열어 주었다.

"요기할 게 필요한 것 같아서 이것 좀 샀어."

"그 말은…… 저녁을 얻어먹기 힘들지도 모른다는 거네요?"

찬희의 물음에 현준이 난처한 표정을 지었다.

"일단 먼저 먹고 출발해요. 그런데 뭘 샀어요?"

"회 초밥하고 유부초밥."

"이걸 차 안에서 먹어야 한다니……."

"그럼 푸드 코트로 갈까?"

"아뇨, 그럴 필요 없어요. 엇? 유진에서 사 온 거네? 유진 회초밥이 맛있죠. 우리 아빠 가게보단 못하지만. 헤헤."

찬희는 회 초밥과 유부초밥에 황홀한 듯 말간 미소를 지었다.

"본부장님도 드세요."

"응."

"그런데 차에서 이렇게 먹으니까 주변 눈치가 엄청 보이네요. 사옥의 주자창이라서 그런가?"

찬희가 고추냉이 간장에 회 초밥을 찍어 입에 넣으며 방글 웃었다. 현준은 유부초밥을 좋아해서 그것을 먼저 먹었다. 그러자 그녀가 의외라는 듯이 물었다.

"유부초밥 좋아해요?"

"맛있잖아."

"우리 엄마가 유부초밥 진짜 잘 만드는데."

"자랑하는 거야?"

"그렇다고요. 본부장님 어머님은 음식 자주 해 주셨어요?"

찬희의 물음에 현준이 고개를 저었다.

"우리 어머니는 음식 안 하셨어. 가정부가 있었으니까."

"아, 재벌이었지."

"어머니 집안이 재벌인 거지. 친가는 부자 아니야."

현준이 된장국물을 후룩 마시며 한 대답에 찬희가 빙그레 웃으며 물었다.

"친가는 그럼 어때요?"

"찢어지게 가난해서 외할아버지가 반대하셨대. 아버지가 능력은 있으셨는데 그걸론 부족했던 거지."

"그렇구나."

현준은 회 초밥에서 밥을 빼고 회만 집어 먹었다. 그걸 의아하게 생각한 찬희가 물었다.

"왜 그렇게 먹어요?"

"회가 먹고 싶어서."

"지저분하게! 안 돼. 이렇게 편식하고 그러면 안 돼요."

"이게 무슨 편식이야?"

현준은 이해가 안 간다는 듯이 말했지만 찬희는 이미 그가 남긴 밥을 젓가락으로 집어 간장을 살짝 바르고 말했다.

"남기면 안 돼요. 알았어요? 어서 먹어요. 안 먹으면 차에서 내려서 집에 가 버릴 거야."

찬희의 협박에 현준은 마지못해 입을 벌렸다.

"먹여 줘."

애교 섞인 표정에 찬희가 그의 입에 밥을 넣어 주었다.

"맛있죠?"

"밥인데?"

"내가 먹여 줘서 맛있다고 말해야죠."

"아……."

그는 고개를 끄덕거리며 된장국을 후룩 마셨다.

찬희는 볼이 터지도록 회 초밥과 유부초밥을 입에 넣었다. 현준은 식성 좋은 그녀를 신기하게 바라보다 된장국물만 마셨다. 분위기가 어색하지면 어쩌나 걱정했었는데 기우에 불과했는지 그녀는 평소처럼 씩씩하고 명랑했다.

현준은 찬희가 회 초밥을 먹는 걸 지켜보았다. 전 같았으면 천천히 먹으며 내숭을 떨었을 텐데 현준을 받아들인 다음부턴 그가 어떻게 보든 신경 쓰지 않는다는 듯 입술에 양념을 묻혀가며 먹고 있었다.

입술 주변에 양념을 묻히고 먹는 여자들이 싫었던 현준이었는데 지금은 입술에 묻은 고추냉이마저도 사랑스러워 입을 맞추고 싶다. 마른침을 꼴깍 삼키고 있는데 찬희가 물었다.

"가글 없죠? 입에서 회 비린내 같은 게 나요."

"중간에 휴게소가 있으니까 그곳에서 간단하게 양치해."

"그때까지 못 기다릴 것 같은데."

"괜찮아, 나한테는 냄새 안 나."

"미안하지만 내가 못 견디겠어요. 아! 껌 있어요?"

현준은 이럴 줄 알고 준비한 자일리톨 껌을 찬희에게 건넸다.

"밥도 먹었고 껌도 씹고 있으니까 이제 갈까요?"

"그래."

"긴장하지 마요. 그러다 사고 나."

"그래, 알았어."

현준은 온순한 양처럼 대꾸하고 차의 시동을 걸었다.

"음악 틀어?"

"라디오. 라디오에서 웃기는 사연들 많이 나오잖아요. 난 그런 거 듣는 게 좋더라고요."

"듣는 주파수 있어?"

"아니, 없는데? 그냥 누군가가 틀어놓은 걸 듣고 있으면 좋은 거지 내가 찾아서 듣지 않아요. 그리고 그럴 시간도 없었잖아요."

찬희의 대답에 현준이 주파수를 맞추기 시작했다. 이승철의 서쪽 하늘이 흘렀다. 현준과 찬희는 노래를 들으며 남양주로 향했다.

웃기는 사연이 나오면 함께 웃고 근처 휴게소에 들러 커피도 사 마시고 국도를 빠져 나와 고속도로를 달릴 땐 스릴을 즐기듯 조심 스럽게 속도로 올리며 여느 연인들처럼 한가롭고 재미있는 시간을 보내고 있었다.

현준의 부모가 사는 동네에는 약 50호 정도의 전원주택이 있었다. 현준의 집은 그중에서 가장 환하게 빛나게 있었다. 각 방의 조명은 모두 켜놓았는데 이유를 알 수 없어 찬희가 제 집 주차장에 차를 세우는 현준에게 물었다.

"전기세 엄청 나가겠어요. 대낮처럼 밝아요."

"어머니가 겁쟁이라 그래."

"겁쟁이요?"

"컴컴한 걸 무서워하셔."

"아……."

안전벨트를 풀던 현준이 찬희의 손을 잡았다. 그의 손은 얼음장 처럼 차가웠다. 땀을 흘렸는지 손바닥 전체가 축축했다. 그가 어라 나 긴장하고 있는지 찬희는 맞잡은 손을 통해 느낄 수 있었다.

"우리 어머니……."

"내가 보고 판단하게 해 주세요. 본부장님이 나한테 처음부터 어머니나 아버지 얘길 안 한 거, 생각해 보니까 동정받고 싶지 않아서였잖아요. 그리고 나도 모르고 만나야 선입견이 생기지 않을 것 같아요."

"선입견······?"

"사람은 생각하는 동물이잖아요. 하지만 상상도 잘해요. 같은 사물을 같이 보고 설명을 들어도 해석하기 나름이고 상상도 제멋대로 해요. 그러니까 내 상상, 내 생각에 방해받고 싶지 않아요. 내가 보고 그때 판단하게······ 설명은 나중에 해 주세요."

찬희의 대답에 현준은 기가 막힌 듯 헛웃음 쳤다.

"프레젠테이션 같아."

"전에도 말했잖아요. 장현준은 상품이니까 잘 팔아야 한다고요. 부모님은 장현준 씨한테 부록이에요. 그건 분명하죠. 때로는 부록이 좋아서 상품을 사는 사람들이 있고, 부록 값 때문에 화가 나서 구매를 포기하는 고객도 있잖아요."

찬희의 대답에 현준이 고개를 끄덕거렸다.

"맞아, 강찬희 말이 다 맞다."

"고마워요."

"뭐가."

"본부장님이 날 이렇게 존중해 줄 거라고 생각 못 했어요. 날 무시한 게 아니라 지나치게 배려한 탓에 내가 무시당했다는 느낌을 받았어요. 맞죠?"

"들어가자."

현준은 쓸쓸한 표정을 지으며 차에서 내렸다. 찬희도 제가 준비한 선물을 들고 차에서 내렸다. 차에서 내리기 전에는 이렇게까지 긴장되지 않았는데 지면에 발이 닿자마자 짜릿한 전율이 전신에 퍼지더니 편두통이 생긴 양 관자놀이를 쪼고 있었다.

현준에겐 자신 있고 씩씩한 모습이 보이고 싶어서 잘난 척했지만 사실 현기증이 날 만큼 두려움을 느끼고 있었다.

현준이 현관문을 열고 먼저 안으로 들어갔다. 찬희가 그를 따라 들어갔다. 안에선 맛있는 음식 냄새가 났다. 현준이 소개할 여자를 데리고 온다는 말에 저녁 준비를 했던 모양이다. 대우받는구나 싶어서 빙그레 웃는데 키가 제법 크고 풍채가 좋은 중년 남자가 웃으며 찬희를 맞았다. 찬희는 중년 남성을 알아보고 얼른 인사했다.

"안녕하세요. 강찬희라고 합니다."

현준이 아버지를 닮았다는 건 대법에 알 수 있을 만큼 나란히 선 부자는 키도 생김새도 풍기는 이미지도 비슷했다.

"어서 와요. 현준이한테 얘기 들었어요. 갑작스럽게 연락을 받아서 놀랐어요."

"죄송합니다."

"아니야, 죄송할 건 없어요. 오히려 우리가 만반의 준비를 하지 못하고 맞아서 미안하지. 저기…… 아니야, 일단 들어와요."

호원은 아내의 상태가 갑자기 안 좋아져 미리 예고하려다 생각을 접었다. 찬희가 보고 판단할 수 있도록 입을 다무는 편이 좋을 것 같았다.

"식사부터 할까? 네 엄마는 아까 먹었어. 배고픈 걸 못 참잖아. 지금은 아주머니하고 목욕하고 있어."

호원은 그렇게 말하며 두 사람을 주방으로 안내했다.

"앉아요. 아주머니가 목욕탕에 있어서 내가 상을 차릴 건데 부담 느껴서 거들겠다고 하지 않으면 해요."

"아닙니다. 제가 하겠습니다."

찬희가 딸기 상자를 식탁에 놓고 거들 준비를 했지만 호원은 완

강하게 거부했다.

"현준이 엄마가 저렇게 된 후로 살림은 내가 거의 다 하게 됐어요. 상주 가정부를 두고 쓰긴 해도 주방 살림은 내 몫이거든. 무슨 말인지 알죠? 왜, 엄마들이 식기 위치 바뀌고 그러면 화내잖아. 그런 거라고 생각해요."

"예……."

"그리고 나 잘해요. 이 정도 밥 차리는 거 별거 아니야. 아주머니가 다 해놓은 거 옮기기만 하면 되는 걸."

"아버님의 마음은 잘 알지만 어떻게 그래요. 그럼 대신 제게 시키세요."

찬희가 어쩔 줄 몰라 하자 현준이 손을 잡았다.

"앉아. 우리 아버지가 직접 대접하고 싶어서 그러시는 거야."

"그래도……."

"우리 애들 엄마가 대접해야 마땅한데…… 미안해요."

"아뇨, 아닙니다. 그런 말씀은 거두세요. 제가 뭐 그렇게 대단하다고요."

찬희는 몸 둘 바를 몰라 했다. 출발하기 전에 초밥을 먹어 저녁을 안 먹어도 된다고 말하고 싶었지만 아무래도 같이 식사하고자 기다린 것 같아 가만히 지켜보았다.

"전이 종류가 몇 안 돼요. 동태전은 아내가 다 먹었네. 그 사람이 그걸 그렇게 좋아하더라고."

"네……."

"여기가 좀 외져서 식재료 구하는 것도 쉽지 않고 해서 냉장고 탈탈 털었다고 하더라고."

호원은 찬희의 앞에 국과 밥 공기를 놓으며 현준의 표정을 주시했다. 찬희가 제 앞에 놓인 국과 밥공기를 현준의 앞에 놓았다. 그러다 안 되겠는지 자리에서 벌떡 일어나 호원의 옆에 섰다.

"나르는 것만이라도 할게요. 그거라도 할 수 있게 해 주세요."

"하하하하. 이렇게 순진해서야. 알았어요. 그 정도는 허락하지."

호원은 찬희가 국과 밥을 퍼 나르는 걸 지켜보며 물었다.

"어머니한테 교육을 잘 받으셨네요. 아버지가 초등학교 교사셨다고?"

"네. 지금은 일식집을 하고 계시고요."

"초밥 좋아하는데 한번 가 봐야겠네."

"미리 연락만 주시면 제가 아버지께 잘 말씀드리겠습니다. 특별히 비싼 참치 부위 좀 드리라고요."

찬희의 센스 있는 대답에 호원이 호방하게 웃었다. 현준은 아버지가 큰 웃음으로 웃는 걸 4년 만에 처음으로 봐 가슴이 따끔거렸다.

"미역국이네요? 맛있겠어요."

"모시조개를 넣고 끓인 거라 시원할 거예요."

호원은 그렇게 말하며 식사하자고 했다. 현준과 찬희가 들어올 때에 맞춰 목욕을 시키라고 했으니 적어도 1시간 정도 조용히 밥을 먹을 수 있었다. 호원은 점심도 굶은 터라 국에 밥을 말아 후룩후룩 먹기 시작했다.

현준은 아버지가 국에 밥을 마는 모습이 안쓰러워 말했다.

"천천히 드세요."

"아, 그래."

습관이란 무섭다. 언제 폭발할지 모르는 아내를 돌보느라고 국에 밥을 먹는 걸 싫어했던 아버지가 변했다. 시간과 아내에게 쫓기듯 끼니를 해결해야 했기에 경박스럽게 보였다. 그는 고개를 꽉 숙이고 국에 만 밥을 먹고 있었다. 풍채 좋다고 생각했던 아버지의 목이 주름지고 늘어져 있어 찬희의 머릿속이 복잡해졌다. 어깨나 팔, 다리를 보면 그리 늙고 약하다는 생각이 들지 않는데……. 어쩜 현준도 아버지의 목을 보고 회사를 그만둘 결심을 하지 않았을까 싶었다.

 찬희는 국을 뜨려다 말고 숟가락을 놓았다. 입맛이 달아났다.

 "오기 전에 회초밥을 먹어서……요."

 바보 같은 변명임을 알지만 지금 뱉을 수 있는 말이 고작 그것이다. 분위기가 숙연해졌다. 호원은 가라앉은 분위기에도 의연하게 식사를 했다. 찬희는 호원이 식사를 마칠 때까지 입을 다물고 지켜보았다.

 현준도 찬희처럼 아버지가 식사하는 모습을 지켜보았지만 곧 자리를 박차고 일어났다.

 "담배 좀 피우고 올게요."

 아버지를 보고 있으려니 속이 타는 것 같았다. 호원은 대꾸하지 않고 식사를 했다. 찬희는 겨우 물만 넘겼다. 그리고 호원의 앞에도 물 잔을 놓으며 말했다.

 "전 신경 쓰지 마시고 꼭꼭 씹어 드세요."

 "고마워요."

 "급히 드시는 것 같아서요."

 "습관이 됐어요. 치매 걸린 아내 덕분이지."

"많이 힘드시죠?"

"처음에는 죽지 않고 살아 줘서 고맙다가 한 번씩 발작할 때는 무슨 놈의 명이 저리 긴가도 싶고, 숨이 꼴깍꼴깍 넘어갈 땐 다 좋으니까 살아만 달라고 기도하기도 하고……. 그렇게 4년을 살았더니 요즘은 모르겠어요. 내가 뭘 원하는지."

호원의 솔직한 대답에 찬희는 입술을 깨물었다.

"현준이가 많이 무뚝뚝하죠?"

"네."

"그래도 속은 깊고 따뜻해요."

"장난기도 많고요."

"원래 우리 현준인 장난도 잘 치고 웃기는 것도 잘해서 아내가 현준일 정말 예뻐했어요. 나보다 더, 현미보다도 더 좋다고 했거든. 떠받들면서 살았는데…… 지금은 현준일 봐도 데면데면해."

호원의 말에 찬희는 전기에 감전된 듯한 슬픔을 느꼈다.

"사랑하는 사람을 알아보지 못하는 사람은 나아, 잊힌 우리만 슬픈 거지. 현준인 더 했어요. 충격이 컸는지 제 엄마를 잘 보려고 하지 않았지. 우리 현미는 엄마가 무섭다고 안 와. 홀몸도 아니고 해서 오지 말라고 했지만 사실 피한다는 게 맞는 게지. 장인어른도 학을 떼서 잘 내려오지 않아요."

"이따금 정신이 들 때가 있다고 하시던데…… 아니, 다른 사람들 얘기를 들어 보면요."

"없어요. 의사도 아마 죽을 때가 되면 그때 한 번 정도는 제정신이 들 거라고 하더군. 신기하게도 4년 동안 단 한 번도 우리를 알아보지 못하고 있어요."

호원이 식사를 마치고 물을 마시며 찬희를 응시했다. 찬희는 무척 당황스러워 어쩔 줄 몰라하고 있었다.

"곱게 자랐군."

"네?"

"부모를 잘 만나서 곱게 자랐다고요."

"예, 저도 그렇게 생각합니다."

"그런 사람에게 내 아내는 괴물로 보일 거요."

괴물……

찬희는 고개를 저었다.

"아뇨, 그렇지 않아요. 치매라는 병을 전혀 모르는 것도 아닌 걸요. 당황스럽긴 하겠지만……"

"내 아내지만 정말 무섭거든. 달려들 때의 눈빛이 맹수 같아."

"그렇게 심하게 말씀하지 않아도 돼요."

"사실이에요."

호원은 물 잔을 내려놓으며 물었다.

"오늘 보고 결정해 줬으면 해요."

"네?"

"현준인…… 그걸 바랄 테니. 솔직히 내가 제안 하나 하리다. 내 자식을 선택한다면 우리 아내 죽을 때까지 찾지 않을 게야. 딱 한 번, 아내가 죽으면…… 그때 장례식에만 와요. 그래도 욕 안 해. 저놈은 제 엄마하고 같이 살 생각하는데 그건 내 걱정하느라고 그런 거지. 그런데 어느 부모가 제 자식 고생하는 걸 바라겠어. 난 현준이가 나처럼 잠도 못 자고 괴로워서 술만 마시는 거 못 봅니다."

"아버님……"

"내 아내는 내가 책임져야지. 현준이 현미 낳아 주고 내게 헌신한 사람이니 당연히 해야지. 하지만 그 녀석들까지 그럴 필요는 없어."

찬희는 고개를 숙였다. 어떤 대답을 해야 할지 몰랐다. 호원의 제안을 받아들인다고 해도 제 집에서 허락할 것 같지 않았다. 특히 어머니 미자는 3캐럿 다이아몬드든, 재벌이든 그런 꼴은 못 본다고 할 텐데. 고민스러워 한숨을 조용히 내쉬는데 주방 밖에서 소란스러운 기척이 들렸다.

"이런 생각보다 일찍 나왔네."

호원이 자리에서 벌떡 이러나 주방을 나갔다. 가정부에게 부축받아 나오는 아내를 맞으러 간 것이다. 찬희도 거실로 향했다.

"여보, 은아 씨. 현준이가 손님을 데리고 왔어요."

호원은 그렇게 말하며 넓은 수건으로 머리를 감싸고 어기적어기적 걷는 아내의 팔을 잡았다.

"예쁘죠? 현준이가 좋아하는 아가씨래요."

현준의 어머니 은아의 몰골은 그야말로 한숨이 절로 쏟아지게 할 만큼 말라 있었다. 병색이 완연한 낯빛은 거무죽죽했고 두 다리로 서 있기 힘든지 부축을 받고 있는데도 부들부들 떨고 있었다. 품이 큰 라운드 티셔츠 위에 두꺼운 가운을 걸치고 있어 그런지 몰라도 영화 속 ET를 보는 것 같았다.

찬희는 조심스럽게 은아에게 다가가 인사했다.

"안녕하세요, 강찬희라고 합니다."

은아는 흐리멍덩하게 뜬 눈의 초점을 찬희에게 맞추고 멍하게 있었다. 목욕을 해서 향긋한 냄새가 났지만 표정이나 눈빛이 예사롭지 않아 찬희가 지은 웃음이 사라졌다.

"바……밥."

"은아 씨, 아까 밥 먹었잖아요."

"밥…… 배고파."

은아는 울먹거렸다.

"그럼 과일 먹어요."

호원의 말에 찬희가 급히 주방으로 들어갔다. 그리고 제가 사 온 딸기를 깨끗하게 씻어 물기를 빼고 꼭지를 따 넓은 그릇에 담았다.

"어머니, 제가 딸기 사 왔어요."

찬희가 소파에 앉은 은아의 앞에 딸기를 담은 그릇을 놓았다. 호원이 고맙다며 눈웃음을 짓고 아내에게 말했다.

"은아 씨, 당신이 좋아하던 딸기예요. 제법 굵어요. 향기도 좋죠?"

호원은 은아에게 딸기를 쥐여 주었다. 은아는 딸기를 깨물어 먹다가 맛있는지 기분 좋은 웃음을 지었다. 그때야 호원도 가정부도 찬희도 긴장을 풀었다.

"딸기가 마음에 드는 모양이네."

호원이 그렇게 말하며 딸기를 하나 더 집어 은아의 손에 쥐여 주었다. 딸기가 양손에 있으니 기분이 좋았는지 웃기 시작한 은아의 웃음소리가 커질 때쯤 현준이 들어왔다.

현준은 어머니의 웃음소리를 오랜만에 들어 현관 앞에서 못 박힌 듯이 서 있었다. 오늘은 기분이 좋은 모양이다. 웃는 걸 보니까 안심이 되어 찬희가 희망적인 대답을 주지 않을까, 마음이 놓였다. 그렇게 마음을 놓고 걸음을 떼는데 갑자기 은아가 찬희에게 달려들었다.

"너 나가! 이년이 어디서 수작질이야, 너 우리 집 망치려고 왔지? 엄마, 엄마. 이 아줌마 누구인데 왔쪄."

"아악! 어, 어머니!"

찬희는 딸기를 먹던 손으로 머리카락을 잡고 흔들어대는 은아의 괴력에 놀라 비명을 질렀다. 호원도 아내를 말렸지만 힘이 어찌나 좋은지 머리카락을 쥔 손가락의 힘을 풀지 않았다.

"여보, 이러지 말아요. 은아 씨. 현준이를 봐서라도 이러면 안 돼! 여보!"

호원이 애끓는지 은아의 허리를 잡고 호소했다.

"여보, 이러지 마!"

"엄마, 이 아줌마 누구야. 엄마아!"

은아는 찬희의 머리를 잡고 흔들며 악을 썼다. 어머니의 눈빛이 앵돌아 제정신이 아닌 데다 찬희가 비명을 지르다 숨죽이고 머리를 흔들면 흔드는 대로 참고 있어 곧장 현준이 어머니에게 달려들었다. 그리고 억지로 은아의 손가락을 벌렸다.

"아파, 아, 아야!"

은아가 발작을 일으켰지만 현준은 냉정했다. 그는 아랫입술을 꾹 깨물고 은아의 손가락이 부러지든 말든 하나씩 폈다. 호원에게 허리를 잡힌 은아가 울부짖었다. 가정부를 엄마라고 부르며 현준을 혼내 주라고 몸을 비틀며 울어댔다.

은아의 손가락이 모두 펴졌다. 현준이 찬희의 어깨를 잡고 자신을 보게 했다.

"괜찮아?"

찬희는 두 눈을 감고 있다가 뜨며 고개를 끄덕거렸다. 은아가 머리카락을 잡을 때 뺨을 맞았는지 빨갛게 부풀어 올랐다. 머리카락에선 딸기향이 진동해 속이 울렁거렸다.

"화장실을 좀 썼으면 좋겠어요."

찬희는 최대한 의연하게 말했지만 몸이 오들오들 떨리고 있어 울상을 지었다.

현준이 그녀를 일으켜 화장실로 가려는데 갑작스런 악취가 발길을 붙들었다. 은아가 실례를 한 것이다. 은아는 제가 실례한 게 기분 나빴는지 울부짖었다. 몸부림을 쳐 날린 딸기가 뭉개져 어지럽게 널려 있었다.

"2층으로 가자."

현준은 찬희를 데리고 2층 화장실에 갔다. 화장실 문을 열고 찬희의 안색을 살피던 애써 웃으며 물었다.

"최악이지?"

찬희는 어깨를 으쓱거렸다.

"씻고 나와, 집에 데려다 줄게."

찬희는 고개를 끄덕인 다음 화장실에 들어갔다. 세면대에 물은 받은 그녀가 손을 닦은 후 거울에 비친 제 얼굴을 바라보았다. 머리카락이 엉망으로 구겨져 있었고 은아가 잡아당기는 바람에 빠진 머리카락이 어깨와 가슴에 붙어 있었다. 그리고 뺨이 부풀어 보기 안쓰러웠다.

호원의 말대로 은아는 괴물이었다. 무서웠다. 태어나 처음으로 머리채를 잡혀 정신까지 뿌리째 뽑힌 것 같았다. 그녀는 욱신거리는 두피를 손가락으로 문지르다 눈시울이 붉어져 고개를 숙였다.

그리고 몸이 들썩거릴 정도로 소리 죽여 흐느끼기 시작했다.

강찬희…… 받아들이지 못하겠지? 저렇게 당했으니…….

현준은 화장실문에 머리를 대고 있다가 씁쓸한 표정을 지었다. 찬희의 울음소리가 곧 프러포즈에 대한 답이었다. 그는 어머니를 말리느라고 질끈 물었던 아랫입술에서 피가 흘러 혀로 문지르다 피 비린 맛에 인상을 찌푸렸다.

남양주로 갈 때만 해도 라디오 DJ가 읽어 주는 사연에 웃기도 하고 울기도 하며 공감했었는데 지금은 아무것도 귀에 들리지 않았다.

현준은 말없이 운전했고 찬희는 차창에 머리를 기대고 빠르게 스쳐 지나는 사물들을 멍하게 바라보고 있었다. 물론 그런 것들이 눈에 들어올 리 없었다.

화장실에서 운 탓에 눈두덩이 빨갛게 부어올랐다. 호원에게 안녕히 계시라는 인사를 해야 하는데 목이 멘 탓에 할 수 없었다. 호원도 고개만 끄덕거릴 뿐 어떠한 말도 하지 않았다. 은아는 다시 가정부와 욕실에서 몸을 씻었다. 한바탕 폭풍우가 지난 후 잠잠해진 들녘처럼 그의 집도 그러했다.

현준은 아버지를 혼자 두고 가려니 발길이 떨어지지 않았지만 찬희 때문에라도 서둘러야 했다. 그렇게 해서 그들은 찬희의 아파트 입구까지 오는 내내 단 한 마디의 말도 하지 않았다.

찬희의 복잡한 심경이야 시간이 해결해 줄 수 있는 문제였지만 현준이야말로 치매에 걸린 어머니라는 현실에서 괴로워하고 있었다. 그 길에 동참하여 고통 분담을 할 것인지 일부러 고통을 선택하여 피곤하게 살지 않은 삶을 택할지. 찬희는 냉정하게 생각하고 있었다.

망망대해에 똑 떨어진 것처럼 앞이 까마득하고 불안하여 심장이 멎은 것 같아 멍한데 자동차 시동이 꺼지는 소리가 났다. 그때야 찬희가 정신을 차리고 창밖의 사물을 확인하기 시작했다.

제 아파트 단지 내에 있는 지상 주차장이었다.

"집 앞까지 데려다 줄게."

찬희는 대꾸없이 차에서 내렸다. 현준이 조심스럽게 그녀를 따라 걸었다. 그녀는 제 아파트의 경비실 앞에 서서 현준을 바라보았다.

"어머니…… 때문에 많이 힘들었겠어요. 내게 말하고 싶지 않아 했던 거 이해해요."

"네 말대로 우리 부모님은 부록이야. 부록보다 날 먼저 네게 알리고 싶었어. 네게 더 잘난 남자로 보이고 싶었다고. 그런 다음에 시간을 두고 말하고 싶었어."

"응, 알 것 같아요. 나라도 그랬을 거예요."

"그렇게 생각해 줘서 고마워."

현준은 입술이 말라 혀로 축이다 미간을 찌푸렸다. 아까 깨물어 벌어진 상처가 따끔거렸다. 찬희의 시선이 현준의 입술에 머물렀다. 그 역시 그녀만큼 긴장하고 있었을 거다. 십분 이해기에 그녀는 여기에서 선택을 내려야 한다고 판단했다. 찬희가 핸드백에서 반지 케이스를 꺼냈다. 현준의 눈매가 가늘어졌다.

"3캐럿은…… 너무 무거운 것 같아요."

"아무래도 그런 것 같군."

"저기……."

"괜찮아. 이해해."

"제 말은…… 그게 좀 복잡한데."

찬희의 대답에 현준인 고개를 끄덕거렸다. 그는 말없이 그녀가 내민 반지케이스를 받아 손에 쥐었다.

"생각할 시간을 주지 않을래요?"

찬희의 대답에 현준는 피식 웃었다. 시간을 달라는 말이 공손한 거절의 의미로 들려 헛웃음이 자연스럽게 쳐졌다. 그는 그녀의 얼굴을 어떻게 봐야 할지 막막해져 손짓했다.

"많이 늦었다. 내일 출근해야 하잖아……. 올라가 쉬어."

현준이 돌아섰다. 찬희는 잰걸음으로 제 차까지 걸어가는 현준의 뒷모습이 가시처럼 눈가에 파고들어 급히 돌아서 경비실을 지나 엘리베이터에 올랐다.

현준은 찬희가 뛰어가는 소리가 아파튼 단지를 흔들 만큼 크게 들려 풋, 웃었다. 운전석 문을 열던 그가 뒤돌아보았다. 그리고 깜빡하고 말하지 못한 말과 함께 슬픈 미소를 지었다.

"강찬희…… 사랑한다."

열세 번째 프러포즈.
장현준 떠나다

새벽부터 부슬부슬 흩날리던 빗방울이 제법 거세졌다.

찬희는 형광등을 밝힌 사무실을 나와 백화점 후문에 있는 휴게실에 앉아 밀크커피를 마시고 있었다. 습기를 가득 먹어 차가운 나무 의자에 앉아 다리를 꼰 채 천막에서 흐르는 물줄기를 멍하게 보는데 태진이 그녀의 옆에 철썩 소리가 나게 앉으며 말했다.

"서방, 기분이 완전 다운 됐다?"

"그렇게 부르지 말라니까."

"그렇게 보지 마라. 무섭다."

"심기 불편하신 날이야."

"생리해?"

"어, 엄청난 출혈이 있었어."

찬희가 대답을 하며 태진을 응시했다. 그는 눈살을 찌푸리고 있었다.

"말을 해도……. 왜, 아예 피바다라고 하지?"

"저급하긴."

"엄청난 출혈이나 피바다나 그게 그거지."

태진의 대답에 찬희가 한숨을 내쉬었다. 어젯밤부터 지금까지 쉰 한숨을 한데 모으면 태풍도 만들 수 있을 정도 입술을 떼기가 무섭게 쏟아졌다.

"오 대리는 좋겠다. 걱정도 근심도 갈등도 없어 보이니까."

"이거 왜 이래, 나도 고민 많은 남자야."

"고민하는 모습을 단 한 번도 못 봤는데?"

"남자란 속으로 생각하고 결론 내리는 법이다."

"남자만 그런 줄 알아?"

찬희는 콧방귀를 뀌었지만 태진은 아랑곳하지 않았다.

"오죽하면 남자의 눈물은 가슴에서 흐른다는 말이 있어?"

"가슴에서 흘러?"

"그래, 남자는 태어나서 딱 3번 울어야 해. 고래 잡을 때 한 번, 나라가 망할 때 한 번, 부모가 죽었을 때 한 번."

"나라가 망할 때하고 부모님이 돌아가실 땐 이해가 가는데 고래 잡을 때?"

"포경수술 하면 아프기도 하지만 종이컵을 가랑이 사이에 달고 다녀야 해. 얼마나 창피하냐? 또래 여자애들이 다 놀려. 울 수밖에 없어."

그래, 울 수밖에 없겠다.

태진의 대답에 찬희는 씁쓸히 웃으며 주변을 돌아보다 현준이 휴게실로 걸어오는 걸 발견하고 태진의 팔을 억지로 끌며 모래함 뒤에 숨었다.

"너 왜?"

"쉿, 조용해 봐. 본부장님 오시잖아."

"너랑 사귀는데 땡땡이친다고 뭐라고 하겠어?"

"조용히 해 봐."

찬희는 태진의 입을 억지로 손으로 막고 현준을 훔쳐보았다. 그는 찬희가 앉아 있던 벤치에 앉으며 담배를 입에 물었다. 그리고 담뱃불을 붙이고 빨아들였다가 내뱉으며 누군가에게 전화를 걸었다.

"오빠야."

현미에게 전화를 건 모양이다. 무슨 일일까.

"어머니 뵙고 왔어. 응…… 아, 그거. 안 됐어. 각오했던 거지 뭐. 어……. 넌 몸 좀 어때? 맛있는 거 먹고 싶지 않아? 오빠한테 말해, 사 줄게."

그는 담배 연기를 깊이 빨아들였다가 훅 내뱉었다.

"병원에 다녀왔는데…… 어머니, 더 안 좋아지셨어. 혈뇨를 보셨다고 하더라. 혈뇨를 본 이상 기다리는 수밖에 없다고 했어. 응…… 어젯밤에 악화되셨대 해. 응…… 세브란스 병원에 연락했어. 내일 병실이 나올 거라고 하더라. 내일 옮겨. 아, 외할아버지……. 내색 안 하시지."

현준은 한숨을 푹 쉬었다.

"그리고 현미야……. 아버지가 너 병원에 오지 말라셔. 혹시…… 그날이 와도 집에 있으라고 하시더라."

현준의 음성은 떨렸다.

찬희는 '그 날'이라는 말에 가슴이 철렁 내려 앉아 눈을 질끈 감았다. 어제만 해도 팔팔하게 머리채 잡고 흔들 만큼 기운이 넘치더니 왜 갑자기 나빠졌을까? 설마 어제 기운을 너무 많이 쓴 탓에 잘못된 건 아닐까? 갖가지 경우의 수를 떠올리며 눈시울을 붉히는데 태진이 제 손수건을 내밀며 말했다.

"닦아."

"응?"

"울고 있잖아."

찬희가 손으로 제 뺨을 쓸었다. 그녀는 위를 올려보았다. 빗물이 떨어지지 않았는데 뺨이 젖어 있다. 그저 눈시울이 붉어졌구나, 라고 생각했는데 아까부터 계속 울고 있었던 모양이다.

"고마워……."

손수건을 받아 눈물을 닦는데 현준이 자리에서 일어났다.

"현미야, 울지 마. 울지 마…… 그렇게 울면 아이한테 안 좋아."

현준은 고개를 팍 숙이고 담배를 끼운 손으로 눈을 가린 채 소리를 숙이고 있다가 서둘러 전화를 끊었다. 훌쩍거리던 그가 눈을 가린 손으로 입술을 쓸었다. 새빨갛게 충혈이 된 눈을 깜빡거리다가 숨을 깊이 들이마신 그가 담배를 재떨이에 비벼 끄고 사무실로 돌아갔다.

찬희는 현준의 뒷모습을 지켜보다가 끅끅, 소리가 나게 훌쩍거렸다.

"왜 그래. 무슨 일이야."

"오 대리."

"왜. 뭐, 뭐."

"지금 여기서 들은 이야기 잊어. 후흡! 잊어."

"본부장님 어머니?"

찬희는 고개를 끄덕거렸다.

"뭐 그렇게 좋은 상황도 아닌데 왜 떠벌리고 다녀."

"그리고 이거 고마워."

찬희가 젖은 손수건을 돌려주며 빨개진 코를 훌쩍거렸다.

"먼저 가."

"뭔지 모르겠지만…… 술친구 필요하면 말해. 저녁에 약속 없어."

찬희는 고개를 끄덕거렸지만 술 생각은 없었다. 밤새 비가 내린다고 하니 집에 일찍 가서 엄마가 만든 김치전을 먹고 싶다는 생각만 머릿속에 꽉 채웠다.

휴게실에서 올라와 제자리에 앉아 이제 일을 해 볼 생각에 모니터를 켜는데 태진이 눈치를 보며 속삭였다.

"다음 주 월요일부터 본부장 바뀐단다."

"무슨 말이야? 다음 주 월요일이면…… 이틀 뒤잖아. 오늘 금요일이야."

"주말에 인수인계하나 봐. 너 들어오기 전에 본부장이 새로 발령받은 한웅진이라는 사람을 소개했어. 후광이 대단하던데. 머리에 쌍라이트 달고 다녀. 아까 엄청 웃었다."

"대머리 본부장이란 거야?"

"그렇지. 민둥산에 제법 배도 나왔어. 40대 후반 같더라. 이제 우린 죽었어."

태진이 목을 긋는 시늉을 하며 한 대답에 찬희의 마음이 무거워졌다. 너무 급작스러워 정신이 혼미할 지경이었다.

"그래서 오늘까지만 근무하신다는 거야?"

"주말에 인수인계한다는 것 같으니까 주말까지는 나오시겠지."

태진은 그렇게 말하며 제자리에서 울리는 벨소리에 이끌려 수화기를 제 귀에 붙였다.

찬희는 태진이 거래처에서 걸린 전화를 받는 동안 팔짱을 끼고 시간을 훑었다. 오후 3시인데 하늘은 이미 저녁처럼 어두워 덩달아 그녀의 기분까지 심연에서 허우적거렸다.

병원에 입원했을 정도라면 심각한 걸까? 어제 현준의 아버지는 저러다 갑자기 죽을 수 있다는 말을 했었다. 그 갑작스러운 죽음의 촉매제가 찬희의 방문 때문이라면? 생각하기도 싫을 만큼 가슴이 뻐근하도록 죄책감이 느껴지며 그녀를 괴롭혔다.

고개를 도리도리 흔들며 상념을 털어내는데 메신저 창이 깜빡였다. 현준에 보낸 메신저인지라 긴장한 그녀가 마우스를 쥐고 마른침을 꼴깍거렸다. 하지만 오랫동안 무시할 수도 없어 메시지의 내용을 확인했다.

장현준님이 하는 말: 본부장실로 오세요.

티파니…….

찬희는 한숨을 푹 쉬고 다이어리를 들고 일어나 본부장실로 향했다. 내딛는 걸음이 천근만근 같아 걸을 때마다 한숨이 푹푹 터졌다. 목에 가래가 끼는 것 같아 헛기침을 한 후에 본부장실에 노크를 했다. 그리고 안으로 들어갔는데 책상에는 현준이 아닌 낯선 남자가 앉아 있었다.

태진이 말한 민둥산 머리의 40대 중반의 남성이었다. 새로 온 본부장인 듯했다. 찬희는 당황스러워 주변을 둘러보았다. 현준이 소파에 앉아 있었고 테이블에는 각종 서류들이 수북하게 쌓여 있었다.

"강찬희입니다. 부르셔서 왔습니다만……."

찬희가 현준을 흘끗 보았지만 한웅진이 깐깐한 음성으로 물어 정신이 번쩍 들었다.

"반가워요, 한웅진이에요. 이번에 티파니 특별전을 준비한다고요?"

"아, 네."

"장 본부장님께서 추진하셨던 거라 말릴 생각은 없는데…… 사실 확실한 기획안도 없고 티파니 본사에 허가를 요청한 것도 아니고 해서 솔직히 고민스럽습니다."

"고민스럽다니요?"

찬희의 물음에 한웅진이 거만하게 눈을 치켜떴다.

"본사에서 추진할 걸 왜 지사에서도 할 생각을 하느냐는 겁니다. 이번 리시오 건도 지사에서 끼어드는 바람에 양 이사님의 입장이 곤란해지신 걸로 아는데……."

한웅진의 말에 찬희가 현준을 쳐다보았다. 그도 서류를 분류하다 말고 한웅진의 말이 귀에 거슬렸는지 고개를 들고 미묘한 표정을 짓고 있었다. 하지만 한웅진은 현준이 어떤 표정을 짓건 이제 상품개발부의 본부장은 저라는 듯이 덧붙였다.

"티파니 특별전을 왜 지사에서 해야 하는지, 날 설득할 수 있습니까? 강찬희 씨의 아이디어가 좋았고 장 본부장님이 잘 서포트하셨다는 건 이미 보고 받았습니다만 월요일부터 내가 진두지휘하는 상품 개발실에선 그런 서포트를 받을 순 없을 겁니다."

한웅진의 말에 찬희는 주먹을 꽉 쥐었다.

"오해가 있으신 것 같아 말씀드립니다. 장현준 본부장님께서 절 서포트하신 게 아닙니다. 절 이끌어 주신 건 확실하지만…… 제 능력을 잘 아셨기 때문에 아이디어를 채택하셨고 부하의 아이디어를 당신 재산으로 만들지 않아도 될 만큼 능력이 있으셨기에 가능했습니다. 하지만 한웅진 본부장님께 그런 면을 기대하기 어렵다는 판단이 서네요. 그러니 저 역시 월요일부터 업무 스타일이 바뀔 것 같습니다."

찬희의 대답에 현준이 고개를 숙이며 피식 웃었다. 한웅진은 현준의 눈치를 보는지 입술을 오므리고 있다가 헛기침을 내뱉었다.

이에 찬희가 기회를 잡은 것처럼 물었다.

"티파니 특별전은 반드시 해야 합니다. 그건 장현준 본부장님과의 약속이었습니다."

"……본사에서 해야 이슈가 되지……."

"한 본부장은 본사 분이십니까?"

"뭐요?"

"본사에서 하라는 것만 하실 거라면 지금 앉으신 자리가 과분한 것 같은데요."

현준처럼 본사의 눈치를 보지 않고 제 계획일 밀어 붙이는 타입이 아닌 것 같아 어느 정도는 포기하고 상사로서 대우할 생각이었지만 그의 이상과 생각이 찬희와 맞지 않았다. 그저 그런 상사에게 제 아이디어와 노력이 가로채질 것 같아 날이 섰다.

"강찬희 대리는 뭔가 착각하고 있나 본데, 우리는 본사를 서포트 하기 위해 존재하는 겁니다."

"아뇨! 저희 지점은 본점 못지않게 다양한 이벤트를 해 왔고 이 지역의 고객 유치에도 성공했습니다."

"고집이 세군요."

"제게 티파니 특별전을 그만두라고 하실 거라면 포기하세요. 티파니는 제 환상입니다. 제가 성공시킬 수 있습니다."

찬희는 그렇게 말하며 현준을 응시했다. 현준이 찬희를 그윽한 시선으로 바라보고 있었다. 찬희가 말하는 환상에 아련한 기운을 받은 것 같았다.

"티파니…… 반드시 성공시킬 거예요."

찬희는 그렇게 말하고 나서 한웅진을 응시했다.

"기회를 주십시오. 주말 동안 기획안을 준비하겠습니다. 그리고 월요일에 프레젠테이션을 할 테니 그때 판단해 주십시오."

찬희의 제안에 한웅진이 난처한 기색을 드러냈지만 할 수 없다는 듯이 고개를 끄덕거렸다.

"그럼 전 이만 나가 보겠습니다."

찬희는 그렇게 말하고 본부장실을 나갔다. 그녀의 당찬 눈빛과 기백 넘치는 어조에 질린 한웅진이 현준에게 물었다.

"괜찮겠습니까?"

"티파니는 강찬희의 환상이기도 하지만 해 볼만 한 가치가 있습니다. 몇 해 전에 티파니 특별전이 있었죠? 다이아몬드는 4월의 탄생석입니다. 4월 초에 특별전을 하게 된다면 영업 수익면에서도 괜찮지 않겠습니까?"

"하지만……."

"다이아몬드의 어원을 아십니까?"

"어원이요?"

"아다마스(Adamas). 그리스어로 '정복할 수 없다.'라는 뜻이라는군요. 다이아몬드는 하나의 원소로 이루어진 유일한 보석입니다. 99.95%의 탄소로 이루어져 있죠. 고온과 고압의 조건에서 형성되고 내구성이 강한 보석이라 사랑의 상징이라 불리는 것이겠죠. 영원불변, 어떤 모양으로 깎느냐에 따라 뿜어내는 아름다움이 다릅니다. 단순히 남들이 좋아하기 때문에 받고 싶은 보석이 아니라는 겁니다. 거기에 티파니라는 브랜드 가치를 생각한다면…… 4월의 탄생석과 결혼반지로 홍보하기 좋을 겁니다."

현준은 그렇게 말하며 한웅진을 바라보았다. 한웅진은 한숨을 푹 쉰 다음에 물었다.

"4월까지 안 되겠습니까? 특별전을 직접 지휘하셨으면 하는데요."

"애석하게도 힘들 것 같군요. 대신 특별전엔 반드시 참석할 테니 잘 부탁합니다."

현준은 그렇게 말하고 자리에서 일어나 창가로 향했다. 그리고 텁텁한 실내 공기를 환기시키려는 듯이 창문을 열고 손을 밖으로 내밀었다. 손바닥에 떨어진 봄비가 제법 시원했다. 그러나 손이 시릴 만큼의 냉기를 품고 있는 건 아니라 오랫동안 한 자세로 서 있었다.

문득 현준에게 있어 환상은 강찬희가 아니었나, 라는 씁쓸한 생각이 들었다.

✕ ✕ ✕

〈언니, 집에 들어가기 전에 열빙어 구이에 정종 안 마실래? 비가 와서 그런지 따끈한 정종이 당겨.〉

퇴근 준비를 하려는데 수희에게 문자가 왔다. 심지진 생각이 간절했던 찬희였지만 수희와 술 한잔하고 노래방에 가서 목청이 터지게 내지르는 것도 나쁘지 않을 것 같아서 백화점 근처의 유명한 일식 주점에서 만나기로 약속을 정하고 티파니 자료를 이동식 하드에 넣었다.

"한잔하러 갈래?"

"아니, 집에 갈 거야."

"그래?"

태진은 섭섭한 양 씁쓸한 표정을 지었다.

"근데 너 본부장님하고……"

"앗! 퇴근시간이다. 먼저 갈게."

찬희는 현준과 마주칠 것 같아 얼른 사무실을 나왔다. 엘리베이터가 아닌 직원 전용 계단을 통해 1층까지 내려온 그녀는 뒤 한번 돌아보지 않고 급히 걸음을 내딛을 만큼 다급하게 보였다. 백화점 밖에 나와 자동우산을 편 그녀가 곧장 약속 장소로 향했다. 낮보다 더 굵어진 빗줄기에 을씨년스럽기도 했지만 머릿속에는 현준에 대한 생각이 꽉 차기 시작해 건널목에서 대기하고 있는 사람들의 틈에 섞일 때까지도 기계적으로 걷고 있었다.

뚜르르, 뚜르르.

신호등이 바뀌었다. 찬희는 건널목을 지나 수희와 약속한 일본식 주점에 들어갔다. 그리고 적당한 자리에 앉았다.

메뉴판을 펼친 그녀는 우선 정종 두 잔과 열빙어 구이, 어묵탕을 주문했다. 수희도 10분 안에 도착할 것 같아 아사히 생맥주 한 잔을 추가로 주문했다. 그리고 창밖의 거리 풍경을 바라보며 팔을 괬다.

퇴근 준비로 바빠진 거리는 우산을 쓴 사람들의 행렬이 끝도 없었다. 걸음은 빨랐고 빗줄기는 더욱 거세졌다. 도시 전체가 물 먹은 솜처럼 젖어 있어 어딜 가든 잘박잘박 소리가 나는 것 같았다.

찬희는 턱을 괜 채 멍하게 있다가 주문한 아사히 맥주가 나와 무심하게 잔을 입에 댔다. 부드러운 맥주 거품이 입술 주변에 묻었다. 혀로 그것을 문질러 닦는데 수희가 들어왔다.

"비가 더 올 모양이야."

"차는 어디에 주차했어?"

"언니네 백화점. 저번에 준 직원 전용 주차카드 내밀었지."

"잘했어."

"그런데 어젯밤에 언니 왜 운 거야?"

수희는 온종일 언니가 왜 울었는지 신경 쓰여 보자마자 물었다.

"어떻게 알았어? 네 방까지 들렸어?"

"벽 하나 두고 있는데 안 들려? 그리고 우리 아파트가 좀 오래됐어야지."

"나 때문에 잠 못 잤겠다. 미안해."

"미안할 것도 많아. 본부장님하고 싸웠어?"

수희의 물음에 찬희가 고개를 저었다.

"그럼 왜 울어? 내가 여태까지 언니 우는 거 3번 봤는데 대부분 헤어졌을 때잖아. 어제도 헤어진 줄 알았어."

"몰라…… 시간이 더 필요한 것도 같고."

찬희는 그렇게 말하며 맥주를 쭉 들이켰다.

"그렇게 마시다 취해."

"취하고 싶어. ……수희야."

"응. 말해."

"본부장님이 나한테 티파니 반지 3캐럿 줬잖아."

수희도 찬희가 제주도에도 온 날 반지를 봤기 때문에 고개만 끄덕거렸다.

"어제 도로 돌려줬어."

"엉?"

"본부장님 댁에 다녀왔거든. 부모님께 인사드렸어."

"설마 그 집에서 언니를 반대해? 우리 집이 너무 기운대?"

수희가 버럭 소리를 질렀다.

"아니, 오히려 본부장님 댁이 기울어."

"재벌 3세라며. 뭐가 기울어?"

"어머니가 치매셔."

"치, 치매?"

수희는 얼음 욕조에 빠진 것처럼 얼어붙었다.

"내 머리채도 잡고 흔드시더라. 실례도 하시고……. 상태가 좀 안 좋았어."

"엄마한테 말했어?"

"아니, 안 했어."

"잘 했어. 엄마 성격에 시어머니 자리가 치매라고 하면 절대로 안 보낸다고 해."

수희는 그렇게 말하긴 했지만 씁쓸하고 아깝다는 생각이 들어 한숨을 쉬었다.

"언제부터 그렇게 됐대?"

"4년 전 위암 수술을 받으셨는데 수술 후에 치매가 오셨대."

"위암? 재발은 안 하셨대?"

"응."

"다행이네. 아니 그게 다행인 건지 모르겠어. 살아도 산 게 아니잖아."

"얼마 남지 않았다고 하더라. 병원에서도 손을 놓았대. 그래서 내일이라도 갑자기 돌아가실지 모른다고…… 후우."

찬희의 한숨에 수희도 덩달아 쉬었다.

"본부장님을 생각하면 많이 속상하구나?"

찬희는 고개를 끄덕거렸다.

"가슴 아파?"

끄덕끄덕.

"본부장님의 어머니 모실 수 있겠어?"

수희의 물음에 찬희는 고개를 저었다. 그사이 주문한 열빙어와 어묵탕이 나왔다.

"그럼 간단하네. 언니는 본부장님이 제 눈에 안 보이면 미칠 것 같지 않지? 보고 싶어서 찾아가고 싶고 만지고 싶을 만큼 원하지도 않잖아."

"그 정도의 리스크를 감수할 수 있을 만큼 사랑하지 않으면 지켜보는 게 옳은 것 같아. 난 그렇게 생각해. 그런데 본부장님, 언니를 진짜 좋아하나 봐."

"그게 무슨 뜻이야?"

"제 이기심만 채우려고 했다면 무릎이라도 꿇었을 거야. 그리고 자기와 결혼해 달라고 했겠지. 그런데 언니의 입장을 이해한 거잖아. 어쩌면 거절당할 걸 알면서도 고백했는지도 모르지."

수희는 그렇게 말하며 따끈따끈하게 구워 나온 열빙어를 집었다.

"그 본부장님 말이야…… 아르마딜로 같아."

"아르마딜로?"

"머리부터 꼬리까지 갑옷 같은 껍질로 된 빈치류 포유동물 말이야. 지금까지의 얘길 들어 보면 딱딱한 사람인데 속은 참 부드러워. 그런 남자가 무너지면 대책 안 서지."

열빙어의 꼬리까지 맛스럽게 먹던 수희가 데운 정종을 마시며 찬희의 안색을 살폈다.

찬희는 젓가락을 쥔 채 넋을 놓고 있었다. 언니가 고민에 빠진 모습에 수희가 물었다.

"시간을 두고 생각해도 늦지 않은 문제라면 무리하지 마. 본부장님의 마음이 내일 당장 바뀌는 것도 아니잖아."

"날 괘씸하게 생각할 것 같아."

"그렇게 생각한다고 해도 어쩔 수 없잖아. 만일에 정말 그렇게 생각한다면 언니의 평생 배필로 실격이고 인연이 아닌 거니까 신경 쓰지 마. 그리고 좀 마셔. 혼자 마시는 술이 얼마나 맛없는지 알면서. 이거 먹고 노래방에 가자."

"응……."

"비가 오늘 날에는 정종이 딱이야."

수희는 정종 한 모금에 세상을 다 얻은 양 행복한 미소를 짓고 있었지만 찬희는 창밖으로 시선을 돌렸다. 날이 완전히 저물어 창밖의 세상은 새카맣다. 네온사인 불빛이 황량하게 느껴질 때 왕약림이라는 대만 여가수가 부른 'I LOVE YOU'라는 노래가 나왔다.

잔을 입에 대는데 노래 가사가 가시처럼 심장에 파고들어 숨을 쉴 때마다 따끔거렸다. 현준이 매일 같이 주입시키듯이 내뱉은 '사랑한다.'라는 말이 귓가에서 맴돌며 그녀의 가슴을 콕콕 찔러댔다.

사랑한다, 강찬희. 사랑해…….

춤을 추며 웃던 현준, 프러포즈하며 눈빛을 태우던 현준, 무신경한 듯 행동하던 현준의 모습이 파노라마처럼 지나갔다. 그녀의 눈가에 물기가 자작자작 고였다. 이내 안개가 낀 것처럼 눈앞이 흐려지더니 입술이 파르르 떨려왔다.

결국 찬희는 자리를 박차고 일어났다. 열빙어를 물고 있던 수희가 놀란 토끼 눈을 뜨고 찬희를 올려다보았다.

"미안해, 나 회사에 가야겠어."

"언니……."

"이번 주까지만 출근할 거래. 어쩌면…… 오늘까지 일할지도 몰라."

"무슨 말이야?"

수희는 어이가 없는지 인상을 구겼지만 찬희는 미안하다는 말과 제 신용카드를 테이블에 올려놓고 일본식 주점 밖으로 나갔다. 자동우산을 급히 편 그녀는 얕게 팬 웅덩이에 고인 물이 튀어 바짓단에 얼룩이 생겨도 멈추지 않고 달렸다.

※ ※ ※

오늘로 끝인가?

현준은 4년 동안 지낸 사무실의 조명등을 끄며 시원섭섭한 미소를 짓고 있었다. 인수인계가 일요일에 끝날 것 같았는데 생각 외로 한웅진 본부장이 일처리를 잘해 금방 끝낼 수 있었다. 그는 제 짐을 넣은 상자를 안고 상품개발부로 걸음을 옮겼다. 퇴근 시간이 40분가량 지난 터라 남아 있는 직원이 없을 거라고 생각했는데 태진이 남아 있었다.

"야근하나?"

현준의 물음에 태진이 귀신이라도 본 양 화들짝 놀랐다.

"아, 예예."

"뭘 그렇게 놀라."

"생각지도 못했습니다. 아, 그 상자…… 설마 오늘 가십니까?"

"그렇게 됐어."

"너무 급작스럽네요. 정신이 없을 정도로요. 다음 주에 가신다고 하셨잖습니까. 본부장님 가시는데 선물도 준비 못 했고 송별식도 못 했잖습니까."

태진이 섭섭한 양 울상을 지어 현준이 고개를 저었다.

"송별식이니 뭐니 하면서 놀 생각하지 말고 성과를 올려. 그리고 내가 해외에 나가는 것도 아니라서 마음만 먹으면 얼마든지 만날 수 있을 거다. 너무 서운해 하지 마."

"한웅진 본부장이 많이 깐깐해. 그러니까……."

"솔직히 매일매일 본부장님의 생각이 날 것 같습니다. 다른 사람은 몰라도 강찬희나 제 입사 면접관으로 본부장님이 계셨잖아요. 많이 의지했고 배웠습니다. 제 자신이 부족하다는 걸 느낄 때마다 많이 생각날 겁니다."

"나 그렇게 대단한 사람이 아니야."

"아닙니다. 아까 솔직히 좀 착잡했습니다. 한웅진 본부장님은 확실히 본부장님과 다를 테니까요. 그런 느낌이 쎄하게 오더라고요."

찬희 때문에 얄미운 사람이긴 했지만 업무적인 능력이나 부하직원을 다루는 솜씨에 후한 점수를 주었던 태진이었기에 드러내지 않았지만 많이 동요하고 있었다.

"승진 시험 잘 보고 건강해라."

"본부장님은 어디…… 아니, 옮기는 회사가 어디입니까?"

"아니야, 당분간은 집에서 쉰다. 어머니가 편찮으셔서."

태진은 낮에 현준이 누군가와 통화하던 모습이 떠올라 고개만 끄덕거렸다.

"오태진."

"예."

"강찬희…… 많이 도와줘. 너희는 잘 어울리는 파트너니까."

"그 말은 강찬희를 포기하신다는 말입니까?"

"그런 뜻이 아니야. 그리고 강 대리한테 서방이라고 하지 마. 한 본부장은 정말로 싫어할 테니까."

현준은 태진의 어깨를 두드려 격려하고는 찬희의 책상을 오랫동안 응시했다. 그리고 상자 안에서 서류철을 꺼내 책상 위에 놓으며 말했다.

"찬희가 이 파일을 꼭 봤으면 좋겠어."

"책임지고 전달하겠습니다."

"거창하게 대답할 필요 없어. 아무튼 나 간다."

"건강하십시오. 그리고…… 어머니도 쾌차하셨으면 합니다."

현준은 빙그레 웃으며 고개를 끄덕거렸다. 그리고 사무실을 나가 엘리베이터 앞에 섰다. 때마침 엘리베이터 문이 열려 올라 탄 그가 닫힌 버튼을 눌렀다.

태진은 현준이 찬희에게 남긴 서류철의 내용이 궁금해 첫장을 넘겼다. 그리고 막 읽으려는데 우당탕탕! 거친 구둣발 소리가 복도를 정신없이 울려대 태진이 고개를 들었다.

"강찬희?"

복도를 시끄럽게 뛰고 있는 사람이 찬희라 태진이 서류철을 들고 사무실을 나와 그녀를 불렀다.

"강찬희!"

"잠깐, 나 본부장님 좀 뵙고."

"본부장님 갔어!"

태진의 말에 찬희가 제자리에 우뚝 멈춰 섰다.

"갔……어?"

"응. 이거, 너한테 주라고 하셨어."

찬희는 태진이 내민 서류철을 바라보며 지친 걸음을 뗐다.

"나한테 주래?"

"응."

찬희는 태진에게서 서류철을 받았다. 멀거니 바라보던 그녀의 눈빛이 흐려졌다. 굳이 넘기지 않아도 무슨 내용인지 알 수 있을 것 같아 코끝이 찡했다. 금방 눈물이 맺힌 눈을 깜빡거리며 찬희가 물었다.

"오늘이 마지막인 건 아니지?"

"마지막인 것 같아. 너 많이 도우라고 하더라."

"다른 말은 없었어?"

"응."

찬희는 아랫입술을 꾹 깨물고 고개를 끄덕거린 다음 뒤돌아 본부장실을 바라보았다.

"근데 너 집에 간다면서……."

"아, 저기 오 대리 부탁이 있는데 요기 앞에 일식 주점에 수희를 두고 왔어. 네가 좀 같이 있어 줄래? 혼자 술 마시고 있어."

"안 그래도 술 마시고 싶었는데 잘 됐네."

태진은 현준과 찬희의 사이에 끼어들 수 없다는 걸 뼈저리게 느낀 날이라 상실감이 컸다. 비도 추적추적 내리고 해서 고개를 끄덕인 후 돌아섰다.

찬희는 서류철을 가슴에 꼭 껴안고 본부장실의 손잡이를 돌렸다. 문을 조심스럽게 연 그녀는 이제 현준의 체취가 남아 있는 사무실을 훑어보다가 스위치를 켜 주변을 밝혔다. 그리고 현준의 명패가 치워진 책상을 손으로 쓸며 미간을 구겼다. 그녀는 그가 앉아 저를 올려보던 의자에 앉아 서류철을 펼쳤다. 예상했던 것처럼 티파니 특별전에 관한 자료가 있었다.

강찬희 제 힘으로는 모을 수 없고 접속할 수 없는 사람들의 명단과 이메일 주소와 담당자 내선번호가 적혀 있었다. 그렁그렁 맺혀 있던 눈물이 후둑후둑 떨어지기 시작했다. 훌쩍거리며 마지막 장을 넘기는데 노란 포스트잇에 짧은 메모가 쓰여 있었다.

> L&L 백화점 최초의 여성 임원이 꿈이라고 했지?
> 티파니 특별전을 성공시켜. 그리고 진급 시험도 꼭 봐라.
> 몸 건강하고 미안해하지 마.
> 너의 꿈을 반드시 현실로 만들길 바란다.

뚝뚝.
빗물이 무겁게 떨어졌다. 이따금 천둥번개가 하늘을 집어삼킬 기세로 몰아쳤지만 찬희가 흘리는 눈물만큼 무겁지도 입 밖으로 토해지는 울음소리보다 가슴을 치지 못했다.

열네 번째 프러포즈.
사랑해 그리고 고마워

현준이 떠난 지도 일주일이 넘었다.

한웅진 본부장은 현준과 확실히 다른 성격의 소유자로 잔소리를 단 1분이라도 하지 않으면 숨이 넘어가는지 근무 태도부터 복장까지 간섭을 해서 얻은 병명이 '쌍쌍바'였다. 처음에는 에이즈였는데 일주일째 되니까 사람들이 너도나도 할 것 없이 십장생이나 쌍쌍바라고 부르며 스트레스를 풀었다.

"아유, 그 민둥산 쌍쌍바 내가 진짜! 아우!"

한 본부장에게 엄청나게 깨진 태진은 점심시간까지 분이 안 풀리는지 매운 낙지 비빔밥에 청양고추를 팍팍 넣은 연포탕을 시켜 먹으며 씩씩거렸고 부섭은 소주 대신 물을 마시며 바르르 떨었다.

"그 개나리!"

부섭도 아이디어의 부재 덩어리라는 악담을 들어 자존심이 구겨진 상태였다. 그런 상황에서 찬희만 칭찬 받아 더욱 열 받는 모양이다. 얌전히 밥그릇을 비우고 있는 찬희를 쏘아보던 부섭이 물었다.

"강 대리는 왜 항상 칭찬만 받는 건데? 리시오 건으로 특별 보너스 받았다면서? 아니 무허가 출장을 갔으면서 보너스를 받는 건 무슨 경우야?"

"강찬희 경우죠."

"말장난하지 말고."

부섭은 입매를 비틀었지만 찬희는 얄미울 정도로 제 표정을 감추고 밥을 먹었다.

"그리고 본사로 간다는 소문이 있던데 사실이야?"

"발령도 안 났는데 어떻게 알아요?"

"인사과에서 우리 팀에 신입사원 모집 공고 낸다고 하잖아."

부섭의 짜증조에 찬희가 숟가락을 놓으며 말했다.

"인원을 더 늘리나 보죠. 암튼 전 이만 일어납니다."

찬희가 휴지로 입술을 닦고 자리에서 일어나 태진이 물었다.

"커피 사러 가?"

"아니, 이틀 전에 주문한 목걸이가 왔다고 해서 찾으러 가."

"만약에 커피 사러 가면 그 뭐냐, 양 적고 쓴 커피. 갑자기 생각이 안 난다."

"에스프레소?"

"아, 응! 그거라도 먹고 정신을 차려야지. 맨 정신으로 못 버텨. 쌍쌍바가 또 잔소리할 거 아니야."

태진은 몸을 부르르 떠는 걸로도 모자라 콧바람을 쌩쌩 불었다.

"알았어. 꼭 사다 줄게."

찬희는 그렇게 말하며 식당을 나왔다. 햇살이 제법 따뜻한 3월. 그녀는 따뜻한 점심 햇살을 받으며 백화점으로 들어갔다. 그리고 쥬얼리 관에 막 들어서 직원들에게 가벼운 인사를 건네고 왕관 모양의 디자인으로 유명한 제이에스티나 매장의 직원에게 물었다.

"저번에 주문한 목걸이 왔다고 연락 받았는데 지금 찾아갈 수 있죠?"

"네. 안 그래도 매니저님이 점심시간에 들르실 것 같다고 하셨어요."

매대의 판매 직원은 그렇게 말하며 찬희가 주문한 목걸이를 건넸다.

"여기서 하고 갈게요."

찬희가 둥그런 거울 앞에 서서 목걸이를 걸었다. 빗장뼈가 드러나는 브이넥 원피스를 입어 목걸이가 도드라졌다. 만족스러운 미소를 짓는데 직원이 묻는다.

"티파니 특별전은 언제 하세요?"

"4월 초요."

"다이아몬드 전이라면서요?"

"네."

찬희의 대답에 직원이 한숨을 푹 쉬었다.

"내 꿈인데. 티파니 반지를 받는 거요."

"그 꿈 포기하지 않으면 받을 수 있을 거예요."

찬희는 방긋 웃고 손을 흔들었다. 그리고 막 드비어스 매장을 지나는데 반짝하는 강한 섬광이 그녀의 눈살을 찡그리게 했다. 시선이 자연스럽게 드비어스 유리 매대로 향했다. 다이아몬드 반지가 진열된 매대 앞에 선 그녀가 허리를 굽히고 구경하기 시작했다.

"결혼반지 구경하세요?"

"아, 네."

"티파니 특별전을 하신다면서 드비어스는 왜 보세요?"

"다음에 드비어스를 해 볼까 해서요."

찬희는 유리관에서 시선을 떼고 고갯짓을 한 다음에 태진의 심부름 차 백화점 안에 입점한 카페베네로 향했지만 몇 걸음 걷지 못하고 뒤돌아 드비어스 매장의 유리관을 한참 동안 바라보았다.

제발 저를 사달라고 몸부림을 치듯이 스스로 발광하던 다이아몬드 반지가 떠올라 저도 모르게 웃음이 났다.

다이아몬드 반지.

찬희는 숨을 깊이 들이마시다 휴대폰을 얼굴 가까이까지 올렸다. 그리고 현준에게 전화를 걸까 말까 하고 고민하며 모은 입술을 좌우로 실룩거렸지만 용기가 나지 않았다. 손가락을 움직여 버튼 하나를 누르는 게 뭐 그리 어렵다고 갈등하는지 바보 같다.

찬희는 갑자기 기운 빠져 어깨를 늘어트린 후 걸음을 뗐다.

"안 보면 보고 싶어서 미칠 것 같진 않잖아."

그래, 현준의 말처럼 안 본다고 미칠 정도로 사랑하지 않는다. 그런데도…… 그에게 그렇게까지 빠져들지 않았음을 아는데도, 그의 전화를 기다리고 있다. 강찬희를 안 보면 보고 싶어 미칠지도 모를 장현준이 먼저 걸어 주길 바라는 마음이 커져 자꾸만 한숨짓게 한다.

✕ ✕ ✕

"네 엄마한테 너무 심한 말을 한 것 같아."

산소 호흡기를 쓴 채 누워 있는 은아를 보며 호원이 말했다. 은아가 쓰러진 후로 부쩍 마르고 피곤한 기색이 완연한 그는 아내에 대한 미안함으로 생기마저 잃은 고목나무처럼 어두웠다.

"찬희 씨가 가고 속상해서 퍼부었다. 이렇게 사느니 같이 죽자고 악다구니를 쳤어. 내가 소리를 지르니까 겁이 났는지 아주머니를 찾더구나. 그래서 아주머니한테 나가 있으라고 하고 소리를 질렀더니……."

호원은 입이 바짝 마르는지 입맛을 다시며 한숨을 쉬었다.

"아버지 잘못도 어머니 잘못도 아니에요. 그저, 때가 온 것뿐입니다."

"하지만 네 엄마 때문에 그 아가씨와 네가……."

"찬희에게도 생각할 시간이 필요해요. 제가 찬희의 곁에 있으면 올바른 선택을 못 할 겁니다. 생각보다 마음이 여린 친구거든요."

현준은 그렇게 말하며 은아의 손을 잡았다.

"어머니의 손이 많이 거칠어졌어요."

"그래."

"어제보다 더 안 좋아졌다고 합니다."

급성 간부전으로 암모니아 수치가 올라가고 있어 이번에는 진짜 마음의 준비를 하는 게 좋겠다는 말을 했다. 이미 신장까지 망가진 은아의 경우 간부전으로 인한 신부전이라는 합병증까지 생겨 은아의 몸이 많이 부어 있었다.

"그 난리를 피울 때와 다르게 평온한 표정을 짓고 있구나."

"어린아이처럼요."

"네 엄마한테는 미안한 말이지만 다행이라는 생각도 드는구나."

"무슨……."

"너도 현니도 더는 내 엄마 때문에 긴장하고 고통 받지 않아도 되니까 말이야."

"아버지, 그런 말씀 마세요."

호원의 책임도 아닌데 어머니에 대해선 항상 미안해하는 아버지가 가엽고 작게 느껴져 현준이 인상을 구겼다.

"그런 얘기는 이제 끝이에요. 더는 하지 마세요."

"현준아. 연락해 봐."

"누구요."

"찬희라는 아가씨 말이다. 네 엄마가 이렇게 누워 있다고 하면 받아 줄 거다."

"그건 동정입니다. 그건…… 싫어요. 어머니를 이용하는 기분도 들 것 같고요."

현준이 고개를 저으며 덧붙였다.

"지금 이 상황을 이용하라는 말은 안 들은 걸로 할게요."

"현준아."

"목 마르네요. 물 사 올게요."

현준은 은아의 손을 놓으며 병실을 나왔다. 아버지의 안쓰러운 마음을 모르는 건 아니지만 찬희와 현준의 문제는 그리 간단하지 않았다. 동정하고 동정받는 건 사랑이 될 수 없다.

사랑해 그리고 고마워 335

현준은 찬희가 다이아몬드 반지를 돌려주면서 지은 표정을 잊을 수 없었다. 그녀는 자신이 분위기에 휩쓸려 받아들인 청혼에 대해 혼란스러워하고 있었다. 현준의 어머니까지 받아들이기엔 그녀의 마음이 깊지 않았고 결단을 내리기에도 생각할 시간이 필요하다고 눈빛으로 말하고 있었다. 그래서 그녀의 의견을 존중했다. 밀어붙이는 건 이제 그만하고 싶었다. 그의 마음을 알렸으니 그것으로 됐다고. 그리고 지금은 어머니만 생각하기로 해 찬희와의 일은 뒷전이 되었다.

찬희에겐 다시 프러포즈할 기회가 있겠지만 어머니에겐 사랑한다는 말과 그동안 정말 고마웠다는 말을 할 수 있을지도 모르는 상황이니 말이다.

병원 내 편의점에 들러 생수를 두 병 사서 어머니의 병실로 돌아오는데 뒤에서 누군가 뛰어오는 소리가 들렸다. 뒤를 돌아본 현준은 어머니의 주치의가 인턴과 레지던트 두 명을 데리고 뛰어오고 있어 숨을 깊이 들이마셨다.

현준이 주치의의 팔을 잡고 물었다.

"저희 어머니…… 아니죠?"

"가족들에게 연락하시는 게 좋겠습니다."

현준은 전신의 피가 얼어붙는 것 같았다. 심장도 바닥에 퉁! 하고 떨어지는 것 같았다. 그 모습을 보며 잠시 머뭇거리던 주치의가 말을 이었다.

"발작이 왔어요."

주치의는 그렇게 말한 후 곧바로 은아의 병실로 들어갔다. 현준은 넋이 나간 표정을 짓고 의사와 간호사들이 분주하게 들락날락하는 어머니의 병실을 바라보며 아랫입술을 깨물었다.

※　※　※

 티파니 특별관을 VVIP실과 VIP실, 둘 중에 어느 공간에 설치하느냐를 놓고 한 본부장과 고민하고 있는데 누군가 젊은 여성이 본부장실에 노크도 하지 않고 들어왔다.
 찬희는 무슨 일인가 싶어서 사색이 되어 울먹거리는 여자를 바라보다가 그녀가 현준의 여동생임을 알아보고 흠칫 놀랐다. 한 본부장도 현미와 일면식이 있어 자리에서 일어나 맞았다.
 "현미 씨 여긴 어쩐 일입니까?"
 "가, 강찬희 씨 맞죠?"
 현미는 한 본부장의 물음이 들리지 않는지 곧장 찬희에게 물었다.
 "예……."
 "얘기 좀 할 수 있어요?"
 현미는 누가 봐도 제정신이 아닌 것처럼 혼비백산해 한 본부장은 눈에 들어오지도 않는 모양이다. 해서 찬희가 현미와 함께 복도로 나왔다.
 "무슨 일인지 모르겠지만…… 괜찮아요? 어디 안 좋은 것 같은데……."
 "지금 세브란스 병원에 가 줄 수 있나요?"
 "세브란스 병원이요? 저기 갑작스럽게…… 혹시 어머니가 위독하세요?"

찬희의 물음에 현미가 울음을 터뜨렸다.

"우, 우리 엄마가 죽는대요. 엄마가…… 발작이 와서 죽어간대요."

"그런데 왜 여기에 계세요!"

"제가 임신했다고 오지 말래요. 엄마가 죽는데도 애한테 안 좋다고…… 집에 있으래요."

현미는 찬희의 손을 잡고 흐느껴 울기 시작했다.

"내 대신 오빠 옆에 있어 줘요. 아빠 옆에 있어 줘요. 네?"

"현미 씨……."

"나, 우리 엄마 보고 싶은데…… 오지 말라니까…… 부탁이에요. 나 대신 있어 줘요. 네? 부탁해요."

현미가 오열해 복도가 쩌렁쩌렁 울렸다. 임산부라고 해서 임종을 앞둔 어머니를 찾아가지 못하는 슬픔이 펄펄 끓는 현미의 손의 열기에서 전해졌다.

"현미 씨, 울면 안 돼요. 아기 생각도 해야죠."

"우리 어떻게 해요. 흑흑. 허엉. 헝."

"마음 강하게 먹어요. 잠시만요."

찬희도 눈가가 뜨거워졌지만 현미의 앞에서 눈물을 보일 수 없어서 의연하게 행동했다. 현미가 하도 크게 우는 바람에 사무실 안의 사람들이 일부러 복도까지 나와 무슨 일인가 흘끗 거리기 시작했다.

찬희는 사무실에 뛰어 들어가 핸드백을 들었다.

"저 사람 누구야?"

"나 집에 일이 생겼어. 조퇴한다."

"본부장님한테 말했어?"

"응, 알고 계셔."

찬희은 대충 둘러댄 후에 현미가 있는 복도로 나왔다. 보아하니 임신 초기인 것 같아 현미를 조심스럽게 부축하고 엘리베이터를 기다리는데 사장실의 수석 비서가 한 본부장의 연락을 받고 비상계단을 통해 내려왔다.

"회장님께서 댁으로 모시라고 하셨습니다."

수석 비서는 경직된 표정을 짓고 있었다.

"왜요, 내가 병원에 갈까 봐 감시하래요?"

"아닙니다. 회장님께서는 아가씨의 건강을 걱정하고 계십니다."

"우리 엄마가 죽어 가는데 집에 있어야 해요? 이렇게 막아야겠냐고!"

현미는 외가집에 대한 불만이 커 목에 핏대를 세우며 소리를 질렀지만 비서실장도 명령에 의해 움직이는 사람이라 찬희가 다독였다.

"현미 씨, 실장님한테 이러면 안 돼요. 마음을 가라앉히고 집에서 기다려요. 전화할게요."

찬희가 현미의 손을 꼭 잡고 달랬다.

"현미 씨가 건강한 아이를 낳길 바라실 어머니를 생각해서라도 이러면 안 돼요."

찬희의 말에 현미가 울상을 하고 있다가 와락 안았다.

"거절하면 어쩌나 했는데……. 고마워요. 그런데 정말 찬희 씨밖에 떠오르지 않았어요."

"네, 이해해요."

찬희는 현미의 등을 어루만지며 고개를 끄덕거렸다. 그리고 같은 말을 몇 번이고 반복했다.

"현준 씨의 곁에 있을 거예요."

저도 모르게 튀어나온 진심의 고백이라 찬희는 제가 뭐라고 했는지도 인지하지 못했다. 현미만이 찬희가 한 말을 기억할 뿐.

"아가씨는 내가 모시지."

비서실장이 현미를 부축했다. 찬희는 고개를 끄덕인 다음 막 문이 열린 엘리베이터에 들어가 닫힘 버튼을 눌렀다. 버튼에서 손을 떼야 하는데 엘리베이터 안, 혼자가 된 그녀는 뒤늦게 저를 덮친 감정을 이겨내지 못하고 부르르 떨고 있었다.

현준을 똑바로 볼 수 있을지 자신이 없어 전신의 떨림이 멈추지 않았다.

맞잡고 있는 손의 떨림이 멈추지 않는다.

현준은 병실 앞 의자에 앉아 외가에서 우르르 몰려온 친척들의 얼굴을 훑고 있었다. 외할아버지 유 회장은 제가 가장 아꼈던 딸의 임종을 위해 병원을 찾은 게 이루 말할 수 없는 슬픔이요 고통이라 지팡이에 몸을 의지해 걸으면서도 몇 번이고 휘청거리는 모습을 보여 주었다.

외삼촌과 두 이모들이 제 자식과 남편을 대동하고 병실을 찾았지만 슬픔은 예전 같지 않았고 정제된 표정만 짓고 있어 현준도 일부러 찾아가 인사를 나누고 위로를 받고 싶지 않았다.

호원도 현준과 같은 생각인지 아내의 형제들이 찾아와도 인사도 받아 주지 않고 있었다. 그저 넋을 놓고 앉아 아내의 가족들을 망연히 바라보았다.

부자가 나란히 앉아 있으려니까 문득 외롭다는 생각이 들어 현준이 물었다.

"현미라도 있었으면 좋았을 텐데……."

"그러게."

"이렇게 있으니까 우린 정말…… 서먹하네요."

"난 익숙하지만 너는 낯설겠구나."

호원은 피식 웃으며 현준의 등을 다독였다. 재벌가의 차녀, 유 회장이 끔찍이 아꼈던 딸을 뺏은 탓에 경영권을 놓고 가족들 간에 치열한 싸움이 있었다. 호원을 뺀 두 사위, 양 이사나 윤 상무는 원래 유 회장과 돈독한 우애를 다지던 집안의 자식들이라 사위로서 내정되어 있었지만 호원은 그렇지 않았다.

재벌가에선 평사원으로 내세울 것 하나 없는 집안의 아들을 사위로 맞는 게 결코 쉬운 일이 아니었다. 어떻게 해서 겨우 결혼까지 하게 됐지만 집안 모임에 참석할 때마다 호원은 외톨이었다.

장인인 유 회장이 상대해 주지 않으면 머릿수나 채우고 집에 돌아오는 날이 부지기수라 사실 호원에게 처가란 감옥 같은 곳이었고 아내의 언니와 여동생, 남동생들이 달갑지 않았다. 그들은 호원이 거칠 것 없이 승진할 때마다 유 회장에게 환심을 사 얻은 자리라며 헐뜯고 모함하기 바빴다.

은아가 저리 되지 않았다면 대한민국이 떠들썩할 만큼 L&L 그룹은 경영 승계를 놓고 매일 같이 전쟁을 치렀을 것이다.

현준이 평사원으로 시작해 제 능력을 알리는 길을 선택한 것도 아버지를 견제했던 이모와 외삼촌 외에 외척 때문이었다.

그리고 견제가 점점 심해져 스스로 L&L 그룹을 나와 제 능력을 인정해 주는 회사의 러브콜을 심각하게 고민하고 있었지만 그리 오래 할 것 같지 않았다. 어머니가 현준을 떠나게 된다면 외가와 연도 자연스럽게 끊길 것 같아 별로 드러내고 싶지 않았던 재벌 3세의 낙인도 지울 수 있을 것 같았다.

어머니의 죽음은 현준과 호원, 현미에게 두 가지 의미의 자유를 부여했다. 치매 걸린 어머니와 돈 많은 것 외엔 좋은지 모르겠는 외가와의 연. 어머니를 잃는 건 슬프지만 외가에 대한 미련은 없었다.

"고모는 언제 오세요?"

현준은 부산에 살고 있는 호원의 여동생에 대해 물었다. 외가보다 더 가깝게 지낸 고모, 그 식구들만이라도 빨리 와 아버지를 위로해 주었으면 했다.

"비행기를 타고 온다고 해도 저녁에야 오겠지."

"어머니가 그때까지 버티셔야 하는데."

호원은 한숨을 푹 쉬며 두 손으로 얼굴을 쓸었다.

"아버지."

"응."

"어머니…… 저렇게 계시다가 돌아가시는 건 아니겠죠?"

현준의 물음에 얼굴을 비비던 호원이 울컥했는지 움찔했다.

"마지막이니까 정신 차리셨으면 하는데……."

호원은 대답 대신 손바닥만 비볐다. 그 역시 아내가 정신을 차려 제가 하는 말을 들어주었으면 하고 바라지만 기적이 일어날지 의문이었다.

의사의 말로는 심신이 망가져 정신을 차리는 게 불가능할 정도라고 했었지만 실낱같은 희망의 끈을 놓을 수 없어 기도하는 중이었다. 두 손을 잡고 아내에게 주문을 걸듯이 이름을 부르고 있었다.

은아야, 현준 엄마, 현미 엄마…… 여보…….

그렇게 주문을 걸듯이 맑은 정신 한 번만 들어달라고 기도하는데 병실 안에서 유 회장이 딸의 이름을 불렀다.

"은아야! 은아야!"

"언니, 언니 정신이 들어?"

양 이사의 아내인 삼녀 진아도 울먹거리며 물어 현준과 호원이 동시에 자리를 박차고 병실에 들어왔다. 산소마스크를 한 은아가 숨을 쌕쌕 내쉬며 흐릿한 시야를 움직이더니 남편의 목소리가 들리는 지점을 바라보았다.

"어머니, 저 현준이에요!"

은아는 위암 수술을 받으려고 입원했던 그날처럼 저를 보러 온 사람들 때문에 착각을 하는 듯했지만 갑작스럽게 늙어 버린 아버지와 남편과 여동생의 얼굴을 차례로 훑고 나서야 제 사정을 알아차린 것처럼 턱 근육을 파르르 떨며 눈시울을 붉혔다.

"여보. 정신이 들어?"

아들과 남편이 손을 잡고 물어 은아가 고개를 끄덕거렸다. 현준은 어머니의 눈동자가 풀리긴 해도 맑은 정신으로 돌아온 게 아닌가 싶어 호원의 어깨를 꾹 눌렀다가 뗐다. 호원도 저를 알아보지 못했던 아내가 바라보고 있어 전율했다.

"여, 여보…… 내가 누구인지 알아보겠어?"

호원이 떨리는 음성으로 물어 은아가 눈을 깜빡거렸다. 호원은 두 손을 모으고 누군가에게 기도하듯이 중얼거리고 현준을 바싹 끌어당기며 물었다.

"애는…… 애는 알아보겠어?"

은아는 눈을 깜빡거렸다.

"어머니…… 알아보시겠어요? 정신이 드신 거예요?"

현준의 음성이 파르르 떨렸다. 모두가 숨을 죽여 은아를 바라보고 있었다. 그 시선이 미안하고 부담스러운지 산소 호흡기를 떼려고 했으나 호원이 말렸다.

"안 돼, 그거 떼면 당신 죽……는대."

호원은 울지 않으려고 입술을 깨물었지만 아내의 얼굴이 금방 흐려졌다. 눈물이 철철 흘렀다. 장인과 처제, 처남 앞이지만 지난 4년 동안 단 한 번도 저를 제대로 알아보지 못한 아내와의 재회는 그를 나약하게 만들었다.

"여보, 당신 아팠어. 많이 아팠어."

호원의 말에 은아가 고개를 끄덕거렸다. 은아가 현미를 찾듯이 주변을 살펴 호원이 말했다.

"현미가 임신했어. 당신이 정신 놓은 사이에 결혼도 했어. 사위 녀석은 출장 중이야. 지금 올라오는 중인데…… 좀 늦을 것 같아."

현미가 결혼도 하고 임신도 했다는 말에 은아의 눈에 물기가 고이더니 이내 주룩 흘렀다.

"울지 마. 울면 기운 빠져…… 여보, 울지 마."

그렇게 말하면서 정작 호원이 울어 은아가 남편의 얼굴을 손등으로 닦아주었다. 그리고 무언가 말하고 싶은지 입술을 달싹거렸다.

"기운 빼지 마."

호원이 은아를 말리려고 했지만 현준이 어머니의 마음을 읽고 산소마스크를 벗겼다.

"현준아!"

"어머니……가 하시는 마지막 말씀이에요. 잘 들으세요."

현준은 울음을 가까스로 참고 있었다.

호원은 아들의 얼굴에서 시선을 떼고 은아를 바라보았다. 그러나 은아는 호원보다 현준에게 할 말이 많은지 제가 제일 사랑했던 자식을 바라보고 있었다. 호원이 옆으로 비켜서며 현준에게 은아의 손을 넘겨주었다.

"혀, 혀언……준아."

"네……."

"어, 어마가…… 미안……했어."

"아니, 아니에요. 그런 말하지 마."

"어, 어, 엄마가…… 오, 오래 있어 주지 못……해서 미안해."

은아의 말에 현준의 얼굴이 붉어졌다. 고개를 팍 숙이고 어머니의 따뜻하고 부드러운 손을 꼭 쥐고 있던 그가 고개를 저었다.

"어, 어머니가 미안해하실 건 없어요."

"혀, 현미를…… 부탁한다. 아, 아빠도……."

"네."

은아는 그렇게 말하는 현준의 뺨을 어루만지며 말했다.

"사랑해."

"응……. 나도, 나도…… 엄마…… 사랑해."

현준은 소리를 죽여 오열하기 시작했다. 은아는 아들이 우는 게 마음 아파 베개가 다 젖도록 눈물을 흘렸다. 그리고 호원에게 시선을 돌려 말했다.

"여보…… 호원…… 씨……."

은아는 호원에겐 뒷말을 이을 수 없는지 가슴이 들썩거릴 만큼 울음을 터트렸다.

"은아야……."

유 회장이 은아의 양어깨에 검버섯이 생긴 손을 얹으며 얼굴을 가까이 숙였다.

"은아야……."

은아와 유 회장은 이마를 맞대고 눈물을 흘렸다. 분위기는 더없이 숙연했고 흐느끼는 소리만 가득했다. 호원과 현준은 은아의 손과 팔을 꼭 잡고 있었다. 열린 병실 문으로 이제 막 도착한 인척들이 들어왔다. 그중에는 찬희도 있었지만 현준은 어머니의 팔을 꼭 잡고 놓지 않으려는 듯 매달리고 있어 그녀를 알아보지 못했다.

찬희는 조심스럽게 현준의 뒤에 섰다. 낯선 여자의 문안에 은아가 아버지와 남편, 아들에게서 시선을 떼고 찬희를 바라보았다. 눈물만 흘리던 은아가 찬희를 알아보았는지 안심한 듯 말간 미소를 지었다.

찬희는 손으로 입을 막았다. 세상에서 가장 아름답고 놓치기 아까운 미소를 본 것 같아 가슴이 철렁 내려앉았다. 어떤 표정을 지어야 할지 몰라 울기만 하던 찬희가 입을 가린 손을 떼고 미처 올리지 못한 인사를 했다. 하지만 그 시간도 잠시, 은아가 다시 발작을 시작했다. 눈을 까뒤집고 몸을 부르르 떨기 시작하자 대기 중이던 의사들이 뛰어와 은아의 상태를 살피기 시작했다.

이때부터 병실은 아수라장이 되었다. 현준과 호원이 의사의 뒤에 바싹 붙어 은아를 불렀다. 유 회장도 딸을 부르며 바닥에 주저앉았다.

찬희도 많이 놀라 뒷걸음치고 있었다. 죽음은 찬희에겐 낯선 세계여서 전신에 견딜 수 없는 공포심이 싹텄다. 무능력하게 우는 게 고작이라 더욱 애가 탔다. 죽음의 공포에 짓눌러 있는데 현준이 절규했다.

"엄마!"

현준의 절규에 찬희는 정신이 번쩍 들었다. 매사 어른스럽고 완벽주의자에 남의 고통 따윈 아랑곳하지 않고 언제나 프로페셔널한 이미지의 대명사인 장현준이 어린아이처럼 숨이 끊겨 막 사망 시각을 알리는 의사를 밀치고 은아를 흔들며 울부짖었다.

"엄마, 엄마. 가지 마. 엄마…… 우리 두고 가지 마!"

쩍!

가슴 안에서 쩍쩍 갈라지는 소리가 났다.

찬희는 언제나 외치던 결정적 한 방을 지금에야 얻어맞아 심장이 쪼개질 것처럼 강한 통증을 느꼈다. 거짓말처럼 이제야 현준을 제대로 볼 용기와 그가 만들어 주었던 추억들이 파노라마처럼 빠르게 스쳤다. 그리고 가볍다고 생각했던 프러포즈에 숨어 있던 진정한 의미를 깨닫게 되었다.

"강찬희…… 사랑한다."

현준의 고백은 진심이 담긴 애원이었다.

이제야 현준의 청혼이 제대로 들리는 듯해 찬희는 고해의 눈물을 하염없이 흘렸다.

은아의 시신을 영안실로 옮기기 전까지 병실은 울음바다였다. 현준과 호원의 울부짖음을 뒤로하고 찬희는 병실을 나와 유 회장의 수행 비서에게 물었다.

"혹시 현미 씨 연락처를 알 수 있을까요? 제가 어머니가 돌아가시면 연락드리기로 했어요."

비서는 찬희가 누구인지 잘 모르는 거 같았다. 해서 찬희가 핸드백에서 사원증을 꺼내 보였다.

"장 본부장님의 부하였습니다."

"잠깐 기다리세요."

수행비서가 수첩을 꺼내 현미의 연락처를 찾은 다음 찬희에게 알려 주었다. 찬희는 수행비서가 알려 준 번호로 전화를 걸었다. 통화 연결음이 그리 길지 않게 울리다가 현미의 경직된 음성이 들렸다.

—여보세요?

"현미 씨, 저 강찬희예요."

—저희 엄마는요?

"……편히 눈 감으셨어요."

—어머, 어떻게 해!

"본부장님과 아버지께서 연락하실 상황이 아니라서 제가 전해줄 수 있는 건 그 정도예요."

현미는 울기만 했다. 제 어머니의 죽음을 받아들이는 게 쉽지 않을 것 같아 찬희는 조심스레 통화를 마치고 화장실에 들어갔다. 하도 울었더니 얼굴이 엉망이었다. 그녀는 화장을 고치려다가 생각을 바꾸었다.

지금 화장이나 고치며 멋 부릴 때야? 바보 같아.

제 자신에게 쓴 소리를 내뱉고 여자 화장실을 나와 은아의 병실 앞까지 온 그녀가 의자에 앉아 현준을 기다렸다. 눈물은 쉬이 그칠 것 같지 않았다. 찬희는 현준을 안쓰럽게 바라보던 은아의 눈빛이 잊히지 않아 훌쩍거리는데 익숙한 기척이 느껴졌다. 그리고 곧 병실 입구에 선 현준을 발견하고 자리에서 벌떡 일어났다.

현준은 울어서 부은 얼굴을 오른손으로 쓸며 난처한 표정을 지었지만 화를 내거나 도망치지 않고 찬희에게 걸어왔다. 말없이 그녀와 눈을 마주치다가 어깨를 으쓱여 의연한 척하려 했다.

찬희에겐 강한 모습을 보여 주어야 한다고 생각했는지 애써 웃음까지 짓고 어렵게 입술을 뗀 그가 말했다.

"돌아가셨어."

슬픔에 젖은 그의 눈빛이 어둡고 공허해 보여 찬희는 고개를 끄덕거렸다.

현준도 찬희를 따라 고개를 끄덕거렸다.

"찬희야."

"네……."

"나…… 이제…… 엄마 없다."

현준의 말에 찬희가 입술을 꾹 깨물었다. 멈추었던 눈물이 다시

금 차올라 그녀가 그를 있는 힘껏 안았다. 그가 그녀의 어깨에 얼굴을 묻고 서럽게 울기 시작했다. 커다란 아이는 엄마의 손을 놓쳐 길 잃고 헤매다 울음을 터트린 것처럼 목 놓아 울고 있었다.

찬희는 그의 흐느낌이 커지고 계속될수록 가슴이 미어지는 것 같아, 은아가 놓은 손을 대신 하듯 있는 힘껏 안아 주었다. 그의 울음이 잦아들 때까지 어깨가 눈물에 젖어 척척해져도 아랑곳하지 않고 제 온기를 나누어 주었다.

열다섯 번째 프러포즈.
Marry Me?

 장례식의 일정을 모두 마치고 나서 남양주 집에 도착한 현준은 아버지 호원과 소파에 널브러져 앉으며 한숨을 푹 쉬었다. 상주 가정부 아주머니도 집으로 돌려보내고 났더니 집이 휑했다. 검은 슈트를 벗어 소파 등받이에 걸어놓고 지친 기색이 역력한 아버지를 불렀다.
 "아버지, 좀 쉬세요. 따끈하게 십전대보탕 데워 올 테니까 드시고 푹 주무세요."
 "아냐, 그럴 것 없어. 대낮에 자면 밤에 못 자."
 호원은 양말을 벗으며 맥없이 대답했다.
 현준은 아버지가 벗은 양말을 받아 세면대에 놓고 은아가 썼던 세제를 멀거니 바라보았다. 시간이 정지한 것 같았다. 어머니의 용품은 언제든 빼서 쓸 수 있게 잘 정돈되어 있는데 정작 주인은 이 세상 사람이 아니었다. 어머니에게서 났던 향기가 그리웠던 현준이 바디 샴푸 뚜껑을 열고 향기를 폐부 깊이 들이마셨다.

레몬그라스의 향기가 폐를 꽉 채우며 눈가를 시큰하게 적셨다. 그는 눈을 감은 채 북받쳐 오르는 눈물을 꾹 누르고 바디 샴푸를 제자리에 놓고 욕실에서 나와 아버지를 바라보았다.

호원은 조용한 집이 낯선 듯 종아리와 허벅지를 쓸며 고개를 들었다가 숙이며 입맛을 다셨다. 병원에서 흘린 눈물이 전부인 양 장례식장에선 의연한 모습으로 조문객을 맞았지만 어머니의 체취와 추억이 묻어난 집에 도착하고 나서야 현실을 받아들였는지 허탈해하고 있었다.

현준은 아버지를 위로하려고 입술을 뗐다가 호원이 갑자기 손으로 얼굴을 가리고 어깨를 으쓱거려 입을 다물고 마당에 나왔다. 아버지한테 시간을 줘야 할 것 같았다. 조문객을 맞느라 제대로 슬퍼하지 못한 아버지가 안쓰러워 바지 뒷주머니를 더듬어 지갑을 확인하고 편의점으로 향했다. 담배가 필요했다. 다시 집에 들어가기 머쓱해서 기운 빠진 걸음으로 마을 초입에 있는 편의점으로 곧장 걸어가는데 현준이 우뚝 멈추었다.

검은색 원피스 차림의 찬희가 편의점 앞 의자에 앉아 휴대폰만 꼭 쥐고 멍하게 있었다. 남양주까지 어쩐 일인가 싶다가도 반가운 마음이 들어 걸음이 빨라졌다. 꼴사납게 그녀에게 기대 울었던 현준을 어떻게 생각할지 걱정스럽긴 했지만 지금은 그녀에게 고맙다는 말을 하고 싶어져 종종걸음을 걸었다. 바람결에 날리는 머리카락을 잡아 귀에 꽂는 찬희의 얼굴은 화장기가 없었다. 현준은 찬희의 맨 얼굴에 미소를 머금었다.

"찬희야."

이제는 입에 착 감겨 버린 이름을 자연스럽게 부른 그의 목소리에 그녀가 반응했다.

휴대폰만 만지작거리던 그녀가 화들짝 놀라 고개를 들었다. 하얀색 와이셔츠에 검은색 넥타이와 검은색 바지를 입고 소매를 팔꿈치까지 걷어붙인 양손을 허리에 올린 그가 저를 바라보고 있어 심장이 철렁 내려앉았다.

면도를 제대로 못해 거뭇거뭇하게 수염이 돋아난 턱과 마른 얼굴을 뜯어보던 찬희가 억지웃음을 지으며 말했다.

"허, 허락도 없이 와서 미안해요. 장지까지 가고 싶었는데…… 내가 갈 곳이 아닌 것 같아서 여기 왔어요."

"서울에 있었으면 어쩔 뻔했어. 연락하지."

"그런 건 생각이 안 났어요. 그냥……."

찬희는 자리에서 일어났지만 숙인 고개를 들지 못했다.

"날 봐. 나 보러 온 거 아니야?"

"보러 왔는데……. 눈물이 나요."

"울지 마."

"네."

"네가 울면…… 나 힘들어."

현준의 대답에 찬희가 아랫입술을 깨물고 고개를 들었다. 현준이 그녀에게 환한 미소를 지어 준다.

"뭐 먹을래?"

"아이스크림 먹고 싶어요."

"알았어. 거기 앉아 있어."

현준은 편의점에 들어가 제가 피울 담배와 하겐다즈 녹차 아이스크림을 샀다. 계산을 하면서 죄인처럼 기죽어 앉아 있는 찬희를 카운터 너머 유리창으로 흘끗 본 다음에 아무렇지 않은 표정을 하고 곁으로 다가갔다. 플라스틱 의자를 끌고 와 그녀의 옆에 놓고 어깨를 나란히 하고 앉은 그가 말없이 아이스크림을 건넸다.

찬희는 말없이 아이스크림을 받아 포장을 뜯었다. 현준은 담배 케이스를 싼 비닐 커버를 벗기고 담배를 하나 꺼내 입에 물고 플라스틱 용기의 라이터로 담뱃불을 붙여 한 모금 깊이 빨아들인 다음 후, 소리가 나게 내뿜었고 다리를 미끄러트려 늘어트린 다음 꼬았다.

그의 시선이 구름 한 점 없이 청정한 하늘에 머물렀다. 담배 연기를 허공에 내뿜고 아이스크림만 꾸역꾸역 먹고 있는 찬희의 옆얼굴을 노골적으로 응시했다. 상기된 표정으로 울음을 억지로 참는 낯빛이 애처로웠지만 못 본 척 담배 연기만 깊이 빨아들였다.

그렇게 5분, 10분……. 30분쯤 보냈을까? 현준이 피운 담배도 서너 개비, 찬희의 입에 남은 녹차 아이스크림의 잔향도 사라져 단내만이 입안을 꽉 채우고 있을 때 현준이 말문을 열었다.

"다행이지? 어머니가 흙으로 돌아가시는 날이 이리 맑아서. 비가 오면 어쩌나 걱정했었어."

찬희는 본드 칠을 한 양 입술을 붙이고 고개만 끄덕거렸다.

"장례식 동안 곁에 있어 줘서 고마워."

"아뇨, 제가 한 거라곤 퇴근 후에 찾아뵌 것밖에 없어요."

"자정까지 곁에 있어 줬잖아."

현준은 고맙다는 인사를 지금에야 해 미안했는지 어색하게 웃었다. 찬희는 애써 덤덤한 척 웃는 현준을 안쓰럽게 보다가 어깨를 들었다가 놓았다.

"현미 씨하고 약속했으니까요."

"아, 현미……."

"오늘 장지에도 못 갔다면서요."

현준은 고개만 끄덕거렸다.

"너무한 처사라고 생각해요."

"외할아버지가 막으셨어. 미신을 잘 믿는 집안이거든. 호상도 아니잖아."

"그렇다고 흉상도 아니잖아요."

"아니, 우리 외할아버지 입장에서는 흉상이야. 자식이 먼저 죽었잖아. 큰 불효지."

현준은 씁쓸하게 말하며 담배 한 개비를 다시 물어 찬희가 손목을 잡았다.

"그만 피워요."

"오늘만."

"안 돼요. 오늘만, 오늘만, 하다 속 버려요."

찬희의 말에 현준이 피식 웃었다.

"알아, 그런 건 네가 말하지 않아도 아는데……."

"그럼 담배 피우지 말아요."

"자꾸 손이 가. 이거라도 하지 않으면 못 견디겠어."

찬희는 현준의 손을 잡고 있는 제 손에 시선을 떨어트렸다. 아까부터 지진이라도 난 것처럼 진동하고 있었다. 그녀가 떠는 것이 아니다. 수전증을 앓는 것처럼 현준이 떨고 있었다.

찬희는 현준을 걱정스럽게 바라보다 손을 쥤다.

"어떻게 말해야 할지 몰라서 겁부터 나요. 이렇게 찾아와서 본부장님을 위로해도 되는지 모르겠어요. 아니, 내가 위로할 수 있을지도 모르겠어요. 그런데…… 걱정돼요."

"나 이제 본부장님 아니야."

"입에 붙어서……."

"호칭부터 바꿔야겠구나."

현준은 찬희의 손을 다른 손으로 덮었다. 그는 말이 없었다. 볕 좋은 자리에 앉아 제가 좋아하는 찬희의 손을 잡고 다시 한 번 푸른 하늘을 보고 있던 그가 한숨을 내쉬며 말했다.

"날씨 정말 좋다."

춥지 않은 바람에는 완연한 봄을 알리듯 흙내음과 산록의 청량한 기운이 섞여 있었다. 전원마을을 끼고 있는 숲에서 부는 바람이었다. 그는 잔솔과 노송, 그 밖에도 벚나무와 아카시아 나무가 심어진 산과 숲을 바라보다 중얼거렸다.

"괜찮아, 곧 일상으로 돌아가겠지. 남은 사람은 어떻게든 살아가게 되어 있으니까."

찬희는 현준의 옆얼굴이 쓸쓸해 잡힌 손을 지그시 빼고 용기를 내 안아 주었다.

"맞아요, 모두 일상으로 돌아와요."

"고마워…… 따뜻한 허그."

현준은 그렇게 말하며 찬희의 가슴에 얼굴을 묻고 숨을 크게 들이마셨다. 찬희의 몸에서 좋은 향기가 맡아졌다. 엄마의 그것처럼 따뜻해 가슴 찡한 감정이 목구멍까지 치받쳤지만 그의 말대로 곧 괜찮아졌다.

찬희는 현준을 안을 팔에 힘을 주었다. 그리고 이후로 몇 시간 동안 등을 어루만져 주며 한낮의 나른한 볕과 지루할 정도로 새침한 침묵에 흡수되었다. 자연과 하나가 된 것처럼 미동도 없이, 말도 없이 그렇게 저녁을 맞았다.

 규칙적으로 뛰는 심장소리에 맞춰 차분히 내쉬었다가 들이마시는 들숨과 날숨이 새로운 전환기를 반기고 있었다.

 열흘 후.

 벌써 삼월 중순이 되어 백화점은 더욱 정신이 없어졌다. 찬희는 현준이 기다리는 근처 식당까지 잰걸음으로 걸어가고 있었다. 그러다 건널목에서 태진을 마주쳤는데 수희하고 근처 맛집 앞 길게 선 줄에 섞여 있었다. 해서 찬희가 두 사람을 불렀다.

 "오태진, 강수희!"

 "어, 언니!"

 "강 대리. 안녕."

 태진은 느물느물 손을 흔들었지만 수희는 두 손으로 얼굴을 가린 채 등을 돌리고 있었다. 누가 보면 불륜 현장이라도 걸린 줄 착각할 만한 행동이라 기가 찼다.

 "둘이 뭐해?"

 찬희의 물음에 태진이 심드렁한 투로 대답했다.

 "보면 몰라? 밥 먹으려고 줄 서 있잖아."

 "액면 그대로 말고 내막이 궁금하다는 거야. 왜 둘이 점심을 먹어?"

 "먹으면 어때서?"

태진이 되물었다.

"어때서?"

"수희하고 점심도 좀 먹고 저녁에는 영화를 보게 된 지 3일 됐어. 무슨 뜻인지 알겠지? 설마 날 반대하는 건 아니지?"

"오태진 진짜 웃긴다. 이제 막 3일 됐다면서 무슨 뜻을 알아?"

찬희가 소리를 버럭 질러 주변 사람들의 시선이 그들에게 꽂혔다. 찬희는 큼큼, 헛기침을 토한 후 수희를 바라보았다.

"언니한테 비밀 만들고 섭섭해."

"비밀이 아니라……."

"오태진, 비비크림 바르는 남자야."

"야! 그건 비밀인데 밝히면 어떻게 해? 그리고 비비크림 좀 바르면 어때? 그거 절대로 흉 아니잖아."

태진은 기가 막힌지 수희의 손을 잡으며 물었다.

"수희는 오빠가 창피하니?"

"아뇨. 전 비비크림 바르는 오빠를 좋아해요. 다음에는 펄 들어가 있는 걸로 발라요. 그럼 얼굴이……."

잘들 논다.

찬희는 수희에게 확 빨려 들어갈 것처럼 바라보는 태진과 저를 사랑스럽게 바라보느라 입을 벌린 남자의 시선에 행복한 표정을 짓고 있는 수희를 번갈아보다가 돌아섰다.

"애들도 아니니 알아서 잘해."

괜히 여기서 시간 낭비할 필요 없다고 생각하고 머리카락을 날리며 현준이 기다리고 있는 설렁탕 가게에 들어갔다.

현준이 창가 쪽 자리에 앉아 책을 읽고 있었다. 그리고 그 앞에는 현미가 앉아 있었는데 찬희를 발견하고 손을 흔들었다.

"언니, 여기요!"

찬희와 현미는 동갑이었지만 찬희가 생일이 빨라 언니로 대우받고 있었다.

찬희는 두 사람이 앉은 테이블로 걸어갔다.

"많이 늦었죠? 한 본부장님이 자꾸 이것저것 시키잖아요."

찬희는 현준의 옆에 앉으며 투덜거렸다.

"언니네 본부장님은 원래 다 그렇게 이상한가 봐요?"

팔짱을 끼고 테이블에 상체를 기대고 있던 현미의 농담에 현준이 픗 웃었다.

"그러게요. 전에 있던 본부장님은 야근만 시키더니 이번 본부장님은 잔심부름을 그렇게 시키네요?"

찬희는 얼굴이 거칠어 걱정했던 현미를 빤히 보다가 물었다.

"비타민 바르고 자?"

"네."

"산모는 맛있는 거 많이 먹고 푹 자야 하는데 고작 설렁탕이야?"

이른 아침에 설렁탕이 먹고 싶다고 전화한 현미 때문에 찬희는 가슴이 짠했다. 남편이 대전 지점에 감사를 나가는 바람에 백수가 된 오빠에게 의지해야 하나 요즘은 찬희를 부쩍 많이 찾았다.

"이 국물이 자꾸 생각나서요."

"이 집 국물이 진하긴 해. 수육도 먹자."

찬희는 그렇게 말하고 현준을 쳐다보았다. 그는 여자들의 수다에 끼고 싶지 않은 듯 책을 읽고 있었다. 해서 찬희가 물었다.

"밥상머리에서 책 보는 거 예의가 아닌 것 같은데…… 어떻게 생각해요?"

"이제 한 페이지 남았어."

"난 점심시간 50분 남았는데."

"늦게 들어가도 상관없잖아."

그렇게 말한 현준의 시선은 여전히 책에 머물러 있어 찬희가 책장을 억지로 덮으며 주의를 주었다. 원래는 현미와 단둘이 점심을 먹으려고 했었는데 현준이 끼어들었다. 여자들의 식사를 방해했으면 적극적인 모습을 보여야지, 책을 읽으면서 무관심한 태도를 보여 그녀가 강경히 저지했다.

"이런 건 혼자 있을 때 읽는 거예요."

"한 장 남았다니까?"

"그럼 여기서 혼자 드세요. 우린 자리 옮길게요. 그래도 되죠?"

"가차없군."

현준은 한숨을 푹 쉬고 책을 옆으로 밀어 넣고 찬희의 얼굴을 빤히 바라보았다. 그녀가 웃고 있어 그도 실없을 만큼 가볍게 웃었다.

"아까 오는 길에 태진이하고 수희 봤어요. 둘이 사귀나 봐요."

"잘됐군."

"잘됐군? 좀 관심을 보여 봐요. 다른 사람한테는 너무 무관심해."

"내 가족, 내 여자 챙기기도 바빠. 누구한테 더 관심을 보여?"

현준은 그렇게 말하며 턱을 괴고 찬희를 빤히 바라보았다.

"내 여자라고 말하고 나니까 기분이 야릇하군. 모 개그 프로그램에서 '뿌잉뿌잉'이라면서 뺨을 문지르던데 그런 걸 좀 하고 싶어져."

"오빠!"

"하면 또 좋아하면서."

"언니, 요즘에 오빠가 이래요. 어디에 숨어 있었는지 개그 본능이 용솟음쳐서 웃기려고 아주 기를 쓴다니까?"

현미는 은아가 죽고 나서 분위기가 바뀐 현준이 걱정스러워 툴툴거렸지만 찬희는 빙그레 웃고 만다. 현준이 왜 그렇게 제 자신을 망가트리며 아버지와 여동생을 웃기려고 노력하는지 잘 알고 있었다. 현준이라도 제 이미지를 망가트리며 활력을 불어넣지 않으면 임신해 감정의 기복이 들쑥날쑥한 여동생과 혼자가 된 탓에 외로움을 부쩍 많이 느끼게 된 아버지가 내내 울상을 지을 것 같아서였다.

요즘 현준은 대견스럽다는 생각이 들 정도로 잘 버티고 있었다. 그 역시 어머니를 잃어 큰 슬픔과 실의에 빠졌을 텐데, 위로 받기보다 가족을 위로하는 선택을 해 남다르게도 보였다.

찬희는 현준을 그윽하게 바라보다가 현미가 불러 고개를 돌렸다.

"아참, 언니 주려고 선물 사 왔어요."

현준이 아버지와 여동생을 데리고 일주일 간 가족 여행을 다녀왔다. 현미는 푸켓 여행지에서 사 왔다며 상자를 내밀었다.

"별건 아니에요. 명함 지갑 하나 샀어요."

"내용물이 뭔지 말하면 어떻게 해?"

성격 급한 현미 때문에 걱정인 현준의 가벼운 퉁박에 찬희가 상자를 열며 대답했다.

"미리 말해도 괜찮아요."

검은색 애나멜 소재의 명함 지갑에 찬희는 중대발표를 할 것 같은 표정을 지으며 뜸을 들였다가 말했다.

"저기…… 나 과장 됐어요."

"승진했어?"

"응. 오전에 발표 났더라고. 다음 달에 본사 발령 난대."

찬희은 그렇게 말하며 현준을 응시했지만 그는 대단한 일이 아니라는 듯이 고개만 끄덕거렸다. 해서 그녀가 의심 가득한 시선을 하고 물었다.

"설마 손 쓴 건 아니겠죠?"

"내가 왜 그런 짓을 하나? 그리고 내 힘이 필요할 만큼 무능력한가?"

"회장님의 외손자니까 그렇죠!"

"안 했어. 그리고 나도 내 사업 구상하느라고 머리가 아파."

현준은 머리가 깨질 듯 아파하는 시늉을 하고는 턱을 괬다. 그리고 여동생의 얼굴을 살펴보다 입술에 실 먼지가 묻어 떼어 주었다.

"뭘 그렇게 묻혀."

"배고파서 먼지라도 먹으려나 봐."

"재미없는 농담이었다, 알지?"

"오빠는…… 언니, 우리 오빠 얄미울 때 진짜 많죠?"

현미의 물음에 찬희는 기다렸다는 듯이 고개를 끄덕거렸다.

"요즘은 사장님이 될 거라면서 어찌나 거들먹거리는지. 말도 마요."

"아참, 정말 사업하게요?"

현준이 대답하기도 전에 현미가 끼어들었다.
"아빠하고 같이 하기로 했대요. 우리 아빠가 경리래."
"경리? 풉! 아버님이 경리라니, 안 어울리는데요?"
"경리하고 해 봤자, 회장 겸 경리야. 아버지가 회장 시켜 달라고 하시더라. 그래서 회장님이라고 부르기로 했어."
현준은 못 말린다며 고개를 저었지만 현미나 찬희는 안심이 되는지 동시에 말했다.
"그래도 장 경리보다 장 회장이 낫죠."
두 사람이 동시에 한 대답에 현준이 피식 웃었다. 그러는 동안 기다리던 음식이 나왔다. 현미가 찬희에게 먼저 물티슈를 건네며 방글 웃어 현준이 부러운 양 말했다.
"두 사람 손발이 척척 맞네."
"그러게요."
"오빠, 나 언니하고 잘 맞는 것 같아. 그런데 두 사람은 어떻게 데이트해?"
현미의 물음에 현준이 설렁탕에 밥을 말며 말했다.
"네이트 온으로."
"오빤, 농담도!"
"진짜예요. 요즘 우리 네이트 온에서 살아요."
"강찬희 대…… 아니, 이젠 과장이군. 강 과장님께서 티파니 특별전 때문에 맨날 야근이시거든. 어제도 자정 넘어서 퇴근하셨단다."
"야근 안 하려고 했는데 몸에 밴 습관이 무서운 것 같아요."
찬희의 대답에 현준이 물었다.
"그래서 잘 진행되고 있나?"

"네. 주신 자료 덕분에 진행이 술술술. 고마워요."

"유용하게 쓰고 있다니 다행이군."

"4월 14일인 거 알죠? 두 분 꼭 참석하세요."

"블랙데이에 다이아몬드 특별전이라니. 아이러니하네요."

현미는 국물을 후룩후룩 마시며 말했지만 찬희는 그저 웃고 말았다. 현준도 배가 고팠는지 후룩후룩 밥을 넘기며 김치를 집어넣고 씹었다.

찬희는 현준이 맛있게 먹는 모습을 바라보다가 안심한 듯 물었다.

"오늘 뭐 할 거예요?"

"남양주 집에 가서 아버지 짐을 옮겨 와야 해."

호원이 서울 현준의 아파트로 옮겨온다. 실버타운에 들어가겠다는 걸 현준과 현미가 말려 아들과 함께 살게 된 것인데 다행스러웠다.

"실내견 한 마리 키울까 해."

"실내견이요?"

"아버지가 동물을 좋아하시니 적적하시지 않게."

현준의 말에 찬희는 고개를 끄덕거렸다.

"개 안 싫어하지?"

"응."

"다행이다."

"응."

찬희와 현준은 덤덤하게 대화를 나누고 밥을 먹었다. 은아의 장례식 이후로 두 사람의 관계에도 많은 변화가 생겼다. 여유가 생기고 밀고 당기는 기술보다 서로를 이해하고 배려하려는 마음이 생긴 까닭이었다.

식사를 하는 동안 세 사람은 편한 표정을 지었다. 어머니의 임종을 지키지 못해 가슴에 응어리와 죄책감을 안고 있던 현미가 많이 밝아져 다행스러웠다.

현준도 아버지와 여동생을 놀봐야 한다는 책임감 때문에 어머니에 대한 미안함과 그리움에서 벗어나 해맑게 웃고 있었다.

찬희는 현준을 사랑하게 되었다. 진심으로 그를 보기 시작했고 장현준의 부재와 함께 찾아온 외로움과 그리움이 그녀를 바꾸어 놓았다. 그래서 전보다 대하는 게 편해졌다.

식사를 마치고 나온 현준이 계산을 하는 동안 찬희가 박하사탕을 집게로 집어 현미에게 건넸다. 저도 먹고 현준의 입에도 하나 넣어 주었다. 그런 후 현준의 재킷 깃이 접혀 있어 펴주었다.

"셔츠 잘 다려 입은 거 맞아요? 깃에 주름 있어."

"아버지가 다리셨어. 오랜만에 다린다고 하시더니 이렇게 됐네."

"가사 전담하셨구나."

"가사 전담 겸 경리 겸 회장님이지."

현준의 농담에 찬희와 현미가 동시에 웃음을 터트렸다.

현준이 찬희와 현미를 데리고 백화점으로 향했다. 그녀를 회사까지 데려다 준 현준이 말했다.

"내 마음 알지?"

"네."

"언제나 그거야."

"고마워요."

찬희는 방글 웃었다. 어머니의 49제도 지나지 않았는데 사랑한다고 프러포즈할 수 없어 마음만 전한다. 찬희는 현준의 마음을 잘 알고 있어 고개를 끄덕인 후에 손을 잡아 주었다.

"조심히 돌아가요."

"응."

현준은 그녀의 손등을 다독인 후 돌아섰다. 찬희는 여동생을 데리고 건널목으로 걸어가는 현준의 뒷모습을 오랫동안 바라보다가 안으로 들어갔다. 쥬얼리 매장을 지나치던 그녀의 걸음이 한곳에서 멈추었다. 그녀는 유리관 속에 있는 다이아몬드 반지를 물끄러미 보고 있었다.

백금에 아주 작게 콕 박혀 있는 다이아몬드는 깨알 같지만 과하지 않은 아름다움으로 그녀를 유혹하고 있었다.

화려한 디자인과 묵직한 무게감의 다이아몬드만 보다가 알이 작은 걸 보니까 새로운 느낌이 들었다. 그리고 제 환상을 담은 현실의 증거물을 찾은 양 행복한 미소를 지으며 주절거렸다.

"그래, 이 무게가 적당해."

※　　※　　※

"강 과장은 시간적인 여유가 생겼다고 좋게 생각해."

한 본부장은 행사장의 전기 공사 중에 발생한 문제 때문에 재공사에 들어가게 된 상황을 좋게 생각하라고 하지만 찬희로선 그리 생각할 수 없었다.

티파니 특별전이라는 유종의 미를 거두고 난 후에 본사의 상품 개발부로 자리를 이동하려던 계획이 틀어져 불만이 이만저만이 아니었다.

본부장실에서 나온 찬희는 기운 빠진 걸음으로 터덜터덜 걸었다. 그리고 제 자리에 돌아와 수첩을 책상에 내던지듯이 가볍게 놓고는 의자에 쓰러지듯이 앉아 두 손을 깍지 끼었다. 그리고 폭풍 같은 한숨을 내쉬는데 옆에서 눈치 없이 콧노래를 부르던 태진이 달력을 들어 보였다. 그리고 4월 14일을 빨간 볼펜으로 동그라미를 그린 달력을 제 얼굴 옆에 붙이고는 찬희에게 물었다.

"오늘이 무슨 날인지 알아?"

"무슨 날? 뭐, 화요일?"

"이 사람이…… 왜 이렇게 센스가 없어. 4월 14일이 무슨 날이냐."

"기운 빠져 죽겠으니까 시간 낭비하지 말고 그냥 말해. 무슨 일인데?"

찬희는 365일 내내 싱글벙글인 태진이 부러워 짜증조였다.

"오늘이 블랙데이잖아!"

"그게 뭐 대단한 날이라고."

"매년 자장면 먹던 내가 오늘은 스테이크 먹으러 간다! 수희하고! 대단한 날이지, 안 그래?"

태진의 대답에 찬희가 모니터에서 눈을 떼고 말했다.

"그러니까 오 대리는 내 동생이 좋아서 죽겠다는 거구나?"

승진 시험에서 떨어진 태진의 직함을 콕 집어 물었음에도 그는 사랑에 빠진 삐에로처럼 입술을 귀에 걸고 대답했다.

"미치겠어."

"그렇게 좋아?"

"수희는 너처럼 건조하지 않더라. 어쩜 그렇게 애교가 철철 넘쳐? 오빠, 오빠 할 때마다 애간장이 녹아. 사나이의 가슴을 사랑으로 가득 채우더라."

수희를 만나고부터 태진은 은근히 찬희와 여동생을 비교하고 있었다. 해서 찬희가 물었다.

"오 대리가 아직 내 매력을 몰라서 하는 소리지. 그리고 나도 오빠 소리 할 줄 알아."

"장현준 씨한테도?"

"아니, 아직 안 했는데?"

"그러니까 네가 안 된다는 거야. 남자는 저보다 어린 여자에게 오빠라고 불리고 싶어 하는 갈망이 있어."

태진은 그렇게 말하며 점심시간에 백화점에 내려가서 산 선물을 자랑하려는지 종이가방을 흔들었다.

"써알리스테러라이 스카프잖아."

"어, 어떻게 알았어?"

"매장 직원한테 들었어. 오 대리가 스카프 하나 사면서 온갖 폼수를 다 떨었다며?"

"아, 또 질투는. 내가 그렇게 달달하게 말했나?"

"달달 좋아하네. 너무 그러지 마. 보기 안 좋아."

찬희는 입매를 일그러뜨렸으나 곧 손바닥을 비비고 손가락을 털어 업무 준비를 서둘렀다.

"너도 뭐 선물해. 오늘 저녁에 데이트 있을 거 아니야."

"자장면 먹기로 했어."

"왜!"

"갑자기 자장면 먹자고 해서."

"그건 솔로나 먹는 거지."

태진의 말에 찬희가 피식 웃었다.

"솔로 아니니까 먹어도 돼."

"오빠라고 불러 봐."

"싫어."

"좋아할 거야. 해 봐."

"몰라."

태진은 수희와 데이트를 한 이후부터 말투가 꼭 계집애처럼 변했다. 찬희에게 이성 친구가 아니라 마치 동성 친구인 양 애교를 부려 기가 막혔다.

"오태진 대리님. 연애를 하면 원래 그렇게 느끼해집니까?"

"느끼한 게 하니라, 행복한 필을 느끼는 중이라고 해 줄래?"

태진의 말에 찬희는 가소롭다는 듯이 웃었다. 그러다 문득 떠오른 아이디어가 있어 태진과 거래하듯이 물었다.

"수희가 좋아하는 고백법 가르쳐 줄까?"

"엉!"

"그럼 날 좀 도와줘."

"언제? 오늘?"

"아니 나중에. 며칠 후에."

찬희는 그렇게 말하며 태진에게만 들리게 속삭였다. 태진의 눈이 번쩍 뜨였다.

"네가 한다고?"
"응."
"너…… 대박이다?"
"도울 거지?"
"당연하지. 자, 이제 그럼 네 차례다. 수희가 뭘 좋아해?"
태진의 물음에 찬희가 말했다.
"아주 고전적인 걸 좋아해. 꽃과 반지와 와인."
"그건 기본이지."
"그게 먹힐 거야. 수희도 내 환상하고 비슷하니까. 그 환상을 네가 현실로 만들 수 있을지 그건 미지수지만 노력해 봐. 여자는 감동 받는 걸 좋아하거든."

찬희는 태진의 어깨를 두드린 후에 덧붙였다.
"그리고 그 스카프 바꿔야겠다. 수희한테 그 스카프 있거든."
찬희의 말에 태진의 얼굴에 실망의 기운이 가득했지만 그게 저와 무슨 상관이겠는가.

찬희는 씩 웃으며 일에 몰두하다가 피식 웃었다.

오빠라…….

아무리 생각해도 입 밖으로 나올 것 같지 않지만, 특별히 기분 좋게 웃는 모습을 보지 못해 해 주는 것도 나쁘지 않겠다는 생각이 들었다.

오, 오빠……. 오빠. 오빠? 오오빠아. 오빠!

찬희는 소리를 죽인 채 모니터 옆에 놓아둔 손거울에 얼굴을 비춘 채 '오빠'라는 말을 조심스럽게 연습하기 시작했다.

현준은 소셜커머스 'everyday'의 창업 준비로 정신없이 바쁜 일과를 보내고 있었다. 사무실을 따로 내지 않고 제 오피스텔의 서재를 사무실로 개조하고 오픈 일을 기다리며 판매할 상품을 개발 중이었다.

새벽 5시에 일어나 씻고 난 다음에 아버지 호원과 함께 아침을 먹고 근처 헬스클럽에 가서 가볍게 유산소 운동을 한 후에 현준과 호원은 각자의 일을 했다.

현준은 창업 준비를 했고, 호원은 현미가 먹고 싶다는 요리가 있으면 요리책을 사서 만들어 주었다. 점심과 저녁에는 가족끼리 오붓하게 식사를 했다. 출장이 잦은 남편 덕분에 과부 아닌 과부가 된 현미는 요즘 아예 제 짐을 현준의 오피스텔에 들이고 있었는데 양이 점점 늘어나고 있었다. 집을 넓은 곳으로 옮겨야 하는 게 아닐까 하는 고민이 생길 정도였다.

오늘도 현미가 호원과 함께 라마즈 호흡을 하겠다며 정신을 빼놓아 현민은 노트북을 들고 압구정에 나왔다. 그리고 찬희를 기다리며 론칭 상품으로 하기 좋은 걸 고르고 있었다. 4월 14일이라 근처 중국집에 예약까지 하고 기다리고 있으려니 무료하다는 생각이 들었다.

미친 듯이 집중하다가 고개를 들면 문득 혼자라는 게 낯설고 이질적으로 다가와 넋을 놓고 창밖의 마천루를 감상하곤 한다. 지금도 약 40분 가량 아무것도 하지 않고 노을이 지는 하늘을 바라보고 있었다.

어머니가 돌아가신 지 얼마 지나지 않았지만 세 가족은 어머니 때문에 울상 짓는 일이 없다. 마치 약속이라도 한 것처럼 서로의 기분을 생각해 웃었다.

일상으로 완벽하게 돌아온 것이다.

넋을 놓고 멍하게 있는데 찬희가 현준의 어깨를 쳤다.

"워!"

놀라라고 한 장난에 현준이 핏 웃으며 물었다.

"야근할 줄 알았는데?"

"티파니 전도 연기됐고 해서 오늘은 10분 일찍 나왔어요. 한 본 부장님이 내 눈치 은근히 봐요."

"그 사람이 무슨 잘못이 있어서?"

"그러게요. 만날 잔소리만 해서 욕했는데 요즘은 은근히 속정 깊은 걸 알겠더라고."

찬희는 그렇게 말하며 현준의 노트북을 들여다보았다.

"아직도 못 정했어요?"

"타깃을 잡지 못해서 그런 건지……."

"포괄적인 대상을 노리는 건 확실히 무리수죠. 후발주자인 만큼 기발한 아이디어가 중요해요."

찬희는 그렇게 말하면서 능글맞은 표정을 짓고 노트북을 닫았다.

"금강산도 식후경이라는데 자장면 먹으러 가요. 배고파요."

"혹시나 해서 7시로 예약했었는데 당길 수 있는지 전화해 보고."

현준은 휴대폰에 저장한 중국집 전화번호에 연결하며 노트북을 챙겼다.

"안녕하세요, 7시에 예약했던……."

현준이 예약 시간을 취소하고 바로 자리가 나올 수 있는지 문의하는 동안 찬희는 입술을 오므렸다가 벌리는 운동을 시작했다.

"어쩌지? 7시나 되어야 먹을 수 있겠어."
"그, 그래요? 그럼 우리 자장면 말고 다른 거 먹어요."
"그래야겠다. 뭐 먹을까?"
"분식? 간단하게 먹고 우리 영화나 봐요. 웃기는 거 뭐 없을까?"
찬희는 현준의 팔에 스윽 제 팔을 끼우며 물었다.
"코믹 좋죠?"
"액션이 낫지 않아?"
"그럼 로맨틱 코미디?"
"꼭 웃기는 걸 봐야겠어?"
찬희가 고개를 끄덕거려 현준이 휴대폰으로 근처 영화관의 홈페이지에 접속했다. 그리고 개봉한 영화를 찾아보기 시작했다.
"아버님은 뭐 하신대요?"
"뚝이 보고 있어."
"뚝이?"
"우리 집 배불뚝이."
"아우! 심했다."
찬희는 현준의 농담에 까르르 웃으며 어떻게 그런 별명을 붙였느냐고 물으며 아랫입술에 침을 발랐다. '오빠'라고 불러 봐? 타이밍이 중요한 것 같은데…… 승진 시험을 볼 때보다 더 긴장해 눈썹을 꿈틀거리는데 그가 물었다.
"어디 불편해?"
"아뇨, 아뇨."
"그런데 왜 인상을 써?"
찬희는 반달웃음을 짓고 난 후에 커피숍을 나와 근처의 분식가게로 향했다. 쌀쌀한 기운 없이 기분 좋게 부는 바람을 맞으며 팔짱을 낀 채 걷는데 맞은편에서 걸어가는 한 커플이 보였다. 그들은 이제 막 사귀기 시작했는지 끈적거리는 눈빛을 교환하고 있었다. 아니 남자가 여자의 이마에 입을 맞추기도 하고 귓가에 뭐라고 속삭이며 남세스러운 장면을 연출하고 있었다.

분명 예전 같았으면 눈알을 도려낼 만큼 꼴불견을 봤다며 흥분했을 터인데 오늘은 날이 좋은 저녁이라 그런지 묘하게 부럽다는 생각이 들었다. 벚꽃이 아름드리 피어 있는 길을 민숭민숭하게 걷는 자신들보다 알콩달콩하게 예쁘다는 생각이 들어 고개를 숙이는데 귓가에 후끈한 바람이 닿았다.

"나도 키스할까?"

"네?"

"부럽잖아. 표정이 아주 부러워서 죽으려는 것 같은데?"

"아, 아니에요. 그냥. 꼴불견이라는 생각을 했어요. 저게 뭐야, 길거리에서. 전혀 안 부러워요. 내가 아이인가?"

찬희는 그렇게 말하며 종종걸음을 걸었지만 현준이 자리에 못 박힌 듯이 서 있어 꿈쩍도 할 수 없었다.

"난 키스하고 싶은데?"

"어우, 주책이에요."

"좋잖아. 봄밤에 흐드러진 꽃, 새순이 올라오는 공원을…… 가벼운 옷차림의 연인들. 괜찮지 않아?"

"감성적인 건 알지만 우리 나이에 길거리에서 키스하…… 읍!"

고개를 저으며 키스했다가는 주변의 눈총을 산다고 하려고 했는데 현준이 예고도 없이 그녀의 허리를 끌어안고 키스를 했다. 쪽!

소리가 날 만큼 박력 있는 키스를 퍼 붓은 탓에 주변의 시선이 일제히 두 사람에게 쏠렸다.

"헉헉, 난 몰라! 다 쳐다보잖아요!"

"좋네. 시선 집중도 되고 이참에 내 여자라는 거 도장도 찍고."

"나 몰라!"

"몰라앙!"

현준은 두 손을 가슴까지 올린 채 몸을 가볍게 흔들어 찬희를 웃겨 주었다.

"애 같아."

"키스를 할 수 있다면 매일매일 애처럼 굴겠어."

"그럼 오빠라고 하려고 했던 거 취소!"

"오빠?"

찬희의 말에 현준의 눈이 커졌다. 그는 그녀의 양어깨에 손을 올린 후 능글맞은 눈빛을 쏘아올렸다.

"오빠라고 부를 참이었어?"

"몰라요."

"모르긴, 오빠라고 불러도 돼."

현준은 기분이 좋아 함박웃음을 짓고 있었다.

"현미가 매일 오빠라고 부르잖아."

"현미가 내 여자야? 내 동생이지. 내 여자가 부르는 오빠라는 소리가 얼마나 듣고 싶은지 알아?"

현준의 들뜬 음성에 찬희가 손으로 입을 가렸다가 떼며 정색했다.

"창피해서 안 될 것 같아."

"선물 받고 싶지 않아?"

"나 그런 여자 아니에요."

찬희는 퉁명스럽게 말하고는 현준을 지나쳤지만 그가 외친 말에 더는 앞으로 나아갈 수 없었다.

"에르메스 버킨백!"

찬희는 벼락을 맞은 것처럼 굳었다. 명품 백 중에서도 에르메스라는데 어느 누가 유혹을 뿌리칠 수 있겠는가.

"이 여자, 참……. 나보다 더 백이 좋다는 거네?"

"정말 사 줄 거예요?"

"당연하지. 그러니까 나한테 오빠라고 불러 봐."

"꼭 그렇게까지 해야 해요?"

찬희는 제 이미지가 명품 좋아하는 여자로 굳어졌나 싶어서 씁쓸하게 물었다.

"그만한 가치가 있으니까."

그의 대답에 찬희가 주변을 휙 둘러보다가 잽싸게 말했다.

"오빠."

"안 들리는데?"

"오빠."

"더 크게."

"오오오오빠아!"

찬희가 큰 소리로 말해 현준이 큭큭 웃기 시작했다. 잔뜩 경직된 표정으로 무뚝뚝하게 말하는데 정말 귀여웠다. 애교라고는 눈을 씻고 찾아볼 수 없었지만 그대로 만족스러웠다.

"오늘 분식은 명품 떡볶이로 먹지."

"그런 것도 있어요?"

"찾아봐야겠지?"

현준은 찬희의 어깨에 팔을 두르며 앵무새처럼 주문을 외웠다.

"분식집에 가는 동안 오빠라고 100번 하면 에르메스 백 두 개 사 줄게."

"뭔가 낚이는 기분인데……."

"내가 왜 그런 거짓말을 하나?"

현준은 그렇게 물으며 눈썹을 까딱까딱 움직여 덧붙였다.

"사랑하는 오빠라고 해 줬으면 좋겠어."

현준의 요구에 찬희는 고개를 끄덕인 후 그의 허리에 팔을 걸치며 앵무새처럼 말했다.

"사랑하는 오빠, 에스메스 버킨백 사 준다는 오빠, 사랑합니다. 오빠. 오빠아아. 풋!"

사랑하는 오빠, 오빠…… 라고 외치던 그녀의 얼굴이 달덩이처럼 환해졌다. 오빠가 아빠 된다는 말이 생각나서였다.

내 아이의 아빠가 되어 주세요! 라고 외치면 현준은 어떤 표정을 지을까? 문득 궁금해져 얼굴에 핀 화색은 오랫동안 가시지 않았다.

✖   ✖   ✖

4월 28일, 티파니 특별전이 개최되는 날이었다.

암전된 장내에는 화려한 디자인의 다이아몬드가 유리관에 진열이 되어 있었고 세공법 별로 불리는 이름이 소개되었다. 그리고 다이아몬드 쇼가 진행되고 있는 무대에선 아름다운 모델들이 목과

귀, 손에 다이아몬드 액세서리를 하고 런웨이를 걷고 있었다. 유명 연예인은 물론 경쟁 백화점의 임원은 물론 강남과 강북의 큰손이라 불리는 여사님들이 딸과 함께 참석해 눈길을 끌었다.

거기에 신흥 재벌로 급부상한 기업체와 한국에 잠깐 입국한 프랑스의 유명 디자이너까지 다양하게 자리를 메워 특별전은 성공적이었다.

약 2시간의 쇼와 함께 수십 억을 호과 하는 다이아몬드 목걸이의 판매가 이루어졌다. 고가의 다이아몬드 반지와 목걸이에 관심을 보이기 시작한 남성과 여성들이 분위기를 한껏 달구어 놓았다.

찬희와 태진은 팔짱을 끼고 다이아몬드가 내뿜는 빛에 취한 사람들을 허탈하게 바라보았다.

"난 말이야, 티파니는 무리야."

뜬금없이 뱉은 태진이 한숨을 쉬었다.

"갑자기 무슨 소리야?"

"특별한 건 맞는데 내 눈엔 그저 그렇다."

"능력이 안 되는 사람이 사면 사치요, 허세인 거야. 능력 되는 사람들이 다이아몬드로 목욕을 하든 뭘 하든 알게 뭐야."

"틀린 말은 아닌데 내 눈에는 특A급 큐빅 같아서 무리라는 거야."

태진의 말에 찬희가 히죽 웃었다.

"수희가 티파니 사달래?"

"너희 자매는 다른 것 같은데도 같더라."

"그래서 피곤해?"

"아니, 황송하지요. 다만…… 앞으론 잡지 구독은 좀 자제해. 내

허리 휘어."

"풉!"

찬희의 웃음에 태진이 피곤한 표정을 짓고 울먹거렸다.

"내가 수희를 끊을 수도 없고…… 미추어 버린다."

"네가 아직 우리 자매를 몰라서 그러는데 막상 주지? 잔소리 듣게 될 거야. 내가 받아 봐서 알잖아. 그거 엄청 부담되더라."

"그 부담되는 걸 즐기는 건 아니고?"

"착각했던 거야."

찬희는 부끄러운 양 얼굴을 붉히고 대답했다.

"다이아몬드가 커야 사람들이 부러워할 만한 행복을 누릴 수 있다고…… 그렇게 믿고 살았던 거지."

"오, 강 과장. 본사에 가더니 생각이 많이 바람직해졌어."

"그러게. 오 대리."

"쳇. 승진 시험에서 떨어지지만 않았어도."

"그러게 그 전날 왜 술 퍼마셔? 과해도 어느 정도껏이지. 숙취 때문에 시험 못 본 사람은 오태진 하나래."

찬희의 면박에 태진이 한숨을 내쉬었다.

"그런데 왜 안 오지?"

"장현준?"

"네 친구니? 장현준이 뭐니?"

"알았어. 장현준 씨."

"장현준 사장님이라고 불러."

"사장은 무슨. 아직 시작도 안 했다면서."

"아무튼!"

찬희가 눈을 부라릴 때였다. 등 뒤에서 현준의 목소리가 들렸다.
"늦어서 미안하다."
"아뇨, 괜찮아요. 지루한 시간 지나갔어요. 이제 오 대리가 정리 마칠 테니까 우린 나가요."
"어딜?"
"저녁 먹으러."
"특별전을 봐야지."
"성공적이에요. 걱정할 것 없어요."
"허…… 너무 뻔뻔한 대답 같은데."
현준은 찬희가 왜 이러나 싶어서 태진에게 시선을 돌렸으나 그는 이미 자리에 없었다.
"아참, 그라지아 회장님한테 전화가 왔었어요."
"그래?"
"벨라가 결혼한대요. 5월에요. 우리한테는 언제 할 거냐고 묻더라고요."
현준은 까마득히 오래 전에 만났던 사람처럼 느껴져 쿡, 웃었다.
"그래서 뭐라고 대답했어?"
"프러포즈를 다시 받아야 하지 않겠냐고 했죠. 반지 돌려줬다고 말했거든요."
"이럴 줄 알았으면 오늘 가지고 오는 건데 그랬어."
"아뇨, 그런 뜻이 아니에요. 다만 5월에 우리가 벨라의 결혼식에 가야 한다는 거죠."
"난 어차피 6월 말까지 한가하니까. 그런데 찬희가 괜찮을까?"
"아까 휴가 신청했어요."

찬희는 그렇게 말하며 현준의 팔에 팔짱을 끼고 엘리베이터의 올림 버튼을 눌렀다.

"왜 위로 올라가? 옥상이잖아."

"옥상에서 식사하게요."

"옥상에 음식점이 있어?"

"오늘을 위해 피디를 준비했어요. 이제 곧 날이 저물잖아요. 오신 분들한테 식사 대접도 하려고요."

찬희의 설명에 현준이 고개를 끄덕거렸다.

"스테이크 같은 게 아니고 간단한 핑거 푸드에 와인 정도예요."

"많이 준비했군."

"누구 때문에요."

찬희는 때마침 문이 열린 엘리베이터에 올랐지만 현준은 내부에 장식된 풍선과 꽃 장식에 선뜻 오르지 못하고 물었다.

"이것도 서비스의 일환인가?"

"로맨틱하잖아요. 특별한 날인데 이 정도 서비스는 해야죠. 그런데 이 엘리베이터 안 탔어요?"

"계단으로 올라왔어."

"왜?"

"엘리베이터 고장이라면서 점검해야 한다고 해서 말이야."

현준은 그렇게 말하고는 어깨를 으쓱거렸다.

"이해할 수 없네요."

찬희는 그렇게 말하고 닫힘 버튼을 누르며 하품을 했다.

"졸려?"

"오늘을 위해 정말 많은 걸 준비했거든요."

"좋은 결과 있을 거야."

"그래야 해요. 안 그러면 진짜 기운 빠질 것 같거든요."

찬희는 현준의 잘생긴 얼굴을 오랫동안 응시하다 옥상에 도착한 엘리베이터 문이 열려 내렸다.

옥상엔 찬희가 말한 대로 요리사들이 음식을 만들고 있었고 음악이 나직하게 깔리고 있었다.

"다이아몬드는 프러포즈의 의미를 두기 때문에 노래도 그런 쪽으로 틀고 있어요."

"이현우의 메리 미?"

"이현우라는 가수의 음성은 뭐랄까, 바로 옆에서 속삭이는 거 같아요. 듣기 좋죠?"

찬희는 그렇게 말하며 준비된 테이블에 현준을 앉히고 마주 앉았다.

"와인은 어떤 걸로 할래요?"

"스파클링으로 하지."

"예."

찬희는 그렇게 말하고 와인을 가지러 이동했다. 그러는 동안 노래가 양파가 부른 메리 미로 노래가 바뀌었다. 현준은 피식 웃었다. 찬희가 와인 글라스와 스파클린 와인을 들고 왔다. 곧 요리사가 넓은 접시에 안주도 되면서 요기도 할 수 있는 핑거 푸드를 담아 가지고 왔다. 그는 어딘가 모르게 들떠 있어 현준이 미소를 짓고 화답하듯이 접시를 받았다.

50여개의 테이블에는 꽃 장식이 있었다. 저녁이 되면 불꽃놀이를 할 예정인지 불꽃을 설치하는 사람들이 있었다.

"예산 좀 들였군."

"VVIP와 VIP, 외부 인사들을 위한 거죠."

"오늘은 정말 대우 받는 기분이 들겠어."

"당신도 그래요?"

"당신?"

"그럼 어떻게 부를까요? 현준 씨라고 부르기엔 좀 멀게 느껴지는데."

찬희의 대답에 현준이 진지하게 대답했다.

"내 거, 네 거?"

"그럼 현준 씨가 내 거?"

"그래, 넌 내 거고."

"여왕벌 대우를 해 줘야 하는 거 아니에요?"

찬희의 대답에 현준이 콧등을 구기며 와인을 땄다. 그리고 찬희의 잔에 와인을 따르고 난 후에 제 잔에도 따랐다. 어둑어둑했던 하늘이 거뭇거뭇해지더니 곧 완전히 어둠으로 뒤덮였다. 날이 좋아 밤하늘에는 구름 한 점 없었다. 달도 둥글어 월형도 밝았다. 그는 와인을 한모금 마시며 시원스럽게 부는 봄바람을 함께 들이마셨다.

"행복하군. 나른해."

"봄은 사람을 설레게 해요."

"사랑스럽고."

"봄은 결혼하고 싶다는 생각도 들게 하죠."

찬희의 대답에 현준이 눈을 휘둥그레 떴다.

"왜 그렇게 봐요?"

"결혼하고 싶어?"

"우리 엄마가 올해 시집가라고 했어요. 그래야 내년에 손자 본다고요."

찬희의 대답에 현준이 호방하게 웃었다.

"그래서 생각했어요. 나 결혼해야겠다, 라고."

"그럼 프러포즈를 다시 해야겠군."

"그럴 필요 없어요."

"왜?"

"프러포즈 받고 싶지 않아요."

찬희는 그렇게 말하며 귓불을 만지작거렸다. 그때 부르노 마스의 'Marry You'가 신나게 울려 퍼졌다. 음향도 쩌렁쩌렁 울려 현준이 인상 짓는데 어디선가 웨딩드레스와 턱시도를 입은 십여 명의 아이들이 우르르 쏟아져 나오더니 노래에 맞춰 춤을 추기 시작했다. 병아리처럼 작고 귀여운 입으로 서툰 영어를 구사하며 'Marry You'라는 대목을 따라 불러 현준을 당혹케했다.

잠시 후 태진과 부섭이 네모난 케이크를 들고 나타났다.

현준은 찬희를 보며 인상을 구겼다. 이게 무슨 상황인지 설명하라는 뜻이었지만 케이크 위에 쓰인 글씨에 그만 마법에 걸려 굳은 것처럼 입을 벌렸다.

Marry You

케이크 한가운데에는 웨딩드레스와 턱시도를 한 사탕 인형이 놓여 있었고 'Marry You'라고 굵직한 글씨가 쓰여 있었다. 찬희의 벌어졌던 입이 다물리듯 하다가 곧 시원한 미소로 변했다. 노래도 끝이 났다.

그때야 찬희가 자리에서 일어나더니 테이블에 꽂혀 있던 백장미를 들었다. 그리고 현준의 앞에 무릎을 꿇었다. 잠시 후에 이승기의 감미로운 목소리가 들렸다. 잠시 후 찬희가 '결혼해 줄래'를 따라 불렀다.

현준은 손으로 이마를 짚었다가 뗐다. 태진과 부섭이 랩 부분에서 율동을 섞어 찬희를 도왔다. 웨딩드레스와 턱시도를 입은 아이들이 쌍쌍이 춤을 추며 현준과 찬희의 주변을 돌았다.

찬희의 눈가에 물기가 고였다.

현준은 무릎을 꿇은 찬희가 쥐고 있던 남성용 결혼반지에 감탄하며 손으로 입을 가렸다.

"나와 결혼해 줄래요? 당신 아이를 낳고 싶어. 평생 살고 싶어…… 당신한테 매일매일 프러포즈 받으며 살고 싶은데, 당신은 어때요? 나한테 매일매일 프러포즈 받고 싶지 않아요?"

찬희가 현준을 위해 준비한 반지를 내밀었다.

"당신이 나 사랑하는 것보다…… 내가 더 사랑해 줄게요. 장현준 씨…… Marry Me?"

찬희의 프러포즈에 놀란 현준이 저를 쳐다보고 있는 태진과 부섭, 아이들, 옥상에 있는 주방장과 불꽃 설치 기사들을 둘러본 다음에 고개를 끄덕였다.

그는 그녀가 준비한 반지를 끼워달라는 뜻으로 손을 내밀었다. 찬희가 환히 웃으며 현준의 왼손약지에 거의 두 달 동안 눈도장을 찍었던 결혼반지를 끼워 주었다.

현준이 주었던 티파니 3캐럿 다이아몬드에 비한다면 깨알처럼 작았지만 시작하기엔 좋은 무게이리라.

　찬희는 현준의 손을 꼭 잡고 눈을 마주한 채 말했다.

　"축하해요. 강찬희 소속이 된 걸. 이제야 내 것이 되어서."

　"그래, 고맙다. 이제라도 네 소유가 될 수 있도록 허락해 줘서."

　"장현준 씨, 사랑해요."

　처음으로 들은 고백에 현준은 눈을 지그시 감았다가 떴다. 가슴이 뛰었다. 들이마시는 공기가 달아 입술 끝이 귀까지 걸리는 것 같았다. 그는 그녀를 일으키며 동시에 일어났다. 그리고 세게 끌어안으며 프러포즈했다.

　"사랑한다, 강찬희."

프러포즈 후

10년 후.

"본부장님, 제발요. 네? 오늘은 야근하면 정말로 안 돼요."
쌍꺼풀 수술을 해 인위적으로 키운 눈을 깜빡거리는 부하 직원의 울먹이는 투에 찬희는 팔짱을 끼웠다. 두 손을 꼭 모으고 일도 다 마치지 않았는데 칼퇴근을 하겠다며 간을 키우고 있으니 그저 웃음만 나왔다.
"내가 일부러 잡아두는 게 아니잖아. 내일 오전까지 이사님께 올려야 할 기획안을 반도 못 했어. 남아서 일해야지."
"집에서 마저 하겠습니다. 오늘은 진짜 가야 해요."
"그렇게 중요한 일이야?"
"아, 아버지 생신이에요!"
찬희는 본부장실이 떠나가라 목청을 키우는 부하 직원을 안쓰럽게 보았다.

"아버지 생신이셔?"

"네."

"그런데 김영미 씨. 그건 한 달 전에도 써먹지 않았어?"

"아, 그, 그때는 양력 생일이고요."

영미가 눈동자를 굴리며 한 대답에 찬희는 1캐럿짜리 다이아몬드 반지를 낀 손으로 목을 쓸었다.

저녁 5시 40분. 지점과 달리는 본사의 퇴근 시간은 6시여서 보통 5시 40분부터 급한 일이 아니면 업무를 종료했으나 찬희의 상품개발부는 달랐다. 야근하는 게 관습인 것처럼 보통 밤 9시를 넘겨야 퇴근이 가능했다. 이를 전제로 뽑은 신입도 6개월을 못 버티고 나갔지만 영미는 제2의 강찬희를 목표로 삼고 있어 2년차까지는 철야도 마다하지 않았는데 요즘 그녀가 수상하다.

야근하는 걸 극도로 꺼리며 눈에 보이는 거짓말을 해대고 있어 실망스러웠다. 야근을 꺼리는 이유가 뭘까, 깊이 고민하지 않아도 답은 찾아낼 수 있었다. 일이 아닌 다른 곳에 관심을 돌리기 시작한 것이다.

어떻게 할까?

찬희는 의자 등받이에 등을 깊이 파묻고 생각에 잠겨 있다가 영미의 얼굴에 시선을 고정했다. 영미는 울기 직전이었다. 시간이 지날수록 피가 마르는지 입술에 침을 바르고 있어 찬희가 고개를 끄덕이며 말했다.

"자리에 가 있어."

"본부장님……."

"퇴근 여부는 메신저로 알려 줄게."

찬희는 제 할 말만 하고 등받이에서 등을 떼고 정자세를 했다. 영미는 찬희의 표정으로 칼퇴근은 텄구나, 싶었는지 얼른 돌아서 본부장실을 나갔다. L&L 백화점의 본부장이 2년차 사원의 퇴근까지 관여한다는 게 곱게 보이지 않거니와 상품개발부 외에도 책임지고 관장해야 할 일이 한둘이 아닌데도 이리 빡빡하게 대하는 건 그녀에게서 가능성을 봤기 때문이었다.

현준의 밑에서 4년 동안 일하면서 동기들보다 혹독하게 지냈던 것도 그 때문이었다. 피곤해서 죽을 것 같은데도 새로운 기획안을 짜오라며 닦달할 때마다 킹 사이코라고 이를 바드득 갈았지만, 이를 간 만큼 실력은 늘었다. 그리고 13년 만에 결국 그녀는 본부장이 되었다.

본부장이 되었어도 그녀는 저녁 9시에나 퇴근했지만 오늘은 특별한 날이라 시간을 확인했다. 시아버지 호원의 생일. 호텔 레스토랑에서 저녁을 먹기로 해 그녀 역시 서둘러야 했다. 영미에겐 메신저로 퇴근 여부를 알려 주겠다고 했지만 나가는 길에 말해 주는 게 좋겠다 싶다.

찬희는 본부장실을 나왔다. 그리고 곧장 상품개발부에 들어섰는데 영미가 절규하는 소리가 들렸다.

"아유, 씨. 저 킹 코브라! 연애 좀 해 보자는 데 도움을 안 줘."

킹 코브라?

찬희는 제게 한 소리인가 싶어 고개를 갸웃거렸다. 팔짱을 끼고 책상에 화풀이를 하듯이 서류철을 던졌다가 짚고 서랍을 열었다가 닫는 영미를 뒤에서 지켜보았다.

영미의 앞과 뒤, 옆에 앉은 동료들이 찬희의 등장에 놀라움을 금치 못해 경악했지만 당사자는 모르고 있었다.

"사람을 숨도 못 쉬게 조이면 어쩌자는 거야? 자기는 결혼해서 애가 셋이라지만 나는 만날 야근만 하다가 좋은 시절 다 보내면 책임질 거야? 아, 진짜 킹 코브라야!"

"내가 킹 코브라였어?"

찬희의 물음에 영미가 자리에서 튕겨져 일어났다.

"보, 본부장님."

"내가 킹 코브라였다니……. 그리 예쁜 별명은 아닌 것 같은데."

"죄송합니다. 저기 그러니까……."

"퇴근해."

"네?"

영미는 믿기지 않는지 입을 벌린 채 찬희를 응시했지만 곧 고개를 저었다.

"나, 남아서 일하겠습니다."

"아냐, 그럴 것 없어."

찬희는 어깨를 으쓱이고는 돌아섰다. 킹 코브라라……. 현준과 결혼하기 전이 생각나 절로 웃음이 나왔다. 영미처럼 아버지 생신을 핑계 대고 킹 사이코라며 몸을 떨 때의 분노가 또렷하게 기억났다.

그리고 이제는 현준의 입장을 이해할 수 있었다. 킹 사이코니, 킹 코브라니 하는 말로 불러지면 씁쓸하기도 하지만 어이가 없어 소리 없이 웃는데 휴대폰이 울렸다. 올해 열 살인 장남 시후였다.

"응, 엄마 지금 나가."

―엄마가 또 깜빡 잊고 일하는 거 아니냐고 재후가 물어보래요.

"깜빡하지 않았어. 지금 엘리베이터 앞이야. 그런데 재후하고 온 후는 뭐 해?"

―숙제해요.

"밖에 나와서도 그러고 싶을까."

찬희는 아래층으로 내려가는 버튼을 누르고 8층에서 내려오고 있는 엘리베이터를 기다렸다.

―숙제를 미리 해 놔야 마음 편하게 놀죠.

열 살답지 않게 의젓한 시후의 대답에 찬희는 빙그레 웃었다.

"심심하지는 않았겠네?"

―숙제하니까요. 심심할 틈이 없잖아요. 그리고 재후가 자꾸 산수 문제를 못 풀어서 옆에서 봐 줬어요. 재후는 바보 같아요.

100점 만점에 100점. 노래의 가사처럼 시후는 머리가 좋아서 또래 아이들이 푸는 문제를 시시해했다. 그런 시후의 눈에 장난치는 걸 더 좋아하고 공부는 뒷전인 재후의 숙제를 봐 주려니 속이 탈 터.

"그래서 동생한테 바보라고 했어? 그러면 재후가 화내잖아."

―안 그래도 삐졌어요.

"호호, 화해는 안 해?"

―괜찮아요. 재후는 엄마가 오시면 풀릴 거니까요.

시후의 대답에 재후가 '아니야!'라고 말하는 목소리가 들렸다. 두 살 터울의 형이 지나치게 어른스럽고 머리가 좋아 말싸움에서도 져, 형보다 키도 작아 힘에서 밀려 항상 형에 대해서 라이벌 의식이 있었던 재후가 버럭버럭 소리를 지르기 시작했다.

찬희는 이제 막 도착한 엘리베이터에 오르며 말했다.

"엄마, 이제 엘리베이터 탔어. 3분 이내로 보겠구나."

―우리도 숙제 거의 다 했어요. 정리하고 그쪽으로 갈게요.

시후는 성격이 똑 부러지고 제 아빠를 닮아서 일처리 능력이 남달랐다. 찬희에게 그렇게 말하며 모든 행동이 굼뜨고 느린 막내 동생 온후를 재촉했다.

찬희는 통화를 마치며 피식 웃었다. 시아버지를 모시고 살아 맞벌이를 해도 아이들 걱정을 단 한 번도 해 본 일이 없었다. 오히려 아이들이 격무에 시달리는 엄마를 걱정하고 있었다. 특히 시후는 엄마와 아빠가 쉬는 일요일에는 두 동생들을 데리고 게임을 하거나 공부를 봐주는 등 부모님이 마음 편히 쉴 수 있도록 배려했다. 찬희에겐 최고의 선물이자, 재산이었다.

띵!

엘리베이터 문이 열리자 시후가 양손에 재후와 온후의 손을 쥐고 엄마를 기다리고 있었다. 아빠의 성격과 외모까지 쏙 빼닮은 시후가 활짝 웃으며 찬희를 맞았다.

"엄마, 보고 싶었어요."

"응, 엄마도."

찬희는 엘리베이터에서 내려 무릎을 살짝 구부려 세 아이들을 품에 안았다.

"시후, 재후, 온후. 엄마가 너무 오래 기다리게 했지?"

"아니, 3시간밖에 안 기다렸어."

재후의 대답에 시후가 눈에 힘을 주었다.

"여기서 3시간을 기다렸어?"

찬희의 물음에 시후가 한숨을 쉬었다.

"집에서 기다렸다가 오려고 했는데 온후가 엄마 보고 싶다고 해서요. 하도 칭얼거려서 백화점 안에 있는 아이스크림 가게에서 아이스크림도 먹고요. 와플도 먹다가 로비에서 공부한 거예요."

시후의 대답에 찬희가 온후의 뺨을 어루만졌다. 다섯 살인 온후는 찬희의 목에 팔을 두르며 애교를 부렸다.

"엄마, 온후 안아 주면 안 돼?"

형들과 달리 엄마의 정을 그리워하는 막내의 말에 가슴이 찡해 찬희가 왼팔에 온후의 엉덩이를 걸고 할리우드 여배우들처럼 아들을 안고 시후에게 온후의 유치원 가방을 건네고 물었다.

"주전부리 많이 해서 배는 안 고프지?"

세 아이들이 고개를 끄덕거렸다.

"할아버지 보고 싶어."

온후가 고사리 같은 손으로 찬희의 뺨을 찔렀다.

"곧 만나. 그런데 엄마보다 할아버지가 더 보고 싶었던 건 아니지?"

찬희의 대답에 저를 꼭 닮은 온후가 두 손을 모아 제 입을 가리고 크크크 이상한 웃음소리를 냈다.

"엄마 섭섭해!"

"엄마도 좋아. 크크크크."

온후는 눈웃음을 쳤고 시후는 재후의 손을 잡고 백화점을 나왔다. 그리고 자연스럽게 택시 승강장으로 향했다. 현준을 중간에서 만나기로 한 탓에 택시를 타야 했다.

"아빠가 여기까지 오면 좋은데."

재후는 택시 타는 걸 별로 좋아하지 않아 투덜거렸다.

"아빠도 일 때문에 그렇잖아. 여기까지 오시는 데 시간 많이 걸려. 그러니까 우리가 아빠 회사까지 가자."

찬희는 그렇게 말하고는 손을 흔들어 빈 택시를 잡았다. 세 아이들을 뒷좌석에 앉힌 뒤에 안전벨트를 하라고 하고 행선지를 말한 뒤에 현준에게 전화를 걸었다.

"우리 택시 탔어요. 응, 삼성동으로 출발했어요. 응······. 아. 거기······ 알았어. 금방 가지 않을까?"

결혼하고 2년까지 제 오피스텔에서 키운 사업이 현재는 직원 수 30여 명이 넘고 연 매출액이 100억이나 돼 소셜커머스 시장에서 독보적이었다. 올해 초부터 중국 시장에도 진출해 행복한 비명을 지르고 있는 중이었다.

시후와 재후, 온후가 자리에 앉아 휴대폰으로 게임을 했다. 찬희는 백미러로 사이가 좋은 아이들을 사랑스러운 시선으로 보다가 현준과 통화를 마쳤다. 집에서 아이들 키우는 낙으로 사는 시어버지 호원의 생일을 맞아 현미가 딸 된 도리로 아침부터 저녁까지 아버지를 모시고 드라이브도 하고 영화도 보는 등 애를 쓰고 있었다.

오늘 하루라도 손자들을 돌보는 것보다 호원의 시간을 보내라는 뜻에서 현미에게 시아버지를 맡겼는데 걱정이 된다. 해서 그녀가 현미에게 전화를 걸었다.

"아가씨, 저예요. 응. 아버지는요?"

―마사지 받고 계세요.

"어깨가 많이 뭉치셨어요. 그 부분도 좀 풀어 줘요."

―아이고, 걱정하지 마요. 내가 아빠 딸이거든. 누가 보면 언니가 딸인 줄 알겠어.

"아버지한테는 딸 같은 며느리가 되고 싶으니까 그렇죠. 어머,

설마 질투하는 거야?"

―질투? 아니올시다. 호호호. 오빠하고 만났어요?

"아뇨, 지금 가는 중이에요. 아버지 잘 모시고 와요."

찬희는 현미보다 더 호원을 극진히 모시고 있어 내내 걱정이다. 두 달 전에 다리에 힘이 자꾸 풀린다고 하실 만큼 기력이 약해져 집에 보모를 들이겠다고 했다가 혼쭐이 났다. 며느리의 입장에서는 아이들을 돌보느라고 고생해서 무릎과 허리가 더 안 좋아진 게 아닌가, 싶었지만 호원에게 손자들이 희망이요, 즐거움이라니 보모를 들일 수도 없었다.

"시후야. 온후가 할아버지한테 업어 달라고 할 때마다 말리고 있지?"

"말리는데 온후가 자꾸 울어요."

"온후야, 할아버지 아프셔. 그러니까 업어 달라고 하면 안 돼."

"할아버지가 좋은데?"

"할아버지가 좋지? 오래오래 건강하게 사셔야 온후도 좋잖아. 맞지?"

찬희의 물음에 온후는 입술만 비죽 내밀었다.

"대답 안 해?"

"알았어."

"대신 엄마가 저번에 말한 회전목마 사 줄게. 거실에 설치할 수 있게 정리하고 있으니까 그거 타."

찬희의 말에 재후가 두 손을 꼭 쥐고 물었다.

"회전목마 집에 설치해도 돼? 엄마가 안 된다고 했잖아!"

"돼."

"와! 그럼 엄마, 나 건담 프라모델도 달아 줘!"

제 키만 한 검담 프라모델을 보고 반한 재후는 틈만 나면 졸라댔다.

"그게 왜 좋아? 엄마는 이해할 수 없어."

"그게 왜 싫어? 난 엄마를 이해할 수 없어."

재후의 반항조에 시후가 눈에 힘을 주었다.

"그렇게 말하지 말라고 했잖아. 엄마한테 그게 무슨 말버릇이야? 조심해."

시후의 한마디에 재후가 입술을 꼭 다물었다. 형한테는 꼼짝도 못하고 기가 죽어 찬희는 빙글 웃었다. 그렇게 아이들이 투닥거리며 찬희와 대화를 나누는 사이 현준과 만나기로 약속한 건물 근처가 되었다.

"아저씨 저기 저 건널목 앞에서 세워 주세요."

후불제 교통카드를 꺼낸 그녀가 택시기사에게 건네는 사이에 아이들이 안전벨트를 풀고 차에서 내렸다. 찬희도 뒤따라 택시에서 내려 현준을 찾았다. 도로가에 차를 세우고 기다리겠다고 해서 두리번거리는데 현준이 보였다. 그런데 그는 젊고 예쁜 여자와 다정하게 대화를 하고 있었는데 차체에 몸을 기대고 팔짱을 낀 채 멋스럽게 웃고 있었다.

저 인간……

찬희의 눈에서 불꽃이 확! 소리를 내며 점화했다. 이글이글 타들어 가는 눈빛을 불태우며 남편을 노려보고 있는데 시후와 재후가 찬희의 손을 꼭 잡았다.

"엄마 또 질투해요?"

시후가 정곡을 찔러 찬희는 뜨끔했지만 생각을 바꿨다. 질투를 한다는 건 그만큼 사랑이 식지 않았다는 증거일 테니 남편에 대한 사랑과 독점욕을 상기시킬 필요가 있었다.

찬희는 시후와 재후에게 속삭였다. 시후와 재후가 까르르 웃기 시작했다. 온후는 무슨 소리인지 몰라 고개를 갸웃거렸다.

"자, 이제 가."

찬희가 두 아들의 등을 부드럽게 밀었다. 그러자 시후와 재후가 달리기 시합을 하는 것처럼 후다닥 뛰며 현준을 큰 소리로 불렀다.

"아빠아아아."

"강찬희 씨 남편!"

시후와 재후는 찬희가 시킨 대로 대로변이 떠들썩하게 소리를 지르며 달렸다. 깜짝 놀란 현준이 차체에서 등을 떼고 두 아이들을 맞았다. 두 팔을 활짝 뻗어 품에 안은 다음에 들었다가 놓으며 물었다.

"엄마는?"

"저기."

재후가 온후를 안고 있는 찬희를 가리켰다. 현준도 기분 좋게 시선을 돌렸다가 냉랭한 표정을 짓고 있는 아내의 표정에 그만 풋, 하고 웃었다. 그리고 같이 있던 여자에게 아이들을 소개했다.

"왕 과장, 내 아이들이야. 장남이 시후, 차남이 재후. 저기 엄마 품에 있는 녀석이 막내 온후."

"아들이 셋이나?"

왕 과장은 자녀 얘기를 자주 하는 편이긴 해도 시후와 재후를 보고 나서 내심 놀랐다. 아버지를 닮아서 외모 하나는 기가 막혔다. 특히 시후는 키도 크고 어른스러운데다 얼굴이 현준의 판박이었다. 재후는 어머니 쪽을 좀 더 닮은 듯했고 막내는 완전 엄마를 닮아왕 과장의 입가에서 미소가 떠나지 않았다.

"찬희야, 여보. 와서 인사해. 왕 과장이라고 중국 라인 담당자야."

현준은 화산처럼 타고 있는 찬희의 질투심의 열기를 가라앉히려고 왕 과장을 소개했다.

"안녕하세요, 사모님. 왕진홍이라고 해요."

왕 과장은 살구빛이 도는 입술을 귀까지 끌어올리며 인사했다. 그때야 찬희도 경계심을 풀고 인사했다.

"안녕하세요. 강찬희라고 합니다."

"오늘 만나 뵙게 돼서 반가웠습니다. 그럼 저는 이만 올라가겠습니다. 야근해야 하거든요."

왕 과장은 야근이라는 단어를 힘주어 말하고 나서 찬희와 아이들을 지나쳐 회사로 올라갔다.

"왕 과장이 여자였구나…… 성 씨만 들으면 남자 같은데."

"속이려고 한 거 아니야. 그런 눈으로 보지 마."

"난 질투심이 많은 여자라는 걸 잊지 마."

찬희는 그렇게 말하고는 시후와 재후에게 턱짓으로 불렀다. 그러자 두 아이가 엄마의 옆에 찰싹 붙었다.

"그리고 당신은 세 아이들의 아빠고."

"알았어. 내가 당신 사랑하는 건 전국이 다 알아. 아니 전 세계가 다 아니까 걱정하지 마."

"아냐, 마음이 안 놓여."

찬희는 그렇게 말하더니 온후를 현준에게 맡기고 나서 핸드백에서 노트와 사인펜을 꺼냈다. 그리고 늘 휴대하고 다니는 스카치테이프를 꺼낸 후 트렁크에 대고 무언가를 쓰고 있었다. 현준과 세

아들은 아내와 엄마가 뭘 하려나 싶어서 고개를 옆으로 숙이고 보고 있었지만 곧 아이쿠! 하고 손으로 이마를 때리며 동시에 외쳤다.
"맙소사!"
기함할 만한 문구를 적은 스카치테이프를 붙인 그녀가 차의 뒷문을 열고 뒤 유리창에 붙였다. 그리고 자랑스럽고 뿌듯한 것처럼 웃으며 차에 오르라는 손짓을 했다.
"네 엄마는 정말 못 말리겠다."
"엄마는 아빠를 너무 사랑해요."
시후의 대답에 현준은 콧등을 구겨 함박 웃음을 짓고는 운전석 옆에 앉아 저를 기다리는 아내를 뜨거운 시선으로 바라보았다.
"여보, 사랑해. 우리 와이프가 제일 사랑스럽다니까?"
"내가 말했지? 나 말고 모든 여자를 돌로 여기고 다정하게 얘기하지 말라고."
"부하 직원이야."
"자꾸 그래 봐요. 나도 우리 회사에 있는 남자 사원들하고 호호거리며 대화할 거야."
"안 돼! 그건 내가 허락할 수 없어."
현준은 운전석에 오르자마자 버럭 소리를 질렀지만 재후가 끼어들어 까부는 바람에 풋 웃었다. 재후가 현준의 목을 뒤에서 조르며 아빠처럼 소리를 질렀다.
"안 돼! 우리 엄마한테 소리를 지르는 건 내가 허락할 수 없어!"
"재후 잘한다!"
찬희가 안전벨트를 하며 해맑게 웃었다. 시후는 온후를 옆에 앉혀 안전벨트를 해 주었다. 재후는 아빠가 혀를 내밀고 괴로운 표정을 지을 때야 까르르 웃었다.

"우리 개구쟁이들 배 안 고파?"

한바탕 신나게 웃었더니 출출했던 현준의 물음에 아이들이 합창하듯이 대답했다.

"배고파요!"

"그럼 출발!"

"출바아알!"

재후가 손을 번쩍 들었다. 현준은 뒷좌석에 앉아 안전벨트를 모두 한 아이들을 슥 훑고 난 다음에 아버지가 기다리고 있을 호텔로 향했다.

세 아이의 아빠가 타고 있어요.

찬희가 써 붙인 경고문을 붙인 차는 퇴근길을 맞아 정체를 시작한 4차선에 들어섰다. 그의 차 뒤로 따라 붙은 차의 운전자가 찬희의 경고문을 보다가 풋 웃었다.

'세 아이의 아빠가 타고 있어요. 그는 아이들과 아내를 무척 사랑한답니다.'

사랑스러운 경고문처럼 현준과 찬희는 호텔로 향하는 동안 무료함을 달래고자 노래를 부르며 행복한 가정임을 과시했다.

- The end

향

사랑, 그 설렘에 취하고 향기에 물들다.

향

사랑, 그 설렘에 취하고 향기에 물들다.